MICHAEL CRICHTON

Zmarły w 2008 pisarz amerykański, także reżyser, scenarzysta i producent filmowy. Autor pięciu książek niebeletrystycznych oraz ponad 20 powieści przełożonych na 36 języków, wydanych pod własnym nazwiskiem i pseudonimami. Reżyser siedmiu filmów fabularnych, zrealizowanych w większości według własnego scenariusza, m.in. **Comy** (z Michaelem Douglasem), **Świata Dzikiego Zachodu** (z Yulem Brynnerem) i **Wielkiego skoku na pociąg** (z Seanem Connerym). Producent i pomysłodawca głośnego serialu telewizyjnego *Ostry dyżur*. Jego dorobek literacki obejmuje m.in. następujące powieści: **Wirus Andromeda**, **Kongo**, **Kula**, **Park Jurajski**, **Wschodzące słońce**, **Świat zaginiony**, **W sieci**, **Pod piracką flagą** i **Micro** (pośmiertnie uzupełnioną przez Richarda Prestona). Większość została zekranizowana przez znanych twórców (wśród nich Stevena Spielberga, Barry'ego Levinsona i Richarda Donnera). Pisarz ukończył studia medyczne na Uniwersytecie Harvarda, uzyskując tytuł doktora medycyny. Wykładał na MIT i Cambridge. Swoją pierwszą powieść opublikował, będąc jeszcze studentem.

AUG 14

michael
CRICHTON

WSCHODZĄCE SŁOŃCE

Z angielskiego przełożyli
ANDRZEJ LESZCZYŃSKI
JACEK MANICKI

ALBATROS

Wydawnictwo
A. Kuryłowicz

Tytuł oryginału:
RISING SUN

Copyright © Michael Crichton 1992
Polish edition copyright © Wydawnictwo Albatros A. Kuryłowicz 2012

Polish translation copyright © Andrzej Leszczyński & Jacek Manicki 2012

Redakcja: Lucyna Lewandowska

Konsultant języka japońskiego: Jarosław Gryz

Zdjęcia na okładce:
suns07/Shutterstock (motyl), Matt Trommer/Shutterstock (flaga)

Projekt graficzny okładki: Andrzej Kuryłowicz

Skład: Laguna

ISBN 978-83-7659-709-6

Książka dostępna także jako (czyta Krzysztof Gosztyła)

Dystrybutor
Firma Księgarska Olesiejuk sp. z o.o. sp. k.-a.
Poznańska 91, 05-850 Ożarów Maz.
t./f. 22.535.0557, 22.721.3011/7007/7009
www.olesiejuk.pl

Sprzedaż wysyłkowa – księgarnie internetowe
www.merlin.pl
www.empik.com
www.fabryka.pl

Wydawca
WYDAWNICTWO ALBATROS A. KURYŁOWICZ
Hlonda 2A/25, 02-972 Warszawa
www.wydawnictwoalbatros.com

2012. Wydanie I
Druk: WZDZ – Drukarnia Lega, Opole

Mojej matce,
Zuli Miller Crichton

Wchodzimy w świat, w którym nie obowiązują już stare zasady.

PHILLIP ANDERS

Biznes to wojna

MOTTO JAPOŃSKIE

DEPARTAMENT POLICJI MIASTA LOS ANGELES
POUFNY WYCIĄG Z AKT
DO UŻYTKU WEWNĘTRZNEGO

Zawartość: zapis ścieżki dźwiękowej przesłuchania
detektywa Petera J. Smitha,
zarejestrowanego na taśmie wideo
13—15 marca

dot.: „Morderstwa w Nakamoto" (A8895-404)

Zapis ten stanowi własność Departamentu
Policji miasta Los Angeles i przeznaczony
jest wyłącznie do użytku wewnętrznego.
Kopiowanie, cytowanie, reprodukowanie
bądź ujawnianie w jakikolwiek inny sposób
treści niniejszego dokumentu wymaga
specjalnego zezwolenia. Wykorzystanie go
bez upoważnienia będzie surowo karane.

Wszelkie pytania należy kierować
pod adres:

Szef Wydziału Spraw Wewnętrznych
Departament Policji miasta Los Angeles
Skrytka pocztowa 2029
Los Angeles, CA 92038-2029
Telefon: (213) 555-7600
Tel./faks: (213) 555-7812

Przesłuchanie zarejestrowane na taśmie wideo:
Det. P.J.Smith 13.03—15.03

Sprawa: „Morderstwo w Nakamoto"

Opis przesłuchania: Zeznający (por. Smith)
przesłuchiwany był przez 22 godziny w ciągu 3 dni,
od poniedziałku 13 marca do środy 15 marca. Przebieg
przesłuchania zarejestrowano na taśmie wideo
w systemie S-VHS/SD.

Opis kadru: Zeznający (Smith) siedzi przy biurku
w sali wideo nr 4 gmachu Departamentu Policji miasta
Los Angeles. Na ścianie za zeznającym widoczny jest
zegar. W kadrze mieści się blat biurka, filiżanka
kawy i zeznający, od pasa w górę. Zeznający jest
w kurtce i w krawacie (dzień 1); w koszuli z krawatem
(dzień 2); i w samej koszuli (dzień 3). Data i godzina
rejestracji wideo widoczna jest w dolnym prawym
rogu kadru.

Cel przesłuchania: Wyjaśnienie roli zeznającego
w sprawie „Morderstwa w Nakamoto" (A8895-404).
Funkcjonariuszami prowadzącymi przesłuchanie byli
detektywi T. Conway oraz P. Hammond. Zeznający
zrezygnował z prawa do obecności adwokata.

Klasyfikacja sprawy: Przekazana do archiwum jako
„sprawa nierozwiązana".

Zapis z 13 marca (1)

PRZESŁUCHUJĄCY: Proszę podać swoje imiona i nazwisko dla celów archiwalnych.

ZEZNAJĄCY: Peter James Smith.

PRZESŁUCHUJĄCY: Proszę podać wiek i stopień.

ZEZNAJĄCY: Mam trzydzieści cztery lata. Jestem porucznikiem w Wydziale Służb Specjalnych Departamentu Policji miasta Los Angeles.

PRZESŁUCHUJĄCY: Poruczniku Smith, jak panu zapewne wiadomo, nie występuje pan tutaj w charakterze podejrzanego.

ZEZNAJĄCY: Tak, wiem.

PRZESŁUCHUJĄCY: Niemniej ma pan prawo być podczas tej rozmowy reprezentowany przez adwokata.

ZEZNAJĄCY: Rezygnuję z tego prawa.

PRZESŁUCHUJĄCY: Dobrze. Czy został pan w jakikolwiek sposób zmuszony do stawienia się na to przesłuchanie?

ZEZNAJĄCY: (po dłuższej chwili milczenia) Nie zmuszano mnie do tego w żaden sposób.

PRZESŁUCHUJĄCY: W porządku. Chcielibyśmy porozmawiać teraz z panem o „Morderstwie w Nakamoto". Kiedy po raz pierwszy zetknął się pan z tą sprawą?

ZEZNAJĄCY: W czwartek 9 lutego wieczorem, około dwudziestej pierwszej.

PRZESŁUCHUJĄCY: W jakich okolicznościach do tego doszło?

ZEZNAJĄCY: Byłem w domu. Zadzwonił telefon.

PRZESŁUCHUJĄCY: A co pan robił w chwili, kiedy zadzwonił telefon?

WIECZÓR PIERWSZY

Jeśli chodzi o ścisłość, siedziałem właśnie na łóżku w swoim mieszkaniu w Culver City i oglądając transmisję meczu Lakersów w telewizorze z wyłączoną fonią, usiłowałem jednocześnie czytać podręcznik kursu języka japońskiego dla początkujących. Wieczór był spokojny; córeczkę położyłem spać około dwudziestej. Teraz na łóżku obok mnie leżał magnetofon kasetowy, a melodyjny kobiecy głos mówił: „Moje uszanowanie, jestem oficerem policji. W czym mogę pomóc?" albo „Proszę o kartę dań". Po każdym zdaniu lektorka robiła pauzę, dając mi czas na powtórzenie tego po japońsku. Robiłem to najlepiej, jak potrafiłem. Potem kobieta z taśmy zaczynała znowu: „Sklep z warzywami jest zamknięty. Jak dojdę do urzędu pocztowego?". Czasem trudno mi się było skupić, ale bardzo się starałem.

„Pan Hayashi ma dwoje dzieci".

Spróbowałem odpowiedzieć. *Hayashi-san wa kodomo ga fur... futur...* Zakłąłem. Ale lektorka mówiła już dalej: „Ten drink wcale nie jest schłodzony".

Na łóżku, obok Pana Kartoflanej Głowy, którego usiłowałem poskładać do kupy dla mojej córeczki, leżał otwarty podręcznik, a obok niego album ze zdjęciami i luźne fotografie z przyjęcia z okazji drugich urodzin Michelle. Upłynęły już od niego cztery miesiące, jednak wciąż jeszcze nie wkleiłem tych zdjęć do albumu. Musiałem to w końcu zrobić.

„O czternastej mam ważne spotkanie".

Fotografie rozsypane na moim łóżku nie oddawały już rzeczywistości. Od ich wykonania minęły cztery miesiące i Michelle wyglądała teraz zupełnie inaczej. Przede wszystkim była wyższa i wyrosła z czarnej aksamitnej sukieneczki z białym koronkowym kołnierzykiem, którą kupiła jej moja była żona.

Lauren gra na wszystkich fotografiach pierwszoplanową rolę — trzyma tort ze świeczkami, które zdmuchuje Michelle, pomaga małej odpakowywać prezenty. Sprawia wrażenie kochającej mamusi. Ale prawda jest taka, że nasza córeczka mieszka ze mną, a moja była żona rzadko kiedy do niej zagląda. Nie przychodzi na połowę spotkań w weekendy i zalega z alimentami.

Jednak gdybyście oglądali te fotografie, nawet przez myśl by wam to nie przeszło.

„Gdzie jest toaleta?".

„Mam samochód. Mogę pana podrzucić".

Otrząsnąłem się z tych refleksji i powróciłem do nauki. Oficjalnie tego wieczoru byłem, ma się rozumieć, na służbie: siedziałem w domu pod telefonem w charakterze dyżurnego oficera łącznikowego służb specjalnych, gotów odpowiedzieć na każde wezwanie ze śródmiejskiej siedziby wydziału. Ale czwartek dziewiątego lutego był, jak na razie, dość spokojnym dniem i nie spodziewałem się zbyt wielu zgłoszeń. Do dziewiątej wieczorem miałem tylko trzy telefony.

W skład Wydziału Służb Specjalnych wchodzi sekcja dyplomatyczna komendy policji; zajmujemy się problemami dyplomatów i różnych znanych osobistości oraz dostarczamy tłumaczy i łączników obcokrajowcom, którzy z takiego czy innego powodu wchodzą w kontakt z policją. To urozmaicona praca, lecz z pewnością mało stresująca; mając dyżur pod telefonem, mogę się spodziewać najwyżej kilku wezwań, przy czym żadne nie bywa specjalnie pilne. Rzadko kiedy muszę wychodzić z domu. To o wiele spokojniejsze zajęcie niż funkcja rzecznika prasowego policji, którą pełniłem, zanim przeniesiono mnie do służb specjalnych.

Tak czy inaczej, pierwszy telefon, jaki odebrałem wieczorem dziewiątego lutego, dotyczył Fernanda Conseki, chilijskiego wicekonsula. Przyłapali go chłopcy z drogówki. Ferny był zbyt pijany, by prowadzić, ale powoływał się na swój immunitet dyplomatyczny. Kazałem chłopakom odwieźć go do domu i zanotowałem sobie, żeby z samego rana wnieść skargę do konsulatu.

Godzinę później zadzwonili wywiadowcy z Gardena. Interweniując podczas strzelaniny w restauracji, aresztowali mężczyznę, który mówił tylko po samoańsku, więc potrzebowali tłumacza. Powiedziałem, że mogę go im załatwić, ale nie spotkałem jeszcze Samoańczyka, który by nie znał angielskiego; ten kraj jest od lat amerykańskim terytorium powierniczym. Wywiadowcy doszli jednak do wniosku, że dadzą sobie radę sami. Potem odebrałem jeszcze telefon, że telewizyjne wozy transmisyjne blokują drogi pożarowe podczas koncertu grupy Aerosmith; poradziłem funkcjonariuszom, żeby zostawili to zmartwienie strażakom, i przez następną godzinę miałem spokój. Wróciłem do mojego podręcznika i mojej lektorki o melodyjnym głosie, serwującej mi teksty w rodzaju: „Wczoraj była deszczowa pogoda".

Potem zadzwonił Tom Graham.

— Pieprzone Japońce — zaczął. — W pale się nie mieści, jak oni mogą dalej ciągnąć tę gównianą imprezę... Lepiej tu wpadnij, Petey-san. Figueroa tysiąc sto, róg Siódmej. To ten nowy biurowiec Nakamoto.

— Co się stało? — zapytałem.

Graham jest dobrym detektywem, ale łatwo wychodzi z siebie i ma wtedy skłonność do niepotrzebnego wyolbrzymiania.

— A to, że te pieprzone Japońce żądają, kurwa, obecności łącznika służb specjalnych — warknął. — Ten łącznik to ty, koleś. Upierają się, że nie pozwolą policji przystąpić do rutynowych działań, dopóki nie zjawi się tu łącznik.

— Nie pozwolą? Dlaczego? Co tam macie?

— Zabójstwo — odparł Graham. — Kobieta, biała, około dwudziestu pięciu lat, prawdopodobnie prostytutka. Leży sztywna w ich sali konferencyjnej. Niezły widok. Lepiej przyjeżdżaj tu najszybciej, jak tylko możesz.

— To w tle to muzyka? — spytałem.

— Tak, u diabła. Trwa tu właśnie wielka biba. Dziś wieczorem było uroczyste otwarcie Nakamoto Tower i teraz świętują. Przyjeżdżaj, to sam zobaczysz.

Obiecałem, że zaraz przyjadę. Zadzwoniłem do sąsiadki, pani Ascenio, i spytałem, czy pod moją nieobecność nie popilnowałaby małej; zawsze była łasa na jakiś zarobek ekstra. Czekając na nią, zmieniłem koszulę i włożyłem elegancki garnitur. Kiedy byłem już gotowy, zadzwonił Fred Hoffmann. Był tego wieczoru oficerem dyżurnym w komendzie głównej w śródmieściu.

— Pomyślałem sobie, że przydałaby ci się w tej sprawie jakaś pomoc — powiedział.

— A to czemu? — zapytałem.

— Wygląda na to, że mamy zabójstwo, w które zamieszane są osoby narodowości japońskiej. Sprawa może być śliska. Od jak dawna jesteś łącznikiem?

— Od jakichś sześciu miesięcy — odparłem.

— Na twoim miejscu wziąłbym sobie do pomocy kogoś doświadczonego. Jadąc tam, zgarnij po drodze Connora.

— Kogo?

— Johna Connora. Nie słyszałeś o nim?

— Pewnie, że słyszałem. — O Connorze słyszeli wszyscy pracownicy wydziału. Był chodzącą legendą, najbardziej znanym oficerem łącznikowym służb specjalnych. — Ale czy on czasem nie odszedł na emeryturę?

— Jest na bezterminowym urlopie, jednak nadal bierze sprawy dotyczące Japończyków. Wydaje mi się, że mógłby ci pomóc. Wiesz co, zadzwonię do niego w twoim imieniu. Ty tylko podjedziesz i go zabierzesz — dodał Hoffmann i podał mi adres.

— Dobra, świetnie. Dzięki.

— I jeszcze jedno. W tej sprawie obowiązuje cisza w eterze, zrozumiałeś, Pete?

— Zrozumiałem — zapewniłem go. — Czyje to zarządzenie?

— Po prostu tak będzie lepiej.

— Jak chcesz, Fred.

× × ×

Cisza w eterze oznaczała zakaz korzystania z radia, żeby naszych rozmów nie mogły przechwycić media prowadzące nasłuch policyjnych częstotliwości. Była to standardowa procedura stosowana w pewnych sytuacjach. Przechodziliśmy na ciszę w eterze, ilekroć Elizabeth Taylor udawała się do szpitala. Ciszę w eterze zarządzano też wtedy, kiedy w wypadku drogowym ginął nieletni syn kogoś sławnego i trzeba było powiadomić o tragedii rodziców, zanim do ich drzwi zaczną się dobijać ekipy telewizyjne. W takich właśnie sytuacjach stosowaliśmy ciszę w eterze. Ale nigdy dotąd nie słyszałem, żeby powodem jej ogłoszenia było zabójstwo.

Jadąc do śródmieścia, nie dotykałem krótkofalówki i słuchałem radia. Leciał reportaż o postrzelonym trzyletnim chłopcu, który był teraz sparaliżowany od pasa w dół. Dziecko znalazło się wśród przypadkowych świadków napadu przy ulicy Jedenastej 7. Zabłąkany pocisk ugodził go w kręgosłup i chłopiec...

Przełączyłem się na inną stację i trafiłem na talk-show. Przed sobą widziałem światła w oknach majaczących we mgle śródmiejskich drapaczy chmur. W San Pedro zjechałem z autostrady.

O Connorze wiedziałem tylko tyle, że mieszkał przez jakiś czas w Japonii, gdzie nauczył się języka i poznał kulturę tego kraju. W latach sześćdziesiątych był jedynym oficerem łącznikowym mówiącym płynnie po japońsku, chociaż w Los Angeles mieszkało wtedy najwięcej Japończyków.

Obecnie departament dysponował ponad osiemdziesięcioma oficerami łącznikowymi mówiącymi po japońsku — a także

19

takimi jak ja, którzy próbowali się uczyć tego języka. Connor przeszedł w stan spoczynku przed kilkoma laty, jednak współpracujący z nim łącznicy do tej pory twierdzili zgodnie, że był najlepszy. Pracował podobno bardzo szybko, często rozwiązywał sprawy w kilka godzin. Cieszył się opinią wytrawnego detektywa i wybitnego specjalisty od wywiadów. Ale koledzy po fachu cenili go przede wszystkim za bezstronność. Jeden z nich powiedział mi kiedyś: „Praca z Japończykami to jak balansowanie na linie. Każdy wcześniej czy później spada na tę czy na tamtą stronę. Jedni uważają Japończyków za fantastycznych ludzi, którzy nie skrzywdziliby muchy. Inni widzą w nich niebezpiecznych drani. Ale Connor zawsze zachowuje równowagę. Nie odchyla się ani w jedną, ani w drugą stronę. Zawsze dokładnie wie, co robi".

x x x

John Connor mieszkał w dzielnicy przemysłowej niedaleko ulicy Siódmej, w wielkim magazynie z cegły przylegającym do bazy ciężarówek. Winda towarowa w budynku była zepsuta. Wdrapałem się po schodach na trzecie piętro i zapukałem do drzwi.

— Otwarte — poinformował mnie głos ze środka.

Wszedłem do małego mieszkanka. Salon był urządzony w japońskim stylu: maty *tatami*, parawany *shoji* i ściany wyłożone drewnianymi płytami; wałek do kaligrafii, czarny, lakierowany stoliczek, waza z białą orchideą.

Przy drzwiach stały dwie pary butów: męskie trzewiki z surowej skóry i damskie szpilki.

— Kapitanie Connor? — powiedziałem.

— Chwileczkę.

Parawan rozsunął się i do pokoju wszedł Connor. Był bardzo wysoki, miał chyba z metr dziewięćdziesiąt. Ubrany był w *yukata*, lekki japoński szlafrok z błękitnej bawełny. Na pierwszy rzut oka wyglądał na jakieś pięćdziesiąt pięć lat. Szeroki w barach, łysiejący, ze starannie przystrzyżonym wąsikiem, ostre rysy twarzy, przenikliwe spojrzenie. Niski głos, spokojne ruchy.

— Dobry wieczór, poruczniku.

Uścisnęliśmy sobie dłonie. Connor zmierzył mnie wzrokiem od stóp do głów i z uznaniem pokiwał głową.

— Bardzo wytwornie.

— Praca z prasą to dla mnie nie pierwszyzna — odparłem. — Nigdy nie wiadomo, kiedy człowiek nawinie się pod obiektyw.

— A więc to pan jest dzisiaj dyżurnym oficerem łącznikowym służb specjalnych?

— Ja.

— Od jak dawna jest pan łącznikiem?

— Sześć miesięcy.

— Mówi pan po japońsku?

— Kiepsko. Dopiero się uczę.

— Niech mi pan da kilka minut na zmianę stroju — powiedział, po czym odwrócił się i zniknął za parawanem. — To zabójstwo?

— Tak.

— Kto pana powiadomił?

— Tom Graham. Kieruje ekipą dochodzeniową na miejscu zbrodni. Powiedział mi, że Japończycy domagają się obecności oficera łącznikowego.

— Rozumiem. — Na chwilę zapadło milczenie. Usłyszałem szum puszczanej wody. — Czy to często spotykane żądanie?

— Nie. Prawdę mówiąc, nigdy nie słyszałem o podobnym wypadku. Kiedy funkcjonariusze mają jakieś problemy językowe, telefonują zwykle do łącznika. Ale nie słyszałem jeszcze, żeby Japończycy domagali się obecności samego łącznika.

— Ja też nie — przyznał Connor. — Czy to Graham podszepnął panu, żeby mnie zabrać? Pytam o to, bo ja i Tom Graham nigdy za sobą nie przepadaliśmy.

— Nie — odparłem. — Zasugerował mi to Fred Hoffmann. Uznał, że mam za mało doświadczenia. Powiedział, że zadzwoni do pana w moim imieniu.

— A więc telefonowano do pana w tej sprawie dwukrotnie? — spytał Connor.

— Tak.

— Rozumiem. — Pojawił się znowu, tym razem w granatowym garniturze, wiążąc po drodze krawat. — Wygląda na to, że czas jest czynnikiem krytycznym. — Zerknął na zegarek. — O której telefonował do pana Graham?

— Około dwudziestej pierwszej.

— Czyli upłynęło już czterdzieści minut. W drogę, poruczniku. Gdzie pański samochód?

Zbiegliśmy po schodach.

×   ×   ×

Za San Pedro skręciłem w lewo, w Drugą, kierując się na biurowiec Nakamoto. Nad nawierzchnią jezdni snuła się lekka mgiełka. Connor patrzył przez szybę.

— Dobrą ma pan pamięć? — spytał w pewnej chwili.

— Chyba niezłą.

— Ciekawe, czy potrafiłby mi pan powtórzyć te dwie dzisiejsze rozmowy telefoniczne — mruknął. — Proszę mi je odtworzyć możliwie najwierniej. Słowo w słowo, jeśli pan zdoła.

— Spróbuję.

Zrelacjonowałem szczegółowo obie rozmowy. Connor słuchał, nie przerywając mi ani nie komentując. Nie miałem pojęcia, dlaczego tak go interesują, a on mi tego nie powiedział.

— Hoffmann nie zdradził panu, kto zażądał wprowadzenia ciszy w eterze? — zapytał, kiedy skończyłem.

— Nie.

— No cóż, tak czy inaczej to dobry pomysł. Ja nigdy nie korzystam z krótkofalówki bez wyraźnej potrzeby. Za wielu dzisiaj podsłuchiwaczy.

Skręciłem w Figueroa. Ujrzałem przed sobą oświetloną reflektorami fasadę nowego wieżowca Nakamoto z szarego granitu. Zjechałem na prawy pas i otworzyłem schowek, żeby wyjąć plik służbowych wizytówek.

Widniał na nich nadruk w języku angielskim: *Detektyw porucznik Peter J. Smith, oficer łącznikowy Wydziału Służb Specjalnych, Departament Policji miasta Los Angeles*. Na odwrocie widniał identyczny tekst, tyle że po japońsku.

Connor spojrzał na wizytówki.

— Jak zamierza pan zabrać się do tej sprawy, poruczniku? Prowadził pan już negocjacje z Japończykami?

— Właściwie nie — przyznałem. — Paru pijanych kierowców, nic więcej.

— Więc może zaproponuję strategię, jaką obaj powinniśmy przyjąć — powiedział Connor.

— Nie mam nic przeciwko temu — odparłem.

— W porządku. Ponieważ jest pan łącznikiem, chyba najlepiej będzie, jeśli to pan przejmie inicjatywę, kiedy tam wejdziemy.

— Dobrze.

— Niech pan mnie nie przedstawia ani nie zwraca się do mnie w żadnej formie. Proszę nawet nie spoglądać w moją stronę.

— W porządku.

— Mnie nie ma. Jest tylko pan.

— Rozumiem.

— To ułatwi panu zachowanie oficjalnej postawy. Proszę stać prosto i pod żadnym pozorem nie odpinać guzików marynarki. Jeśli się panu ukłonią, proszę nie odpowiadać ukłonem, tylko skinąć lekko głową. Obcokrajowiec nigdy nie opanuje ich etykiety, więc niech pan nawet nie próbuje.

— Dobrze — odparłem.

— Niech pan pamięta, że Japończycy nie lubią negocjować. Uważają negocjacje za zbyt konfrontacyjną formę dialogu i unikają ich, jeśli to tylko możliwe.

— Rozumiem.

— Musi pan też kontrolować swoje gesty. Ręce proszę trzymać opuszczone wzdłuż ciała. Szerokie wymachy ramion kojarzą się Japończykom z pogróżką. Proszę mówić powoli, spokojnym i stonowanym głosem.

— W porządku.

23

— Niech się pan postara.

— Dobrze.

— To może się okazać trudne, bo Japończycy potrafią być irytujący. Dzisiaj prawdopodobnie pana zdenerwują, ale cokolwiek się wydarzy, proszę nie tracić zimnej krwi.

— W porządku.

Connor uśmiechnął się.

— Jestem pewien, że pan sobie poradzi — powiedział. — Moja pomoc prawdopodobnie wcale nie będzie potrzebna. Gdyby jednak strzelił pan jakąś gafę, usłyszy pan, jak mówię: „Może mógłbym w czymś pomóc?". Będzie to sygnał, że przejmuję inicjatywę. Wtedy proszę oddać mi głos. Wolałbym, żeby potem już się pan nie odzywał, nawet jeśli zwrócą się do pana z jakimś pytaniem. Jasne?

— Oczywiście.

— Proszę nie dać się wciągnąć w rozmowę, nawet gdyby język pana świerzbiał.

— Rozumiem.

— Ponadto, cokolwiek będę robił, proszę nie okazywać zdziwienia. Cokolwiek by to było.

— Dobrze.

— Kiedy już przejmę inicjatywę, proszę przesunąć się tak, żeby znaleźć się nieco za mną, po mojej prawej ręce. Pod żadnym pozorem nie siadać. Nie rozglądać się. Ani przez chwilę nie okazywać braku zainteresowania. Proszę pamiętać, że to pan należy do kultury wyrosłej na wideo, a nie oni. To Japończycy. Wszystko, co pan zrobi, będzie miało dla nich jakieś znaczenie. Każdy aspekt pana wyglądu zewnętrznego i zachowania odbije się na ich opinii o panu, o departamencie policji i o mnie jako pańskim zwierzchniku oraz *sempai*.

— W porządku, kapitanie.

— Jakieś pytania?

— Co to jest *sempai*?

Minęliśmy skrzyżowanie i zaczęliśmy zjeżdżać pochylnią prowadzącą do podziemnego garażu.

— U Japończyków *sempai* to starszy mężczyzna, przekazujący swoje doświadczenie młodemu, czyli *kōhai*. Ze związkiem *sempai-kōhai* mamy do czynienia najczęściej wtedy, gdy młodszy i starszy mężczyzna ze sobą współpracują. Prawdopodobnie Japończycy założą, że występuje też między nami.

— Coś jakby mentor i uczeń — zauważyłem.

— Niezupełnie — odparł Connor. — Związek *sempai-kōhai* ma w Japonii trochę inne zabarwienie. Bardziej przypomina rozpieszczanie dziecka przez zaślepionego miłością rodzica: *sempai* ma pobłażać swojemu *kōhai* i cierpliwie znosić wszystkie jego młodzieńcze wyskoki i błędy. — Uśmiechnął się. — Ale jestem pewien, że pan mi ich oszczędzi.

Zjechaliśmy na sam dół pochylni i ujrzałem rozciągającą się przed nami wielką płaszczyznę garażu. Connor spojrzał przez szybę i zmarszczył czoło.

— Gdzie wszystkich wymiotło?

Garaż Nakamoto zapchany był limuzynami. Kierowcy opierali się o swoje samochody, gawędząc i paląc papierosy. Nie dostrzegłem jednak żadnego wozu policyjnego. Kiedy wykryte zostaje morderstwo, miejsce zbrodni jest zazwyczaj oświetlone kogutami migającymi na dachach tuzina radiowozów i wszędzie jest pełno ludzi — policjantów, lekarzy medycyny sądowej, sanitariuszy i techników. Ale dziś wieczorem nie działo się tu nic takiego. Zwyczajny garaż w budynku, w którym ktoś wydaje przyjęcie: grupki wytwornie ubranych ludzi czekających na swoje samochody.

— Ciekawe... — mruknąłem.

Zatrzymaliśmy się i parkingowi otworzyli drzwiczki. Kiedy stanąłem na pluszowej wykładzinie, usłyszałem ciche tony muzyki. Ruszyliśmy z Connorem w stronę wind, mijając ludzi w wieczorowych strojach — mężczyzn we frakach i kobiety w eleganckich sukniach. W połowie drogi do wind, w poplamionej welwetowej kurtce, stał, paląc papierosa, Tom Graham.

Swego czasu Graham grał w Pucharze Stanów Zjednoczonych, ale nigdy nie udało mu się zakwalifikować do grona zawodników pierwszej kategorii. Ten brak szczęścia w młodości przylgnął do niego na podobieństwo skazy charakteru: przez całe życie omijała go ta ostatnia, przełomowa promocja, następny krok w karierze detektywa. Przenosił się z wydziału do wydziału i nigdy nie mógł znaleźć posterunku, który by mu odpowiadał, ani partnera, z którym dobrze by mu się pracowało. Niewyparzony język przysporzył mu szybko wrogów na górze i w wieku trzydziestu dziewięciu lat mógł się już pożegnać z widokami na awans. Był teraz zgorzkniały, gburowaty i wciąż przybierał na wadze — wielki, ociężały, upierdliwy facet, którego zgubił brak właściwego podejścia do ludzi. Jego zasada życia w zgodzie z własnym sumieniem okazała się porażką.

— Ładny garniturek — mruknął, kiedy do niego podszedłem. — Zajebiście szykownie wyglądasz, Peter — dodał i strzepnął wyimaginowany pyłek z mojej klapy.

Zignorowałem to.

— Jak sytuacja, Tom?

— Odpalantowaliście się, chłopaki, jak na balangę, a nie do roboty. — Odwrócił się do Connora i podał mu rękę. — Cześć, John. Co za mądrala wpadł na pomysł, żeby cię wyciągać z łóżka?

— Jestem tu tylko w charakterze obserwatora — wyjaśnił Connor.

— To Fred Hoffmann poprosił mnie, żebym go tu przywiózł — wtrąciłem.

— Mnie on nie przeszkadza — burknął Graham. — Pomoc zawsze się przyda. Tam na górze atmosfera jest dosyć napięta.

Ruszyliśmy za nim w stronę wind. Nadal nie dostrzegałem nigdzie żadnych innych funkcjonariuszy.

— Gdzie reszta? — spytałem.

— Udało im się zagonić naszych ludzi na tyły budynku, pod wejście dostawcze — odparł Graham. — Twierdzą, że winda towarowa jeździ szybciej. I wciąż nawijają o tym swoim wielkim otwarciu, którego nic nie może zakłócić.

Stojący przy windach umundurowany Japończyk ze służb ochrony obiektu przyjrzał nam się nieufnie.

— Ci dwaj panowie są ze mną — poinformował go Graham. Strażnik kiwnął głową, ale dalej zezował na nas podejrzliwie. Wsiedliśmy do windy.

— Pieprzone Japończyki — warknął Graham, gdy tylko zamknęły się za nami drzwi kabiny. — To jeszcze nasz kraj. Nadal jesteśmy, cholera, policją w naszym własnym kraju.

Kabina miała szklane ściany i zanurzając się wraz z nią w lekką mgiełkę, podziwialiśmy z lotu ptaka widok śródmieścia Los Angeles. Na wprost nas jarzył się oświetlony od parteru aż po dach budynek Arco.

— Wiecie, że ta winda jest nieprzepisowa? — powiedział Graham. — Nasze normy budowlane zabraniają stosowania szklanych wind w budynkach wyższych niż dziewięćdziesięciopiętrowe, a ten ma dziewięćdziesiąt siedem, jest najwyższy w mieście. No ale przecież cały ten budynek to jeden wielki przypadek szczególny. I postawili go w sześć miesięcy. Sprowadzili prefabrykowane elementy z Nagasaki i tu je poskładali do kupy. Nie zatrudnili amerykańskich budowlańców. Załatwili sobie specjalne zezwolenie, powołując się na problemy techniczne, z którymi mogą się uporać tylko japońscy robotnicy. Wierzycie w te pierdoły?

Wzruszyłem ramionami.

— Amerykańskie związki nie zgłaszały sprzeciwów.

— Tam do diabła, rada miejska też ich nie zgłaszała — warknął Graham. — Oczywiście w grę wchodził duży szmal. A wiadomo, że komu jak komu, ale Japończykom szmalu nie brakuje. Więc załatwiają sobie zwolnienia od obostrzeń strefowych czy norm bezpieczeństwa na wypadek trzęsień ziemi. Załatwią sobie wszystko, co chcą.

— Polityka — mruknąłem.

— W dupie mam taką politykę. Wiesz, że nie płacą nawet podatku? Tak jest: załatwili sobie od miasta ośmioletnie zwolnienie z podatku od nieruchomości. Kurwa, wyprzedajemy ten kraj.

Przez chwilę jechaliśmy w milczeniu. Graham wyglądał przez szklane ściany. Była to szybkobieżna winda firmy Hitachi, ostatni krzyk techniki. Najszybsza i najpłynniej poruszająca się winda na świecie. Wznosiliśmy się coraz wyżej w mgłę.

— Opowiesz nam wreszcie o tym zabójstwie czy może chcesz, żeby to była niespodzianka? — zapytałem Grahama.

Otworzył notes.

— No więc tak... Zgłoszenie było o dwudziestej trzydzieści dwie. Ktoś donosi o „problemie z ciałem". Mężczyzna z wyraźnym azjatyckim akcentem, kiepsko władający angielskim. Dyżurnemu niewiele udało się z niego wyciągnąć poza adresem. Nakamoto Tower. Ruszają wozy patrolowe, są na miejscu o dwudziestej trzydzieści dziewięć, chłopcy stwierdzają, że chodzi o zabójstwo. Czterdzieste szóste piętro, czyli część biurowa tego budynku. Ofiarą jest kobieta rasy białej, wiek około dwudziestu pięciu lat. Cholernie ładna dziewczyna. Mundurowi zabezpieczają miejsce zbrodni i powiadamiają wydział. Wskakujemy z Merinem do samochodu i jesteśmy tu o dwudziestej pięćdziesiąt trzy. Prawie równocześnie pojawia się lekarz i ekipa techniczna, żeby dokonać oględzin zwłok, zdjąć odciski palców, porobić zdjęcia i takie tam. Nadążacie?

Connor kiwnął głową.

— Tak.

— Zabieramy się do roboty — podjął Graham — a tu wpada jakiś Japoniec z Nakamoto Corporation w granatowym garniturku za tysiąc dolców i nawija, że zanim cokolwiek zrobimy, on chce, skubany, pogadać z oficerem łącznikowym Departamentu Policji miasta Los Angeles. I wciska nam, że niby takie jest prawo. Robię dalej swoje, no bo co mi tu będzie, do kurwy nędzy, jakiś żółtek podskakiwał. Mamy ewidentne zabójstwo. Facet zaraz się odpieprzy, myślę sobie. Ale Japoniec zasuwa po angielsku, jakby się tu urodził, i wygląda na oblatanego w prawie. No i wszyscy obecni, rozumiecie, zaczynają nadstawiać ucha. Nie ma sensu, myślę sobie, podejmować czynności dochodzeniowych, bo i tak wszystkie ustalenia będzie można obalić podczas procesu, no nie? A ten japoński kutas upiera się, że zanim cokolwiek zrobimy, musi tu przyjechać łącznik. Nie kapuję, o co chodzi, skoro tak dobrze mówi po angielsku. Zawsze mi się wydawało, że instytucję łącznika ustanowiono z myślą o ludziach, którzy nie znają języka, a ten popapraniec ma przecież stanfordzką szkołę prawniczą wypisaną na czole...

— I wtedy zadzwoniłeś do mnie — powiedziałem.

— Tak.

— Kim jest ten człowiek z Nakamoto? — spytałem.

Graham zerknął w swoje notatki.

— Jakiś Ishihara. Ishiguri. Coś w tym stylu.

— Masz jego wizytówkę? Musiał ci ją dać.

— Tak, ale oddałem ją Merinowi.

— Czy tam na górze są jeszcze jacyś Japończycy? — spytałem.

Graham wybuchnął śmiechem.

— Co ty, żartujesz? Pełno ich tutaj. To jakiś pieprzony Disneyland.

— Chodzi mi o miejsce zbrodni.

— Mnie też — warknął Graham. — Nie da rady ich stamtąd pogonić. Mówią, że to ich budynek i mają prawo tu być.

29

Dzisiaj jest wielkie otwarcie Nakamoto Tower. Mają prawo tu być. I gadaj z takimi.

— Gdzie odbywa się to inauguracyjne przyjęcie? — zapytałem.

— Piętro pod miejscem zbrodni, na czterdziestym piątym. Hałasują jak diabli. Osiemset osób, jak nic. Gwiazdy filmowe, senatorowie, kongresmeni, tylko dziada z babą brakuje. Mówią, że jest tam także Madonna i Tom Cruise. Senator Hammond. Senator Kennedy. Elton John. Senator Morton. Burmistrz Thomas. Prokurator okręgowy Wyland. Zaraz, zaraz, Pete, a może jest tam także twoja eks? Zdaje się, że nadal pracuje u Wylanda, prawda?

— Nie słyszałem, żeby zmieniła pracę.

Graham westchnął.

— To ci dopiero musi być frajda: rżnąć prawnika, zamiast być przez niego obrabianym. To dopiero musi być fajna odmiana.

Nie chciałem wdawać się w rozmowę o mojej byłej żonie.

— Rzadko się teraz kontaktujemy — powiedziałem.

Rozległ się cichy dzwonek, a potem winda powiedziała:

— *Yonjūsan kai.*

Graham zerknął na jarzące się nad drzwiami numery.

— I dasz wiarę tym hockom-klockom?

— *Yonjūyon kai*— powiedziała winda. — *Mōsugu de gozaimasu.*

— Co ona gada?

— Mówi, że dojeżdżamy do piętra.

— Kurwa mać — prychnął Graham. — Jak już winda ma gadać, niech to będzie po angielsku. To jeszcze Ameryka.

— Tylko do pewnego stopnia — mruknął Connor, wyglądając przez szklane ściany.

— *Yonjūgo kai* — powiedziała winda.

Drzwi się rozsunęły.

×　×　×

Graham nie przesadzał: to było przyjęcie na sto fajerek. Całe piętro przerobiono na replikę sali balowej z lat czterdziestych.

Mężczyźni w garniturach. Kobiety w sukniach koktajlowych. Orkiestra grająca swingujące kawałki Glenna Millera. Przed drzwiami windy stał siwowłosy opalony mężczyzna, który wydał mi się dziwnie znajomy. Miał szerokie bary atlety.

— Parter proszę — rzucił do mnie, wkraczając do kabiny. Poczułem zapach whisky.

U jego boku wyrósł jak spod ziemi młodszy mężczyzna w garniturze.

— Ta winda jedzie na górę, panie senatorze.

— Że co? — spytał siwowłosy mężczyzna.

— Ta winda jedzie na górę.

— A ja chcę na dół — oświadczył siwowłosy.

— Wiem, panie senatorze, ale musimy przejść do sąsiedniej windy — odparł asystent, chwycił siwowłosego mężczyznę za łokieć i wyprowadził go z kabiny.

Drzwi się zamknęły. Winda podjęła podróż w górę.

— Miałeś przed chwilą okazję zobaczyć, na co idzie forsa z twoich podatków — mruknął Graham. — Poznałeś go? Senator Stephen Rowe. Miło widzieć, jak tu baluje... Zasiada w senackiej komisji finansów, która wydaje wszystkie przepisy dotyczące importu z Japonii. Podobnie jak jego kumpel senator Kennedy, jest jednym z największych jebaków.

— Co ty powiesz?

— Chodzą też słuchy, że lubi sobie zdrowo golnąć.

— Zauważyłem.

— I dlatego nie rusza się nigdzie bez tego gówniarza. Chłopak pilnuje, żeby nie narozrabiał.

Winda zatrzymała się na czterdziestym piątym piętrze. Zadźwięczał cichy, elektroniczny gong.

— *Yonjūroku kai. Gōriyo arigatō gozaimashita.*

— No, nareszcie — mruknął Graham. — Może w końcu będzie można wziąć się do roboty.

Drzwi się rozsunęły. Przed nami wyrastała zbita ściana odwróconych do nas plecami urzędników w granatowych garniturach. Na małym skrawku podłogi przed windą tłoczyło się ze dwudziestu mężczyzn. Powietrze było gęste od papierosowego dymu.

— Przejście, przejście! — pokrzykiwał Graham, torując sobie łokciami drogę przez ten tłumek. Szedłem za nim, a z tyłu milczący Connor.

Czterdzieste szóste piętro przeznaczono na biura zarządu Nakamoto Industries. Stojąc w wyłożonym dywanami holu recepcyjnym, do którego wchodziło się prosto z wind, widziałem je całe — była to gigantyczna otwarta przestrzeń, jakieś sześćdziesiąt na czterdzieści metrów, porównywalna pod względem powierzchni z połową boiska futbolowego. Wysokie sufity wyłożone były drewnianymi kasetonami. Umeblowanie z drewna obitego tkaniną — czerń z szarością, gruby dywan. Stłumione dźwięki i przyćmione oświetlenie tworzyły atmosferę miękkości i bogactwa. Przypominało to bardziej bank niż biuro.

Najbardziej elegancki bank, jaki kiedykolwiek widzieliście.

Po prostu nie można się było nie zatrzymać i nie popatrzeć. Stałem przed żółtą policyjną wstęgą, zagradzającą drogę w głąb piętra, i rozglądałem się dokoła. Na wprost mnie znajdowało się wielkie atrium, w którym pracowali urzędnicy niższej rangi i sekretarki. Między skupiskami biurek ustawiono drzewka w donicach, a pośrodku wznosiła się wielka makieta wieżowca Nakamoto oraz będącego jeszcze w budowie kompleksu otaczających go budynków. Na makietę padał snop światła z punktowego reflektorka, ale reszta wielkiej hali pogrążona była w mroku, który rozpraszały jedynie przedostające się z zewnątrz odblaski nocy.

Gabinety dyrektorów rozmieszczono na obwodzie atrium. Ich ściany, te wychodzące na atrium i te od strony zewnętrznej budynku, wykonano ze szkła i z miejsca, w którym stałem, widać było okoliczne wieżowce Los Angeles. Miało się wrażenie, że cała kondygnacja unosi się w powietrzu.

Znajdowały się tu także dwie przeszklone sale konferencyjne, jedna po prawej, druga po lewej stronie. Sala po prawej była mniejsza i tam właśnie ujrzałem ciało dziewczyny, leżące na długim czarnym stole. Miała na sobie czarną suknię, a jej jedna noga zwisała bezwładnie z blatu. Nie dostrzegłem żadnych śladów krwi, ale stałem dosyć daleko, jakieś sześćdziesiąt metrów od tamtego miejsca. Z takiej odległości trudno było rozróżnić jakiekolwiek szczegóły.

Słyszałem trzaski wydobywające się z policyjnych krótkofalówek.

— Oto wasz łącznik, panowie — rozległ się głos Grahama. — Może wreszcie uda nam się ruszyć z miejsca ze śledztwem. Peter?

Odwróciłem się twarzą do Japończyków stłoczonych przy windzie. Nie wiedziałem, który z nich ma być moim rozmówcą, ale po chwili przed resztę wystąpił trzydziestopięciolatek ubrany w drogi garnitur. Skłonił ledwie zauważalnie głowę, był to właściwie cień ukłonu. Kiedy odkłoniłem mu się, przemówił:

— *Konbanwa. Hajimemashite, Sumisu-san. Ishiguro desu. Dōzo yoroshiku.* — Formalne powitanie, chociaż trochę lakoniczne. Czas naglił. Nazywał się Ishiguro. I znał już moje nazwisko.

— *Hajimemashite* — powiedziałem. — *Watashi wa Sumisu desu. Dōzo yoroshiku.* Witam. Miło mi pana poznać.
— *Watashi no meishi desu. Dōzo.* — Podał mi swoją wizytówkę. Miał szybkie, nerwowe ruchy.
— *Dōmo arigatō gozaimasu.*

Przyjąłem od niego wizytówkę, ujmując ją obiema rękami, co właściwie nie było konieczne, ale biorąc sobie do serca rady Connora, próbowałem zachowywać się oficjalnie. Następnie wręczyłem mu swoją. Rytuał nakazywał, abyśmy obaj spojrzeli na wizytówki, które wymieniliśmy, oraz wygłosili jakąś grzecznościową formułkę lub zadali pytanie w rodzaju: „To numer pańskiego telefonu służbowego?".

— To wasz domowy numer telefonu, detektywie? — spytał Ishiguro, biorąc moją wizytówkę jedną ręką.

Byłem zaskoczony. Mówił płynnym, pozbawionym obcego akcentu angielskim, którego można się nauczyć, mieszkając w Stanach przez długi czas, od wczesnej młodości. Musiał tu chodzić do szkoły. Był pewnie jednym z tysięcy Japończyków, którzy studiowali w Ameryce w latach siedemdziesiątych. Rok w rok przysyłali wtedy do Ameryki setki tysięcy studentów, by poznawali nasz kraj. Tymczasem my wysyłaliśmy do Japonii dwustu studentów rocznie.

— Tak, ten u dołu — odparłem.

Ishiguro wsunął moją wizytówkę do kieszonki koszuli. Chciałem wygłosić jakiś okolicznościowy komentarz związany z jego wizytówką, ale nie dał mi dojść do słowa.

— Słuchajcie, detektywie. Wydaje mi się, że możemy sobie darować formalności. Jedyną przyczyną dzisiejszego problemu jest nierozsądna postawa waszego kolegi.

— Mojego kolegi?

— Tamtego grubego. — Ishiguro wskazał energicznym ruchem głowy Grahama. — Wysuwa nierealne żądania i dlatego stanowczo protestujemy przeciwko jego próbom rozpoczęcia dochodzenia jeszcze dzisiejszego wieczoru.

— A to dlaczego, panie Ishiguro? — zapytałem.

— Nie macie po temu podstaw prawnych.

— Czemu pan tak twierdzi?

Ishiguro wzruszył ramionami.

— Wydawało mi się, że to oczywiste, nawet dla was.

Zachowałem spokój. Pięć lat w zawodzie detektywa, a potem rok w dziale prasowym nauczyły mnie trzymać nerwy na wodzy.

— Przykro mi, proszę pana, ale to wcale nie jest dla nas oczywiste — odparłem.

Obrzucił mnie pogardliwym spojrzeniem.

— Nie macie żadnego powodu, by łączyć śmierć tej dziewczyny z trwającym piętro niżej przyjęciem.

— Wydaje się, że ona ma na sobie suknię wieczorową...

— Podejrzewam, że stwierdzicie, iż zmarła na skutek przypadkowego przedawkowania narkotyku. A zatem jej śmierć nie ma nic wspólnego z naszym przyjęciem. Zgodzicie się ze mną?

Wziąłem głęboki wdech.

— Nie, proszę pana. Nie zgodzę się. Tylko śledztwo może to wykazać. — Wziąłem kolejny głęboki wdech. — Panie Ishiguro, rozumiem powody, jakie panem kierują, ale...

— Zdziwiłbym się — przerwał mi znowu Ishiguro. — Nalegam, abyście zrozumieli sytuację, w jakiej znalazła się dziś wieczorem firma Nakamoto. To dla nas bardzo uroczysty i ważny wieczór. Jesteśmy ogromnie zaniepokojeni perspektywą zakłócenia go przez śledztwo w sprawie śmierci jakiejś kobiety, zwłaszcza tej kobiety, nic nieznaczącej...

— Nic nieznaczącej?

Ishiguro machnął niecierpliwie ręką. Sprawiał wrażenie zmęczonego tą rozmową.

— Przecież to oczywiste, wystarczy na nią spojrzeć. To zwyczajna prostytutka. Nie pojmuję, jak w ogóle dostała się do tego gmachu. I z tego właśnie powodu stanowczo sprzeciwiam się zamiarowi detektywa Grahama, który chce przesłuchiwać gości bawiących się na dole. Wśród nich jest wielu senatorów, kongresmenów i wysoko postawionych osobistości Los Angeles.

Na pewno się zgodzicie, że takim prominentnym osobom niezręcznie będzie...

— Chwileczkę — wpadłem mu w słowo. — Detektyw Graham powiedział panu, że zamierza przesłuchać wszystkich uczestników przyjęcia?

— Owszem, tak właśnie mi powiedział.

Dopiero teraz zaczynałem rozumieć, dlaczego mnie wezwano. Graham nie cierpiał Japończyków i postraszył ich, że zepsuje im ten uroczysty wieczór. Oczywiście nie miał zamiaru spełniać swojej groźby. Nie było mowy, żeby posunął się do przesłuchiwania senatorów Stanów Zjednoczonych, nie wspominając już o prokuratorze okręgowym i burmistrzu. Gdyby się na to poważył, jutro nie miałby po co pokazywać się w pracy. Ale Japończycy działali mu na nerwy i Graham postanowił ich trochę podrażnić.

— Możemy zorganizować na dole stanowisko rejestracyjne — powiedziałem do Ishigury — i wasi goście, wychodząc, będą się wpisywali na listę.

— Obawiam się, że to nie takie proste — zaczął Ishiguro — bo z pewnością przyznacie, że...

— Panie Ishiguro, myślę, że tak właśnie to przeprowadzimy.

— Ale wasza propozycja jest bardzo trudna do zrealizowania...

— Panie Ishiguro.

— Widzicie, narazimy się w ten sposób...

— Przykro mi, panie Ishiguro. Policja postąpi tak, jak powiedziałem.

Zapadło milczenie.

— Jestem rozczarowany, poruczniku, brakiem współpracy z waszej strony — stwierdził po chwili, ocierając kropelki potu z górnej wargi.

— Współpracy? — Zaczęły mi puszczać nerwy. — Panie Ishiguro, tam leży martwa kobieta i naszym obowiązkiem jest wyjaśnić, jak doszło do...

— Ale musicie przyznać, że okoliczności są szczególne...

W tym momencie usłyszałem głos Grahama:

— Jezu Chryste, a to co znowu?

Obejrzałem się przez ramię i dwadzieścia metrów za żółtą taśmą zobaczyłem niskiego, chudego Japończyka. Fotografował miejsce zbrodni. Aparat, którym się posługiwał, był tak mały, że niemal niknął mu w dłoni. Gość nawet nie próbował ukryć faktu, że przedostał się za wstęgę, żeby robić zdjęcia. Kiedy na niego patrzyłem, zaczął się cofać, co chwila unosząc ręce, żeby pstryknąć kolejną fotkę. Wcale się nie śpieszył.

— Na miłość boską, wynoś się stamtąd! — krzyknął Graham, dopadając do taśmy. — To miejsce zbrodni. Nie wolno tu robić zdjęć!

Mężczyzna nie odpowiadał i nadal się cofał, przez cały czas fotografując.

— Co to za jeden? — zapytał Graham.

— Nasz pracownik, pan Tanaka — wyjaśnił Ishiguro. — Należy do kierownictwa służb ochrony Nakamoto.

Nie wierzyłem własnym oczom. Pracownik japońskiej firmy szwendał się po strefie odgrodzonej żółtymi taśmami i zadeptywał miejsce zbrodni. To było oburzające.

— Zabierzcie go stamtąd — warknąłem.

— Robi zdjęcia.

— Nie wolno mu.

— Ale to do naszego wewnętrznego użytku — odparł Ishiguro.

— Nic mnie to nie obchodzi, panie Ishiguro — oświadczyłem. — Nie wolno mu przebywać za żółtą taśmą i nie wolno fotografować. Proszę go stamtąd odwołać. I oddać mi film.

— Dobrze. — Ishiguro zaszwargotał coś szybko po japońsku. Odwróciłem się i zdążyłem jeszcze dostrzec, jak Tanaka, prześlizgnąwszy się pod żółtą taśmą, znika przy windzie w tłumku mężczyzn w granatowych garniturach. Zobaczyłem nad ich głowami, jak drzwi windy rozsuwają się i zasuwają z powrotem.

Sukinsyn. Zaczynał ogarniać mnie gniew.

— Panie Ishiguro, utrudnia pan prowadzenie śledztwa oficjalnym czynnikom.

— Musicie zrozumieć naszą sytuację, detektywie Smith — powiedział spokojnie Ishiguro. — Oczywiście mamy pełne zaufanie do Departamentu Policji miasta Los Angeles, ale musimy przygotować się na ewentualność wszczęcia naszego prywatnego śledztwa, a do tego potrzebne nam są...

Ich prywatne śledztwo? A to sukinsyn. Odebrało mi mowę. Zacisnąłem zęby, krew uderzyła mi do głowy. Ogarnęła mnie wściekłość. Najchętniej aresztowałbym Ishigurę. Z rozkoszą wykręciłbym mu rękę, pchnął go na ścianę, skuł kajdankami te jego kurewskie przeguby i...

— Może mógłbym w czymś pomóc, poruczniku? — rozległ się za mną czyjś głos.

Odwróciłem się i zobaczyłem uśmiechającego się ujmująco Connora.

Odstąpiłem w bok.

x x x

Connor stanął przed Ishigurą, skłonił się lekko i pokazał mu swoją wizytówkę.

— *Totsuzen shitsurei desuga, jikoshōkai wo shitemo yoroshii de suka. Watashi wa John Connor to mōshimasu. Meishi o dōzo. Dōzo yoroshiku* — wyrzucił z siebie szybko.

— John Connor? — zdumiał się Ishiguro. — Ten John Connor? *Omeni kakarete kōei desu. Watashi wa Ishiguro desu. Dōzo yoroshiku.* — Mówił, że poznać go, to dla niego wielki zaszczyt.

— *Watashi no meishi desu. Dōzo.* — Bardzo dziękuję.

Po wymianie tych grzecznościowych formułek konwersacja nabrała takiego tempa, że wychwytywałem z niej tylko pojedyncze słowa. Pomny zaleceń Connora, usiłowałem sprawiać wrażenie zainteresowanego, patrzyłem i potakiwałem, ale tak naprawdę nie miałem pojęcia, o czym rozmawiali. Usłyszałem, że Connor używa słowa *wakaimono*, które znałem — znaczyło ono protegowany albo uczeń. Kilka razy spojrzał na mnie srogo i pokręcił głową jak zmartwiony ojciec. Wyglądało to tak, jakby za mnie przepraszał. Usłyszałem też, że nazywa Grahama *bushitsuke* — człowiekiem nieokrzesanym.

Ale te przeprosiny odniosły skutek. Ishiguro uspokoił się i opuścił ręce. Zaczął się odprężać. Nawet się uśmiechnął.

— A zatem nie będziecie sprawdzać tożsamości naszych gości? — spytał w końcu.

— Ależ skąd — odparł Connor. — Wasi szanowni goście mogą swobodnie wchodzić i wychodzić.

Chciałem zaprotestować, jednak Connor rzucił mi ostre spojrzenie.

— Ustalanie tożsamości nie jest konieczne — powiedział oficjalnym tonem — ponieważ jestem przekonany, że żaden z gości Nakamoto Corporation nie mógłby mieć nic wspólnego z tym niefortunnym wypadkiem.

— O kurwa... — jęknął pod nosem Graham.

Ishiguro promieniał, ale ja dygotałem z wściekłości. Connor wystrychnął mnie na dudka. Zrobił ze mnie idiotę. A co najważniejsze, nie trzymał się policyjnej procedury — mogliśmy wszyscy za to beknąć. Zły jak sto diabłów, wepchnąłem ręce w kieszenie i odwróciłem wzrok.

— Jestem panu wdzięczny za tak delikatne załatwienie sprawy, kapitanie Connor — powiedział Ishiguro.

— Nie ma za co — odparł Connor, pochylając głowę w kolejnym sztywnym ukłonie. — Żywię jednak nadzieję, że teraz uzna pan za stosowne wyprosić osoby postronne z tego piętra, aby policja mogła przystąpić do wypełniania swoich obowiązków.

Ishiguro zamrugał powiekami.

— Wyprosić osoby postronne?

— Tak — potwierdził Connor, wyjmując notes. — I proszę o podawanie mi nazwisk stojących za panem dżentelmenów, kiedy będą stąd pojedynczo wychodzić.

— Nie rozumiem...

— Proszę o nazwiska stojących za panem dżentelmenów.

— Mogę wiedzieć, po co one panu?

Connorowi pociemniała twarz. Warknął coś krótko po japońsku. Nie zrozumiałem z tego ani słowa, ale Ishiguro zrobił się czerwony jak burak.

— Pan wybaczy, kapitanie, ale nie widzę powodu, by zwracał się pan do mnie w ten...

I wtedy Connor wyszedł z siebie. Bardzo spektakularnie i wybuchowo. Przysunął się do Ishigury i dźgając powietrze palcem, wywrzeszczał:

— *Iikagen ni shiro! Soko o doke! Kiiterunoka!*

Ishiguro schował głowę w ramiona i odwrócił się, oszołomiony tą słowną napaścią.

Connor pochylił się nad nim. Jego głos ociekał ironią:

— *Doke! Doke! Wakaranainoka?*

Obejrzał się i wskazał Japończyków stojących przy windzie. W konfrontacji z jego dziką furią odwracali spojrzenia i nerwowo zaciągali się papierosami, ale nie ruszali się z miejsca.

— Hej, Richie! — zawołał Connor, zwracając się do Waltersa, fotografa z technicznej ekipy dochodzeniowej. — Pstryknij mi parę fotek tych facetów, dobrze?

— Już się robi, kapitanie! — odkrzyknął Richie.

Uniósł aparat do oka i zaczął sunąć obiektywem wzdłuż szeregu mężczyzn, naciskając raz po raz spust sprzężonej z fleszem migawki.

Ishiguro ożywił się raptownie i wbiegł z uniesionymi w górę rękami przed obiektyw.

— Chwileczkę, chwileczkę, po co to?

Ale Japończycy już się wycofywali, umykając z zasięgu rozbłysków flesza niczym ławica egzotycznych rybek. Po kilku sekundach nie było po nich śladu. Mieliśmy całe piętro dla siebie. Pozostał tylko Ishiguro.

Szczeknął coś po japońsku. Najwyraźniej była to jakaś wymówka.

— Tak? — warknął Connor. — Sam jesteś sobie winien. Ty

tu namieszałeś. I ty dopilnujesz, żeby moi detektywi otrzymali wszelką niezbędną pomoc. Chcę porozmawiać z osobą, która znalazła ciało, i z tą, która powiadomiła telefonicznie policję. Chcę mieć listę nazwisk wszystkich osób, które przewinęły się przez to piętro od chwili znalezienia ciała. I żądam wydania filmu z aparatu Tanaki. *Ore wa honkida.* Jeśli nadal będziesz utrudniał prowadzenie śledztwa, aresztuję cię.

— Ale ja muszę się skonsultować z moimi zwierzchnikami...

Connor znowu się do niego przysunął.

— *Namerunayo.* Nie wkurzaj mnie, Ishiguro-san. Wyjdź stąd i daj nam pracować.

— Oczywiście, kapitanie — odparł Ishiguro.

Skłonił się sztywno i wyszedł ze ściągniętą, nieszczęśliwą twarzą.

Graham zachichotał.

— Ładnie go spławiłeś.

Connor odwrócił się na pięcie.

— Coś ty najlepszego narobił? Dlaczego powiedziałeś mu, że chcesz przesłuchać wszystkich obecnych na przyjęciu?

— E tam, kurwa, tak go tylko podpuszczałem — burknął Graham. — Przecież nie brałbym na spytki burmistrza. Co ja poradzę, że te dupki nie mają za grosz poczucia humoru?

— O nie, mają poczucie humoru — odparł Connor. — Zakpili z ciebie. Ishiguro miał problem, a ty nieświadomie pomogłeś mu go rozwiązać.

Graham ściągnął brwi.

— Ja mu pomogłem? Co ty chrzanisz?

— To oczywiste, że Japończykom chodziło o opóźnienie śledztwa — wyjaśnił Connor. — Twoje agresywne podejście podsunęło im idealny pretekst: zadzwonili po łącznika służb specjalnych.

— Skąd mogli wiedzieć, że łącznik nie zjawi się tu za pięć minut?

Kapitan pokręcił głową.

— Nie oszukuj się: dobrze wiedzieli, kto jest dzisiaj wieczorem pod telefonem. Dobrze wiedzieli, jak daleko stąd mieszka Smith, i dobrze wiedzieli, jak długo tu będzie jechał. No i udało im się opóźnić wszczęcie dochodzenia o półtorej godziny. Miłej pracy, detektywie.

Graham gapił się na niego przez dłuższą chwilę.

— Zalewasz, kurwa — mruknął, po czym odwrócił się do ludzi z ekipy. — No, panowie, do roboty. Richie, rusz tyłek. Masz trzydzieści sekund na zdjęcia do dokumentacji, bo potem wchodzą moje chłopaki i przydepną ci ogon. I wszyscy galopem. Chcę tu skończyć, zanim panienka zacznie brzydko pachnieć.

Poczłapał ciężko w stronę miejsca zbrodni, a ekipa techniczna ze swoimi walizeczkami i wózeczkami ruszyła za nim.

x x x

Przodem posuwał się Richie Walters, pstrykając po drodze na prawo i lewo. Minął atrium i wkroczył do sali konferencyjnej, która miała ściany z przydymionego szkła, tłumiącego błyski jego flesza. Ale widziałem, jak krąży wokół ciała. Robił więcej zdjęć niż zwykle: wiedział, że to duża sprawa.

Ja i Connor zostaliśmy przy windach.

— O ile mnie pamięć nie myli, mówiłeś, że nie należy tracić zimnej krwi w kontaktach z Japończykami — zauważyłem.

— Bo nie należy — przyznał Connor.

— Więc dlaczego ją straciłeś?

— To był jedyny sposób przyjścia z pomocą Ishigurze.

— Przyjścia z pomocą Ishigurze?

— Właśnie. Zrobiłem to wszystko dla niego, bo trzeba mu było ratować twarz przed jego szefem. Ishiguro wcale nie był najważniejszą osobą na sali. Wśród Japończyków stojących pod windą znajdował się *jūyaku*, jego szef.

— Nie zauważyłem — mruknąłem.

— To powszechnie stosowana praktyka. Wypycha się na pierwszą linię mniej ważnego człowieka, a szef pozostaje w cieniu i może swobodnie obserwować rozwój wydarzeń. To samo ja uczyniłem z tobą, *kōhai*.

— I szef Ishigury przez cały czas na nas patrzył?

— Tak. A Ishiguro bez wątpienia dostał polecenie, by nie dopuścić do rozpoczęcia dochodzenia. Musiałem przeprowadzić to w taki sposób, żeby nie wyszedł w oczach szefa na niekompetentnego. Wcieliłem się więc w rolę rozwścieczonego *gaijina*. Ishiguro ma teraz wobec mnie dług wdzięczności. A to dobrze, bo pewnie wkrótce będę potrzebował jego pomocy.

— Ma wobec ciebie dług wdzięczności? — spytałem, nie bardzo pojmując, skąd ten wniosek. Przecież Connor nawrzeszczał na Ishigurę i w moim odczuciu bardzo go upokorzył.

Kapitan westchnął.

— Jeśli nawet tego nie rozumiesz, uwierz mi: Ishiguro był w kłopocie, a ja pomogłem mu z niego wybrnąć.

Nadal nie bardzo chwytałem, ale kiedy chciałem coś jeszcze powiedzieć, Connor podniósł rękę.

— Chyba lepiej obejrzyjmy sobie miejsce zbrodni, zanim Graham i jego ludzie jeszcze bardziej namieszają.

Mijały już dwa lata od mojego rozstania się z wydziałem dochodzeniowym i ponowny kontakt ze zbrodnią napełnił mnie dziwną nostalgią. Powróciły wspomnienia: nocne wyjazdy, kop adrenaliny po kawie z papierowego kubka, uwijający się wokół ciebie ludzie — szalona energia krążąca wokół centrum wydarzeń, emanująca z każdego miejsca, w którym popełniono morderstwo. Kiedy patrzysz na martwego człowieka, ogarnia cię poczucie jakiejś straszliwej oczywistości i jednocześnie masz wrażenie, że dotykasz niezgłębionej tajemnicy. Czujesz to nawet wtedy, gdy kobieta podczas najzwyklejszej domowej burdy decyduje się wreszcie zastrzelić swojego faceta, i patrząc na nią, całą w bliznach i śladach po przypalaniu papierosem, wciąż zadajesz sobie pytanie: dlaczego tej nocy? Dlaczego akurat dzisiaj?

Pracując nad sprawą zabójstwa, masz poczucie, że dotykasz korzeni prawd istnienia. Ustają wesołe przekomarzania i docinki — ktoś zginął i jest to niezaprzeczalny fakt. W tej ponurej scenerii rodzi się więź z ludźmi, z którymi pracujesz późną nocą i których bardzo dobrze znasz, ponieważ ciągle ich widzisz. W Los Angeles zdarzają się cztery zabójstwa dziennie: co sześć godzin jedno. Każdy detektyw obecny na miejscu zbrodni wlecze już za sobą bagaż dziesięciu niewyjaśnionych zabójstw, co sprawia, że to nowe staje się brzemieniem nie do udźwignięcia, więc wszyscy mają nadzieję, że tym razem uda się je wyjaśnić i odfajkować. Towarzyszy temu mieszanina napięcia, energii i poczucia ostateczności.

Po kilku latach tej pracy tak się wciągasz, że zaczynasz ją lubić. Wchodząc teraz do sali konferencyjnej, ku swemu zaskoczeniu uświadomiłem sobie, jak brakowało mi tej atmosfery.

Sala konferencyjna sprawiała wrażenie bardzo eleganckiej: czarny stół, czarne krzesła z wysokimi oparciami, światła w oknach wieżowców za szklanymi ścianami. Technicy krążący wokół ciała martwej dziewczyny rozmawiali przyciszonymi głosami.

Denatka miała krótko obcięte blond włosy. Niebieskie oczy, pełne, zmysłowe usta. Wyglądała na jakieś dwadzieścia pięć lat. Była wysoka, długonoga, wysportowana i miała na sobie czarną sukienkę.

Pochłonięty oględzinami Graham stał u szczytu stołu z latarką punktową w jednej ręce i notesem w drugiej i mrużąc oczy, przyglądał się uważnie czarnym, lakierowanym szpilkom dziewczyny.

Kelly, asystent koronera, nasuwał na dłonie denatki papierowe torby ochronne i mocował je taśmą klejącą.

— Chwileczkę — powstrzymał go Connor.

Przyjrzał się jednej dłoni, przesunął wzrok na nadgarstek, zajrzał pod paznokcie. Powąchał jeden. Potem pociągnął za każdy palec z osobna.

— Szkoda fatygi — rzucił Graham. — Stężenie pośmiertne jeszcze nie wystąpiło, a pod paznokciami nie ma żadnych mikrośladów, żadnych skrawków skóry ani włókien tkaniny. Moim zdaniem trudno tu się doszukać jakichkolwiek śladów walki.

Kelly nasunął na dłoń dziewczyny torbę.

— Określiłeś już godzinę zgonu? — spytał go Connor.

— Właśnie to robię — odparł Kelly, po czym uniósł pośladki dziewczyny, żeby wsunąć sondę w odbyt. — Rozmieściłem już termometry pachowe. Za chwilę będzie wynik.

Connor dotknął materiału czarnej sukni i spojrzał na metkę.

— Od Yamamoto — wtrąciła Helen, laborantka z ekipy technicznej.

— Widzę — mruknął Connor.

— Co to za Yamamoto? — spytałem.

— Bardzo ekskluzywny japoński projektant mody — wyjaśniła Helen. — Ta czarna sukienka jest warta co najmniej pięć tysięcy dolarów. Oczywiście pod warunkiem, że kupiła używaną. Nowa kosztowałaby piętnaście tysięcy.

— Można ustalić, gdzie została kupiona? — zapytał Connor.

— To zależy od tego, czy sprawiła ją sobie tutaj, w Europie czy w Tokio. Sprawdzenie tego zajmie nam parę dni.

Connor natychmiast stracił zainteresowanie suknią.

— Nie zawracajcie sobie głowy, bo wtedy będzie już za późno.

Wydobył z kieszeni małą latarkę punktową, zapalił ją i obejrzał dokładnie wierzch głowy oraz włosy dziewczyny. Potem zerknął szybko na jej lewe i prawe ucho, wydając cichy pomruk zdziwienia. Zajrzałem mu przez ramię i zobaczyłem kropelkę zakrzepłej krwi na małżowinie prawego ucha, w dziurce na kolczyk. Musiałem przy tym za bardzo naprzeć na Connora, bo podniósł na mnie wzrok.

— Wybacz, *kōhai* — powiedział.

— Przepraszam — mruknąłem i odsunąłem się od niego.

Kapitan powąchał wargi dziewczyny, szybkim ruchem otworzył jej szczękę i wykorzystując latarkę punktową w charakterze sondy, pogrzebał w jamie ustnej. Potem odwrócił denatce głowę w jedną i w drugą stronę i niemal pieszczotliwie obmacał palcami szyję.

Po chwili odstąpił od ciała.

— W porządku — powiedział. — Skończyłem.

I wyszedł z sali konferencyjnej.

Graham podniósł na mnie wzrok.

— Zawsze był do niczego — stwierdził.

— Dlaczego tak mówisz? — zapytałem. — Słyszałem, że jest wspaniałym detektywem.

— Diabła tam — burknął. — Nawet nie wie, jak się do tego zabrać. Nie zna procedur. Żaden z niego detektyw. Po prostu ma kontakty i to dzięki nim rozwiązał wszystkie sprawy, z których tak słynie. Pamiętasz zabójstwo małżeństwa Arakawa podczas ich podróży poślubnej? Nie? No tak, to chyba było, zanim do nas przyszedłeś, Petey-san. Kiedy była ta sprawa Arakawów, Kelly?

— W siedemdziesiątym szóstym — odparł tamten.

— No właśnie, w siedemdziesiątym szóstym. To była największa afera tamtego pieprzonego roku. Państwo Arakawa, nowożeńcy bawiący w Los Angeles podczas swojego miesiąca miodowego, stoją przy krawężniku w dzielnicy wschodniej i nagle giną od serii oddanej z przejeżdżającego samochodu. Egzekucja w typowo gangsterskim stylu. Co gorsza, podczas sekcji zwłok wychodzi na jaw, że pani Arakawa była w ciąży. Prasa ma swój dzień: „Policja miasta Los Angeles bezsilna wobec rozzuchwalonych gangsterów" i inne teksty tego rodzaju. Z całego miasta napływają listy i pieniądze. Wszyscy są poruszeni tym, co się przydarzyło nowo poślubionej parze. No i oczywiście detektywi przydzieleni do tej sprawy dają dupy. Tak jest zresztą z większością morderstw, w których ofiarami są osoby narodowości japońskiej. Sprawa utyka w martwym punkcie. Po tygodniu zwracają się do Connora, który wyjaśnia ją w jeden dzień. Kurewski detektyw-cudotwórca. No bo przecież minął już tydzień. Fizycznych dowodów dawno nie ma, ciała nowożeńców są już z powrotem w Osace, a na rogu ulicy, gdzie to się stało, piętrzy się sterta zwiędłych kwiatów. Ale Connorowi udaje się mimo to ustalić, że z młodego pana Arakawy było niezłe ziółko. Odkrywa, że gangsterska strzelanina na rogu ulicy była egzekucją zleconą mafii japońskiej... z zastrzeżeniem, że ma zostać przeprowadzona w Ameryce. I wykazuje, że mąż padł ofiarą zupełnie przypadkowo, bo celem bandytów była tylko żona, o której wiedzieli, że jest ciężarna, i chcieli w ten sposób dać nauczkę jej ojcu. Tak. I Connor to wszystko wykrywa. Aż się, kurwa, wierzyć nie chce, co?

— I uważasz, że dokonał tego dzięki swoim japońskim koneksjom?

— Sam sobie odpowiedz — burknął Graham. — Ja wiem tylko tyle, że zaraz potem wyjechał na rok do Japonii.

— W jakim celu?

— Słyszałem, że pracował w charakterze ochroniarza w jakiejś japońskiej firmie. On dla nich pracował, oni spłacali dług wdzięczności. Tak to sobie przynajmniej wyobrażam. Jak było naprawdę, nie wie nikt. Ale ten człowiek nie jest detektywem. Chryste, spójrz na niego choćby teraz!

Connor stał na zewnątrz, w atrium, i z jakimś marzycielsko-refleksyjnym wyrazem twarzy wpatrywał się w sufit. Spojrzał najpierw w jedną stronę, potem w drugą. Sprawiał wrażenie niezdecydowanego. Po chwili ruszył szybkim krokiem w stronę wind, jakby zamierzał odejść, ale nagle raptownie zawrócił na pięcie, pomaszerował z powrotem na środek pomieszczenia i tam się zatrzymał. Zaczął oglądać liście palm w donicach rozstawionych po sali.

Graham pokręcił głową.

— Co to ma być, w ogrodnika się bawi czy co? Mówię ci, to dziwny gość. Jeździł do Japonii wiele razy, zawsze jednak wraca. Powiadają, że Japonia jest jak kobieta, z którą nie można wytrzymać, ale bez której nie da się żyć. Ja osobiście tego nie kapuję. Lubię Amerykę. Przynajmniej to, co z niej jeszcze zostało.

Odwrócił się do ludzi z ekipy technicznej.

— No jak, chłopaki, znaleźliście mi już te majtki?

— Jeszcze nie, Tom.

— Szukamy, Tom.

— Jakie majtki? — spytałem.

Graham uniósł brzeg sukni dziewczyny.

— Twojemu przyjacielowi Johnowi nie chciało się doprowadzić oględzin do końca, ale moim skromnym zdaniem jest tutaj coś dającego do myślenia. Coś mi się widzi, że ten płyn, który wycieka z pochwy, to sperma, dziewczyna nie ma majtek, a w kroczu widnieje czerwona pręga. Zewnętrzne powierzchnie narządów płciowych są zaczerwienione i otarte. Nie ulega wątpliwości, że zanim została zabita, odbyła wymuszony stosunek. Poprosiłem więc chłopaków, żeby szukali majtek.

— Może ich wcale nie miała — odezwał się jeden z techników.

— Miała, miała — zapewnił go Graham.

Odwróciłem się znowu do Kelly'ego.

— Czy w grę nie wchodzą czasem narkotyki?

Wzruszył ramionami.

— Oddamy próbki wszystkich płynów ustrojowych do laboratorium. Ale na pierwszy rzut oka wygląda na czystą. Zupełnie czystą — odparł.

Zauważyłem, że jest jakiś nieswój.

Graham również to zauważył.

— Na miłość boską, co masz taką skwaszoną minę, Kelly? Śpieszysz się na jakąś rozbieraną randkę czy jak?

— Nie — mruknął Kelly. — Ale prawdę mówiąc, nie widzę tu nie tylko śladów walki... nie widzę też niczego, co by wskazywało, że ta dziewczyna została zamordowana.

— Niczego, co by wskazywało, że została zamordowana? — powtórzył za nim Graham. — Żartujesz sobie?

— Ma na szyi obrażenia sugerujące, że mogła uprawiać jakieś sadomasochistyczne praktyki seksualne. A na rękach są ślady świadczące o tym, że była często wiązana.

— I co z tego?

— No więc, formalnie rzecz biorąc, może wcale nie została zamordowana. Zgon mógł nastąpić z przyczyn naturalnych.

— O Boże... Wal dalej.

— Całkiem możliwe, że jest to przypadek zgonu na skutek nagłego zatrzymania krążenia.

— Co to znaczy?

Kelly wzruszył ramionami.

— Człowiek po prostu umiera.

— Tak bez żadnego powodu?

— No, niezupełnie. Zazwyczaj towarzyszy temu jakiś uraz związany z sercem albo układem nerwowym. Ale ten uraz nie jest wystarczający, by spowodować zgon. Spotkałem się kiedyś z przypadkiem, że dziesięcioletni chłopak dostał w pierś piłką baseballową, niezbyt mocno, i padł martwy na szkolnym boisku. W promieniu dwudziestu metrów od niego nie było nikogo. Drugi przypadek dotyczy kobiety, która jadąc samochodem, miała drobną stłuczkę i uderzyła piersią o kierownicę, też niezbyt silnie, a kiedy otworzyła drzwiczki i chciała wysiąść, umarła. Wygląda na to, że do takich tajemniczych zgonów dochodzi po urazach szyi i klatki piersiowej, na skutek podrażnienia nerwów biegnących do serca. Trzeba też brać pod uwagę nagły zgon podczas stosunku. A ponieważ uprawianie seksu nie jest przestępstwem, nie byłoby to morderstwo.

Graham spojrzał na niego spode łba.

— Znaczy się, twierdzisz, że być może nikt jej nie zabił?

Kelly wzruszył ramionami i otworzył swój notatnik.

— Nie zapisuję tu tego. Jako przyczynę śmierci podaję zamartwicę będącą wynikiem zaduszenia. Bo wszystko przemawia za tym, że została uduszona. Ale ty zakonotuj sobie, że może nie została. Może po prostu wykorkowała.

— Dobra — zgodził się Graham. — Zakonotuję sobie. Pod etykietką „Fantazje lekarza sądowego". A tak nawiasem mówiąc, czy któryś z was, chłopaki, ustalił już jej tożsamość?

Myszkujący po sali technicy odmruknęli, że nie.

— Chyba mam już godzinę śmierci — oświadczył Kelly. Odczytał wskazania swoich termometrów i spojrzał na wykres. — Wyszło trzydzieści pięć i dziewięć dziesiątych stopnia. Biorąc pod uwagę temperaturę otoczenia, możemy przyjąć, że od zejścia upłynęły nie więcej niż trzy godziny.

— Trzy godziny? A to ci nowina. Słuchaj, Kelly, my już wiemy, że zmarła dziś wieczorem.

Asystent koronera pokręcił głową.

— Dokładniej nie potrafię tego określić. Trudno odczytać właściwy wynik z krzywych stygnięcia po takim krótkim czasie.

Oficjalnie mogę tylko stwierdzić, że zgon nastąpił w ciągu paru ostatnich godzin. Ale uważam, że dziewczyna nie żyje już od trzech godzin.

Graham odwrócił się do ekipy technicznej.

— Znalazł już któryś te majtki?

— Jeszcze nie, poruczniku.

— Ani torebki, ani majtek... — mruknął Graham, rozglądając się po sali.

— Sądzisz, że ktoś tu posprzątał? — zapytałem.

— Sam nie wiem — odparł. — Ale czy dziewczyna, która przychodzi na przyjęcie w kiecce za kilkanaście tysięcy dolców, może nie mieć przy sobie torebki? — Spojrzał nad moim ramieniem i uśmiechnął się. — No proszę, nie zgadniesz, Petey-san... Jedna z twoich wielbicielek cię szuka.

x x x

W moją stronę zmierzała energicznym krokiem Ellen Farley, sekretarka burmistrza do spraw kontaktów z prasą. Miała trzydzieści pięć lat i przycięte krótko ciemnoblond włosy, jak zwykle perfekcyjnie ułożone. Wcześniej była dziennikarką radiową, ale teraz, od paru ładnych lat, pracowała w biurze burmistrza. Była inteligentna, energiczna i miała wspaniałe ciało, które jednak — jak wieść niosła — zachowywała wyłącznie do własnego użytku.

Lubiłem ją i oddałem jej parę przysług, kiedy jeszcze pracowałem w biurze prasowym departamentu policji. Ponieważ burmistrz i szef policji nienawidzili się nawzajem, pisma z biura burmistrza trafiały poprzez Ellen do mnie i to ja je załatwiałem. Przeważnie były to drobne sprawy: prośba o wstrzymanie się ze złożeniem raportu do końca tygodnia albo oświadczenie, że nie wniesiono jeszcze aktu oskarżenia w jakiejś sprawie, chociaż w rzeczywistości został już wniesiony. Farley była kobietą szczerą i mówiła zawsze to, co myśli. Teraz też wszystko wskazywało na to, że będzie walić prosto z mostu.

— Słuchaj, Pete — zaczęła. — Nie wiem, co się tutaj

wyprawia, ale do burmistrza docierają jakieś zażalenia ze strony niejakiego pana Ishigury...

— Wyobrażam sobie...

— Dlatego burmistrz poprosił mnie, żebym ci przypomniała, że nie ma żadnego usprawiedliwienia dla osób, które zachowują się grubiańsko wobec obywateli obcych państw.

— Zwłaszcza kiedy ci obywatele wnoszą taki wielki wkład finansowy w kampanię wyborczą — wtrącił Graham.

— Obywatele obcych państw nie mogą finansować amerykańskich kampanii politycznych — odparła Farley. — I pan dobrze o tym wie. — Zniżyła głos i dodała: — To delikatna sprawa, Pete. Bądź ostrożny. Wiesz, że Japończycy są szczególnie wrażliwi na to, jak się ich traktuje w Ameryce.

— Dobra, będę o tym pamiętał.

Spojrzała na atrium przez szklane ściany sali konferencyjnej.

— To John Connor?

— Tak.

— Myślałam, że przeszedł w stan spoczynku. Co on tu robi?

— Pomaga mi w tej sprawie.

Farley zmarszczyła czoło.

— Chyba wiesz, że Japończycy żywią wobec niego mieszane uczucia. Mają nawet na to jakieś swoje określenie... Chodzi o kogoś, kto niby jest miłośnikiem Japonii, ale często zachowuje się jak zwyczajny ordynus.

— Connor nie jest ordynusem.

— Ishiguro czuje się urażony sposobem, w jaki go potraktowano.

— Ten człowiek próbował nam dyktować, co mamy robić — powiedziałem. — A tutaj leży zamordowana dziewczyna, o czym chyba wszyscy zapomnieli...

— Daj spokój, Pete — przerwała mi. — Nikt nie chce was pouczać, jak macie pracować. Ja tylko mówię, że musicie wziąć pod uwagę szczególne...

Urwała i popatrzyła na ciało.

— Znasz ją? — spytałem.

— Nie.

Odwróciła się.

— Na pewno?

Zauważyłem, że jest wytrącona z równowagi.

— Widziała ją pani wcześniej na dole? — spytał Graham.

— Być może. Chyba tak. Słuchajcie, panowie, muszę już wracać.

— Ellen, daj spokój.

— Nie wiem, kto to jest, Pete. Nie wątpisz chyba, że powiedziałabym ci, gdybym wiedziała. A do Japończyków odnoś się przyjaźnie. Tylko tyle kazał mi przekazać burmistrz. Muszę już lecieć.

Oddaliła się pośpiesznie w kierunku wind. Odprowadzałem ją wzrokiem, czując dziwny niepokój.

Graham podszedł do mnie i stanął obok.

— Ma fantastyczną dupę — mruknął. — Tylko że jej nikomu nie daje, chłopie, nawet tobie.

— Co miało znaczyć to „nawet tobie"?

— Wszyscy wiedzą, że z nią kręciłeś.

— O czym ty mówisz?

Dał mi kuksańca w ramię.

— Przestań. Jesteś teraz po rozwodzie i mogą ci naskoczyć.

— To nieprawda, Tom — powiedziałem.

— Możesz robić, co ci się podoba. Taki przystojniaczek.

— Mówię ci, że to nieprawda.

Podniósł ręce.

— No już dobrze, dobrze. Pomyliłem się.

Patrzyłem, jak Farley przechodzi pod taśmą w drugim końcu atrium. Wdusiła przycisk windy i przytupując niecierpliwie, czekała, aż kabina podjedzie.

— Naprawdę uważasz, że ona wie, kim jest ta dziewczyna? — spytałem.

— Jasne — odparł Graham. — Nie muszę ci przecież uświadamiać, za co burmistrz ją lubi. Stoi przy nim i szepcze

53

mu do ucha nazwiska osób, które się przewijają w jego otoczeniu. Mężów, żon, dzieci. Na pewno wie, kim jest ta dziewczyna.

— To dlaczego nam nie powiedziała?

— Diabli wiedzą — burknął Graham. — To musi być dla kogoś ważne. Wystartowała stąd jak rakieta, widziałeś? Mówię ci, lepiej szybko ustalmy tożsamość denatki. Cholernie nie lubię być ostatnim w mieście, który się o czymś dowiaduje.

Z drugiego końca sali machał na nas Connor.

— Czego on znowu chce? — zdziwił się Graham. — Czemu tak macha? Co tam trzyma w ręku?

— Chyba torebkę — odparłem.

* * *

— Cheryl Lynn Austin... — zaczął czytać Connor. — Urodzona w Midland w Teksasie, absolwentka teksaskiego uniwersytetu stanowego. Dwadzieścia trzy lata. Ma mieszkanie w Westwood, ale jest tu chyba od niedawna, bo jeszcze nie zdążyła wymienić swojego teksaskiego prawa jazdy.

Cała zawartość torebki leżała na stole. Grzebaliśmy w tym ołówkami.

— Gdzie znalazłeś tę torebkę? — zapytałem.

Była to mała, ciemna, wyszywana paciorkami kopertówka z perłowym zameczkiem. Eksponat z lat czterdziestych. Na pewno bardzo droga.

— Leżała w donicy palmy niedaleko sali konferencyjnej. — Connor otworzył maleńką zamykaną na suwak przegródkę i na stół wypadł ciasny zwitek nowiutkich studolarowych banknotów. — No, no... Panna Austin była dobrze sytuowana.

— Nie ma kluczyków od samochodu? — zapytałem.

— Nie ma.

— Czyli z kimś tu przyjechała.

— I najwyraźniej miała też zamiar z kimś odjechać. Taksiarz by nie wydał jej reszty ze stu dolarów.

Na zawartość torebki składały się poza tym: złota karta kredytowa American Express, szminka i puderniczka, paczka japońskich papierosów Mild Seven Menthol, karta wstępu do klubu nocnego Daimatsu w Tokio oraz cztery małe niebieskie pastylki.

Connor, pomagając sobie ołówkiem, przewrócił torebkę do góry dnem. Na stół wysypały się zielone okruszki.

— Wiecie, co to jest?

— Nie — przyznałem.

Graham przyjrzał się im przez szkło powiększające.

— To *wasabi*, zielony chrzan używany do posypywania orzeszków ziemnych — wyjaśnił kapitan.

Wiedziałem, że serwuje się go w japońskich restauracjach, ale o orzeszkach ziemnych posypywanych *wasabi* nigdy nie słyszałem.

— Nie wiem, czy sprzedaje się go poza granicami Japonii — dodał Connor.

Graham odchrząknął.

— Napatrzyłem się już. No i co teraz o tym myślisz, John? Czy Ishiguro przyprowadzi tych świadków, tak jak mu kazałeś?

— Nie sądzę, żeby się z tym śpieszył — odparł Connor.

— I pewnie masz rację — mruknął Graham. — Najwcześniej zobaczymy ich pojutrze, poinstruowanych już przez prawników, co mają nawijać. — Odstąpił od stołu. — Dobrze wiesz, dlaczego działają na zwłokę. Tę dziewczynę zabił jakiś Japończyk.

— Całkiem możliwe — przyznał Connor.

— No, kolego. To bardziej niż całkiem możliwe. Jesteśmy tutaj. To ich budynek. A ta dziewczyna jest akurat w ich typie. Wysmukła amerykańska róża. Wszystkie te kurduple lubią rżnąć koszykarki.

Connor wzruszył ramionami.

— Możliwe — powtórzył.

— Daj spokój — prychnął Graham. — Dobrze wiesz, jakie gówniane życie mają ci faceci u siebie. Tłoczą się w metrze jak sardynki, tyrają w wielkich firmach. Potem przyjeżdżają tutaj, zostawiając daleko za sobą zakazy i ograniczenia swojego kraju, i nagle zaczynają się czuć bogaci i wolni. Mogą robić, co chcą, więc czasem któremuś z tego wszystkiego pada na mózg. No powiedz, czy nie mam racji.

Connor patrzył na niego przez dłuższą chwilę.

— Więc według ciebie, Tom, japoński zabójca postanowił załatwić tę dziewczynę na stole w sali konferencyjnej Nakamoto?

— Właśnie.

— Dlaczego?

— Chryste, a kto to wie? Nie rozmawiamy tutaj o normalnym człowieku. Ale coś ci powiem... Dorwę kutasa, który to zrobił, choćby to miała być ostatnia cholerna rzecz, jakiej dokonam w życiu.

Winda opadała szybko. Connor stał oparty o szklaną ścianę.

— Jest wiele powodów, by nie lubić Japończyków — odezwał się w pewnej chwili — ale Graham nie zna żadnego z nich. — Westchnął. — Wiesz, co oni o nas mówią?

— Co? — zapytałem.

— Twierdzą, że my, Amerykanie, poświęcamy zbyt mało czasu na obserwowanie świata i dlatego nie wiemy, co jest w życiu najważniejsze.

— Czy to cytat z zen?

Roześmiał się.

— Nie, skąd. Ale to prawda. Zapytaj japońskiego sprzedawcę komputerów, co myśli o swoich amerykańskich kolegach po fachu, i tak właśnie ci odpowie. Podobne zdanie o nas ma w Japonii każdy, kto prowadzi interesy z Amerykanami. A kiedy spojrzysz na Grahama, dochodzisz do wniosku, że to prawda. Grahamowi brak rzetelnej wiedzy i doświadczenia. Cały jego zasób informacji to wyssane z palca historyjki, rozpowszechniane przez media. Nic nie wie o Japończykach i nawet mu nie w głowie, żeby się o nich czegoś dowiedzieć.

— A więc uważasz, że się myli? — spytałem. — Że dziewczyna nie została zamordowana przez Japończyka?

— Tego nie powiedziałem, *kōhai* — odparł Connor. — Bardzo możliwe, że pod tym względem Graham ma rację. Ale w tej chwili...

Drzwi się rozsunęły i zobaczyliśmy pełną gości salę; orkiestra grała właśnie *Księżycową serenadę*. Do windy wsiadły dwie opuszczające przyjęcie pary. Mężczyźni byli siwowłosi i dystyngowani, a kobiety trochę wstawione.

— Jest mniejsza, niż myślałam — powiedziała jedna z nich.

— Tak, drobniutka. A ten facet... to był jej przyjaciel?

— Chyba tak. Czy to nie on występował z nią w wideoklipie?

— Zdaje się, że on.

— Jak sądzicie, poprawiała sobie cycki? — odezwał się jeden z mężczyzn.

— A która ich teraz nie poprawia?

Druga z kobiet zachichotała.

— Oczywiście z wyjątkiem mnie.

— Właśnie, Christine.

— Ale noszę się z tą myślą. Widziałaś Emily?

— Och, za duże sobie zrobiła.

— To wszystko przez Jane, ona zaczęła. Teraz wszystkie chcą mieć duże.

Mężczyźni odwrócili się i zaczęli wyglądać przez szklaną ścianę.

— Wspaniały gmach — mruknął jeden z nich. — Musiał kosztować fortunę. Dużo teraz prowadzisz interesów z Japończykami, Ron?

— Dwadzieścia procent — odparł tamten. — Ciągnę na tym poziomie już od zeszłego roku. Musiałem popracować trochę nad swoją grą w golfa, bo oni wciąż chcą grać w golfa.

— Dwadzieścia procent interesów?

— Tak. Wykupują teraz Orange County.

— No pewnie. Los Angeles już wykupili — wtrąciła ze śmiechem któraś z kobiet.

— Prawie. Gmach Arco, ten naprzeciwko, też do nich należy — powiedział jeden z mężczyzn, wskazując palcem za szklaną ścianę. — Według mnie należy już do nich jakieś siedemdziesiąt, siedemdziesiąt pięć procent śródmieścia Los Angeles.

— Na Hawajach wygląda to jeszcze gorzej.

— Tam do diabła, Hawaje już są praktycznie ich: dziewięćdziesiąt procent Honolulu, sto procent wybrzeża Kona. Zakładają tam pola golfowe jak szaleni.

— Czy to przyjęcie będzie jutro w telewizji? — zmieniła temat jedna z kobiet. — Było tam tyle kamer...

— Trzeba będzie sprawdzić.

— *Mōsugu de gozaimasu* — powiedziała winda.

Znaleźliśmy się na poziomie garażu i towarzystwo wysiadło. Connor odprowadzał ich wzrokiem, kręcąc głową.

— W żadnym innym kraju na świecie nie usłyszałbyś ludzi rozmawiających tak spokojnie o tym, że ich miasta i stany są wyprzedawane cudzoziemcom — stwierdził.

— Rozmawiających? — prychnąłem. — Przecież oni sami prowadzą tę wyprzedaż.

— Fakt. Amerykanie uwielbiają sprzedawać. Japończycy nie mogą się temu nadziwić. Uważają, że popełniamy ekonomiczne samobójstwo. No i naturalnie mają rację — odparł Connor i nacisnął na panelu windy przycisk oznaczony napisem ALARM.

Rozległ się stonowany, pulsujący dźwięk gongu.

— Czemu to zrobiłeś?

Kapitan spojrzał w obiektyw kamery wideo zainstalowanej w narożu sufitu i pomachał wesoło ręką.

— Dobry wieczór, panowie oficerowie — odezwał się głos z interkomu. — Mogę w czymś pomóc?

— Owszem — powiedział Connor. — Czy rozmawiam z ochroną obiektu?

— Tak, proszę pana. Jakieś kłopoty z windą?

— Gdzie znajduje się wasza dyżurka?

— Na poziomie głównego holu, południowo-wschodni narożnik, za windami.

— Dziękuję bardzo — powiedział Connor i wdusił przycisk holu głównego.

Dyżurka służb ochrony wieżowca Nakamoto była małym pomieszczeniem, jakieś pięć na siedem metrów. Dominowały w niej trzy ogromne, płaskie panele wideo, każdy podzielony na tuzin mniejszych ekranów. W tej chwili większość powierzchni paneli pokrywały czarne prostokąty. Ale jeden rząd przekazywał obrazy z głównego holu i garażu, a na drugim przewijały się sceny z przyjęcia. W trzecim rzędzie można było obserwować krzątaninę ekip policyjnych na czterdziestym piątym piętrze.

Dyżur pełnił strażnik Jerome Phillips, czterdziestokilkuletni czarny mężczyzna ubrany w szary uniform służb ochrony o przepoconym kołnierzyku i ciemnych zaciekach pod pachami. Kiedy wchodziliśmy, poprosił, by nie zamykać drzwi. Od razu widać było, że nasza wizyta jest mu bardzo nie w smak. Wyczułem, że coś ukrywa, ale Connor podszedł do niego jak gdyby nigdy nic. Pokazaliśmy swoje odznaki, a potem kapitan wdał się w towarzyską pogawędkę.

— Widzę, że ma pan pracowitą noc, panie Phillips.

— O, tak. Ta impreza i w ogóle...

— No i ten młyn w tym małym pokoiku.

Phillips otarł pot z czoła.

— Z ust mi pan to, kurczę, wyjął. Tyle się ich tu napchało. Jezu...

— Jakich ich? — spytałem.

— Po opuszczeniu czterdziestego szóstego piętra Japończycy zjechali tu na dół i obserwowali nas na monitorach — wyjaśnił Connor. — Prawda, panie Phillips?

Murzyn pokiwał głową.

— Nie wszyscy, ale sporo ich tu było. Siedzieli, smrodzili tymi przeklętymi papierochami, gapili się, kopcili i czytali faksy.

— Faksy?

— A tak. Co parę minut ktoś przynosił nowy faks. No wiecie, drukowany tymi japońskimi robaczkami. Podawali go sobie nawzajem, coś tam szwargotali. Potem któryś wychodził, żeby nadać odpowiedź. A reszta siedziała i obserwowała was, chłopaki, jak pracujecie tam na górze.

— Czy słuchali też, co mówimy? — spytał Connor.

Phillips pokręcił głową.

— Nie. Nie mamy tutaj instalacji audio.

— Dziwne — mruknął Connor. — To chyba dość nowoczesny sprzęt.

— Dość nowoczesny? Chłopie, to najnowocześniejsza aparatura na świecie. Powiem wam coś. Ci ludzie robią wszystko tip-top. Mają najlepszy system alarmowy i najlepszą instalację przeciwpożarową. Najlepsze zabezpieczenia antywstrząsowe. No i, ma się rozumieć, najlepszy elektroniczny system ochrony obiektu: najlepsze kamery, najlepsze detektory, wszystko najlepsze.

— Widzę — mruknął Connor. — Dlatego zdziwiło mnie, że nie mają instalacji audio.

— Nie. Audio nie ma. Nie ma też koloru. Tylko czarno-białe monitory wysokiej rozdzielczości. Nie pytajcie dlaczego. Wiem tylko, że ma to coś wspólnego z kamerami i sposobem ich połączenia.

Na płaskich panelach wideo widziałem pięć różnych ujęć czterdziestego szóstego piętra przekazywanych przez pięć różnych kamer. Najwyraźniej Japończycy zainstalowali kamery na całym piętrze. Przypomniało mi się, jak Connor chodził po atrium, patrząc na sufit. Pewnie wypatrywał wtedy tych kamer.

Na jednym z ekranów widziałem Grahama kierującego pracą

ekip w sali konferencyjnej. Palił papierosa, co było jawnym pogwałceniem zasad zachowania się na miejscu przestępstwa. Widziałem, jak przeciąga się i ziewa. Tymczasem Kelly przygotowywał się do przeniesienia ciała dziewczyny ze stołu do zasuwanego na zamek błyskawiczny, plastikowego worka i...

Nagle doznałem olśnienia.

Mieli tam kamery.

Pięć różnych kamer.

Obejmowały każdy zakamarek piętra.

— O Boże... — wymamrotałem i odwróciłem się, dygocąc z podniecenia.

Kiedy otwierałem już usta, Connor uśmiechnął się do mnie, położył mi dłoń na ramieniu i zacisnął ją na nim mocno.

— Poruczniku — powiedział.

Usiłowałem zapanować nad twarzą i powstrzymać grymas bólu.

— Tak, kapitanie?

— Zastanawiam się, czy mielibyście coś przeciwko temu, żebym zadał panu Phillipsowi parę pytań.

— Nie, kapitanie. Niech pan pyta.

— Może by pan trochę ponotował?

— Dobra myśl, kapitanie.

Puścił moje ramię, a ja sięgnąłem po notes.

Connor przysiadł na skraju stołu.

— Od dawna pracuje pan w służbach ochrony Nakamoto, panie Phillips? — zaczął.

— Tak, proszę pana. Będzie już z sześć lat. Zaczynałem w ich fabryce w La Habra, a kiedy w wypadku samochodowym doznałem urazu nogi i miałem trudności z chodzeniem, przenieśli mnie do służb ochrony obiektu. W tej samej fabryce. Tam nie trzeba było dużo chodzić. Potem, jak otworzyli fabrykę w Torrance, przenieśli mnie do niej. Moja żona też dostała tam pracę. W Torrance produkują podzespoły do toyoty. Potem otworzyli ten budynek i ściągnęli mnie tutaj. Pracuję na nocnej zmianie.

— Rozumiem. Czyli w sumie uzbierało się sześć lat.

— Tak.

— Musi pan lubić swoją pracę.

— No, jak by tu powiedzieć... to pewna posada, a w Ameryce to już coś. Wiem, że moi pracodawcy nie myślą najlepiej o czarnych, ale zawsze dobrze mnie traktowali. Wcześniej pracowałem w General Motors i u Van Nuysa, a tam... no wiecie, było, minęło.

— Tak — mruknął współczująco Connor.

— Co to był za bajzel — podjął Phillips, potrząsając refleksyjnie głową. — Jezu... Te dupki z kierownictwa, których przysyłali nam na produkcję. Nie uwierzylibyście. Na niczym się palanty nie znały. Nie mieli pojęcia o pracy przy taśmie. Nie odróżniali narzynki od gwintownika. Ale do rozkazywania brygadzistom to byli pierwsi. Wyciągają sto pieprzonych kawałków rocznie, a nic nie umieją. I wszystko szło ciągle jak po grudzie. A te ich samochody tylko o dupę potłuc. Ale tutaj to zupełnie coś innego — ciągnął, postukując palcem o blat biurka. — Tutaj, jak czegoś nie wiem albo jak coś nawali, po prostu dzwonię i zaraz przychodzą. I znają się na systemie, wiedzą, jak działa, razem rozpracowujemy każdy problem i usuwamy go. Od ręki. Tutaj problemy usuwa się od razu. I właśnie w tym tkwi różnica. Mówię wam: ci ludzie się przykładają.

— Więc podoba ci się tutaj?

— Traktowali mnie po ludzku — odparł Phillips, kiwając głową.

Nie zabrzmiało to jak żarliwa deklaracja lojalności. Odnosiłem wrażenie, że facet wcale nie jest tak bezgranicznie oddany swoim pracodawcom i kilka pytań może przełamać lody. Wystarczyło go tylko trochę przycisnąć.

— Lojalność to ważna rzecz — mruknął Connor.

— Dla nich tak — przyznał Phillips. — Oczekują od człowieka, żeby był oddany firmie. Zawsze przychodzę piętnaście, dwadzieścia minut wcześniej i schodzę ze zmiany piętnaście, dwadzieścia minut po czasie. Oni lubią, jak się pracuje więcej niż trzeba. Robiłem tak samo u Van Nuysa, ale nikt tego nawet nie zauważył.

— A na jakie godziny przypada pański dyżur?

— Pracuję od dziewiątej wieczorem do siódmej rano.

— A dzisiaj? O której przyszedł pan na służbę?

— Za piętnaście dziewiąta. Jak powiedziałem, przychodzę zawsze kwadrans wcześniej.

Policja została powiadomiona około dwudziestej trzydzieści. Gdyby więc ten człowiek rzeczywiście przyszedł do pracy kwadrans przed dwudziestą pierwszą, nie mógł być świadkiem morderstwa, którego dokonano co najmniej piętnaście minut wcześniej.

— Kto miał służbę przed panem?

— Zwykle jest to Ted Cole. Ale nie wiem, czy dzisiaj pracował.

— Jak to?

Strażnik otarł rękawem pot z czoła i odwrócił wzrok.

— Jak to, panie Phillips? — powtórzyłem z nieco większym naciskiem.

Zamrugał powiekami, ale nadal milczał.

— Kiedy pan wszedł tu dzisiaj wieczorem, Teda Cole'a nie było — powiedział cicho Connor. — Prawda, panie Phillips?

Strażnik pokręcił głową.

— Nie, nie było.

Chciałem zadać następne pytanie, ale Connor powstrzymał mnie uniesieniem ręki.

— Wyobrażam sobie pańskie zaskoczenie, panie Phillips, kiedy wszedł pan tutaj za kwadrans dziewiąta...

— Żeby pan wiedział — przyznał Murzyn.

— Co pan wtedy zrobił?

— Zapytałem tego człowieka: „W czym mogę pomóc?". Bardzo grzecznie, ale stanowczo. Bo to przecież dyżurka ochrony obiektu, a ja nigdy w życiu go nie widziałem. Ale facet jest spięty, bardzo spięty. „Zejdź mi z drogi", mówi do mnie. I to takim tonem, jakby cały świat do niego należał. Odpycha

mnie i wychodzi ze swoją walizeczką. Wołam za nim: „Przepraszam, proszę okazać dokumenty!". A on nic, tylko idzie
dalej. Mija hol i zbiega po schodach na dół.

— I nie próbował go pan zatrzymać?

— Nie, proszę pana. Nie próbowałem.

— Dlaczego? Bo był Japończykiem?

— No właśnie. Zadzwoniłem jednak na górę, do centrali
służb ochrony na dziewiątym piętrze, i mówię, że zastałem
w dyżurce jakiegoś obcego człowieka. A oni na to: „Nie
przejmuj się, wszystko jest w porządku". Ale poznaję po głosie,
że też są jacyś spięci. Wszyscy są spięci. I nagle widzę na
monitorze... martwą dziewczynę. Dopiero wtedy skapowałem,
co jest grane.

— A ten mężczyzna? Potrafiłby go pan opisać? — spytał
Connor.

Strażnik wzruszył ramionami.

— Trzydzieści, trzydzieści pięć lat. Średniego wzrostu.
Granatowy garnitur, taki sam, jak oni wszyscy noszą. Był
chyba trochę bardziej fircykowaty niż pozostali, bo miał krawat
w trójkąty. Aha, i bliznę na dłoni, jakby po oparzeniu czy coś
w tym rodzaju.

— Na której dłoni?

— Na lewej. Zauważyłem ją, kiedy zamykał walizeczkę.

— Widział pan wnętrze tej walizeczki?

— Nie.

— Ale kiedy pan wchodził do dyżurki, ten facet ją zamykał?

— Tak.

— Czy nie odniósł pan wrażenia, że coś zabrał z dyżurki?

— Trudno mi to stwierdzić.

Zaczynał mnie denerwować swoimi wymijającymi odpo-
wiedziami.

— Co według pana zabrał? — spytałem.

Connor rzucił mi zniecierpliwione spojrzenie, a strażnik
natychmiast się usztywnił.

— Naprawdę nie wiem, proszę pana.

— Oczywiście, że pan Phillips nie wie — wtrącił Connor. — Skąd miałby pan wiedzieć, co jest w czyjejś walizeczce? A tak nawiasem mówiąc, czy rejestrujecie tutaj przekazy z kamer zainstalowanych w budynku?

— Tak, rejestrujemy.

— Mógłby mi pan zademonstrować, jak to się robi?

— Jasne — odparł strażnik.

Wstał zza biurka i otworzył drzwi znajdujące się w drugim końcu pomieszczenia. Weszliśmy za nim do małego pokoiku, niewiele większego od ściennej szafy, od podłogi po sufit zastawionego niewielkimi metalowymi pudełkami, z których każde miało etykietkę z napisem wykonanym japońskimi znakami *kanji* oraz angielskim numerem. Na wszystkich paliło się czerwone światełko i widniał licznik z wyświetlaczem cyfrowym, na którym szybko zmieniały się wskazania.

— To nasze rejestratory — wyjaśnił Phillips. — Zapisują obrazy z kamer rozmieszczonych w całym budynku na ośmiomilimetrowych czarno-białych kasetach o wysokiej rozdzielczości. — Pokazał nam małą kasetę podobną do magnetofonowej. — Mieści się tu osiem godzin nagrania. Zmieniamy je o dziewiątej wieczorem. To pierwsza rzecz, jaką robię, obejmując dyżur. Wyciągam stare kasety i wkładam nowe.

— Czy dzisiaj o dwudziestej pierwszej też je pan zmieniał?

— Tak, proszę pana. Jak zawsze.

— A co pan robi z wyjętymi kasetami?

— Układam je tu, na tych paletach — odparł Phillips i pochylił się, żeby nam pokazać kilka długich, wąskich szufladek. — Przechowujemy wszystkie zapisy z kamer przez siedemdziesiąt dwie godziny. Znaczy się, przez trzy dni. Tak więc zawsze leży tu w sumie dziewięć zestawów taśm. I każdy zestaw jest co trzeci dzień wykorzystywany ponownie.

Connor popatrzył na niego.

— Może lepiej to sobie zapiszę — mruknął, wyciągając z kieszeni mały notesik i pióro. — A więc tak... Każda taśma starcza na osiem godzin i macie dziewięć zestawów...

— Tak, tak.

Kapitan notował przez chwilę, ale nagle przerwał i z rozdrażnieniem potrząsnął swoim długopisem.

— Przeklęty pisak... Chyba tusz się skończył. Ma pan tu kosz na śmieci?

Strażnik wskazał róg pomieszczenia.

— Tam stoi.

— Dziękuję — odparł Connor i wyrzucił długopis.

Podałem mu swój. Wrócił do notowania.

— Mówi pan, panie Phillips, że używacie dziewięciu zestawów...

— Tak. Poszczególne zestawy oznaczone są literami od A do I. Kiedy przychodzę o dziewiątej, wyciągam taśmy z rejestratorów i patrzę, jaką mają literę, a potem wkładam kasety oznaczone kolejnymi literami alfabetu. Dzisiaj wieczorem wyjąłem zestaw C i włożyłem na jego miejsce taśmy oznaczone literą D, więc teraz rejestracja odbywa się na nich.

— Rozumiem — mruknął Connor. — A taśmy z zestawu C umieścił pan w którejś z tych szufladek?

— Tak — odparł Murzyn i wyciągnął jedną z szuflad. — W tej.

— Mogę? — zapytał Connor.

Zerknął na rząd starannie opisanych taśm, a potem zaczął szybko otwierać inne szufladki i przyglądać się pozostałym zestawom kaset. Zawartość wszystkich szufladek wyglądała identycznie, taśmy różniły się tylko literami.

— Chyba już teraz wszystko zrozumiałem — stwierdził kapitan. — Używacie rotacyjnie dziewięciu zestawów taśm.

— Właśnie.

— Czyli że każdy zestaw używany jest co trzy dni...

— Tak.

— Od jak dawna służby ochrony stosują ten system?

— Budynek jest nowy, ale my pracujemy tu już od jakichś dwóch miesięcy.

— Trzeba przyznać, że to bardzo dobry system — powiedział

z uznaniem Connor. — Dziękuję panu za wyjaśnienia. Ale mam jeszcze parę pytań...

— Oczywiście.

— Po pierwsze, chodzi mi o te liczniki — powiedział Connor, wskazując wyświetlacze rejestratorów. — Pokazują chyba czas, jaki upłynął od rozpoczęcia rejestracji na danej taśmie, tak? Dochodzi już dwudziesta trzecia, pan zmienił taśmy o dwudziestej pierwszej, a licznik górnego rejestratora wskazuje pierwszą pięćdziesiąt pięć i trzydzieści sekund, sąsiedniego pierwszą pięćdziesiąt pięć i dziesięć sekund, i tak dalej.

— Zgadza się. Wkładam taśmy kolejno, jedna po drugiej. Stąd tych kilka sekund różnicy pomiędzy wskazaniami poszczególnych liczników.

— Rozumiem. Wszystkie wskazują prawie dwie godziny. Ale zauważyłem, że licznik jednego z dolnych rejestratorów pokazuje dopiero trzydzieści minut. Czy to oznacza, że się zepsuł?

— Hm... — mruknął Phillips, ściągając brwi. — Wychodzi na to, że tak. Jak powiedziałem, wymieniłem wszystkie taśmy. Niby są to rejestratory najnowszej generacji, ale czasem trafi się wadliwy. Zdarzają się też spadki napięcia w sieci. Może to było przyczyną.

— Całkiem możliwe — przyznał Connor. — A może mi pan powiedzieć, do której kamery podłączony jest ten rejestrator?

— Oczywiście. — Strażnik odczytał numer rejestratora i wyszedł do pomieszczenia głównego, tego z monitorami wideo. — To kamera czterdzieści sześć łamane przez sześć — powiedział. — Ten monitor — dodał i postukał palcem w jeden z ekranów.

Była to kamera zainstalowana w atrium i przekazująca ogólny widok czterdziestego szóstego piętra.

— Widzicie teraz, jak to wszystko działa — powiedział Phillips. — Nawet jeśli nawali któryś z magnetowidów, wszystkie kamery nadal przekazują obraz z piętra i rejestratory pozostałych kamer działają bez zarzutu.

— Rzeczywiście, działają — mruknął kapitan. — A tak przy okazji, czy mógłby mi pan wyjaśnić, dlaczego na czterdziestym szóstym piętrze jest tak dużo kamer?

— Niech pan nikomu nie mówi, że dowiedział się tego ode mnie — zastrzegł Murzyn. — Ale wie pan, jak oni dbają o wydajność pracy. Krążą słuchy, że sprawdzają pracowników biurowych.

— A więc te kamery zainstalowano przede wszystkim po to, żeby obserwować urzędników w godzinach pracy i pomóc im w podnoszeniu wydajności?

— Tak słyszałem.

— No cóż, chyba tak właśnie jest — powiedział Connor. — Aha, i jeszcze jedno pytanie... Zna pan adres Teda Cole'a?

Phillips pokręcił głową.

— Nie, nie znam.

— Spotyka się pan z nim na mieście po godzinach pracy?

— Tak, ale nie za często. To dziwny facet.

— Był pan kiedyś u niego w mieszkaniu?

— Nie. On jest trochę skryty. Zdaje się, że mieszka z matką czy coś takiego. Zwykle chodzimy do baru Palomino przy lotnisku.

Connor kiwnął głową.

— I ostatnie pytanie: gdzie jest najbliższy automat telefoniczny?

— W holu, po prawej, obok toalet. Ale proszę skorzystać z mojego telefonu.

Kapitan uścisnął mu dłoń.

— Panie Phillips, jestem panu niezmiernie zobowiązany za to, że poświęcił nam pan tyle czasu.

— Nie ma sprawy.

Wręczyłem strażnikowi swoją wizytówkę.

— Jeśli dojdzie pan do wniosku, że może nam jeszcze w czymś pomóc, panie Phillips, proszę do mnie zatelefonować — powiedziałem i wyszedłem.

Connor stał w holu przy automacie. Była to jedna z tych nowych budek telefonicznych z dwoma aparatami na przeciwległych ściankach, z której mogły korzystać jednocześnie, na tej samej linii, dwie stojące obok siebie osoby. Przed laty budki takie pojawiły się w Tokio, a ostatnio zaczynały wyrastać jak grzyby po deszczu w całym Los Angeles. Towarzystwo Pacific Bell traciło stopniowo monopol na sieć publicznych automatów w Ameryce. Również na ten rynek wchodzili producenci japońscy.

Patrzyłem na Connora zapisującego sobie w notesie numer telefonu.

— Co robisz? — zapytałem.

— Musimy jeszcze dzisiaj znaleźć odpowiedź na dwa zasadnicze pytania. Po pierwsze, jak doszło do zabójstwa tej dziewczyny. A po drugie, kto powiadomił policję o morderstwie.

— I podejrzewasz, że telefonowano właśnie z tego aparatu?

— Być może.

Zamknął notes i zerknął na zegarek.

— Późno już. Bierzmy się lepiej do roboty.

— Wydaje mi się, że popełniamy wielki błąd.

— A to czemu? — zdziwił się Connor.

— Nie powinniśmy chyba zostawiać tych taśm bez opieki w dyżurce ochrony obiektu. A jeśli pod naszą nieobecność ktoś je podmieni?

— Już je podmieniono — oświadczył.

— Skąd wiesz?

— Poświęciłem wspaniały długopis, żeby to sprawdzić — odparł. — No, chodźmy.

Ruszył w kierunku schodów prowadzących na dół, do garażu. Podążyłem za nim.

— Kiedy Phillips zaczął wyjaśniać nam ten system rotacji, natychmiast nasunęło mi się podejrzenie, że taśmy mogły zostać podmienione — powiedział. — Teraz trzeba tego tylko dowieść.

Jego głos niósł się echem po betonowej klatce schodowej. Zbiegał na dół, przeskakując po dwa stopnie naraz. Starałem się dotrzymać mu kroku.

— Jeśli ktoś rzeczywiście podmienił taśmy — ciągnął — to jak to zrobił? Z pewnością działał w pośpiechu, nerwowo. Bał się, że popełni jakiś błąd. Na pewno nie chciał zostawić żadnych obciążających kaset, więc prawdopodobnie podmienił cały zestaw. Ale czym go zastąpił? Nie mógł go tak po prostu zabrać. Zawsze jest dziewięć zestawów i gdyby zostało tylko osiem, łatwo byłoby zauważyć, że jednego brakuje. Pusta szuflada rzucałaby się w oczy. Nie, ten ktoś musiał zastąpić zestaw, który zabrał, jakimś innym. Dlatego przyszło mi do głowy, żeby zajrzeć do kosza na śmieci.

— I z tego powodu wyrzuciłeś długopis?

— Tak. Nie chciałem, żeby Phillips się zorientował, o co mi chodzi.

— I co?

— Kosz był pełen zmiętych foliowych opakowań. Takich, w jakie owija się kasety wideo.

— Rozumiem.

— Skoro przekonałem się, że taśmy zostały podmienione, pozostawało ustalić jeszcze, którego zestawu to dotyczy. Udałem więc tępaka i zacząłem zaglądać do wszystkich szuflad po kolei. Zauważyłeś prawdopodobnie, że zestaw C, ten, który Phillips na początku swojego dyżuru wyjął z rejestratorów, miał trochę bielsze etykietki od pozostałych. Różnica była nieznaczna, bo służby ochrony zaczęły pracę zaledwie przed dwoma miesiącami, ale zauważalna.

— Ktoś wszedł do dyżurki służb ochrony obiektu z dwudziestoma nowymi kasetami wideo, odpakował je z folii, wypisał nowe etykiety i wsunął taśmy do rejestratorów zamiast tych, na których zarejestrowane zostało morderstwo, tak? Jeśli interesuje cię moje zdanie, wydaje mi się, że Phillips wie na ten temat znacznie więcej, niż nam powiedział.

— Być może — odparł Connor. — Ale teraz mamy do załatwienia coś ważniejszego. Policja została powiadomiona telefonicznie o dwudziestej trzydzieści. Phillips przyszedł do pracy kwadrans przed dwudziestą pierwszą, więc nie mógł być naocznym świadkiem morderstwa. Można założyć, że widział je poprzedni strażnik, ten Cole. Jednak kwadrans przed dwudziestą pierwszą Cole'a nie było już w dyżurce, przebywał tam natomiast jakiś niezidentyfikowany Japończyk, który właśnie zamykał walizeczkę...

— Myślisz, że to on zamienił kasety?

Connor kiwnął głową.

— Bardzo możliwe. Prawdę mówiąc, nie zdziwiłbym się wcale, gdyby ten sam człowiek okazał się mordercą. Mam nadzieję, że uda mi się to ustalić po przeprowadzeniu przeszukania w mieszkaniu panny Austin — powiedział.

Pchnął drzwi i wszedł do garażu.

Kolejka gości opuszczających przyjęcie czekała, aż parkingowi podstawią ich samochody. Dostrzegłem Ishigurę rozmawiającego z burmistrzem Thomasem i jego żoną. Connor pociągnął mnie w ich stronę. Japończyk był tak ugrzeczniony, że graniczyło to z lizusostwem. Obdarzył nas szerokim uśmiechem.

— O, jesteście, panowie. No i jak posuwa się śledztwo? Czy mogę jeszcze w czymś pomóc?

Kiedy zobaczyłem, jak nadskakuje burmistrzowi, ogarnął mnie gniew. Aż poczerwieniałem z wściekłości. Ale Connor wziął to z marszu.

— Dziękuję, Ishiguro-san — powiedział z lekkim ukłonem. — Śledztwo toczy się ustalonym trybem.

— Czy uzyskaliście pomoc, o którą prosiliście? — spytał Japończyk.

— Oczywiście — odparł Connor. — Wszyscy chętnie z nami współpracują.

— To dobrze, bardzo dobrze. Cieszę się — powiedział Ishiguro.

Zerknął na burmistrza i również się do niego uśmiechnął. Cały był jednym wielkim uśmiechem.

— Ale jest pewien problem... — dodał kapitan.

— Proszę się nie krępować. Jeśli tylko będę w stanie coś na to zaradzić...

— Wszystko wskazuje na to, że taśmy w dyżurce ochrony obiektu zostały podmienione.

Japończyk zmarszczył czoło, wyraźnie zaskoczony.

— Taśmy w dyżurce?

— Tak — odparł Connor. — Taśmy z zarejestrowanymi przekazami z kamer telewizji wewnętrznej.

— Nic mi o tym nie wiadomo — wymamrotał Ishiguro. — Ale zapewniam pana, że jeśli takie taśmy istniały, otrzymacie je do wglądu.

— Dziękuję. Niestety, wszystko wskazuje na to, że te taśmy zostały wyniesione z dyżurki ochrony wieżowca Nakamoto.

Burmistrz przysłuchiwał się tej rozmowie z coraz większym zainteresowaniem.

— Wyniesione? — powtórzył. — Panowie, to z pewnością jakieś nieporozumienie.

— Być może, ale nie wydaje mi się — odparł Connor. — Byłbym bardzo zobowiązany, panie Ishiguro, gdyby zajął się pan tą sprawą osobiście.

— Obiecuję, że się tym zajmę — przyrzekł Japończyk. — Ale jeszcze raz powtarzam, że to raczej niemożliwe, kapitanie.

— Z góry dziękuję za współpracę — powiedział Connor.

— Nie ma za co, kapitanie — odparł Ishiguro, wciąż się uśmiechając. — Z najwyższą przyjemnością będę służyć panu wszelką pomocą.

× × ×

— Sukinsyn — warknąłem. Jechaliśmy na zachód, w stronę Santa Monica. — Ten mały kurdupel łgał nam w żywe oczy.

— Tak, to irytujące — przyznał Connor. — Ale zrozum, Ishiguro widzi to inaczej. Teraz, stojąc u boku burmistrza, przestawia się na inny zestaw obowiązków i zachowań. Ponieważ zmieniły się okoliczności, musi działać inaczej, bez żadnych odniesień do swojego wcześniejszego zachowania. Nam może się to wydawać niewłaściwe, jednak on uważa, że tak właśnie trzeba.

— Najbardziej wkurza mnie ta jego pewność siebie.

74

— Ishiguro świadomie ją okazuje. I byłby bardzo zaskoczony, dowiedziawszy się, że ciebie to drażni. Uważasz go za niemoralnego, a on uważa ciebie za naiwnego. Konsekwencja w zachowaniu jest dla Japończyka nie do pomyślenia. Japończyk staje się kimś innym w zależności od rangi danej osoby. Staje się inny, przechodząc z pokoju do pokoju we własnym domu.

— Wszystko pięknie ładnie, ale faktem jest, że skubaniec kłamie — mruknąłem.

Connor spojrzał na mnie.

— Czy rozmawiałbyś w ten sposób ze swoją matką?

— Oczywiście, że nie.

— A więc ty też się zmieniasz w zależności od sytuacji — wytknął mi. — Prawda jest taka, że wszyscy się zmieniamy. Tyle że Amerykanie wierzą w pewien stały rdzeń osobowości, który nie ulega zmianie z minuty na minutę. Natomiast Japończycy są zdania, że wszystko zależy od okoliczności.

— To mi zakrawa na usprawiedliwianie kłamstwa — stwierdziłem.

— W jego mniemaniu to nie jest kłamstwo.

— Co nie zmienia faktu, że jednak nim jest.

Connor wzruszył ramionami.

— Tylko z twojego punktu widzenia, *kōhai*. Z jego nie.

— Tam do diabła.

— Posłuchaj, wybór należy do ciebie. Albo postarasz się zrozumieć Japończyków i akceptować ich takimi, jacy są, albo idź w cholerę. Cały problem polega na tym, że my, Amerykanie, nie potrafimy wczuć się w ich mentalność.

Wóz podskoczył na dziurze w jezdni. Wstrząs był tak silny, że słuchawka samochodowego telefonu spadła z zaczepu. Connor podniósł ją z podłogi i odwiesił na miejsce.

Zobaczyłem przed sobą zjazd na Bundy. Skręciłem na prawy pas.

— Jedno jest dla mnie niezbyt jasne... — powiedziałem. — Z czego wnioskujesz, że mężczyzna z walizeczką z dyżurki ochrony mógł być zabójcą?

75

— Z sekwencji czasowej. Zastanów się, policję powiadomiono o morderstwie o dwudziestej trzydzieści dwie. Niecały kwadrans później, o dwudziestej czterdzieści pięć, jakiś Japończyk był już na dole i podmieniał taśmy, by zatrzeć ślady. To bardzo szybka reakcja. O wiele za szybka jak na japońską firmę.

— A to czemu?

— Japońskie organizacje w sytuacjach kryzysowych zwykle reagują bardzo ospale. Wszystkie decyzje podejmowane są tam na podstawie wcześniejszych wydarzeń, a kiedy sytuacja jest bezprecedensowa, ludzie tracą głowę. Pamiętasz te faksy, o których wspominał Phillips? Jestem przekonany, że wędrują teraz tam i z powrotem pomiędzy tutejszą filią Nakamoto a tokijską centralą. Firma bez wątpienia nie zdecydowała jeszcze, co robić. Japońska organizacja nie potrafi działać szybko w żadnej nowej sytuacji.

— Ale osoba działająca w pojedynkę potrafi?

— Właśnie.

— I dlatego podejrzewasz, że mężczyzna z walizeczką może być zabójcą — mruknąłem.

Connor kiwnął głową.

— Tak. Albo zabójcą, albo kimś powiązanym z zabójcą. Ale w mieszkaniu panny Austin powinniśmy dowiedzieć się czegoś więcej. Zdaje się, że już dojeżdżamy. To ten dom po prawej.

Była to czynszowa kamienica Imperial Arms, która stała przy wysadzanej drzewami ulicy jakiś kilometr od Westwood Village. Niby-elżbietańskie belki w ścianach domagały się na gwałt świeżej farby, a całość sprawiała dosyć przygnębiające wrażenie. Dom nie wyróżniał się jednak niczym szczególnym spośród innych budynków w tej niezbyt zamożnej dzielnicy, zamieszkiwanej głównie przez absolwentów wyższych uczelni i młode rodziny. Prawdę mówiąc, cechę charakterystyczną Imperial Arms stanowiła chyba jego anonimowość: można było codziennie tędy przejeżdżać i nawet go nie zauważyć.

— Idealny — stwierdził Connor, kiedy wstępowaliśmy po schodkach prowadzących do drzwi wejściowych. — To właśnie lubią.

— Co i kto lubi?

Weszliśmy do holu, który odnowiono w najmodniejszym ostatnio w Kalifornii stylu: pastelowe tapety w kwiaty, przepastne kanapy, tanie ceramiczne lampy i chromowany stoliczek do kawy. Od holi w setkach innych domów czynszowych odróżniało go jedynie biurko portiera w rogu, za którym siedział potężnie zbudowany Japończyk, łypiąc na nas sponad rozpostartego komiksu zdecydowanie nieprzychylnym okiem.

— O co chodzi? — zapytał.

Connor pokazał mu swoją odznakę i spytał o mieszkanie Cheryl Austin.

— Zapowiem panów — powiedział portier, sięgając do telefonu.

— Szkoda fatygi.

— Nie. Zapowiem. Może ma teraz gości.

— Na pewno nie ma — powiedział Connor. — *Kore wa keisatsu no shigoto da.* — Mówił, że jesteśmy tu służbowo. Portier skłonił się sztywno.

— *Kyugoshitsu* — odparł i wręczył kapitanowi klucz.

Przeszliśmy przez drugie oszklone drzwi i ruszyliśmy korytarzem po pokrytej dywanem podłodze. W obu jego końcach stały małe lakierowane stoliczki.

— Typowo japońskie — powiedział z uśmiechem Connor.

— Ta zrujnowana podróbka domu z epoki elżbietańskiej ma być typowo japońska? — zapytałem ze zdziwieniem.

Z pokoju po lewej dobiegały ciche dźwięki rapowej muzyki: ostatni przebój Hammera.

— Chodzi mi o to, że wygląd zewnętrzny nic nie mówi o wnętrzu — wyjaśnił kapitan. — To fundamentalna zasada japońskiego sposobu myślenia, zarówno w odniesieniu do architektury, jak i twarzy ludzkiej. Zawsze tak było. Spójrz na stare samurajskie domy w Takayamie albo w Kioto. Z ich zewnętrznego wyglądu nie wyciągniesz żadnych wniosków.

— To japoński budynek?

— Oczywiście. Czy w innym wypadku obowiązki portiera pełniłby człowiek narodowości japońskiej, który ledwo mówi po angielsku? Poza tym on jest *yakuza*... Pewnie zauważyłeś tatuaż.

Nie zauważyłem. *Yakuza* to japońscy gangsterzy. Nie miałem pojęcia, że można ich spotkać także w Ameryce, i powiedziałem to Connorowi.

— Wszędzie wokół nas, w Los Angeles, w Honolulu czy w Nowym Jorku, istnieje widmowy świat, którego nie zauważamy na co dzień — odparł. — Żyjemy w naszym normalnym amerykańskim świecie, spacerujemy po amerykańskich ulicach i przez myśl nam nie przejdzie, że tuż obok naszego świata funkcjonuje inny. Bardzo dyskretny, bardzo prywatny. Być może w Nowym Jorku zobaczysz, jak japońscy biznesmeni wchodzą przez jakieś nieoznakowane drzwi, za którymi uda ci się dostrzec wnętrze przypominające klub. Może usłyszysz o małych barach sushi w Los Angeles, do których wstęp kosztuje dwieście dolarów od osoby, czyli tyle co w Tokio. Ale informacji o nich nie znajdziesz w żadnym przewodniku. Te kluby i bary nie należą do amerykańskiego świata. Stanowią cząstkę widmowego świata, są dostępne tylko dla Japończyków.

— A ten dom?

— To *bettaku*. Rezydencja miłości, w której trzymane są nałożnice. I właśnie tutaj znajduje się mieszkanie panny Austin...

Otworzył drzwi kluczem, który dał mu portier, i weszliśmy do środka.

x x x

Był to apartament z dwiema sypialniami umeblowany kosztownymi, zbyt dużymi jak na to wnętrze, wynajętymi sprzętami w pastelowych odcieniach różu i zieleni. Olejne obrazy wiszące na ścianach również pochodziły z wypożyczalni; z boku ramy jednego z nich widniała tabliczka z napisem WYPOŻYCZALNIA BREUNERA. Jeśli nie liczyć patery z owocami, kuchenna lada była pusta. W lodówce stał tylko jogurt i kilka puszek dietetycznej coli. Kanapy w salonie wyglądały, jakby jeszcze nikt na nich nie siedział. Na stoliczku do kawy obok wazonu z suszonymi kwiatami leżał album z portretami gwiazd Hollywoodu. Tu i ówdzie dostrzegłem puste popielniczki.

Jedną z sypialni przeznaczono na pokój wypoczynkowy. Stała tam kanapa i telewizor, a w rogu rower treningowy. Wszystko było nowiutkie. Z telewizora nie usunięto jeszcze nalepki z napisem DOSTRAJANIE CYFROWE, przyklejonej na skos w rogu ekranu. Kierownica roweru treningowego owinięta była folią.

Na jakiś ślad niedawnej ludzkiej obecności natknąłem się dopiero w głównej sypialni. Jedno skrzydło drzwi ściennej szafy z lustrem od wewnątrz było uchylone, a na łóżku leżały trzy drogie suknie wieczorowe. Najwyraźniej dziewczyna nie mogła się zdecydować, którą z nich włożyć. Na toaletce zauważyłem liczne flakoniki perfum, naszyjnik z diamentami, złoty rolex i popielniczkę ze zduszonymi niedopałkami papierosów Mild Seven Menthol. Górna szuflada była częściowo wysunięta — zawierała bieliznę. Pod nimi upchnięty był paszport. Przekartkowałem go. Znalazłem jedną wizę z Arabii Saudyjskiej, jedną z Indonezji i trzy pieczątki poświadczenia wjazdu do Japonii.

Wieża stereo w rogu była włączona, a w kieszeni magnetofonu tkwiła wysunięta kaseta. Wepchnąłem ją z powrotem i usłyszałem fragment piosenki Jerry'ego Lee Lewisa:

Szarpiesz moje nerwy, plączesz wszystkie myśli,
Zbyt wiele miłości zżera moje zmysły...

Teksaska muzyka, zbyt przestarzała dla takiej młodej dziewczyny. Ale może Cheryl lubiła złotych staruszków.

Ponownie podszedłem do toaletki i przyjrzałem się stojącym na niej oprawionym w ramki powiększeniom z uśmiechniętą Cheryl Austin na tle azjatyckich plenerów — czerwone bramy świątyni, wymuskane ogrody, ulica z szarymi wieżowcami, stacja kolejowa. Fotografie były chyba robione w Japonii. Na większości z nich dziewczyna występowała sama, ale na kilku towarzyszył jej starszy Japończyk w okularach, z cofającą się linią włosów. Ostatnie zdjęcie przedstawiało ją pośród krajobrazu, który przypominał amerykański Zachód. Dziewczyna stała przy zakurzonej półciężarówce w towarzystwie drobnej staruszki w okularach przeciwsłonecznych. Staruszka nie uśmiechała się i sprawiała wrażenie zakłopotanej.

Obok toaletki stało kilka długich rolek papieru. Rozwinąłem jedną. Był to poster z uśmiechniętą Cheryl w bikini, trzymającą w ręku butelkę piwa Asahi. Wszystkie napisy na plakacie były po japońsku.

Wszedłem do łazienki.

W kącie leżała zwinięta w kłębek para dżinsów. Rzucony byle jak sweter na blacie szafki. Wilgotny ręcznik na wieszaku obok kabiny prysznicowej. Kropelki wody w kabinie. Wyłączone z gniazdka elektryczne lokówki na szafce. Zatknięte za ramę lustra fotografie Cheryl stojącej z jakimś Japończykiem na nabrzeżu w Malibu. Mężczyzna nie miał jeszcze czterdziestu lat i był bardzo przystojny. Na jednej z fotografii poufale otaczał dziewczynę ramieniem. Widać było wyraźnie bliznę na grzbiecie jego dłoni.

— Bingo! — zawołałem.

Do łazienki wszedł Connor.

— Znalazłeś coś?

— Naszego faceta z blizną.

— Bardzo dobrze — mruknął i uważnie obejrzał fotografię.

Rozejrzałem się wokół.

— Coś mi się tu nie podoba — stwierdziłem.

— Co takiego?

— Wiem, że nie mieszkała tu długo. I wiem, że wszystko jest wynajęte... ale mimo to... nie mogę się pozbyć wrażenia, że to inscenizacja. Tylko nie bardzo wiem, dlaczego tak mi się wydaje.

Connor uśmiechnął się.

— Doskonale, poruczniku. To jest inscenizacja.

Podał mi fotografię z polaroidu. Przedstawiała łazienkę, w której staliśmy. Ciśnięte w kąt dżinsy. Ręcznik na wieszaku. Lokówki na blacie szafki. Jednak zdjęcie zrobiono szerokokątnym obiektywem, który wszystko zniekształca. Używają ich czasem policyjne ekipy techniczne do fotografowania miejsca przestępstwa.

— Skąd ją masz?

— Znalazłem w koszu na śmieci w holu przy windach.

— Więc musiała zostać zrobiona dziś wczesnym wieczorem.

— Tak. Dostrzegasz w tym pomieszczeniu jakieś różnice? Ponownie przyjrzałem się fotografii.

— Nie, wszystko wygląda tak samo... ale zaraz. Te zdjęcia w ramie lustra. Na fotografii ich nie ma. Zatknięto je później.

— Właśnie. — Connor wyszedł z powrotem do sypialni. Wziął z komody jedną ze stojących tam fotografii i wrócił do mnie. — Teraz przypatrz się temu zdjęciu — powiedział. — Panna Austin i jej japoński przyjaciel na stacji Shinjuku w Tokio. Prawdopodobnie jadą do Kabukichō albo właśnie wracają z zakupów. Zwróć uwagę na prawy brzeg zdjęcia. Widzisz tę wąską smugę jaśniejszego koloru?

— Widzę... — Nagle zrozumiałem, co oznacza ta smuga: zdjęcie przysłonięte było innym. Krawędź trochę wystawała i wyblakła na słońcu. — Zabrano górne zdjęcie.

— Zgadza się — odparł Connor.

— Ten apartament został przeszukany.

— Owszem — mruknął. — Dokładna robota. Byli tu wcześniej, zrobili zdjęcia polaroidem, przetrząsnęli pokoje, a potem przywrócili wszystko do poprzedniego stanu. Ale takiego czegoś nie da się zrobić idealnie. Japończycy mawiają, że naturalność jest najtrudniejszą sztuką, a mają wrodzoną obsesję na punkcie porządku. Zbyt równo poustawiali ramki z fotografiami na toaletce i zbyt dokładnie pomieszali flakoniki z perfumami. Wszystko jest trochę nienaturalne. Mózg może tego nie rejestruje, ale oko widzi.

— Tylko po co przeszukiwali to mieszkanie? — spytałem. — Jakie zdjęcia zabrali? Jej z mordercą?

— Nie wiadomo — odparł Connor. — Ale najwyraźniej nie chodziło o ukrycie jej związków z Japonią i Japończykami. Było tu coś, co musieli szybko usunąć, a mogło to być tylko...

W tym momencie z salonu doleciał kobiecy głos:

— Lynn, kochanie? Jesteś tutaj?

Jej sylwetka rysowała się ostro w prostokącie framugi. Zajrzała do środka. Była boso, w samych szortach i biustonoszu. Nie widziałem dobrze jej twarzy, ale najwyraźniej należała do kobiet, które mój dawny partner Anderson nazywał zaklinacz-kami węży.

Connor pokazał jej swoją odznakę. Powiedziała, że nazywa się Julia Young. Miała południowy akcent i trochę plątał jej się język. Connor zapalił światło i mogliśmy lepiej przyjrzeć się dziewczynie. Niepewnie weszła do pokoju.

— Usłyszałam muzykę... ona tu jest? Czy z Cheryl Lynn wszystko w porządku? Miała iść dzisiaj wieczorem na jakieś przyjęcie.

— Znasz Cheryl Lynn? — zapytał Connor.

— Pewnie. Mieszkam po drugiej stronie korytarza, pod ósemką. Co wy wszyscy robicie w jej pokoju?

— Wszyscy?

— No, wy dwaj. A przedtem tych dwóch Japończyków.

— Kiedy tu byli?

— Nie wiem. Jakieś pół godziny temu. Czy Cheryl Lynn coś się stało?

— Przyjrzała się pani tym mężczyznom, panno Young? — zapytałem, bo przyszło mi do głowy, że może podglądała przez dziurkę od klucza zza swoich drzwi.

— No... chyba tak. Powiedziałam im: „Cześć".

— Jak to?

— Jednego z nich znam. To Eddie.

— Eddie?

— Eddie Sakamura. Szybki Eddie. Wszystkie go znamy.

— Możesz go opisać? — zapytałem.

Spojrzała na mnie ze zdziwieniem.

— To ten na zdjęciach... ten facet z blizną na dłoni. Myślałam, że wszyscy znają Eddiego Sakamurę. Bez przerwy piszą o nim w gazetach. Imprezy na cele charytatywne i takie tam. Lubi się pokazać.

— Czy wiesz, gdzie można go znaleźć?

— Eddie Sakamura jest udziałowcem polinezyjskiej restauracji Bora Bora w Beverly Hills. I tam też mieszka — wtrącił Connor.

— Właśnie — potwierdziła Julia. — Tam jest jak w biurze. Ja bym nie wytrzymała. Za dużo hałasu. Ale Eddie jest w ciągłym ruchu, poluje na blondyny przy kości. Uwielbia podrywać dziewczyny.

Oparła się o stół i uwodzicielskim gestem odgarnęła z twarzy rude włosy. Spojrzała na mnie, lekko wydymając wargi.

— Jesteście partnerami?

— Tak — odparłem.

— On pokazał mi swoją odznakę. Ale twojej jeszcze nie widziałam.

Wydobyłem portfel.

— Peter — przeczytała. — Mój pierwszy chłopak miał na imię Peter. Ale nie był taki przystojny jak ty — dodała i uśmiechnęła się do mnie.

Connor odchrząknął.

— Byłaś już kiedyś w mieszkaniu Cheryl Lynn? — zapytał.

— No chyba. Przecież mieszkam naprzeciwko. Ale ona rzadko tu ostatnio zaglądała. Nosi ją wciąż po świecie.

— Dokąd jeździ?

— Wszędzie. Do Nowego Jorku, do Waszyngtonu, do

Seattle, do Chicago... dosłownie wszędzie. Ma teraz przyjaciela, który dużo podróżuje. Spotyka się z nim, kiedy w okolicy nie ma jego żony.

— To znaczy, że ten przyjaciel jest żonaty?

— Coś w tym rodzaju. W każdym razie są tam jakieś przeszkody.

— Znasz go?

— Nie. Cheryl Lynn powiedziała mi kiedyś, że on tu nigdy nie przyjdzie. To jakiś bardzo ważny gość. Naprawdę bogaty. Przysyła po nią odrzutowiec, ona wsiada i leci. Kimkolwiek jest ten facet, Eddie szaleje. Ale wiecie, Eddie to typ zazdrośnika. Chce być dla wszystkich dziewczyn *iro otoko*, seksownym kochankiem.

— Czy Cheryl i jej przyjaciel trzymają swój związek w tajemnicy? — spytał Connor.

— Bo ja wiem? Nie zastanawiałam się nad tym. Ale ona traktuje go bardzo poważnie. Jest w nim nieprzytomnie zakochana.

— Nieprzytomnie zakochana?

— Nawet sobie nie wyobrażacie. Widziałam, jak rzuca wszystko i biegnie na każde jego skinienie. Wpada do mnie pewnej nocy, podniecona jak nie wiem co, i oddaje mi dwa bilety na koncert Bruce'a Sprigsteena, bo leci do Detroit. Ma tylko podręczny bagaż, a na sobie skromniutką kieckę. Okazuje się, że ten facet zadzwonił do niej dziesięć minut temu i powiedział „Przyjedź". Cała rozpromieniona jak pięcioletnia dziewczynka. Sama nie wiem... Czy ona nie zdaje sobie sprawy?

— Z czego?

— Że ten gość zwyczajnie ją wykorzystuje.

— Czemu tak uważasz?

— Cheryl Lynn jest piękna i ma prezencję. Kiedy była modelką, zjeździła cały świat. Pracowała głównie w Azji. Ale w głębi duszy nadal pozostała dziewczyną z małego miasteczka. No bo Midland, chociaż to miasto naftowe i forsa płynie tam strumieniami, jest przecież zabitą dechami dziurą. Cheryl Lynn marzy o obrączce na palcu, gromadce dzieciaków i psie na podwórku. A temu facetowi ani to w głowie. Ona nie zdaje sobie z tego sprawy.

— Nie wiesz jednak, kim jest ten człowiek? — spytałem.

— Nie, nie wiem. — Przeciągnęła się i wysunęła piersi do przodu. — Ale nie przyszliście tutaj z powodu jakiegoś przyjaciela Cheryl Lynn, prawda?

— Nie — przyznał Connor.

Julia uśmiechnęła się porozumiewawczo.

— Chodzi o Eddiego, tak?

— Mhm — mruknął kapitan.

— Wiedziałam. Byłam przekonana, że wcześniej czy później w coś się wplącze. Wszystkie tak uważałyśmy, wszystkie dziewczyny z Arms... Bo on jest okropnie narwany. Szybki Eddie. Nie powiedzielibyście, że to Japończyk. Żywe srebro.

— Pochodzi z Osaki? — zapytał Connor.

— Jego ojciec jest tam wielkim przemysłowcem, właścicielem Daimashi. Nawet miły staruszek. Czasem, kiedy przychodzi z wizytą, potrafi jeszcze zabrać którąś z dziewczyn na piętro. A Eddie... Miał się tu przez kilka lat uczyć, a potem wrócić do kraju i pracować dla *kaisha*, dla firmy. Ale nie wrócił do domu. Podoba mu się tutaj. Bo i czemu miałoby się nie podobać? Ma wszystko. Kiedy tylko rozbije swoje ferrari, kupuje nowe. Pieniędzy ma więcej niż sam Pan Bóg. Mieszka tu już tak długo, że prawie stał się Amerykaninem. Przystojny. Seksowny. Każdy narkotyk na zawołanie. Prawdziwy lew salonowy. Co mu tam Osaka.

— Powiedziałaś, że byłaś przekonana... — zacząłem.

— Że w coś się wplącze? No pewnie. Przez ten swój wariacki charakter. Tego swojego świra. — Wzruszyła ramionami. — Wielu z nich go ma. Ci faceci przyjeżdżają tutaj z Tokio i nawet jeśli mają swojego *shōkai*, wprowadzającego, to i tak trzeba z nimi uważać. Przepuszczenie dziesięciu czy dwudziestu tysięcy dolarów w jedną noc to dla nich pestka. Traktują to jak napiwek. Zostawiają na nocnym stoliku. Ale ile za to wymagają... przynajmniej niektórzy z nich...

Umilkła. Jej oczy stały się nieobecne. Nie odzywałem się, czekałem. Connor patrzył na nią, kiwając współczująco głową.

— Dla nich te życzenia są tak samo naturalne jak zostawienie napiwku — podjęła nagle, jakby wcale nie przerwała swojego monologu. — Całkowicie naturalne. Nie, ja nie mam nic przeciwko małemu złotemu deszczykowi, kajdankom i takim tam. Może być nawet trochę biczowania, jeśli facet mi się podoba. Ale nie pozwolę się nikomu ciąć. Za żadne pieniądze. Żadnych numerów z nożami albo mieczami... Ale oni... większość z nich... potrafią być tacy uprzejmi, tacy układni, a jak się napalą, wstępuje w nich... wstępuje... — znowu urwała, kręcąc głową. — Dziwni ludzie.

Connor zerknął na zegarek.

— Bardzo nam pani pomogła, panno Young — powiedział. — Może będziemy chcieli jeszcze z panią porozmawiać. Porucznik Smith zapisze numer pani telefonu...

— Proszę bardzo.

Otworzyłem notes.

— Chciałbym zamienić słówko z portierem — powiedział kapitan.

— Nazywa się Shinichi — poinformowała go dziewczyna.

Connor wyszedł, a ja zanotowałem numer Julii. Obserwowała, jak piszę, nerwowo oblizując wargi.

— Możesz mi powiedzieć — odezwała się po chwili. — Zabił ją?

— Kto?

— Eddie. Czy on zabił Cheryl Lynn?

Nie dostrzegłem w jej oczach niepokoju czy podekscytowania. Patrzyła na mnie bez mrugnięcia powieką. Ciarki przeszły mi po plecach.

— Dlaczego o to pytasz?

— Zawsze się odgrażał, że to zrobi. Dziś po południu też jej groził.

— Był tu dzisiaj po południu?

Wzruszyła ramionami.

— No pewnie. Przesiaduje tu całymi dniami. Dzisiaj przyszedł do niej okropnie wkurzony. Kiedy Japończycy przejmowali ten budynek, wyłożyli ściany płytami dźwiękochłonnymi, ale i tak było słychać, jak wrzeszczą na siebie. On i Cheryl Lynn. Puściła swojego Jerry'ego Lee Lewisa, tego, którego słucha na okrągło dzień i noc. Darli się i czymś w siebie rzucali. Eddie ciągle powtarzał: „Zabiję cię, zabiję cię, suko". No więc? Zrobił to?

— Nie wiem.

— Ale ona nie żyje?

— Tak.

— To się musiało stać — stwierdziła. Sprawiała wrażenie zupełnie opanowanej. — Wszystkie to wiedziałyśmy. To była tylko kwestia czasu. Możesz do mnie dzwonić, jeśli będziesz chciał o coś zapytać.

— Dzięki, zadzwonię — odparłem i dałem jej swoją wizytówkę. — A jeśli wcześniej sobie coś jeszcze przypomnisz, zadzwoń do mnie pod ten numer.

Wsunęła kartonik do kieszonki opinających jej biodra szortów.

— Dobrze mi się z tobą rozmawia, Peter.

— Miło mi.

Wyszedłem. Kiedy dotarłem do końca korytarza, obejrzałem się. Stała w drzwiach swojego mieszkania i machała mi ręką na pożegnanie.

Connor telefonował z aparatu w holu, a portier wpatrywał się w niego ponurym wzrokiem. Wyglądał, jakby chciał mu w tym przeszkodzić, ale nie znajdował żadnego pretekstu.

— Zgadza się — mówił kapitan. — Wszystkie połączenia z tego aparatu między dwudziestą a dwudziestą drugą. Tak. — Słuchał przez chwilę. — Nie, nic mnie to nie obchodzi... Ja tylko chcę dostać to zestawienie. Ile czasu ci to zajmie? Jutro? Nie żartuj. Co ty sobie wyobrażasz? Daję ci dwie godziny. Zadzwonię. Tak. Ty też mnie tam pocałuj. — Odwiesił słuchawkę. — Idziemy, *kōhai* — powiedział do mnie.

Wyszliśmy na zewnątrz i ruszyliśmy do samochodu.

— Uruchamiasz swoje kontakty? — spytałem.

Popatrzył na mnie ze zdziwieniem.

— Kontakty? A, pewnie Graham naopowiadał ci o moich rzekomych „kontaktach". Nie mam żadnych specjalnych informatorów.

— Wspomniał o sprawie Arakawów.

Kapitan westchnął.

— Stare dzieje. Chcesz wiedzieć, jak to było naprawdę? Zamordowano dwoje cudzoziemców narodowości japońskiej. Departament przydzielił tę sprawę detektywom, którzy nie znali japońskiego. W końcu, po tygodniu, przekazali ją mnie.

— I co zrobiłeś?

— Arakawowie mieszkali w hotelu New Otani. Poprosiłem o wykaz rozmów telefonicznych, jakie przeprowadzili z Japonią. Zadzwoniłem pod te numery i porozmawiałem z kilkoma osobami z Osaki. Potem zadzwoniłem jeszcze raz do Osaki i skontaktowałem się z tamtejszą policją. Byli zaskoczeni, że nie znamy wszystkich szczegółów.

— Rozumiem.

— Chyba nie bardzo — mruknął Connor. — Nasz departament policji znalazł się w bardzo kłopotliwym położeniu. Wcześniej prasa prześcigała się w krytyce, wiele osób przysłało kwiaty. Manifestacja współczucia dla ludzi, którzy okazali się gangsterami... A potem wszystko zwalono na mnie. Zarzucono mi, że przy rozwiązywaniu tej sprawy zastosowałem jakieś niedozwolone chwyty. No i spławili mnie.

— I dlatego wyjechałeś do Japonii?

— Nie. To już zupełnie inna historia.

Doszliśmy do samochodu. Obejrzałem się na Imperial Arms i zobaczyłem w oknie Julię Young. Obserwowała nas.

— Niczego sobie — mruknąłem.

— Japończycy lubią tę *shirigaru onna*... mówią, że ma lekki tyłeczek — odparł kapitan. Otworzył drzwiczki wozu i dodał: — Ale teraz jest pod wpływem narkotyków. Nie możemy wierzyć we wszystko, co nam powiedziała. Tak czy inaczej, zaczyna to bardzo paskudnie wyglądać. — Spojrzał na zegarek i pokręcił głową. — Cholera. Za wolno nam to idzie. Jedźmy do Palomino, musimy pogadać z panem Cole.

Ruszyłem na południe, w stronę lotniska. Connor rozparł się w swoim fotelu, krzyżując ręce na piersi. Z niewesołą miną przyglądał się swoim butom.

— Dlaczego powiedziałeś, że zaczyna to bardzo paskudnie wyglądać? — zapytałem.

— Te opakowania w koszu na śmieci — mruknął Connor. — Zdjęcie z polaroidu w kuble. Aż trudno uwierzyć, że można było zostawić po sobie tak oczywiste ślady.

— Sam powiedziałeś, że się śpieszyli.

— To prawda. Ale musisz wiedzieć, że Japończycy uważają amerykańską policję za nieudolną. Te zaniedbania są oznaką ich lekceważenia.

— Przecież wcale nie jesteśmy nieudolni.

Pokręcił głową.

— W porównaniu z Japończykami jesteśmy. W Japonii wykrywalność poważnych przestępstw sięga dziewięćdziesięciu dziewięciu procent i każdy złoczyńca od samego początku wie, że prędzej czy później wpadnie. U nas wykrywalność oscyluje w okolicach siedemnastu procent. To mniej niż jeden do pięciu. W związku z tym przestępca w Stanach wie, że prawdopodobnie nigdy go nie schwytają, a jeśli nawet, to dzięki przepisom naszego prawa nigdy nie zostanie skazany. Dobrze wiesz, że z badań skuteczności policji wynika, iż amerykańscy detektywi albo rozwiązują swoje sprawy przed upływem sześciu miesięcy, albo wcale ich nie rozwiązują.

— Co chcesz przez to powiedzieć?

— A to, że mamy tu do czynienia z przestępstwem, które popełniono, zakładając z góry, iż nigdy nie zostanie wyjaśnione. Ale ja je wyjaśnię, *kōhai*.

x x x

Przez następne dziesięć minut milczał. Siedział nieruchomo z założonymi rękami i brodą wspartą na piersi. Oddychał głęboko i miarowo. Gdyby nie otwarte oczy, pomyślałbym, że zasnął.

Prowadziłem, wsłuchując się w jego oddech.

— Ishiguro... — wymamrotał w końcu.

— Co Ishiguro?

— Gdybym wiedział, dlaczego Ishiguro tak się zachowywał, bylibyśmy w domu.

— Nie rozumiem.

— Amerykaninowi trudno to zrozumieć — powiedział. — W Stanach dopuszcza się pewien margines błędu jako coś naturalnego. Zakładasz, że samolot może się opóźnić. Zakładasz, że mogą ci nie dostarczyć poczty. Zakładasz, że pralka może się zepsuć. Przez cały czas żyjesz ze świadomością, że coś może pójść nie tak, jak powinno. Ale w Japonii jest inaczej. Tam wszystko chodzi jak w zegarku. Możesz stanąć w oznaczonym miejscu na peronie tokijskiego dworca kolejowego i kiedy pociąg się zatrzyma, drzwi wagonu będziesz miał na wprost siebie. Pociągi kursują punktualnie. Nie giną bagaże. Telefony działają bez zarzutu. Dotrzymuje się terminów. Wszystko idzie tak, jak zostało zaplanowane. Japończycy są wykształceni, mają odpowiednie przygotowanie i motywację. Przykładają się do swoich obowiązków. Nikt się tam nie obija.

— Ho, ho...

— A dzisiaj był bardzo ważny wieczór dla spółki Nakamoto. Możesz być pewien, że zaplanowali wszystko w najdrobniejszych szczegółach, zamówili nawet wegetariańskie przystawki, które preferuje Madonna, i jej ulubionego fotografa. Wierz mi: są przygotowani na wszystko. Przewidzieli każdą ewentualność. Wiesz, jak to robią? Siadają i omawiają wszystkie możliwości. A co, jeśli wybuchnie pożar czy nastąpi trzęsienie ziemi? Albo ktoś powiadomi o podłożeniu bomby? A jak wysiądzie zasilanie? Niekończące się wałkowanie najbardziej nieprawdopodobnych zdarzeń. To może zakrawać na obsesję, ale kiedy wreszcie nadchodzi ten ważny wieczór, całkowicie panują nad sytuacją. To bardzo nieuprzejmie nie panować nad sytuacją. Rozumiesz?

— Pewnie.

— No i weźmy teraz naszego przyjaciela, Ishigurę, oficjalnego przedstawiciela Nakamoto, który stoi nad ciałem martwej dziewczyny i najwyraźniej nie panuje nad sytuacją. Jest *yōshiki nō*, prowokuje konfrontację w zachodnim stylu, ale nie czuje się w tej roli dobrze. Jestem pewien, że zauważyłeś pot na jego wardze i spocone dłonie... co chwila ocierał je o spodnie. Jest *rikutsuppoi*, zbyt rozmowny. Za dużo gada. Krótko mówiąc, zachowuje się tak, jakby zupełnie nie wiedział, co robić, jakby nie wiedział nawet, kim jest ta dziewczyna, choć z pewnością to wie, bo przecież zna wszystkie osoby zaproszone na przyjęcie. Udaje, że nie wie, kto ją zabił, chociaż niemal na pewno to wie.

Samochód podskoczył na dziurze w jezdni.

— Chwileczkę. Twierdzisz, że Ishiguro wie, kto zabił dziewczynę?

— Jestem tego pewien. I nie tylko on. Z tego, co na razie ustaliliśmy, wynika, że co najmniej trzy osoby muszą wiedzieć, kto ją zabił. Mówiłeś, zdaje się, że pracowałeś kiedyś w dziale prasowym?

— Tak. W zeszłym roku.

— Masz jeszcze jakieś kontakty w redakcjach telewizyjnych?

— Niewiele — odparłem. — Mogą być nieaktualne. Czemu pytasz?

— Chcę obejrzeć jakiś materiał nakręcony dziś wieczorem.

— Tylko obejrzeć? Nie zarekwirować?

— Tak. Tylko obejrzeć.

— Nie powinno być z tym większego problemu — stwierdziłem.

Zastanawiałem się, do kogo zadzwonić: do Jennifer Lewis z KNBC czy do Boba Arthura z KCBS. Chyba jednak do Boba.

— Musi to być ktoś, z kim możesz to załatwić prywatnie. Zauważyłeś, że na miejscu zbrodni nie było dzisiaj żadnej ekipy telewizyjnej? Kiedy indziej musiałbyś się przedzierać przez gąszcz kamer. A dzisiaj żadnej telewizji, żadnych ekip, żadnych reporterów. Pustki.

Wzruszyłem ramionami.

— Mieliśmy ciszę w eterze. Dziennikarze nie mogli prowadzić nasłuchu meldunków radiowych.

— Ale byli na miejscu — powiedział Connor — bo kręcili ujęcia z imprezy. I nagle piętro wyżej zamordowano dziewczynę. Gdzie były wtedy ekipy telewizyjne?

— Nie kupuję tego, kapitanie — mruknąłem.

Sprawując funkcję oficera do spraw kontaktów z prasą, nauczyłem się między innymi, że przed dziennikarzami niczego nie da się ukryć. Media są zbyt zróżnicowane i nieobliczalne. Prawdę mówiąc, kiedy trzeba było nałożyć embargo na informacje, na przykład przy uprowadzeniach z negocjacjami w sprawie okupu, musieliśmy się zdrowo napocić, apelując o wyrozumiałość i współpracę.

— Gazety wcześnie zamykają numery. Ekipy telewizyjne musiały przygotować migawki do dzienników o jedenastej, więc pewnie wrócili do siebie redagować materiały.

— Myślę, że nie masz racji. Według mnie Japończycy obawiali się, że może zostać narażone ich *shafū*, dobre imię firmy, i media zgodziły się odstąpić od podawania tego incydentu w swoich relacjach. Zaufaj mi, *kōhai*: na dziennikarzy wywarto nacisk.

— Nie chce mi się w to wierzyć.

— Wierz mi na słowo — upierał się Connor. — Ktoś tu naciska.

W tym momencie zaterkotał brzęczyk samochodowego telefonu.

x x x

— Peter, do cholery — rozległ się znajomy głos. — Co jest, kurwa, z tym śledztwem w sprawie zabójstwa? — To był szef. Miał trochę bełkotliwy głos, jakby pił.

— A o co chodzi?

Connor spojrzał na mnie, po czym wdusił przycisk głośniczka, żeby też słyszeć.

— Prześladujecie Japończyków? — zagrzmiał szef. — Chcecie, żeby na departament posypała się nowa lawina posądzeń o uprzedzenia rasowe?

— Nie — odparłem. — Absolutnie. Nie wiem, co pan słyszał...

— Słyszałem, że ten tępy kutas Graham znowu naubliżał ludziom — wpadł mi w słowo szef.

— Trudno to nazwać ubliżaniem...

— Słuchaj, Peter. Nie wciskaj mi tu kitu. Opierdoliłem już Freda Hoffmanna, że posłał tam akurat Grahama. Nie chcę przy tej sprawie żadnego rasistowskiego palanta. Od tej chwili wszyscy musimy iść z Japończykami na współpracę. Cały świat tak robi. Słyszysz mnie, Peter?

— Słyszę.

— Teraz o Johnie Connorze. Jest z tobą, tak?

— Zgadza się.

— Po coś go ściągał?

Po co ja go ściągnąłem? Fred Hoffmann musiał nagadać szefowi, że Connor to mój pomysł, nie jego.

— Przepraszam — bąknąłem. — Ale ja...

— Rozumiem — przerwał mi szef. — Pomyślałeś pewnie, że sam nie dasz sobie rady. Chciałeś mieć kogoś do pomocy. Obawiam się jednak, że wpadłeś z deszczu pod rynnę. Bo Japończycy nie lubią Connora. I muszę powiedzieć ci coś jeszcze... Swego czasu dobrze znałem Johna. W pięćdziesiątym dziewiątym razem wstępowaliśmy do akademii. Zawsze był samotnikiem i mąciwodą. Widzisz, każdy, kto decyduje się zamieszkać w jakimś obcym kraju, robi to dlatego, że nie może znaleźć sobie miejsca tutaj. Nie mam zamiaru pozwolić na to, żeby nam teraz rozkładał śledztwo.

— Szefie...

— Tak to właśnie widzę, Peter. Masz tutaj zabójstwo, więc bierz się za nie i wyjaśniaj. Działaj szybko i z taktem. Liczę na ciebie i tylko na ciebie. Słyszysz, co mówię?

— Słyszę.

— Połączenie jest dobre?

— Dobre — przytaknąłem.

— No to do roboty, Peter — powiedział szef. — I nie życzę sobie, żeby poza tobą ktokolwiek się w tej sprawie ze mną kontaktował.

— Tak jest.

— Uwiń się najpóźniej do jutra. To tyle — dodał i rozłączył się.

Odwiesiłem słuchawkę.

— Tak — mruknął Connor. — Moim zdaniem ktoś tu porządnie naciska.

Jechaliśmy drogą szybkiego ruchu numer 405 na południe, w stronę lotniska. Mgła była tu znacznie gęstsza. Connor wyglądał przez szybę.

— W japońskiej instytucji nigdy nie odebrałbyś takiego telefonu. Szef zwyczajnie wystawił cię na odstrzał. Dał ci do zrozumienia, że umywa ręce: to twój problem. I ma do ciebie pretensje o coś, za co nie ponosisz żadnej winy, w tym wypadku za zachowanie Grahama i włączenie mnie do śledztwa. — Pokręcił głową. — Japończyk tak nie postępuje, zwykle mówi: „Nie szukaj winnych, szukaj rozwiązania". U nas najważniejsze jest, kto spartolił robotę i czyja głowa poleci. A Japończycy natychmiast zaczną się zastanawiać, co zostało spartolone i jak to naprawić. Nikogo się nie obwinia. Ich podejście jest lepsze.

Zamilkł i powrócił do wyglądania przez okno. Mijaliśmy właśnie Slauson. Nad nami majaczył we mgle ciemny łuk autostrady Marina.

— Szef był po prostu zmęczony, i tyle — mruknąłem.

— Owszem. I jak zwykle niedoinformowany. Tak czy inaczej, najlepiej chyba będzie, jeśli uwiniemy się z rozwikłaniem tej sprawy, zanim jutro wstanie z łóżka.

— Damy radę?

— Damy. Jeśli Ishiguro dostarczy nam te taśmy.

Znowu zabrzęczał telefon. Podniosłem słuchawkę.

Dzwonił Ishiguro.
Przekazałem słuchawkę Connorowi.

x x x

Z głośnika popłynął niewyraźny głos. Japończyk mówił szybko, nerwowo.

— *A, moshi moshi, Connor-san desu ka? Keibi no heya ni denwa shitan desu ga ne. Daremo denain desu yo.*

Kapitan przykrył mikrofon dłonią i przetłumaczył:

— Telefonował do dyżurki, do tego strażnika ze służb ochrony, ale nikt nie odbierał.

— *Sorede, chūōkeibishitsu ni renraku shite, hito wo okutte moraimashite, issho ni tēpu o kakunin shite kimashita.*

— Potem zatelefonował do centrali służb ochrony i poprosił, aby ktoś zszedł z nim na dół po te taśmy.

— *Tēpu wa subete rekōdā no naka ni arimasu. Nakunattemo torikaeraretemo imasen. Subete daijōbu desu.*

— We wszystkich rejestratorach są taśmy. Ani jednej nie brakuje i żadnej nie podmieniono. — Connor zmarszczył brwi i rzucił do słuchawki: — *Iya, tēpu wa surikaerarete iru hazu nan da. Tēpu o sagase!*

— *Dakara daijōbu nan desu, Connor-san. Doshiro to iun desu ka?*

— Utrzymuje, że wszystko jest w najlepszym porządku.

— *Tēpu o sagase!* — powtórzył kapitan i zwrócił się do mnie: — Powiedziałem mu, że muszę mieć te cholerne taśmy.

— *Daijōbu da to itteru deshō. Dōshite sonna ni tēpu ni kodawarun desu ka?*

— *Ore niwa wakatte irunda. Tēpu wa nakunatte iru.* Wiem więcej, niż się panu wydaje, panie Ishiguro. *Mō ichido iu, tēpu o sagasunda!*

Connor odwiesił słuchawkę i z gniewnym pomrukiem opadł na oparcie fotela.

— Sukinsyny. Upierają się, że żadnych taśm nie brakuje.

— Co to oznacza? — spytałem.

— Postanowili iść na całość. — Postukując paznokciem o zęby, przez chwilę obserwował uliczny ruch za szybą samochodu. — Nigdy by się na to nie poważyli, gdyby nie mieli pewności, że stoją na silnej pozycji. Na niepodważalnej pozycji. A to oznacza...

Znowu pogrążył się w myślach. Widziałem jego twarz odbijającą się w szybie.

— Nie, nie, nie... — odezwał się w końcu, jakby zwracał się do kogoś.

— Co nie?

— To nie może być Graham. — Pokręcił energicznie głową. — Graham to za wielkie ryzyko i za wiele widm z przeszłości. Ja też nie, bo znają mnie jak łysego konia. A więc wypada na ciebie, Peter.

— O czym ty mówisz? — spytałem.

— Ishiguro jest przekonany, że ma na nas jakiegoś haka. Przypuszczam, że to coś ma związek z tobą.

— Ze mną?

— Tak. To prawie na pewno coś osobistego. Miałeś w przeszłości jakieś problemy?

— Na przykład jakie?

— Jakieś oskarżenia, pobyty w areszcie, zatargi z władzami, jakieś podejrzane skłonności, dajmy na to picie, homoseksualizm albo napastowanie kobiet? Jakieś leczenie odwykowe, problemy z partnerami, problemy z przełożonymi. Cokolwiek z życia osobistego bądź pracy zawodowej. Cokolwiek.

Wzruszyłem ramionami.

— Kurczę, chyba nie.

Connor patrzył na mnie i czekał.

— Im się wydaje, że coś mają, Peter — powiedział w końcu.

— Rozwiodłem się. Jestem ojcem samotnie wychowującym dziecko. Mam córeczkę, Michelle. Skończyła niedawno dwa latka.

— Tak...

— Prowadzę spokojny tryb życia. Dbam o małą. Jestem odpowiedzialny.

— A twoja żona?

— Moja była żona jest prawnikiem i pracuje w biurze prokuratora okręgowego.

— Kiedy się rozwiedliście?

— Dwa lata temu.

— Przed urodzeniem się dziecka?

— Zaraz potem.

— Dlaczego?

— Jezu... A dlaczego ludzie się rozwodzą?

Connor nic nie powiedział.

— Byliśmy małżeństwem tylko przez rok. Była bardzo młoda, kiedy się poznaliśmy. Dwadzieścia cztery lata. Miała naiwne wyobrażenie o świecie. Poznaliśmy się w sądzie. Myślała, że jestem gruboskórnym, twardym detektywem, który każdego dnia zagląda śmierci w oczy. Imponowało jej, że noszę pistolet. Takie tam babskie fantazje... No i zaczęliśmy ze sobą chodzić. Kiedy zaszła w ciążę, nie zamierzała jej usunąć. Zachciało jej się za to małżeństwa. Wydawało jej się, że to takie romantyczne. Nie przemyślała dobrze swojej decyzji. Ale ciąża była trudna, a na aborcję już za późno. Wkrótce doszła do wniosku, że nie może ze mną żyć, bo mam za małe mieszkanie, za mało zarabiam i mieszkam w Culver City, a nie w Brentwood. Kiedy dziecko przyszło na świat, powiedziała, że popełniła błąd. Pragnęła robić karierę zawodową. Nie chciała być żoną gliny. Nie chciała wychowywać dziecka. Powiedziała, że bardzo jej przykro, ale to wszystko było pomyłką. I odeszła.

Connor słuchał tego z zamkniętymi oczami.

— Tak... — mruknął.

— Nie rozumiem, czemu miałoby to mieć teraz jakieś znaczenie. Odeszła przed dwoma laty. A potem nie mogłem... nie chciałem już pracować jako detektyw, bo musiałem zająć się małą, zgłosiłem się więc na testy i przeniosłem do służb specjalnych, gdzie objąłem funkcję rzecznika prasowego. Nie miałem tam żadnych problemów. Wszystko układało się wspaniale. Potem, w zeszłym roku, zwolnił się ten etat oficera

99

łącznikowego do kontaktów ze społecznością azjatycką. Lepiej płacili, o dwieście miesięcznie więcej, no to się zgłosiłem.

— Mhm...

— Wiesz, jak to jest, każdy cent się liczy. Mam teraz sporo wydatków, na przykład żłobek Michelle. Zdajesz sobie sprawę, ile płaci się za żłobek dla dwulatków? Sam zajmuję się domem, a Lauren płaci mi alimenty tylko w połowie ustalonej przez sąd wysokości. Mówi, że przy swojej pensji nie może dawać więcej, ale ostatnio kupiła sobie nowe bmw, więc sam już nie wiem. Zresztą co mam robić, pozwać ją do sądu? Przecież pracuje w tej pieprzonej prokuraturze okręgowej.

Connor milczał. Nad drogą przed nami widziałem wytracające wysokość samoloty. Zbliżaliśmy się do lotniska.

— W każdym razie cieszyłem się, że dostałem tę posadę łącznika — dodałem. — Dogodniejsze godziny pracy, lepsza płaca. I w ten sposób znalazłem się tutaj. Obok ciebie, w tym samochodzie. Tak to było.

— *Kōhai*, pracujemy teraz razem. Powiedz mi szczerze, co to za problem? — zapytał cicho.

— Nie ma żadnego problemu.

— *Kōhai*.

— Naprawdę nie ma.

— *Kōhai*...

— Pozwól, że coś ci powiem, John. Kiedy zgłaszasz swoją kandydaturę na stanowisko łącznika służb specjalnych, prześwietla cię pięć różnych komisji. Żeby zostać łącznikiem, musisz być kryształowo czysty. Te komisje dokładnie przestudiowały moje akta. I nie znalazły w nich niczego istotnego.

Pokręcił głową.

— Coś jednak znalazły.

— Jezu... — westchnąłem. — Przez pięć lat byłem detektywem. Nie ma siły, żeby po tak długim okresie nie mieć na koncie paru skarg. Nie muszę ci chyba tego mówić.

— A jakie wpłynęły na twoje konto?

Wzruszyłem ramionami.

— Nic takiego. Same błahostki. W pierwszym roku pracy aresztowałem jednego faceta. Oskarżył mnie o nadużycie środków przymusu. Zarzut obalono po przeprowadzeniu dochodzenia. Potem aresztowałem kobietę za napad z bronią w ręku. Tłumaczyła, że podrzuciłem jej spluwę. Skargę oddalono, to była jej spluwa. Podejrzany o dokonanie morderstwa utrzymywał, że go pobiłem i skopałem podczas przesłuchania. Ale przez cały czas byli przy tym obecni inni funkcjonariusze. Pijana kobieta zatrzymana podczas awantury domowej, do której nas wezwano. Twierdziła potem, że molestowałem seksualnie jej dziecko. Sama wycofała oskarżenie. Herszt bandy nastolatków aresztowany za morderstwo zeznał, że robiłem mu homoseksualne propozycje. Skargę oddalono. To wszystko.

x x x

Jeśli jesteś gliną, wiesz, że takie skargi to nieodłączny szum w tle, coś jak odgłosy ruchu ulicznego. Nie da się ich uniknąć. Przez cały czas obracasz się we wrogim środowisku. Oskarżasz ludzi o popełnienie przestępstw, a oni odpłacają ci tym samym. Tak to już jest. Departament nie przywiązuje do tego wagi, chyba że skargi za często się powtarzają. Jeśli w ciągu dwóch lat gość uzbiera trzy albo cztery oskarżenia o nadużywanie środków przymusu, wszczynane jest dochodzenie. Tak samo dzieje się w przypadku serii oskarżeń o uprzedzenia rasowe. Ale przecież robota gliniarza, jak często powtarza zastępca szefa, Jim Olson, to zajęcie dla gruboskórnych.

Connor nie odzywał się przez dłuższy czas. Siedział zachmurzony i myślał.

— A co z rozwodem? — zapytał w końcu. — Mieliście jakieś problemy?

— Żadnych specjalnych.

— Jesteś ze swoją byłą w dobrych stosunkach?

— Tak. Nie nadzwyczajnych, ale dobrych.

Nadal siedział nachmurzony. Wciąż się nad czymś zastanawiał.

— I odszedłeś z działu dochodzeniowego przed dwoma laty?

— Tak.

— Dlaczego?

— Już ci mówiłem.

— Powiedziałeś, że nie odpowiadały ci godziny pracy.

— To była główna przyczyna.

— I co jeszcze?

Wzruszyłem ramionami.

— Po prostu po rozwodzie nie chciałem już pracować przy zabójstwach. Czułem się... sam nie wiem. Zniechęcony. Żona się wyprowadziła, pozostawiając mnie z noworodkiem. Poznała jakiegoś wziętego adwokata i rozpoczęła nowe życie. Ja zostałem z dzieckiem. Popadłem w apatię. Nie chciałem już być detektywem.

— Zasięgałeś wtedy czyjejś porady? Poddawałeś się jakiejś terapii?

— Nie.

— Problemy z narkotykami albo alkoholem?

— Nie.

— Inne kobiety?

— Trochę.

— Przed rozpadem małżeństwa?

Zawahałem się.

— Farley? Ta z biura burmistrza?

— Nie. To było później.

— Był ktoś jeszcze przed rozpadem małżeństwa?

— Tak. Ale ona mieszka teraz w Phoenix. Przeniesiono tam służbowo jej męża.

— Pracowała w departamencie?

Popatrzyłem na niego z wyrzutem.

— W porządku, *kōhai* — powiedział. — Jeśli to wszystko, co masz na sumieniu, jesteś czysty.

— To wszystko — potwierdziłem.

— Muszę cię jednak ostrzec — dodał. — Miałem już

podobne przeprawy z Japończykami. Kiedy idą na całość, potrafią porządnie zaleźć za skórę. Naprawdę porządnie.

— Próbujesz mnie nastraszyć?

— Nie. Mówię ci tylko, jak jest.

— Chromolę Japończyków — mruknąłem. — Nie mam nic do ukrycia.

— No dobra. Zadzwoń teraz lepiej do tych swoich znajomych z telewizji i powiedz, że załatwimy tylko jedną sprawę i zaraz tam wpadniemy.

Tuż nad naszymi głowami przeleciał z rykiem boeing 747, tnąc mgłę snopami światła z reflektorów lądowania. Przemknął nad skwierczącym neonem, który informował: DZIEWCZYNY! DZIEWCZYNY! CAŁKIEM NAGIE DZIEWCZYNY! Kiedy wchodziliśmy do środka, było około dwudziestej trzeciej trzydzieści.

Nazywając klub Palomino knajpą ze striptizem, pochlebiało mu się. Była to adaptowana kręgielnia, której ściany wymalowano w kaktusy i konie. Sala sprawiała wrażenie mniejszej, niż można by tego oczekiwać, patrząc na lokal od zewnątrz. W świetle pomarańczowego jupitera na scenie tańczyła apatycznie jakaś kobieta pod czterdziestkę w skąpym stroju ozdobionym srebrnymi frędzlami. Wyglądała na tak samo znudzoną jak klienci garbiący się nad maciupeńkimi różowymi stoliczkami. Wśród oparów papierosowego dymu snuły się kelnerki w strojach topless. Z magnetofonu leciała muzyka z solidnym podkładem szumów.

— Dwanaście dolców — burknął stojący w wejściu drab. — Dwa drinki minimum.

Connor machnął mu przed nosem odznaką.

Drab natychmiast spuścił z tonu.

— Dobra, rozumiem.

— Nie wiedziałem, że przychodzą tu Japończycy — powiedział Connor, rozglądając się po sali.

Przy stoliku w kącie dostrzegłem trzech skośnookich biznesmenów w granatowych garniturach.

— Rzadko kiedy — odparł wykidajło. — Wolą Star Strip w śródmieściu. Więcej tam szpanu, więcej gołych cycków. Po mojemu ci faceci odłączyli się od swojej wycieczki.

Kapitan pokiwał głową.

— Szukam Teda Cole'a.

— Siedzi przy barze. To ten w okularach.

Faktycznie siedział przy kontuarze. Na uniform służb ochrony Nakamoto miał narzuconą wiatrówkę. Kiedy podeszliśmy do baru, popatrzył na nas tępo.

Zjawił się barman.

— Dwa budy — zamówił Connor.

— Nie ma buda. Może być asahi?

— Niech będzie.

Kapitan machnął odznaką. Cole pokręcił głową, odwrócił się od nas i wbił spojrzenie w striptizerkę. Był trochę wstawiony.

— Ja nic nie wiem.

— O czym? — spytał Connor.

— O niczym. Pilnuję własnego nosa. A zresztą jestem po służbie.

— Kiedy zszedł pan z dyżuru?

— Dzisiaj trochę wcześniej.

— Dlaczego wcześniej?

— Kłopoty z żołądkiem. Mam wrzody, czasami dają mi popalić. No to zszedłem wcześniej.

— O której?

— Najpóźniej o dwudziestej piętnaście.

— Podbił pan kartę zegarową?

— Nie. Nie robimy tego. Nie mamy kart zegarowych.

— A kto pana zmienił?

— Nikt. Zostałem zluzowany.

— Przez kogo?

— Przez mojego kierownika.

— Kto nim jest?

— Nie znam go. Jakiś Japończyk. Nigdy przedtem go nie widziałem.

— Jest pana kierownikiem i nigdy go pan nie widział?

— To jakiś nowy. Japończyk. Nie znam go. Czego wy w ogóle chcecie?

— Po prostu zadać panu parę pytań — powiedział Connor.

— Nie mam nic do ukrycia — oznajmił Cole.

Jeden z siedzących przy stoliku Japończyków wstał i podszedł do baru.

— Jakie ma pan papierosy? — zapytał barmana, stając obok nas.

— Marlboro — odparł tamten.

— Jakie jeszcze?

— Może są koole. Musiałbym sprawdzić. Ale marlboro mamy na pewno. Życzy pan sobie marlboro?

— A są kenty? — spytał Japończyk. — Ma pan jakieś niskonikotynowe kenty?

— Nie. Kentów nie ma.

— No to niech będą marlboro — zdecydował się Japończyk. — Marlboro są w porządku. — Uśmiechnął się do nas. — To kraj marlboro, prawda?

— Prawda — przytaknął Connor.

Cole podniósł do ust butelkę piwa i upił trochę. Milczeliśmy wszyscy. Japończyk postukiwał dłońmi o blat baru w rytm muzyki.

— Miły lokal — odezwał się po chwili. — Wspaniała atmosfera.

Zastanowiło mnie, co on wygaduje. To była przecież zwyczajna spelunka.

Po chwili wdrapał się na sąsiedni stołek. Cole wpatrywał się w swoją butelkę piwa, jakby pierwszy raz w życiu taką widział. Obracał ją w dłoniach, zostawiając na barze mokre kółka.

Wrócił barman z papierosami i Japończyk rzucił na blat pięciodolarowy banknot.

— Reszty nie trzeba — powiedział, po czym rozdarł paczkę i wyciągnął z niej papierosa.

Connor wydobył zapalniczkę i podał mu ognia.

— *Doko kaisha ittenno?* — zapytał, kiedy mężczyzna pochylił się nad płomykiem.

Japończyk zamrugał.

— Słucham?

— *Wakannē no?* — *powiedział Connor.* — *Doko kaisha ittenno?*

Mężczyzna uśmiechnął się i zsunął z barowego stołka.

— *Soro soro ikanakutewa. Shitsurei shimasu* — odparł, skinął nam głową i wrócił w drugi koniec sali do swoich przyjaciół.

— *Dewa mata* — mruknął Connor i przeniósł się na stołek, na którym przed chwilą siedział Japończyk.

— O co chodziło? — wtrącił Cole.

— Zapytałem go, w jakiej firmie pracuje — wyjaśnił Connor. — Ale nie chciał powiedzieć. Chyba śpieszyło mu się do kolegów. — Pomacał ręką pod blatem baru. — Nic tu chyba nie ma.

Zwrócił się znowu do strażnika:

— No dobrze, panie Cole. Mówił pan, że zastąpił pana kierownik. O której to było?

— O dwudziestej piętnaście.

— I pan go nie zna?

— Nie.

— A wcześniej, podczas pełnienia dyżuru, rejestrował pan obrazy przekazywane przez kamery?

— Oczywiście. Zawsze rejestrujemy obrazy z kamer.

— A czy ten kierownik wyjmował przy panu taśmy z magnetowidów?

— Czy wyjmował? Chyba nie. O ile wiem, nadal w nich siedzą. — Popatrzył na nas jakoś dziwnie. — Interesują was te taśmy?

— Tak — odparł Connor.

— Bo ja nigdy nie zwracałem na nie większej uwagi. Mnie interesowały kamery.

— Jak to?

— Szykowali budynek na wielką imprezę i była kupa roboty z dopieszczaniem szczegółów. Ale nie mogę skapować, po co ściągali tyle kamer telewizji wewnętrznej z innych części budynku akurat na to piętro.

— Co robili? — zapytałem.

— Wczoraj rano na czterdziestym szóstym piętrze tych kamer jeszcze nie było — powiedział Cole. — Były rozsiane po całym budynku. Ktoś je poprzenosił w ciągu dnia. Łatwo je przenosić z miejsca na miejsce, bo nie odchodzą od nich żadne kable.

— To te kamery nie są łączone kablami?

— Nie. W budynku jest zainstalowany system transmisji komórkowej. Tak go zbudowano. Właśnie dlatego nie mają fonii ani koloru: w systemie komórkowym nie da się przesyłać pełnego pasma. Ale za to można te kamery przemieszczać i oglądać, co tylko się chce. Nie wiedzieliście o tym?

— Nie — przyznałem.

— Dziwne, że nikt wam nie powiedział. To jedna z instalacji tego budynku, z których Japończycy są najbardziej dumni. — Cole popił piwa. — Nie rozumiem tylko, po co ktoś wziął pięć kamer i zamontował je piętro nad salą, w której miało się odbyć przyjęcie. Bo na pewno nie zrobiono tego ze względów bezpieczeństwa. Można przecież tak zaprogramować windy, żeby nie jeździły powyżej określonego piętra. Poza tym gdyby chodziło o względy bezpieczeństwa, należało zainstalować te kamery piętro pod przyjęciem.

— Ale nie wprowadzono blokady dla wind?

— Nie. Wydaje mi się, że to trochę dziwne. — Spojrzał na Japończyków siedzących w drugim końcu sali. — Będę musiał zaraz lecieć — mruknął.

— No cóż, bardzo nam pan pomógł, panie Cole — powiedział Connor. — Może jeszcze kiedyś będziemy chcieli zadać panu kilka pytań...

— Zapiszę wam mój numer telefonu — odparł Cole i nabazgrał coś na serwetce.

— Adres też?

— No tak, racja. Ale niedługo wyjeżdżam na krótko z miasta. Matka źle się czuje i prosiła mnie, żebym zabrał ją na kilka dni do Meksyku. Ruszam prawdopodobnie w ten weekend.

— Na długo?

— Jakiś tydzień. Mam trochę zaległego urlopu, to chyba dobra okazja, żeby go wykorzystać.

— Jasne — mruknął Connor. — Wiem, jak to bywa. Jeszcze raz dziękuję za pomoc. — Uścisnął rękę strażnika i klepnął go w ramię. — I niech pan zadba o własne zdrowie.

— O, zadbam, zadbam.

— Niech pan już nie pije i zachowa ostrożność za kierownicą w drodze powrotnej do domu... czy gdzie tam jeszcze dzisiaj wieczorem pan się wybiera.

Cole pokiwał głową.

— To dobra rada.

— Wiem, co mówię — powiedział Connor i ruszył do drzwi.

Cole podał mi rękę.

— Że też wam się chce — mruknął.

— Chodzi panu o te taśmy?

— O Japończyków. Co im możecie zrobić? Wyprzedzają nas pod każdym względem. I mają w kieszeni różnych ważniaków. Możemy im naskoczyć. Nigdy się do nich nie dobierzecie. Są za dobrzy.

Connor czekał na mnie na zewnątrz, pod skwierczącym neonem.

— Szybciej! — ponaglił mnie. — Czas ucieka.

Wsiedliśmy do samochodu. Podał mi barową serwetkę. Widniały na niej nagryzmolone drukowanymi literami słowa:

UKRADLI TAŚMY

— Ruszajmy — powiedział Connor.

Zapaliłem silnik.

Wiadomości o dwudziestej trzeciej zostały już wyemitowane i sala redakcyjna świeciła pustkami. Przeszliśmy z Connorem korytarzem do studia, gdzie włączony był jeszcze monitor z plakietką „materiał filmowy", na którym, przy ściszonej fonii, odtwarzano powtórkę wieczornych wiadomości.

— Nie jestem głupi, Bobby — powiedział z pretensją w głosie siedzący przed ekranem prezenter. — Wszystko widzę. Już trzeci wieczór z rzędu dajecie ją na wszystkie wejścia i końcówki. — Opadł na oparcie fotela i splótł ręce na piersi. — Co masz mi do powiedzenia, Bobby? Słucham.

Mój przyjaciel, Bob Arthur, potężnie zbudowany, wymęczony producent dziennika telewizyjnego, pociągnął łyk nierozcieńczonej whisky ze szklanicy wielkiej jak jego pięść.

— Tak jakoś wyszło, Jim.

— Tobie tak wyszło, a ja daję dupy — warknął tamten.

Prezenterka była rudowłosą seksbombą o zabójczej figurze. Przez cały czas wertowała swoje notatki, co dawało jej pretekst do pozostania w sali i przysłuchiwania się wymianie zdań pomiędzy Bobem a jej zmiennikiem.

— W moim kontrakcie wyraźnie stoi: połowa wejść i połowa końcówek — oświadczył prezenter. — Kontrakt mi to gwarantuje.

— Ale przecież dzisiaj na wejście puściliśmy pokaz paryskiej mody i imprezę w Nakamoto — odparł producent. — To materiał obyczajowy.

— A powinno być o tym seryjnym zabójcy.

Bob westchnął.

— Nie postawiono go jeszcze w stan oskarżenia. Zresztą widzowie mają już dosyć seryjnych zabójców.

Tamten spojrzał na niego z niedowierzaniem.

— Widzowie mają dosyć seryjnych zabójców? No nie, gdzieś ty to usłyszał?

— Możesz to sobie sam przeczytać w sondażach, Jim. Seryjni zabójcy są za bardzo eksponowani. Nasza widownia jest zatroskana ekonomią. Nie chcą już seryjnych zabójców.

— Nasza widownia jest zatroskana ekonomią, więc zaczynamy od Nakamoto i pokazu paryskiej mody?

— Właśnie, Jim — odparł Bob Arthur. — W ciężkich czasach daje się przyjęcia z udziałem gwiazd. To właśnie ludzie chcą oglądać: modę i przyjęcia.

Prezenter sprawiał wrażenie podłamanego.

— Jestem dziennikarzem, moim zadaniem jest robić mocne kawałki, a nie babrać się w modzie — jęknął.

— Oczywiście, Jim — powiedział producent. — I dlatego dzisiejsze wejściówki czytała Liza. Nie chcemy, żebyś stracił opinię człowieka od mocnych kawałków.

— Teddy Roosevelt, wyprowadzając kraj z wielkiego kryzysu, nie robił tego za pomocą mody i imprez.

— To był Franklin Roosevelt.

— Wszystko jedno. Wiesz, o co mi chodzi. Jeśli ludzie są zatroskani ekonomią, róbmy ją. Róbmy kawałki o równoważeniu płac albo czymś takim.

— Masz rację, Jim. Ale to są lokalne wiadomości i ludzie nie chcą słuchać...

— I to jest właśnie cała Ameryka — prychnął prezenter, dźgając palcem powietrze. — Ludzie nie chcą słuchać prawdziwych wiadomości.

— Masz absolutną rację, Jim — powtórzył Bob i objął go ramieniem. — Idź, odpocznij, dobra? Jutro pogadamy.

Był to chyba jakiegoś rodzaju sygnał, bo ruda prezenterka przerwała wertowanie swoich notatek i wyszła.

— Jestem dziennikarzem — powtórzył Jim. — Chcę po prostu wykonywać swój zawód.

— Masz rację, Jim. Jutro dokończymy tę rozmowę. Dobrej nocy.

x x x

— Zakuty łeb — mruczał Bob, prowadząc nas korytarzem. — Teddy Roosevelt. Jezu. To nie dziennikarze, ale aktorzy. Nawet zmarszczki sobie liczą jak aktorzy. — Westchnął i pociągnął szkockiej z trzymanej w ręku szklaneczki. — Przypomnijcie mi jeszcze raz, co chcieliście obejrzeć.

— Taśmę z otwarcia Nakamoto.

— Tę wyemitowaną? Migawkę, którą dzisiaj puściliśmy?

— Nie, chcemy obejrzeć oryginalne taśmy.

— Materiał z terenu. Rany... Mam nadzieję, że jeszcze je mają. Mogli je już zmasować.

— Zmasować?

— No, poddać masowej demagnetyzacji. Wymazać. Zużywamy czterdzieści kaset dziennie, większość z nich kasuje się zaraz po wykorzystaniu. Materiały z terenu przechowujemy zwykle przez tydzień, ale staramy się obniżać koszty, sami rozumiecie.

Jedną ze ścian sali redakcyjnej zajmowały półki ze stosami kaset systemu betamax. Bob zaczął sunąć palcem po grzbietach pudełek.

— Nakamoto... Nakamoto... Nie widzę ich. — Obok nas przeszła jakaś kobieta. — Cindy, jest jeszcze Rick? — zapytał ją Bob.

— Nie, wyszedł do domu. Szukasz czegoś?

— Materiałów z imprezy w Nakamoto. Nie ma ich na półce.

— Sprawdź w pokoju Dona. To on je montował.

— Dzięki — odparł Bob i poprowadził nas przez salę redakcyjną do montażowni.

Otworzył drzwi i weszliśmy do małego, zaśmieconego pomieszczenia, w którym stały dwa monitory, kilka magnetowidów i konsola montażowa. Na podłodze leżały pudełka z kasetami. Bob zaczął w nich grzebać.

— No, macie szczęście, chłopaki. Oryginały z kamer. Kupa tu tego. Przyślę Jenny, żeby wam odtworzyła kasetę. Ta kobieta to kopalnia informacji o ludziach ze świecznika. Wszystkich zna. — Wystawił głowę za drzwi. — Jenny? Jenny! — zawołał.

× × ×

— No dobrze, popatrzmy — powiedziała kilka minut później Jenny Gonzales.

Była czterdziestokilkuletnią krępą kobietą w okularach o podwójnej ogniskowej. Przebiegła szybko wzrokiem notatki montażysty i ściągnęła brwi.

— Tyle razy powtarzam, żeby zapisywali wszystko po kolei, ale do nich to nie trafia... O, jest. Cztery kasety. Dwie z podjeżdżającymi limuzynami. Dwie z ujęciami ze środka, z samej imprezy. Co panowie chcą zobaczyć?

— Zacznijmy od limuzyn — odparł Connor, zerkając na zegarek. — Czy da się to jakoś przyśpieszyć? Nie mamy zbyt wiele czasu.

— Da się. Przywykłam do tego. Przejrzymy je na szybkim podglądzie.

Wdusiła jakiś przycisk. Ujrzeliśmy podjeżdżające pod budynek limuzyny, odskakujące sprężyście drzwiczki i wysiadających szybko ludzi, którzy oddalali się sztywnym, nienaturalnym krokiem.

— Chodzi wam o jakąś osobistość? Bo widzę, że podczas montażu ktoś pozaznaczał ujęcia ważniejszych gości.

— Nie, nie chodzi nam o żadną z osobistości — odparłem.

— Szkoda. Bo chyba przeważnie ich kręciliśmy. — Przez chwilę w milczeniu przeglądaliśmy taśmę. — O, jest senator

113

Kennedy — powiedziała nagle Jenny. — Zrzucił parę kilo, prawda? Hop, i już go nie ma. A to senator Morton. Wygląda bardzo elegancko. I ten jego lizusowaty asystent. Zęby mnie bolą, jak na niego patrzę. Senator Rowe, jak zwykle bez żony. Tutaj mamy Toma Hanksa. Ale tego Japończyka nie znam...

— To Hiroshi Masukawa — poinformował ją Connor. — Wiceprezes Mitsui.

— Aha... O, senator Chalmers. Te jego transplantowane włosy doskonale wyglądają, prawda? Kongresmen Levine. Kongresmen Daniels. Tym razem trzeźwy. Ciekawe, że aż tyle tych waszyngtońskich szyszek przyjęło zaproszenie Nakamoto.

— Co pani przez to rozumie?

— No bo jak się dobrze zastanowić, to przecież tylko otwarcie jakiegoś nowego budynku. Zwyczajna firmowa feta. W dodatku Nakamoto wzbudza ostatnio dosyć kontrowersyjne emocje. Oho, Barbra Streisand. Nie znam faceta, który jej towarzyszy.

— Nakamoto wzbudza kontrowersyjne emocje? Dlaczego?

— W związku ze sprzedażą MicroConu.

— Co to jest MicroCon? — spytałem.

— Amerykańska spółka produkująca sprzęt komputerowy. Stara się ją wykupić japońska firma o nazwie Akai Ceramics. W Kongresie powstało lobby sprzeciwiające się tej transakcji. Argumentują, że w wyniku takich posunięć Ameryka pozostaje coraz bardziej w tyle za Japonią pod względem nowoczesnych technologii.

— A co to ma wspólnego z Nakamoto? — spytałem.

— Akai podlega Nakamoto — wyjaśniła Jenny.

Pierwsza taśma dobiegła końca i wyskoczyła z kieszeni magnetowidu.

— Nic tu panowie dla siebie nie wypatrzyli?

— Nie. Jedźmy dalej.

Jenny załadowała następną kasetę.

— W każdym razie dziwi mnie, że żaden z tych senatorów i kongresmenów nie dostrzega niczego zdrożnego w pokazy-

114

waniu się na takich przyjęciach. Dobra, już mamy... To dalszy ciąg podjeżdżających limuzyn. Roger Hillerman, podsekretarz stanu do spraw strefy Pacyfiku. Ten facet przy nim to jego asystent. Kenichi Aikō, konsul generalny Japonii w Los Angeles. Richard Meier, architekt. Pracuje u Getty'ego. Tej kobiety nie znam. Jakiś Japończyk...

— Hisashi Koyama, wiceprezes amerykańskiej filii Hondy — wtrącił Connor.

— Och, rzeczywiście — przyznała Jenny. — Jest tu już od jakichś trzech lat. Pewnie niedługo wraca do domu. A to Edna Morris, przewodniczy amerykańskiej delegacji na rozmowach GATT, tego międzynarodowego porozumienia w sprawie taryf celnych i handlu. Nie mogę uwierzyć, że się tu pokazała. To przecież jaskrawy konflikt interesów. No ale jest, cała w uśmiechach, rozluźniona. Chuck Norris. Eddie Sakamura, lokalny playboy. Nie znam dziewczyny, która mu towarzyszy. Tom Cruise ze swoją australijską żoną. No i oczywiście Madonna.

Piosenkarka, mizdrząc się, wysiadła z limuzyny i błyski fleszy na odtwarzanej z podwyższoną szybkością taśmie zlały się na chwilę w nieprzerwaną powódź jaskrawego światła.

— Zwolnić? Interesuje was to?

— Nie dzisiaj — odparł Connor.

— Tak, chyba wszyscy mamy jej już po dziurki w nosie — mruknęła Jenny. Wdusiła przycisk szybkiego przewijania w przód i po ekranie pomknęła smuga szarości. Kiedy puściła przycisk, Madonna, kołysząc biodrami, szła w stronę windy, wsparta na ramieniu smukłego latynoskiego chłopca z wąsikiem. Obraz rozmazał się na chwilę, bo kamera wykonywała nawrót na ulicę. Potem znowu się wyostrzył. — To Daniel Okimoto. Ekspert od japońskiej polityki przemysłowej. Arnold z Marią. A za nimi Steve Martin z Aratą Isozakim, architektem, który projektował muzeum...

— Stop! — zawołał nagle Connor.

Jenny wcisnęła przycisk na konsoli i obraz znieruchomiał.

— Interesuje pana Isozaki? — zapytała ze zdziwieniem.

— Nie, proszę trochę cofnąć.

Taśma zaczęła sunąć wstecz. Obrazy pojawiały się i rozmazywały, w miarę jak kamera najeżdżała z powrotem na Steve'a Martina i przesuwała się dalej na wciąż podjeżdżające limuzyny. Przez moment w kadrze pojawiła się grupka ludzi, którzy wysiedli już ze swych samochodów i szli po rozesłanym na trotuarze dywanie.

— Tutaj — powiedział Connor.

Obraz znowu znieruchomiał. Był lekko zamazany i przedstawiał wysoką blondynkę w koktajlowej sukni, idącą obok przystojnego mężczyzny w ciemnym garniturze.

— Interesuje pana on czy ona? — zapytała Jenny.

— Ona.

— Niech pomyślę... — mruknęła Jenny, marszcząc czoło. — Od jakichś dziewięciu miesięcy widuję ją na przyjęciach w towarzystwie różnych typków z Waszyngtonu. W tym roku zajęła miejsce Kelly Emberg. Typ wysportowanej modelki, tylko nieco bardziej rozgarniętej. Nazywa się... Austin. Cindy Austin, Carrie Austin... Cheryl Austin. Tak, Cheryl Austin.

— Wie pani o niej coś bliższego? — zapytałem.

Pokręciła głową.

— Czy to, że przypomniałam sobie jej nazwisko, to jeszcze mało? Tych dziewczyn jest jak mrówek, co chwila pojawia się nowa. Można je spotkać wszędzie przez sześć miesięcy, może rok, a potem ślad po nich ginie. Bóg raczy wiedzieć, dokąd odchodzą. Kto tam za nimi trafi?

— A ten mężczyzna, z którym przyjechała?

— To Richard Levitt, chirurg plastyczny. Operuje największe gwiazdy filmowe.

— Co on tu robi?

Jenny wzruszyła ramionami.

— Po prostu się pokazuje. Podobnie jak inni faceci, towarzyszy gwiazdom, kiedy tego potrzebują. Jeśli nie ma akurat pod ręką żadnej klientki, dobiera sobie jakąś modelkę, taką jak ta. Trzeba przyznać, że dobrze się razem prezentują.

Na monitorze Cheryl i jej towarzysz sunęli w naszym kierunku urywanymi skokami: klatki obrazu zmieniały się co trzydzieści sekund. Zauważyłem, że w ogóle na siebie nie patrzą. Dziewczyna sprawiała wrażenie spiętej, zdenerwowanej.

— Chirurg plastyczny i modelka... — mruknęła Jenny Gonzales. — Mogę zapytać, co takiego specjalnego jest w tych dwojgu? Podobnych par można tu naliczyć setki.

— Ta dziewczyna została dziś zamordowana — wyjaśnił Connor.

— Ach, to ta? Ciekawe.

— Słyszała pani o tym morderstwie? — zapytałem.

— No pewnie.

— Było o nim w wiadomościach?

— Nie, nie zdążyliśmy z materiałem do dziennika o dwudziestej trzeciej — odparła Jenny. — Prawdopodobnie jutro też tego nie puszczą. Zresztą to nic ciekawego.

— A to dlaczego? — spytałem ze zdziwieniem.

— No bo co w tym niezwykłego?

— Nie rozumiem...

— Ci z Nakamoto zarzuciliby nam, że puściliśmy to, bo do morderstwa doszło na ich przyjęciu inauguracyjnym. Oświadczyliby, że każda wzmianka o tym jest próbą szkalowania ich firmy. No i w pewnym sensie mieliby rację. Gdyby tę dziewczynę zamordowano na ulicy, nie byłoby o czym mówić. Gdyby zabito ją podczas napadu na sklep samoobsługowy, też nie byłoby o czym mówić. Takich zabójstw mamy po dwa albo trzy co noc. A fakt, że została zamordowana na przyjęciu... kogo to obchodzi? Nadal nie ma o czym mówić. Jest młoda i ładna, ale niczego sobą nie reprezentuje. Co innego, gdyby grała w jakimś serialu albo filmie.

Connor spojrzał na zegarek.

— Może obejrzymy teraz pozostałe taśmy?

— Materiał z przyjęcia? Proszę bardzo. Chodzi panom o tę dziewczynę?

— Tak.

Jenny załadowała trzecią kasetę.

— W porządku, jedziemy.

Ujrzeliśmy scenki z przyjęcia na czterdziestym piątym piętrze: swingowa orkiestra, ludzie tańczący pod zwisającymi z sufitu dekoracjami. Wypatrywaliśmy w tłumie naszej dziewczyny.

— W Japonii nie musielibyśmy przeglądać całej taśmy — powiedziała Jenny. — Japończycy dysponują bardzo wyrafinowanym oprogramowaniem do rozpoznawania obrazów wideo. Mają taki program, w którym zaznacza się jakiś fragment obrazu, na przykład twarz, a on przeszukuje cały zapis i wykrywa na niej każdy obraz zawierający ten element. Potrafi też zapamiętać pojedyncze ujęcie dowolnego trójwymiarowego obiektu, a potem rozpoznać go nawet wtedy, gdy widać go pod innym kątem. Jest podobno bardzo efektywny, choć powolny.

— Dziwne, że wasza stacja jeszcze go nie ma.

— Och, tu się go nie kupi. Najbardziej zaawansowany technicznie japoński sprzęt wideo nie jest dostępny na naszym rynku. Japończycy trzymają nas na dystans, jakieś trzy lub pięć lat od siebie. Mają do tego prawo. To ich technika, mogą z nią robić, co chcą.

Na ekranie we frenetycznym pośpiechu przewijały się scenki z przyjęcia.

Nagle Jenny zatrzymała obraz.

— Jest! — zawołała. — W tle, po lewej. Rozmawia z Eddiem Sakamurą, który zna wszystkie modelki. Puścić to z normalną szybkością?

— Poproszę — odparł Connor, nie odrywając wzroku od ekranu.

Kamera powoli przesuwała się po sali. Cheryl Austin przez większą część ujęcia pozostawała w kadrze. Trzymała rękę na ramieniu Eddiego Sakamury i śmiała się, odchylając głowę do tyłu. Eddie pajacował i robił miny, próbując ją rozśmieszyć. Dziewczyna co jakiś czas rzucała na boki ukradkowe spojrzenia i rozglądała się po sali. Wyglądało to tak, jakby czekała na czyjeś przybycie.

Kiedy Sakamura się zorientował, że dziewczyna nie poświęca mu całej uwagi, chwycił ją za ramię i przyciągnął do siebie. Odwróciła od niego twarz, a on pochylił się nad nią i powiedział coś gniewnie. W tym momencie przed obiektyw nawinął się jakiś łysy mężczyzna. Refleksy światła na jego twarzy rozmyły rysy, a głowa przesłoniła nam widok Eddiego i dziewczyny. Potem kamera przesunęła się jeszcze bardziej w lewo i straciliśmy ich z oczu.

— Cholera... — jęknąłem.

— Wrócić? — zapytała Jenny.

Cofnęła taśmę i jeszcze raz obejrzeliśmy to ujęcie.

— Eddie jest na nią najwyraźniej wkurzony — stwierdziłem.

— Na to wygląda — mruknął Connor i ściągnął brwi. — Trudno powiedzieć, co tam się działo. Jest do tego ścieżka dźwiękowa?

— Jasne, ale prawdopodobnie nic to nie da — odparła Jenny.

Przebiegła palcami po przyciskach i puściła ujęcie od nowa. Z głośnika popłynął monotonny gwar. Można było z niego wyłowić tylko oderwane urywki zdań.

W pewnym momencie Cheryl Austin spojrzała na Eddiego Sakamurę i powiedziała:

— ...nic nie poradzę, że to dla ciebie takie ważne, że ja...

Jego odpowiedź była zniekształcona, ale później usłyszeliśmy wyraźnie, jak mówi:

— Nie rozumiesz... chodzi o to sobotnie spotkanie...

W ostatnich sekundach ujęcia, przyciągając ją do siebie, warknął coś jakby: „...bądź głupia... jakąś tanią...".

— Czy on powiedział: „jakąś tanią"? — spytałem.

— Coś w tym rodzaju — mruknął Connor.

— Puścić to jeszcze raz? — zapytała Jenny.

— Nie — odparł kapitan. — Z tego już nic więcej nie wyciśniemy. Jedziemy dalej.

— W porządku — powiedziała Jenny.

Obraz przyśpieszył, goście zaczęli poruszać się szybciej. Śmieli się i unosili kieliszki.

— Niech pani to zatrzyma — poprosiłem.

Znowu normalna szybkość. Blondynka w jedwabnej sukni od Armaniego i łysy mężczyzna, którego oglądaliśmy przed chwilą, podawali sobie ręce.

— Co tu mamy? — spytała Jenny, patrząc na mnie.

— To jego żona — powiedział Connor.

Kobieta pochyliła się, by złożyć lekki pocałunek na ustach łysego mężczyzny. Potem cofnęła się o krok i powiedziała coś na temat jego garnituru.

— To prawniczka z biura prokuratora okręgowego — wtrąciła Jenny. — Lauren Davis. Asystowała w paru głośnych sprawach. Dusiciel z Sunset, zabójstwo Kellermana. Jest bardzo ambitna, inteligentna i dobrze ustawiona. Mówią, że jeśli zachowa posadę, ma przed sobą wielką karierę. To pewnie prawda, bo inaczej Wyland nigdy nie dałby jej czasu antenowego. Jak sami panowie widzicie, prezentuje się całkiem nieźle, ale on woli nie dopuszczać jej do mikrofonu. Ten łysy facet, z którym rozmawia, to John McKenna od Regisa McKenny z San Francisco. Robią reklamę większości firm mających związek z nowoczesną techniką.

— Możemy jechać dalej — powiedziałem.

Jenny wdusiła przycisk.

— To naprawdę pańska żona, czy partner tylko żartował? — zapytała po chwili.

— Nie żartował, to naprawdę moja żona. Była.

— Wzięliście rozwód?

— Tak.

Spojrzała na mnie, jakby chciała coś powiedzieć, ale się rozmyśliła i skierowała wzrok z powrotem na ekran. Na monitorze kłębił się tłum gości.

Przyłapałem się na tym, że znowu myślę o Lauren. Kiedy ją poznałem, była inteligentna i ambitna, ale tak naprawdę niewiele rozumiała. Pochodziła z innego świata, uczęszczała do szkół Ivy League i miała typowe dla wszystkich uprzywilejowanych osób głębokie przeświadczenie, że zawsze musi mieć rację.

Bez wątpienia dobrze jest żyć z takim przeświadczeniem. Nie trzeba niczego konfrontować z rzeczywistością.

Była młoda, a to też odgrywało swoją rolę. Wciąż jeszcze poznawała świat, uczyła się, jak funkcjonuje. Przepełniał ją entuzjazm i potrafiła z zapałem kształtować swoje poglądy. Tyle że jej poglądy zbyt często się zmieniały — zależnie od tego, z kim ostatnio rozmawiała. Była bardzo podatna na wpływy. Przymierzała do siebie rozmaite idee, tak jak inne kobiety przymierzają kapelusze. Zawsze doskonale orientowała się w najnowszych trendach. Przez pewien czas wydawało mi się to młodzieńcze i urocze, ale w końcu zaczęło mnie irytować.

Nie miała w sobie nic trwałego, żadnej niezmiennej treści. Przypominała telewizor: zawsze grała najnowszą sztukę. Wszystko jedno jaką.

Ostatnim wielkim talentem Lauren była jej zdolność do przystosowywania się. Była ekspertem w oglądaniu telewizji, czytaniu gazet, słuchaniu szefa — w czerpaniu informacji ze wszystkiego, co uznawała za autorytatywne źródło — i wyczuwaniu, z której strony wieje wiatr. Ustawiała się dokładnie tam, gdzie w danej chwili powinna się znaleźć. Wcale mnie nie dziwiło, że pnie się w górę. Jej system wartości, podobnie jak ubrania, był zawsze skrojony na miarę i zgodny z wymogiem chwili...

— ...poruczniku, robi się późno... Poruczniku?

Zamrugałem i powróciłem na ziemię. Jenny coś do mnie mówiła. Pokazywała ekran, gdzie na zatrzymanym obrazie widniała Cheryl Austin w czarnej sukni, w towarzystwie dwóch starszych mężczyzn w garniturach.

Obejrzałem się na Connora, ale był odwrócony do mnie plecami i rozmawiał przez telefon.

— Poruczniku? Interesuje to pana?

— Tak, oczywiście. Co to za jedni?

Jenny puściła taśmę z normalną szybkością.

— Senatorowie John Morton i Stephen Rowe. Obaj zasiadają w senackiej komisji finansów. Tej samej, która prowadzi przesłuchania w sprawie sprzedaży MicroConu.

Na ekranie Cheryl śmiała się i kiwała głową. Za życia była uderzająco piękna, emanowała osobliwą mieszaniną niewinnego wdzięku i seksowności, choć momentami na jej twarzy pojawiał się wyraz przebiegłości. Najwyraźniej znała obu mężczyzn, ale chyba niezbyt dobrze. Wymieniwszy z nimi uściski dłoni, nie przysuwała się bliżej do żadnego z nich. Senatorowie z kolei wydawali się w pełni świadomi patrzącego na nich oka kamery i starali się zachowywać swobodnie, lecz obaj byli nieco usztywnieni.

— Wszystkich diabli biorą, a senatorowie Stanów Zjednoczonych stoją sobie tutaj jak gdyby nigdy nic i gawędzą z modelkami — mruknęła Jenny. — Nic dziwnego, że mamy kłopoty. A ci tutaj to nie byle kto. Mówi się, że Morton ma kandydować w najbliższych wyborach prezydenckich.

— Co pani wie o ich życiu prywatnym? — zapytałem.

— Obaj są żonaci. Rowe żyje w częściowej separacji, żona siedzi w domu w Wirginii, a on buja po świecie. Ma skłonności do kieliszka.

Przyjrzałem się senatorowi Rowe. Był to ten sam mężczyzna, który dzisiaj wieczorem wsiadł do naszej windy: był pijany i prawie leciał z nóg. Ale tutaj wyglądał na trzeźwego.

— A Morton?

— Pozuje na świętoszka. Były sportowiec, ma fioła na punkcie kondycji fizycznej. Je tylko zdrową żywność. Rodzinny człowiek. Jego główne zainteresowania to nauka i technika. Środowisko. Amerykańska konkurencyjność, amerykańskie wartości. Wszystko to jednocześnie. Ale taki idealny chyba nie jest, bo słyszałam, że ma młodą przyjaciółkę.

— To prawda?

Jenny wzruszyła ramionami.

— Tak mówią, a jego przydupasy starają się to tuszować. Ale kto wie, jak tam jest naprawdę.

Taśma wyskoczyła z kieszeni magnetowidu i Jenny załadowała następną.

— To już ostatnia, panowie — powiedziała.

— Chyba już wystarczy — oświadczył Connor, odkładając słuchawkę. Wstał. — Musimy lecieć, *kōhai*.

— Co się stało?

— Odebrałem z centrali telefonicznej informacje dotyczące rozmów przeprowadzonych między ósmą a dziesiątą wieczorem z automatu w holu budynku Nakamoto.

— I co?

— Nikt w tym czasie z niego nie dzwonił.

Wiedziałem, że zgodnie z przypuszczeniami Connora ktoś wyszedł z dyżurki — Cole albo któryś z Japończyków — i zadzwonił na policję. Teraz nadzieja podążenia tym obiecującym tropem legła w gruzach.

— Szkoda — bąknąłem.

— Szkoda? — zdziwił się Connor. — To bardzo pomyślna informacja. Znacznie zawęża front śledztwa. Panno Gonzales, czy ma pani jakieś taśmy z ludźmi wychodzącymi z przyjęcia?

— Wychodzącymi? Nie. Po przybyciu ostatniego gościa wszystkie ekipy wjechały na górę, żeby filmować imprezę. Potem przybiegli tu z kasetami, żeby wyrobić się z montażem przed wejściem na antenę o dwudziestej trzeciej. Przyjęcie jeszcze wtedy trwało.

— No nic. W takim razie chyba już tu skończyliśmy. Bardzo dziękujemy pani za pomoc. Idziemy, *kōhai*.

Znowu jechaliśmy. Tym razem udawaliśmy się do Beverly Hills. Było już po pierwszej w nocy i zaczynałem odczuwać zmęczenie.

— Czemu ten automat z holu jest taki ważny? — spytałem.

— Ponieważ cała nasza koncepcja podejścia do tej sprawy zależy od tego, czy ktoś telefonował z tego aparatu, czy nie — odparł Connor. — Pytanie na teraz brzmi: Która firma z Japonii ma na pieńku z Nakamoto?

— Która firma z Japonii?

— Tak. Nie ulega wątpliwości, że to korporacja należąca do innego *keiretsu*.

— *Keiretsu?*

— Japończycy strukturyzują swoje przedsiębiorstwa w wielkie organizacje, które nazywają *keiretsu*. Tych najpotężniejszych jest w Japonii sześć, i są naprawdę ogromne. Na przykład *keiretsu* Mitsubishi składa się z siedmiuset odrębnych firm, które ze sobą bezpośrednio współpracują, prowadzą wspólne finanse i są związane rozmaitego rodzaju porozumieniami. Takie wielkie struktury nie występują w Ameryce, bo naruszałyby tutejsze prawa antytrustowe. Ale w Japonii są na porządku dziennym. My pojmujemy korporację jako samowystarczalny organizm. Żeby pojąć, jak ją rozumie Japończyk, musiałbyś sobie na przykład wyobrazić związek IBM, Citibanku, Forda i Exxona, przy czym każdy z każdym w ramach tej korporacji zawarłby osobne porozumienia dotyczące kooperacji oraz wspólnych zasad finansowania i kierunków prac rozwojowych. Oznacza to, że japońska korporacja nie jest tworem samowystarczalnym, zawsze działa we współpracy z setkami innych firm. I konkuruje z firmami wchodzącymi w skład innego *keiretsu*. Kiedy więc próbujesz ustalić, czym się zajmuje spółka Nakamoto, musisz najpierw zadać sobie pytanie, czym zajmuje się *keiretsu* Nakamoto w Japonii. I jakie firmy innego *keiretsu* są jej konkurentami. To morderstwo stawia Nakamoto w kłopotliwej sytuacji i można w nim nawet upatrywać ataku na tę firmę.

— Ataku?

— Zastanów się tylko. Nakamoto przygotowuje wielki, naszpikowany gwiazdami filmowymi wieczór inauguracyjny z okazji otwarcia swojego budynku. Pragną, aby wszystko poszło jak po maśle. Z jakiegoś niewyjaśnionego powodu uduszony zostaje ktoś z gości zaproszonych na przyjęcie. I tu nasuwa się pytanie: Kto powiadomił policję?

— Kto zgłosił morderstwo?

— Tak. Bo przecież, mimo wszystko, Nakamoto kontroluje sytuację. To ich przyjęcie, ich budynek. Nie było przeszkód, żeby zaczekali do dwudziestej trzeciej i zgłosili morderstwo po zakończeniu przyjęcia i wyjściu ostatniego gościa. Gdyby zależało mi na pozorach, na opinii publicznej, tak właśnie bym postąpił. Bo wszystko inne niesie ze sobą groźbę zepsucia image'u Nakamoto.

— Rozumiem.

— Ale ze zgłoszeniem morderstwa nie zwlekano — mówił dalej Connor. — Wprost przeciwnie, ktoś powiadomił policję o dwudziestej trzydzieści dwie, kiedy impreza dopiero się rozkręcała, więc groziło to rozbiciem całego wieczoru. Dlatego nasze najważniejsze pytanie brzmi: kto dzwonił?

— Kazałeś odszukać Ishigurze osobę, która telefonowała — przypomniałem mu. — A on jeszcze się z tego nie wywiązał.

— Zgadza się. Bo nie mógł.

— Nie wie, kto telefonował?

— Być może.

— Uważasz, że to nie był nikt z pracowników Nakamoto?

— Właśnie.

— Któryś z ich przeciwników?

— Prawie na pewno.

— Więc jak go znajdziemy? — spytałem.

Connor roześmiał się.

— Dlatego sprawdzałem ten telefon z holu. Jest tutaj decydującym czynnikiem.

— Czemu decydującym?

— Wyobraź sobie, że pracujesz w konkurencyjnej korporacji i chcesz wiedzieć, co się dzieje w Nakamoto. Nie możesz zdobyć tych wiadomości, ponieważ japońskie korporacje podpisują ze swoją kadrą kierowniczą dożywotnie kontrakty. Członkowie tej kadry czują się częścią rodziny. A w rodzinie nie zdradza się tajemnic. Stąd Nakamoto prezentuje się dla reszty świata jako nieprzenikniona maska, więc nawet najdrobniejsze detale nabierają znaczenia: który z dyrektorów przyjechał właśnie z Japonii, kto się z kim spotyka, kto wchodzi, kto wychodzi, i tak dalej. Wszystkie te szczegóły możesz ustalić, nawiązując znajomość z amerykańskim strażnikiem ze służb ochrony, który przez cały dzień siedzi przed monitorami. Zwłaszcza jeśli ten strażnik jest Murzynem i na własnej skórze doświadczył dyskryminacji ze strony Japończyków...

— Mów dalej — ponagliłem go, kiedy zamilkł.

— Japończycy często usiłują przekupić funkcjonariuszy służb ochrony konkurencyjnych firm. Co prawda są ludźmi honoru, ale ich tradycja dopuszcza takie postępowanie. W miłości i na wojnie wszystkie chwyty są dozwolone, a oni postrzegają biznes jako wojnę. Przekupstwo jest więc całkiem na miejscu, jeśli tylko potrafi się je dobrze zorganizować.

— Jasne...

— Wracając do naszego morderstwa, możemy być pewni, że kilka sekund po zabójstwie dziewczyny wiedziały o nim tylko dwie osoby. Jedną z nich jest sam zabójca. Drugą strażnik ochrony obiektu, Ted Cole, który obserwował całe zajście na monitorach.

— Chwileczkę! Ted Cole widział to na monitorach? Wie, kim jest zabójca?

— Oczywiście.

— Powiedział przecież, że zszedł z dyżuru o dwudziestej piętnaście.

— Kłamał.

— Ale skoro się domyślałeś, że kłamie, to dlaczego nie...

— Nic by nam nie powiedział — odparł Connor. — Tak samo Phillips. Dlatego właśnie nie aresztowałem Cole'a i nie zabrałem go na przesłuchanie. Byłaby to strata czasu, a czas jest tu najważniejszy. Ale jeśli nam nic nie powiedział, warto się zastanowić, czy powiedział coś komuś innemu?

Zaczynałem rozumieć, do czego zmierza.

— Innymi słowy, powinniśmy się dowiedzieć, czy Cole wyszedł z dyżurki do holu i z automatu zadzwonił do kogoś, powiadamiając go o popełnieniu morderstwa?

— Właśnie. Nie mógłby skorzystać z telefonu zainstalowanego w dyżurce. Gdyby chciał kogokolwiek poinformować o tym, co się stało, wroga Nakamoto, konkurencyjną firmę czy kogoś innego, zadzwoniłby z automatu.

— Ale teraz wiemy, że nikt z tamtego automatu nie dzwonił — zauważyłem.

— Zgadza się.

— A więc cały twój tok rozumowania się załamuje.

— Wcale nie, tylko się klaruje. Jeśli Cole nigdzie nie dzwonił, to kto zgłosił morderstwo? Wszystko wskazuje, że informatorem może być tylko sam morderca.

Przeszył mnie dreszcz.

— Zadzwonił na policję, żeby postawić Nakamoto w niezręcznej sytuacji?

— Tak sądzę.

— I skąd dzwonił?

— Na razie trudno powiedzieć. Przypuszczam, że gdzieś z budynku. Jest jeszcze kilka niejasnych szczegółów, których dotąd nie braliśmy pod uwagę.

— Na przykład jakich?

Zaterkotał samochodowy telefon. Connor podniósł słuchawkę i po chwili przekazał ją mnie.

— To do ciebie.

x x x

— Nie, nie — zapewniła mnie pani Ascenio. — Z małą jest wszystko w porządku, zaglądałam do niej parę minut temu. Chciałam tylko pana zawiadomić, panie poruczniku, że dzwoniła pani Davis.

Nazywała tak moją byłą żonę.

— Kiedy?

— Jakieś dziesięć minut temu.

— Zostawiła jakąś wiadomość?

— Nie. Powiedziała, że dzisiaj w nocy będzie nieosiągalna. Ale kazała panu powtórzyć, że coś jej wypadło i może będzie musiała wyjechać z miasta. W związku z tym chyba nie zabierze małej na weekend.

Westchnąłem.

— Rozumiem.

— Mówiła, że zadzwoni jutro, jak już będzie wiedziała na pewno.

— Dziękuję.

Nie zaskoczyło mnie to, Lauren zwykle zmieniała swoje zamiary w ostatniej chwili. Nie można było nigdy niczego zaplanować, bo ona zawsze w końcu zmieniała zdanie. Tym razem oznaczało to prawdopodobnie, że ma nowego przyjaciela i być może gdzieś z nim wyjedzie.

Obawiałem się, że takie trzymanie naszej córeczki w ustawicznej niepewności może źle na nią wpłynąć, pozbawić ją poczucia bezpieczeństwa. Ale dzieci myślą praktycznie. Michelle rozumie, że jej matka już taka jest, i wcale się tym nie przejmuje.

Tylko ja nie mogę się z tym pogodzić.

— Kiedy pan wróci, panie poruczniku? — spytała pani Ascenio.

— Nieprędko. Zanosi się na to, że zejdzie mi tu całą noc. Może pani zostać?

— Tak, ale muszę wyjść o dziewiątej rano. Mogę sobie rozłożyć amerykankę?

Korzystała z niej, kiedy zostawała z małą na noc.

— Oczywiście — odparłem.

— To do widzenia, panie poruczniku.

— Do widzenia, pani Ascenio.

× × ×

— Co się stało? — zapytał Connor.

Usłyszałem w jego głosie napięcie.

— Nic. Moja była odstawia swój stary numer. Nie jest pewna, czy zabierze dziecko na weekend. Czemu pytasz?

Wzruszył ramionami.

— Tak sobie — mruknął.

Wyczułem, że coś ukrywa.

— Co miałeś na myśli wcześniej, mówiąc, że ta sprawa może się okazać śliska?

— Nic konkretnego. Mimo wszystko musimy się postarać rozpracować ją w ciągu najbliższych kilku godzin. Sądzę, że da się to zrobić. Kawałek dalej, po lewej, jest ta restauracja.

Zobaczyłem neon. Bora Bora.

— To knajpa, której właścicielem jest Sakamura?

— Tak. Właściwie to tylko współwłaścicielem. Nie oddawaj samochodu portierowi. Zaparkuj gdzieś na wylocie. Może będziemy musieli się szybko stąd zmywać.

× × ×

Bora Bora szczyciła się w tym tygodniu tytułem najlepszej restauracji w mieście. Na ścianach wisiały polinezyjskie maski i tarcze, a nad barem niczym zęby sterczały cytrynowożółte drewniane wiosła. Na pięciometrowym ekranie nad otwartą kuchnią produkował się widmowy Prince. Menu pochodziło z wysp Pacyfiku; hałas był ogłuszający; klientelę stanowiły nadzieje przemysłu filmowego. Wszyscy mieli na sobie czarne stroje.

Connor uśmiechnął się.

— Zupełnie jak Trader Vic's po wybuchu bomby, prawda? Przestań się tak gapić. Nie napatrzyłeś się jeszcze na nich?

— Nie, nie napatrzyłem — burknąłem.

Kapitan odwrócił się i zapytał o coś azjatycką hostessę. Spoglądałem w stronę baru, przy którym siedziały dwie kobiety muskające się ustami. Dalej siedział Japończyk w skórzanej kurtce pilota, otaczający ramieniem wielką blondynę. Słuchali oboje człowieka o przerzedzonej czuprynie, w którym rozpoznałem...

— Chodź — rzucił Connor. — Idziemy.

— Co?

— Eddiego tu nie ma.

— A gdzie jest?

— Na przyjęciu w Hills. Idziemy.

Adres, jaki Connorowi zapisała hostessa, zaprowadził nas na wijącą się między wzgórzami drogę nad bulwarem Zachodzącego Słońca. Mielibyśmy stamtąd dobry widok na miasto, gdyby nie mgła, która jeszcze bardziej zgęstniała. Ulica obstawiona była po obu stronach rzędami luksusowych samochodów, w większości lexusów sedanów, ale zauważyłem też kilka odkrytych mercedesów oraz bentleyów. Parkingowi mieli trochę zbaraniałe miny, kiedy wysiedliśmy z naszego czterodrzwiowego chevroleta i pomaszerowaliśmy w stronę domu.

Podobnie jak wszystkie inne rezydencje przy tej ulicy, także i tę otaczał trzymetrowy mur, a wjazd zamykała zdalnie sterowana metalowa brama. Nad nią zainstalowana była kamera, a drugą taką samą zauważyłem na ścieżce prowadzącej do wejścia. U jej wylotu stał ochroniarz, który dokładnie obejrzał nasze odznaki.

— Czyj to dom? — zapytałem.

Przed dziesięcioma laty jedynymi ludźmi w Los Angeles mogącymi sobie pozwolić na utrzymanie tak silnej ochrony byli mafiosi albo gwiazdy filmowe, takie jak Stallone, którego pełne brutalności role przyciągały równie brutalnych ciekawskich. Ale ostatnio wyglądało na to, że każdy mieszkaniec bogatych dzielnic willowych ma już prywatną ochronę. Było to w dobrym tonie, stało się niemal modą.

Szliśmy po schodkach prowadzących przez kaktusowy ogród do nowoczesnego, betonowego, przypominającego fortecę domu. Dobiegała stamtąd głośna muzyka.

— Ten dom należy do właściciela Maxim Noir — odparł Connor. Musiał wyczytać z moich oczu, że nic mi to nie mówi, bo dodał: — To ekskluzywny salon odzieżowy zatrudniający bardzo młode ekspedientki. Kupują tam Jack Nicholson i Cher.

— Jack Nicholson i Cher? — powtórzyłem, kręcąc głową. — Skąd to wiesz?

— W Maxim Noir zaopatruje się też wielu Japończyków. Podobnie jak większość ekskluzywnych amerykańskich sklepów, ten salon również poszedłby z torbami, gdyby nie goście z Tokio. Jest uzależniony od Japończyków.

Kiedy zbliżaliśmy się do drzwi wejściowych, wyrosło przy nas jak spod ziemi wielkie chłopisko w sportowej kurtce. Mężczyzna trzymał w ręku kartkę z listą nazwisk.

— Przepraszam, panowie. Wstęp tylko za zaproszeniami.

Connor mignął mu przed nosem swoją odznaką.

— Chcielibyśmy porozmawiać z jednym z waszych gości — powiedział.

— A z kim, proszę pana?

— Z panem Sakamurą.

Facet nie wyglądał na uszczęśliwionego.

— Proszę zaczekać.

Stojąc w korytarzyku, widzieliśmy wnętrze salonu. Kłębił się tam tłum bywalców przyjęć w składzie mniej więcej odpowiadającym temu z imprezy w Nakamoto. Podobnie jak w restauracji, wszyscy ubrani byli na czarno. Ale moją uwagę przykuł sam pokój: całkowicie biały i zupełnie pozbawiony ozdób. Ani jednego obrazu na ścianie. Ani jednego mebla. Tylko gołe ściany i jednobarwny dywan. Goście sprawiali wrażenie skrępowanych. Trzymali swoje drinki i rozglądali się niepewnie, zastanawiając się, gdzie by je tu postawić.

Minęła nas jakaś nowo przybyła para zmierzająca do salonu.

— Rod zna się na rzeczy — stwierdziła kobieta.

— O, tak — przyznał facet. — Wykwintny minimalizm. I ta dbałość o detale w wykończeniu pokoju. Ciekawe, kto mu to malował. Perfekcyjna robota. Ani śladu pociągnięć pędzlem. Nieskazitelna, idealna powierzchnia.

— I tak właśnie miało być — powiedziała jego towarzyszka. — Na tym zasadza się cała jego koncepcja.

— Ileż w niej śmiałości — zauważył mężczyzna.

— Śmiałości? — zdumiałem się. — O czym oni mówią? To po prostu gołe ściany.

Connor uśmiechnął się.

— Ja to nazywam *faux zen*. Styl bez treści.

Przesuwałem wzrokiem po tłumie.

— Jest tutaj senator Morton — powiedziałem po chwili.

Stał z wypiętą piersią w kącie. Od razu można było w nim rozpoznać kandydata na prezydenta.

Ochroniarz nie wracał, zapuściliśmy się więc kilka kroków w głąb salonu. Zbliżywszy się do senatora Mortona, usłyszałem, jak mówi:

— Tak, mogę ci dokładnie wyjaśnić, dlaczego tak bardzo mnie niepokoi wielkość japońskich udziałów w amerykańskim przemyśle. Jeśli utracimy zdolność wytwarzania krajowych produktów, stracimy kontrolę nad naszą przyszłością. W osiemdziesiątym siódmym roku dowiedzieliśmy się, że Toshiba sprzedała Rosjanom technologię, która pozwoliła im wyciszyć śruby napędowe łodzi podwodnych. Sowieckie okręty atomowe czają się teraz tuż u naszych wybrzeży, a my nie potrafimy ich wytropić. Kongres szalał, amerykańscy obywatele chcieli chwytać za broń. I mieli rację, to było oburzające. Kongres planował wprowadzenie sankcji ekonomicznych wymierzonych w Toshibę, ale wybłagali cofnięcie tej decyzji, bo nasze firmy, takie jak Hewlett-Packard i Compaq, były uzależnione od dostarczanych przez Toshibę podzespołów do komputerów. Nie wytrzymaliby bojkotu, ponieważ nie mieli żadnych innych źródeł zaopatrzenia. To prawda, że nie mogliśmy sobie pozwolić na wprowadzenie sankcji. Oni sprzedawali strategiczną technologię naszym wrogom, a my nie mieliśmy w tej sprawie nic do gadania. To nasz główny problem: jesteśmy niemal całkowicie uzależnieni od Japonii.

Ktoś zadał jakieś pytanie i Morton kiwnął głową.

— Tak, to prawda, że z naszym przemysłem nie dzieje się najlepiej. Płace realne utrzymują się obecnie na poziomie z sześćdziesiątego drugiego roku. Siła nabywcza pieniędzy amerykańskich robotników spadła do poziomu sprzed trzydziestu lat. A to musi niepokoić nawet dobrze sytuowanych ludzi, których widzę w tym pokoju, bo oznacza, że obywateli nie stać na chodzenie do kina, na kupowanie samochodów, ubrań czy czegokolwiek, co macie do sprzedania. Prawda jest taka, że nasz naród w zastraszającym tempie ubożeje.

Jakaś kobieta zadała kolejne pytanie, którego nie dosłyszałem, i Morton odpowiedział:

— Tak, dobrze pani usłyszała, na poziomie z roku sześćdziesiątego drugiego. Wiem, że trudno w to uwierzyć, ale niech pani sobie przypomni lata pięćdziesiąte, kiedy amerykański robotnik mógł utrzymać własny dom, rodzinę i posyłać dzieci do szkoły średniej, a wszystko to z jednej pensji. Teraz oboje rodzice pracują, jednak większości rodzin nie stać na własny dom. Za dolara można kupić coraz mniej, wszystko zdrożało. Ludzie walczą o utrzymanie poziomu życia. Ani im w głowie nowe inwestycje.

Przyłapałem się na tym, że słuchając jego słów, kiwam potakująco głową. Przed mniej więcej miesiącem rozglądałem się za jakimś domem, bo chciałem, żeby Michelle miała podwórko do zabawy. Ale ceny nieruchomości w Los Angeles są po prostu księżycowe. Nigdy nie będzie stać mnie na kupno domu, chyba że się powtórnie ożenię. A i wtedy nie wiadomo...

Nagle dostałem silnego szturchańca w żebra. Odwróciłem się i zobaczyłem ochroniarza. Wskazał ruchem głowy drzwi frontowe.

— Z powrotem, koleś — wycedził.

Zdenerwował mnie. Zerknąłem na Connora, ale ten bez słowa wycofał się do wyjścia.

— Sprawdziłem — powiedział ochroniarz, kiedy znaleźliśmy się z powrotem w korytarzyku. — Nie ma tutaj żadnego pana Sakamury.

— Pan Sakamura to ten japoński dżentelmen stojący w głębi pokoju, po pańskiej prawej ręce — poinformował go Connor. — Rozmawia z rudowłosą kobietą.

Ochroniarz pokręcił głową.

— Przykro mi, koledzy. Jeśli nie zobaczę nakazu, będę was musiał wyprosić.

— Tu nie chodzi o sprawy służbowe — powiedział Connor. — Pan Sakamura jest moim przyjacielem. Wiem, że chętnie ze mną porozmawia.

— Przykro mi. Macie nakaz?

— Nie.

— A więc nie macie prawa tu przebywać. Proszę was o opuszczenie tego domu.

Kapitan nawet nie drgnął.

Ochroniarz cofnął się i stanął w szerokim rozkroku.

— Ostrzegam, że mam czarny pas — warknął groźnie.

— Naprawdę? — zdziwił się Connor.

— Jeff też — oświadczył ochroniarz, wskazując wzrokiem drugiego mężczyznę, który właśnie do nas podszedł.

— Czy to ty odwieziesz kolegę do szpitala? — zapytał kapitan.

Jeff zarechotał nieprzyjemnie.

— Hej, lubię takich jajcarzy, wiesz? Cholernie śmieszne. No dobra, panie mądralo. Trafiliście pod zły adres. Już wam to wyjaśniono. Wynocha stąd — powiedział i dźgnął Connora w pierś krótkim paluchem.

— To napaść — zauważył spokojnie Connor.

— Spierdalaj, koleś — warknął Jeff. — Mówiłem chyba, żeście źle trafili...

Connor wykonał szybki ruch i po sekundzie Jeff, jęcząc z bólu, leżał na podłodze. Odtoczył się od nas i zatrzymał u stóp kogoś w czarnych spodniach. Kiedy podniosłem wzrok, stwierdziłem, że mężczyzna ubrany jest całkowicie na czarno: czarna koszula, czarny krawat, czarna atłasowa marynarka. Miał siwe włosy i teatralny hollywoodzki sposób bycia.

— Nazywam się Rod Dwyer. To mój dom — oświadczył. — O co chodzi?

Connor przedstawił nas grzecznie i pokazał swoją odznakę.

— Jesteśmy tutaj służbowo. Chcieliśmy porozmawiać z jednym z pańskich gości, panem Sakamurą. To tamten człowiek w rogu pokoju.

— A ten człowiek? — spytał Dwyer, wskazując Jeffa, który wciąż leżał na podłodze, krztusząc się i próbując złapać oddech.

— Napadł mnie — odparł chłodno kapitan.

— Takiego chuja go napadłem! — wyrzęził Jeff, dźwigając się na łokciu i kaszląc.

— Dotknąłeś tego pana? — spytał Dwyer.

Jeff milczał. Był siny na twarzy.

— Przepraszam panów za ten incydent — powiedział Dwyer, zwracając się do nas. — To moi nowi pracownicy. Nie mam pojęcia, co im strzeliło do głowy. Może drinka?

— Dzięki, ale jesteśmy na służbie — odparł Connor.

— Zaraz poproszę pana Sakamurę, żeby tutaj podszedł. Może pan powtórzyć swoje nazwisko?

— Connor.

Dwyer oddalił się. Pierwszy ochroniarz pomógł koledze wstać z podłogi. Jeff dokuśtykał w głąb korytarza.

— Pierdolone dupki — wymamrotał pod nosem na odchodnym.

— Pamiętasz jeszcze czasy, kiedy policję szanowano? — zapytałem Connora.

Ale kapitan stał ze wzrokiem wbitym w podłogę i kręcił głową.

— Wstyd mi — mruknął.

— Dlaczego?

Nie odpowiedział mi jednak.

×   ×   ×

— Hej, John! John Connor! *Hisashiburi da na!* Kopę lat! Jak leci, stary? Hej! — zawołał Eddie Sakamura i szturchnął Connora w ramię.

Z bliska wcale nie był taki przystojny. Miał szarą, dziobatą skórę na twarzy i zalatywało od niego wczorajszą szkocką. Poruszał się nerwowo i bardzo szybko mówił. Z pewnością nie był flegmatykiem.

— U mnie wszystko w porządku, Eddie — powiedział Connor. — A u ciebie? Jak sobie radzisz?

— Nie narzekam, kapitanie. Może tylko jedna czy dwie wpadki. Zarobiłem pięć-zero-jeden, jazda po pijaku, próbowałem ukręcić tej sprawie łeb, ale sam wiesz, z moją opinią... Co tam! Żyje się tylko raz. Co tu porabiasz? To ci dopiero chata, nie? Najnowszy szpan: bez mebli! Rod lansuje nowy styl. Bomba! Człowiek nie ma gdzie usiąść! — Roześmiał się. — Nowy styl! Bomba!

Miałem wrażenie, że jest naćpany. Był zbyt pobudzony. Przyjrzałem się purpurowoczerwonej bliźnie na jego lewej dłoni, mniej więcej cztery na trzy centymetry. Wyglądała jak stary ślad po oparzeniu.

— Prawdę mówiąc, jesteśmy tu w sprawie tego dzisiejszego *yakkaigoto* w Nakamoto — powiedział Connor, zniżając głos.

— Ach, tak — mruknął Eddie, również zniżając głos. — Nic dziwnego, że źle skończyła. Była *henntai*.

— Zboczona? Czemu tak twierdzisz?

— Może wyjdziemy na zewnątrz? — zaproponował Eddie. — Chce mi się palić, a Rod nie pozwala dymić w domu.

— W porządku, chodźmy.

Wyszliśmy przed dom i stanęliśmy na skraju kaktusowego ogrodu. Eddie zapalił mentolowego mild sevena.

— Nie wiem, co wam naopowiadano, ale tę dziewczynę dmuchało kilku ludzi, którzy są tam teraz w środku. Dymał ją Rod i jeszcze paru. W związku z tym łatwiej nam się będzie rozmawiało tutaj, rozumiecie?

— Jasne.

— Dobrze ją znam. Naprawdę dobrze. Chyba wiecie, że jestem *hipparidako*, co? Nic na to nie poradzę. Popularny facet! Miałem ją, jak chciałem i kiedy chciałem.

— To wiemy, Eddie. Ale mówisz, że miała problemy?

— I to wielkie, możecie mi wierzyć. Była chora. Rajcował ją ból.

— Świat jest pełen takich ludzi, Eddie.

— O, nie. — Zaciągnął się papierosem. — Ja mówię o czymś innym. O tym, jak się rajcowała. Dostawała orgazmu, kiedy dało jej się zdrowy wycisk. I prosiła o jeszcze: „Rób tak dalej. Ściśnij mocniej".

— Za szyję? — spytał Connor.

— Tak, zgadza się. Za szyję. Lubiła, jak się ją ściskało za szyję. Słyszał pan o czymś takim? A czasami jeszcze z plastikową torbą. No wiecie, taką przezroczystą. Zakładasz jej torbę na głowę, zaciskasz na szyi i dymasz ją, a ona przysysa sobie plastik do ust i robi się sina na twarzy. Orze ci plecy paznokciami. Dławi się i charczy. Boże wszechmogący. Przykro było na to patrzeć. Ale mówię wam, co to była za dupa! Jak się podjarała, to jakbyś ujeżdżał dziką klacz. Długo się to potem pamiętało. Mówię wam. Tyle że co za dużo, to niezdrowo. No wiecie, wciąż na krawędzi. W ciągłym strachu. Wciąż to przeciąganie struny. Może to tym razem. Może to ostatni raz. Wiecie, co mam na myśli? — Pstryknął niedopałkiem papierosa w zarośla. — To było podniecające. Jak rosyjska ruletka. Ale potem już nie mogłem, kapitanie. Poważnie. Nie mogłem. A zna mnie pan przecież, lubię mocne wrażenia.

Musiałem przyznać, że słuchając Eddiego Sakamury, czułem ciarki przechodzące po plecach. Próbowałem notować jego wypowiedź, jednak mówił tak szybko, że nie nadążałem. Rozdygotanymi dłońmi przypalił sobie następnego papierosa i znowu zaczął mówić, energicznie wymachując rękoma.

— No i doszedłem do wniosku, że ta dziewczyna to problem.

Owszem, ładna. Nawet bardzo ładna. Ale czasami nie mogła wyjść na miasto, tak kiepsko wyglądała. Musiała się grubo pudrować, bo skóra na szyi jest bardzo wrażliwa. A ona miała całą w sińcach. Obwódka naokoło. Wyraźna. Może zauważyliście to podczas oględzin zwłok, kapitanie?

— Tak, owszem.

— No to... — Zawahał się. Odniosłem wrażenie, że chciał coś powiedzieć, ale ugryzł się w język. Strzepnął popiół. — No więc została uduszona, czy tak?

— Tak, Eddie. Została uduszona.

Zaciągnął się papierosem.

— To by pasowało — mruknął.

— Widziałeś ją, Eddie?

Wydmuchnął dym.

— Ja? Nie. O czym pan mówi? Jak miałem ją widzieć, kapitanie?

— Eddie. Spójrz na mnie.

Sakamura popatrzył na niego.

— A teraz mów. Widziałeś jej ciało?

— Nie, kapitanie, co pan? — Japończyk zachichotał nerwowo i odwrócił wzrok. Pstryknął niedopałkiem, który przez chwilę koziołkował w powietrzu, a potem zniknął wśród kaktusów. — Co to ma być? Trzeci stopień? Nie. Nie widziałem ciała.

— Eddie.

— Przysięgam panu, kapitanie.

— Co ty masz z tym wspólnego?

— Ja? Kurczę. Nic, kapitanie. Tak, znałem tę dziewczynę, widywałem się z nią. Dymałem ją, to prawda. Diabli nadali. Była trochę dziwna, ale miła. Sympatyczna dziewczyna. Dobra dupa. I to, kurczę, wszystko. — Rozejrzał się i przypalił sobie następnego papierosa. — Ładny ten kaktusowy ogródek, nie? Nazywają je *kseriskapamo*. Los Angeles powraca do pustynnego życia. To *hayatteru no sa*, bardzo modne.

— Eddie.

— Ojej, kapitanie. Niech mnie pan już nie męczy. Tyle czasu się znamy.

— Wiem, Eddie. Ale mam parę problemów. Co się stało z taśmami z dyżurki ochrony?

Eddie zrobił wielkie oczy.

— Z taśmami?

— Do dyżurki służb ochrony Nakamoto wszedł mężczyzna z blizną na ręku i w krawacie w trójkąty. Zabrał kasety z rejestratorów wideo.

— Kurwa. Jaka dyżurka? O co panu chodzi, kapitanie?

— Eddie.

— Kto panu to powiedział? To nieprawda, kurczę. Zabrać taśmy służb ochrony? Nigdy niczego takiego nie zrobiłem. Zwariował pan?! — Przekręcił krawat i spojrzał na metkę. — To krawat Polo, kapitanie. Ralph Lauren. Zapewniam pana, mnóstwo jest takich samych.

— A Imperial Arms?

— Co Imperial Arms?

— Byłeś tam wieczorem?

— Nie.

— Wyczyściłeś pokój Cheryl?

— Co?! — Japończyk sprawiał wrażenie wstrząśniętego. — No nie. Ja wyczyściłem jej pokój? Co to wszystko ma znaczyć, kapitanie?

— Ta dziewczyna mieszkająca po drugiej stronie korytarza, Julia Young, powiedziała nam, że widziała cię wieczorem z jakimś innym mężczyzną w Imperial Arms. W pokoju Cheryl — oświadczył Connor.

Eddie wyrzucił ręce w górę.

— Jezu... Kapitanie, ta dziewczyna nie potrafiłaby powiedzieć, czy widziała mnie dzisiaj, czy miesiąc temu. Ćpa jak skurwysyn. Niech pan zajrzy jej między palce u nóg, to sam pan zobaczy. Niech pan zajrzy pod jej język. Niech pan obejrzy jej wargi sromowe. Przekona się pan. Ona jest na okrągło na haju. Nie wie, która godzina ani jaki mamy dzień. Nie, kurczę.

Przychodzicie tutaj i wciskacie mi taki kit? Nie podoba mi się to. — Odrzucił papierosa i natychmiast zapalił następnego. — Ani trochę mi się nie podoba. Nie rozumiecie, co jest grane? — Nie — odparł Connor. — Powiedz mi, Eddie. Co jest grane?

— To wszystko nieprawda, kurczę. Wszystko nie tak. — Zaciągnął się łapczywie papierosem. — Wiecie, o co tu chodzi? Tu nie chodzi o jakąś pieprzoną dziewczynę, kurczę. Tu chodzi o sobotnie spotkania. O *Doyou kai*, Connor-san. Tajne spotkania. Właśnie o to tu chodzi.

— *Sonna bakana* — warknął Connor.

— Żadne *bakana*, Connor-san. Ja nie zalewam.

— Co jakaś dziewczyna z Teksasu może wiedzieć o *Doyou kai*?

— Coś wiedziała. *Hontō nan da*. A ona lubiła robić na złość. Lubiła namieszać.

— Eddie, wydaje mi się, że powinieneś pójść z nami.

— Dobra. Świetnie. Odwalacie za nich robotę. Za *kuromaku*. — Odwrócił się do Connora. — Cholera, kapitanie. Niech pan da spokój. Przecież pan wie, jak to jest. Wie pan, że moja rodzina to Daimatsu. Teraz mój ojciec przeczyta w Osace, że w Nakamoto zamordowano jakąś dziewczynę, a mnie w związku z tą sprawą aresztowano.

— Zatrzymano.

— Wszystko jedno. Wie pan, co to będzie oznaczało? *Taihenna koto ni naru zo*. Mój ojciec będzie musiał podać się do dymisji, a jego firma przeprosić Nakamoto. Albo nawet wypłacić odszkodowanie. Pójść na pewne ustępstwa w interesach. To potężne *ōsawagi ni naru zo*. Zatrzymując mnie, właśnie do tego pan doprowadzi. — Pstryknął papierosem. — No dobrze. Uważa pan, że to ja zamordowałem... Świetnie. Ale kryjąc własny tyłek, może mi pan wyrządzić wielką krzywdę, kapitanie.

Connor nie odzywał się przez dłuższą chwilę.

— *Connor-san. Tanomu yo...* — powiedział w końcu Eddie błagalnym głosem. Brzmiało to, jakby prosił o łaskę.

Kapitan westchnął.

— Masz przy sobie paszport, Eddie?

— Tak, pewnie. Zawsze go noszę.

— Oddaj mi go.

— Już się robi. W porządku, kapitanie. Proszę.

Connor spojrzał na paszport i przekazał go mnie. Schowałem dokument do kieszeni.

— Dobra, Eddie. Ale niech to nie będzie *murina koto*. Byłbyś wtedy persona nan grata. *Wakatta ka?*

— Kapitanie, ratuje pan honor mojej rodziny. *On ni kiru yo* — odparł Eddie i skłonił się sztywno, przyciskając ręce do boków.

Connor się odkłonił.

Patrzyłem na to i nie mogłem uwierzyć własnym oczom. Kapitan puszczał Sakamurę wolno. Moim zdaniem zwariował.

Wręczyłem Japończykowi swoją wizytówkę i powiedziałem, że może do mnie zatelefonować, jeśli coś mu się przypomni. Eddie wzruszył ramionami, schował wizytówkę do kieszonki koszuli i zapalił kolejnego papierosa. Ja się nie liczyłem: dla niego istniał tylko Connor.

Ruszył z powrotem w kierunku domu, ale po kilku krokach się zatrzymał.

— Poderwałem tu taką rudą... bardzo interesująca dziewczyna — powiedział. — Kiedy wyjdę z przyjęcia, pojadę prosto do mojego domu na wzgórzach. Tam mnie znajdziecie, gdybym był jeszcze potrzebny. Dobranoc, kapitanie. Dobranoc, poruczniku.

— Dobranoc, Eddie.

Zaczęliśmy schodzić po stopniach, kierując się do wyjścia.

x x x

— Mam nadzieję, że wiesz, co robisz — powiedziałem.

— Ja również — odparł Connor.

— Bo mnie się wydaje, że Sakamura maczał w tym palce.

— Niewykluczone.

— Ja bym go zwinął. Na wszelki wypadek.

142

— Może masz rację.

— To co? Zawrócimy?

Pokręcił głową.

— Mój *dai rokkan* mówi nie.

Znałem to określenie, oznaczało szósty zmysł. Japończycy mieli wspaniale rozwiniętą intuicję.

— No cóż, jak uważasz — mruknąłem. — Mam nadzieję, że się nie mylisz.

— W każdym razie byłem mu to winien — odparł Connor.

— Za co?

— Kiedyś, kilka lat temu, potrzebowałem pewnych informacji. Pamiętasz tę aferę z otruciem rybą *fugu*? Nie? Nikt z ich środowiska nie chciał puścić pary z gęby. Zmowa milczenia. A ja musiałem się czegoś dowiedzieć. To było dla mnie bardzo ważne. Powiedział mi to w końcu Eddie. Bał się, że ktoś się o tym dowie, ale mi powiedział. Prawdopodobnie zawdzięczam mu życie.

Doszliśmy do końca schodów.

— I teraz ci to przypomniał?

— Nigdy by tego nie zrobił. To ja mam o tym pamiętać.

— No dobrze, kapitanie... Cały ten interes z długami wdzięczności jest bardzo piękny i szlachetny. I jestem jak najbardziej za harmonijnym współistnieniem ras. Ale przecież niewykluczone, że to Sakamura ją zabił, a potem ukradł taśmy i wyczyścił mieszkanie. Wygląda mi bardzo niewyraźnie i podejrzanie się zachowuje. A my sobie odchodzimy. Puszczamy go wolno.

— Zgadza się.

Szliśmy dalej. Im dłużej nad tym myślałem, tym większe ogarniały mnie wątpliwości.

— Bo wiesz — powiedziałem po chwili — oficjalnie to moje śledztwo.

— Nie twoje, ale Grahama.

— Tak, oczywiście. Ale wyjdziemy na głupców, jeśli okaże się, że zrobił to Sakamura.

Connor westchnął, jakby zaczynał tracić cierpliwość.

— No dobrze... Wyobraźmy sobie, jak to wszystko mogłoby wyglądać, gdybyś miał rację. Eddie zabija dziewczynę, tak?

— Tak.

— Może spotkać się z nią, kiedy chce, jednak postanawia przelecieć ją na stole konferencyjnym, a potem zabija. Następnie zjeżdża do holu i podaje się za kogoś z kierownictwa Nakamoto, mimo że na kierownika z pewnością nie wygląda. No ale załóżmy, że ten numer przechodzi. Udaje mu się odprawić strażnika. Zabiera kasety. Opuszcza dyżurkę w momencie, kiedy wchodzi do niej Phillips. Potem jedzie do mieszkania Cheryl, żeby je wyczyścić, i nie wiadomo po co zostawia tam swoje zdjęcie zatknięte za ramę lustra. Następnie wpada do Bora Bora, żeby oznajmić wszystkim, że udaje się na przyjęcie w Hollywood. Tam też go zastajemy, w pokoju bez mebli, kiedy rozmawia sobie jak gdyby nigdy nic z rudowłosą pięknością. Tak sobie wyobrażasz ten wieczór?

Nic nie odpowiedziałem. W jego ustach nie brzmiało to sensownie. Ale z drugiej strony...

— Pozostaje mi tylko mieć nadzieję, że to nie on.

— Mnie też.

Doszliśmy do ulicy i parkingowy pobiegł po nasz samochód.

— Kiedy tak spokojnie mówił o zakładaniu torby na głowę tej dziewczyny, i w ogóle, ciarki przechodziły mi po plecach — powiedziałem.

— To jeszcze nic — odparł Connor. — Nie zapominaj, że Japończycy nigdy nie zaakceptowali Freuda ani chrześcijaństwa. Seks nie wzbudza w nich poczucia winy czy zażenowania. Nie istnieje dla nich problem homoseksualizmu ani perwersji. Podchodzą do tego bez emocji. Jedni lubią to robić tak, drudzy inaczej. Japończycy nie są w stanie pojąć, dlaczego czynimy tyle szumu wokół zwyczajnej cielesnej funkcji. Uważają nas za trochę stukniętych na punkcie seksu. I mają rację.

Zatrzymał się przed nami wóz agencji ochrony. Przez otwarte okno wychylił się umundurowany strażnik.

— Halo, panowie, są jakieś problemy na tym przyjęciu?

— Na przykład jakie?

— Podobno dwóch facetów wszczęło awanturę. Pobili kogoś czy coś w tym rodzaju. Mieliśmy telefoniczne zgłoszenie.

— Nic o tym nie wiemy — odparł Connor. — Może lepiej wejdźcie na górę i sprawdźcie.

Strażnik wysiadł z wozu, poprawił wielką spluwę i wstąpił na schody. Kapitan popatrzył na wysoki mur otaczający posiadłość.

— Wiesz, że teraz więcej jest prywatnych ochroniarzy niż policji? Każdy wznosi mury i zatrudnia strażników. A w Japonii możesz wejść o północy do parku, usiąść sobie na ławce i nic ci się nie stanie. Noc czy dzień, jesteś całkowicie bezpieczny. Możesz chodzić, gdzie chcesz. Nikt cię nie ograbi, nie pobije. Nie musisz się oglądać co chwila za siebie, nie żyjesz w ciągłym strachu. Nie potrzebujesz murów ani goryli. Twoje bezpieczeństwo oznacza bezpieczeństwo całego społeczeństwa. Jesteś wolny. To wspaniałe uczucie. Tutaj wszyscy musimy się zamykać. Zamykamy drzwi. Zamykamy samochody. Jesteśmy ludźmi, którzy spędzają całe życie zamknięci jak w więzieniu. To obłęd. Ale trwa już od tak dawna, że Amerykanie zapomnieli, jak to jest, kiedy człowiek naprawdę czuje się bezpieczny. No nic. Mamy nasz wóz. Jedźmy do wydziału.

Ledwie ruszyliśmy, zadzwoniła telefonistka z komendy głównej.

— Poruczniku Smith, mamy wezwanie dla łącznika służb specjalnych — powiedziała.

— Jestem bardzo zajęty — odparłem. — Nie może tego załatwić mój zastępca?

— Funkcjonariusze z patrolu proszą o pomoc w sprawie d.d. Kwadrat dziewiętnasty.

Oznaczało to, że jest jakiś problem z dygnitarzem w delegacji.

— Rozumiem, ale mam już na tapecie jedną sprawę. Niech pani skontaktuje się z moim zastępcą.

— To na Sunset Plaza Drive — nie dawała za wygraną. — Czy nie jest pan w tej chwili...

— Owszem — powiedziałem. Teraz rozumiałem, dlaczego tak nalegała. Wezwanie pochodziło z miejsca oddalonego zaledwie o kilka przecznic. — Dobra. O co chodzi?

— To d.d. JPW. Zgłoszony jako poziom G plus jeden. Nazwisko Rowe.

— W porządku, jedziemy tam — odparłem.

Odwiesiłem słuchawkę i zawróciłem.

— Interesujące — mruknął Connor. — Poziom G plus jeden to amerykański rząd.

— Wiem.

— Chodzi o senatora Rowe?

— Właśnie. Prowadził po pijanemu.

Czarny lincoln sedan zarył się na trawniku przed domem na stromym odcinku Sunset Plaza Drive. Przy krawężniku stały dwa czarno-białe wozy patrolowe z włączonymi czerwonymi migaczami na dachach. Na trawniku obok lincolna zebrała się już gromadka ludzi. Mężczyzna w szlafroku z założonymi na piersi rękoma, dwie dziewczyny w krótkich, połyskujących cekinami sukienkach, przystojny blondyn pod czterdziestkę w smokingu i młody człowiek w granatowym garniturze, w którym rozpoznałem młodzieńca wsiadającego wcześniej do windy z senatorem Rowe.

Chłopcy z patrolu wyciągnęli kamerę wideo i skierowali na senatora snop silnego światła. Rowe opierał się jedną ręką o maskę lincolna, a przedramieniem drugiej osłaniał sobie oczy przed ostrym blaskiem. Idąc tam z Connorem, słyszeliśmy, jak klnie.

Wybiegł nam na spotkanie mężczyzna w szlafroku.

— Chcę się dowiedzieć, kto za to zapłaci — wyrzucił z siebie.

— Później, proszę pana — odparłem, nie zatrzymując się.

— Zdewastował mi trawnik. Będzie musiał pokryć szkody.

— Nie teraz.

— I bardzo przestraszył moją żonę, a ona ma raka.

— Proszę pana, nie teraz — powtórzyłem. — Porozmawiam z panem za chwilę.

— Raka ucha — dorzucił tamten z naciskiem. — Ucha.

— Tak, proszę pana. Rozumiem.

Szedłem dalej w kierunku lincolna i powodzi światła. Kiedy mijałem asystenta senatora, podbiegł i zrównał krok ze mną.

— Ja zaraz wszystko wyjaśnię, panie detektywie — zaczął nerwowo. Miał około trzydziestu lat i aparycję kongresowego urzędnika. — Na pewno da się to jakoś załatwić.

— Chwileczkę — powiedziałem. — Pozwoli pan, że najpierw porozmawiam z senatorem?

— Senator źle się czuje — trajkotał dalej asystent. — Jest bardzo zmęczony. — Zabiegł mi drogę. Obszedłem go, ale nie dał za wygraną. — To tylko choroba awiacyjna. Senator źle znosi podróż samolotem.

— Muszę z nim porozmawiać — oświadczyłem, wstępując w krąg jaskrawego światła. Rowe wciąż zasłaniał oczy przedramieniem. — Senatorze? — zwróciłem się do niego.

— Wyłączcie to kurewstwo, do chuja pana — wymamrotał Rowe.

Był w sztok pijany i tak bełkotał, że trudno go było zrozumieć.

— Senatorze Rowe, przykro mi, ale będę musiał zadać panu kilka pytań...

— Spierdalaj, chuj ci w dupę.

— Senatorze Rowe — powtórzyłem.

— Wyłączcie to kurewskie bździdło!

Obejrzałem się na policjanta z patrolu i dałem mu znak ręką. Z ociąganiem wyłączył kamerę. Reflektorek zgasł.

— Jezu Chryste... — jęknął Rowe, opuszczając wreszcie ramię. Spojrzał na mnie maślanymi oczami. — Co tu się, kurwa, wyprawia?

Przedstawiłem się.

— Czemu nic nie robisz z tym kurewskim bajzlem? — wybełkotał Rowe. — Ja tylko jechałem do mojego pierdolonego hotelu.

— Rozumiem, senatorze.

Zatoczył łuk ręką.

— Co tu za afera się stała? — zapytał.

— Senatorze, czy to pan prowadził?

— Chuj. Prowadziłem. — Odwrócił się chwiejnie. — Jerry? Jerry, powiedz im, jak było. Jezus Maria.

Asystent podskoczył do nas skwapliwie.

— Przepraszam za wszystko — wyrecytował gładko. — Senator nie czuje się dobrze. Zaledwie wczoraj wieczorem wróciliśmy samolotem z Tokio. Choroba awiacyjna. Nie doszedł jeszcze do siebie. Jest zmęczony.

— Kto prowadził wóz? — spytałem.

— Ja — odparł szybko asystent.

Jedna z dziewcząt zachichotała.

— Wcale nie! — krzyknął z drugiej strony samochodu mężczyzna w szlafroku. — Ten drugi prowadził. I taki jest nagrzany, że nie miał siły wysiąść. Kiedy drzwiczki się otworzyły, wypadł na trawę.

— Pierdolony bajzel... — burknął senator, drapiąc się po głowie.

— Detektywie, to ja siedziałem za kierownicą. Te dwie panie mogą o tym zaświadczyć — powiedział asystent i wskazał dziewczyny w wieczorowych sukienkach, posyłając im jednocześnie znaczące spojrzenie.

— To bezczelne kłamstwo — zaperzył się mężczyzna w szlafroku.

— Nie, to prawda — wtrącił się przystojniak w smokingu.

Był opalony i miał swobodny sposób bycia właściwy ludziom nawykłym do wydawania rozkazów. Prawdopodobnie jakiś gość z Wall Street. Nie przedstawił się.

— To ja prowadziłem samochód — powtórzył asystent.

— Mam wszystko w dupie — wymamrotał Rowe. — Chcę do hotelu.

— Czy są jacyś ranni? — spytałem.

— Nie, nie ma — odparł asystent. — Nikomu nic się nie stało.

Zwróciłem się do policjantów z patrolu.

— Wypisaliście stodziesiątkę? — Chodziło o protokół z naruszenia własności prywatnej w wyniku wypadku samochodowego.

— Nie kwalifikuje się — odparł jeden z nich. — Jeden samochód i szkody niewielkie. — Protokół taki spisywało się dopiero wtedy, gdy wielkość szkód przekraczała dwieście dolarów. — Wypisaliśmy tylko pięćsetjedynkę. Chce pan rzucić okiem?

Nie chciałem. Jedną z zasad, jakie obowiązują w służbach specjalnych, jest DSDO, działanie stosowne do okoliczności, co oznacza, że w przypadku osób uprzywilejowanych i znakomitości, jeśli nikt nie zamierza wnieść oficjalnej skargi, przymyka się oko na sprawę. W praktyce sprowadza się to do tego, że nikogo się nie aresztuje, chyba że popełnione zostało poważne przestępstwo.

— Niech pan zapisze nazwisko i adres właściciela posiadłości — poleciłem asystentowi — i uzgodni z nim wysokość odszkodowania za zniszczony trawnik.

— Ma już moje nazwisko i adres — odezwał się mężczyzna w szlafroku. — Muszę jednak wiedzieć, jak to zostanie załatwione.

— Powiedziałem mu, że pokryjemy wszelkie szkody — wyjaśnił asystent. — Zapewniłem... Ale on...

— Sam pan zobacz, do cholery: zniszczyliście jej roślinki. A ona ma raka ucha...

— Chwileczkę, proszę pana — przerwałem mu i znów zwróciłem się do asystenta: — Kto teraz poprowadzi samochód?

— Ja — odparł.

— On — przytaknął senator Rowe, kiwając gorliwie głową. — Jerry, siadaj za kierownicą.

— W porządku — powiedziałem do asystenta. — Będzie pan musiał jednak dmuchnąć przedtem w alkomat...

— Tak, naturalnie...

— I chciałbym obejrzeć pańskie prawo jazdy.

— Oczywiście.

Dmuchnął w alkomat i wręczył mi prawo jazdy. Było wystawione w Teksasie. Gerrold D. Hardin, trzydzieści cztery lata. Zamieszkały w Austin w Teksasie. Zanotowałem to i oddałem mu dokument.

— W porządku, panie Hardin. Dziś wieczorem oddaję senatora pod pańską opiekę.

— Dziękuję, poruczniku. Doceniam to.

— Puszczacie go?! — oburzył się mężczyzna w szlafroku. Zignorowałem go.

— Proszę dać temu człowiekowi swoją wizytówkę i pozostawać z nim w kontakcie — powiedziałem do asystenta. — Mam nadzieję, że szkody wyrządzone na terenie jego posiadłości zostaną wyrównane.

— Oczywiście — odparł Hardin.

Kiedy sięgnął do kieszeni po wizytówkę, razem z nią wyciągnął coś białego. Pośpiesznie wepchnął to z powrotem, a potem podszedł do mężczyzny w szlafroku, by wręczyć mu wizytówkę.

— Będziecie musieli zasadzić na nowo wszystkie jej begonie — oświadczył właściciel trawnika.

— Zrobimy to, proszę pana — obiecał Hardin.

— Wszystkie!

— Naturalnie, proszę pana.

Senator Rowe odepchnął się wreszcie od maski samochodu.

— Pierdolone begonie... — wymamrotał. — Jezu, co za kurewska noc. Macie żonę?

— Nie — odparłem.

Pokiwał głową.

— A ja mam. Pierdolone begonie. Chuj im w dupę.

— Tędy, senatorze — powiedział Hardin, biorąc go pod łokieć.

Pomógł mu zająć miejsce w fotelu pasażera. Dziewczyny zapakowały się z tyłu, jedna po lewej, druga po prawej stronie przystojniaczka z Wall Street. Hardin usiadł za kierownicą i poprosił Rowe'a o kluczyki. Obejrzałem się i zobaczyłem, że wozy patrolowe odjeżdżają. Kiedy skierowałem wzrok z powrotem na lincolna, Hardin opuścił szybę i popatrzył mi w oczy.

— Dziękuję za wszystko — powiedział cicho.

— Proszę jechać ostrożnie, panie Hardin — odparłem.

Wycofał wóz z trawnika, przejeżdżając po klombie kwiatów.

— I te irysy też! — wrzasnął mężczyzna w szlafroku za oddalającym się samochodem. Spojrzał na mnie. — Mówię panu, że prowadził ten drugi i był pijany.

— Proszę, oto moja wizytówka — powiedziałem. — Jeśli sprawa nie zostanie załatwiona jak należy, niech pan do mnie zadzwoni.

Spojrzał na biały kartonik, pokręcił głową i wszedł do domu.

Wróciliśmy z Connorem do naszego wozu i ruszyliśmy w dół wzgórza.

— Masz dane tego asystenta? — zapytał kapitan.

— Mam — odparłem.

— Co on miał w kieszeni?

— Wyglądało mi to na damskie majtki.

— Mnie też.

× × ×

Nic oczywiście nie mogliśmy zrobić. Gdyby to ode mnie zależało, wykręciłbym temu nadętemu sukinsynowi rękę, pchnął go na samochód i przeszukał. Ale obaj zdawaliśmy sobie sprawę, że niczego takiego nie możemy zrobić. Nie było najmniejszych podstaw do zrewidowania Hardina czy też aresztowania go. Wiózł na tylnym siedzeniu samochodu dwie dziewczyny, z których jedna mogła być bez majtek, oraz pijanego senatora Stanów Zjednoczonych na przednim. Puszczenie ich było jedynym sensownym wyjściem.

Zaterkotał telefon, więc wdusiłem przycisk.

— Porucznik Smith.

— Cześć, stary. — To był Graham. — Jestem teraz w kostnicy. I wiesz co? Jakiś Japończyk wierci mi dziurę w brzuchu, żebym mu pozwolił asystować przy sekcji. Chce siedzieć i patrzeć. Dajesz wiarę? Jest załamany, bo zaczęliśmy bez niego. Ale wyniki z laboratorium zaczynają wyglądać obiecująco. Nie są korzystne dla Nipponu. Moim zdaniem mamy japoński ślad. Może byś tak tu wpadł, co?

Spojrzałem na Connora. Kiwnął głową.

— Zaraz tam będziemy — odparłem.

x x x

Najkrótsza droga do kostnicy szpitala County General prowadziła przez izbę przyjęć. Kiedy przez nią przechodziliśmy, jakiś zakrwawiony Murzyn siedzący na kozetce darł się w narkotycznym szale: „Zabiję papieża! Zabiję papieża! Zakatrupię go!". Pół tuzina sanitariuszy usiłowało położyć go z powrotem. Miał rany postrzałowe na ramieniu. Posadzka i ściany izby przyjęć były zbryzgane krwią, którą salowa ścierała szmatą. Pod ścianami korytarza siedzieli rzędem czarni i Latynosi. Niektórzy trzymali na kolanach dzieci. Wszyscy odwracali wzrok od zakrwawionej szmaty. Gdzieś z głębi korytarza dolatywały jakieś wrzaski.

Wsiedliśmy do windy. Tu wreszcie było cicho.

— Co dwadzieścia minut zabójstwo — mruknął Connor. — Gwałt co siedem. Morderstwo dziecka co cztery godziny. Żaden inny kraj nie ma takiego poziomu przemocy.

Drzwi się rozsunęły. W porównaniu z atmosferą izby przyjęć w podziemnych korytarzach kostnicy okręgowej panował błogi spokój. W powietrzu unosiła się silna woń formaldehydu. Podeszliśmy do biurka, przy którym, pochylając się nad jakimiś papierami i jedząc kanapkę z szynką, siedział chudy, kościsty mężczyzna. Był to Harry Landon.

— Czołem, chłopaki — przywitał nas, nie odrywając wzroku od papierów.

— Cześć, Harry.

— Co was sprowadza? Sekcja Austin?

— Tak.

— Zaczęli jakieś półtorej godziny temu. Chyba coś tam mają, wiecie?

— A bo co?

153

— Szef zwlókł z łóżka doktora Tima i kazał mu tu biec na jednej nodze. Porządnie go przy tym objechał. — Portier uśmiechnął się. — Wezwali też kupę ludzi z laboratorium. Kto to słyszał, żeby w środku nocy ściągać pełną obsadę? Wiecie, ile to będzie kosztowało, jak się podliczy nadgodziny?

— A gdzie jest Graham? — zapytałem.

— Kręcił się tu gdzieś. Łazi za nim jakiś Japończyk. Przyczepił się jak rzep do psiego ogona. Co pół godziny przychodzi tutaj, pyta mnie, czy może skorzystać z telefonu, i gdzieś dzwoni. Szwargocze przez chwilę po japońsku, a potem znowu przykleja się do Grahama. Nie uwierzycie, ale mówi, że chce być przy sekcji. Nudzi i nudzi. Kiedy dzwonił ostatnio, jakieś dziesięć minut temu, nagle coś się zmieniło. Siedziałem tutaj przy biurku i widziałem jego minę. Zrobił takie mojo-mojo, jakby nie wierzył własnym uszom. A potem wybiegł tak szybko, że mało butów nie pogubił.

— Gdzie odbywa się sekcja?

— W dwójce.

— Dzięki, Harry.

× × ×

— Drzwi!

— Cześć, Tim — powiedziałem, wchodząc przed Connorem do prosektorium.

Tim Haller, znany wszystkim jako doktor Tim, pochylał się nad stołem z nierdzewnej stali. Chociaż dochodziła pierwsza czterdzieści w nocy, jego wyglądowi nie można było nic zarzucić. Wszystko na właściwym miejscu. Włosy starannie uczesane. Krawat perfekcyjnie zawiązany. Równy rządek długopisów w kieszonce wykrochmalonego fartucha laboratoryjnego.

— Słyszałeś?

— Już je zamykam, Tim — odparłem.

Drzwi wyposażone były w sprężynowy automat i zamykały się samoczynnie, ale najwyraźniej zbyt wolno jak na wymagania doktora Tima.

— Nie chcę, żeby wtykało tu nos to japońskie indywiduum.

— On już wyszedł, Tim.

— Naprawdę? Ale może wrócić. Jest strasznie namolny i denerwujący. — Obejrzał się przez ramię. — A kogo tu ze sobą przyprowadziłeś? Czy to nie John Connor? Wieki cię nie widziałem, John.

— Cześć, Tim.

Podeszliśmy do stołu. Zauważyłem, że wykonano już nacięcie w kształcie litery Y i usunięto część narządów, które leżały teraz poukładane równo na tacach z nierdzewnej stali.

— Może wreszcie ktoś mi powie, skąd tyle szumu wokół tej sprawy? — odezwał się Tim. — Graham jest w takim nastroju, że nic się z niego nie wyciągnie. Wyszedł drugimi drzwiami do laboratorium zobaczyć, czy są już pierwsze wyniki. A ja chcę się dowiedzieć, czemu wyciągnięto mnie z łóżka. Dyżur ma Mark, ale widocznie uznali, że brakuje mu doświadczenia. Natomiast M.E. jak zwykle nie ma w mieście, bo pojechał na jakąś konferencję do San Francisco. Teraz, kiedy przygadał sobie tę nową przyjaciółkę, nie uświadczycie go w domu. No i wezwali mnie. Nie pamiętam, kiedy ostatni raz wyciągali mnie z łóżka.

— Ty nie pamiętasz? — zdziwiłem się.

Doktor Tim był perfekcyjny pod każdym względem, nie wyłączając pamięci.

— Ostatnim razem było to zastępstwo, w styczniu trzy lata temu. Większość personelu rozłożyła grypa, a robota się spiętrzała. W końcu którejś nocy zabrakło nam schowków. Ciała leżały na podłodze w plastikowych torbach, poukładane warstwami, jedne na drugich. Trzeba było coś z tym zrobić. Wszędzie panował okropny smród. Nie pamiętam jednak, żeby mnie wzywano tylko dlatego, że sytuacja była politycznie drażliwa... tak jak teraz.

— Nie mamy pojęcia, dlaczego jest drażliwa — odparł Connor.

— To może lepiej się tego dowiedzcie. Bo tu wszyscy

strasznie naciskają. M.E. dzwoni do mnie z San Francisco i powtarza: „Siedź tam choćby przez całą noc, ale zrób to". Odpowiadam: „W porządku, Bill". A on: „Słuchaj, Tim. Dobrze się przyłóż. Nie śpiesz się, zrób dużo zdjęć i notatek. Dokumentacja musi być bez zarzutu. Fotografuj z dwóch kamer, bo coś mi się zdaje, że każdy, kto ma cokolwiek wspólnego z tą sprawą, może wdepnąć w gówno". Tak właśnie powiedział. Nic dziwnego, że człowiek zaczyna się zastanawiać, co to za afera.

— O której odebrałeś ten telefon? — spytał Connor.

— O dziesiątej trzydzieści, może jedenastej.

— M.E. powiedział, kto do niego dzwonił?

— Nie. Ale musiał to być szef policji albo burmistrz.

Obejrzał nerkę, po czym umieścił ją na tacy. Asystent fotografował każdy organ i odkładał go na bok.

— I jak? Co stwierdziłeś?

— Szczerze mówiąc, najciekawszych obserwacji dokonałem podczas oględzin zewnętrznych — powiedział doktor Tim. — Miała gruby makijaż na szyi, który maskował ślady licznych urazów, sińce w różnych stadiach gojenia. Nawet bez krzywej spektroskopowej produktów rozkładu hemoglobiny w zasinionych miejscach mogę stwierdzić, że wiek tych sińców jest zróżnicowany, najstarsze mają około dwóch tygodni, może nawet więcej. Czas ich powstawania sugeruje, że mamy do czynienia z powtarzającymi się urazami szyi. Moim zdaniem nie ma tu żadnych wątpliwości: chodzi o przypadek zboczenia seksualnego.

— Była duśką?

— Właśnie.

Kelly też to podejrzewał. Chociaż raz miał rację.

— Ten rodzaj dewiacji częściej spotyka się u mężczyzn, ale występuje również u kobiet. Osoba z tym syndromem rozbudza się seksualnie dopiero wtedy, kiedy doprowadzi się ją do stanu zamartwicy bliskiego uduszenia. Osoby takie proszą swoich partnerów, by je dusili albo zakładali im na głowę plastikowe torby. Kiedy są same, wiążą sobie kabel wokół szyi i wieszają się, jednocześnie masturbując. Ponieważ pożądany efekt występuje dopiero wtedy, gdy podduszą się niemal do utraty przytomności, czasem posuwają się za daleko.

— A w tym przypadku?

Tim wzruszył ramionami.

— No cóż... Ustalenia z oględzin wskazują na utrzymujące się od dawna objawy niedotlenienia. Stwierdziłem też obecność męskiego nasienia w jej pochwie, a w przedsionku pochwy otarcia, co z kolei sugeruje, że tego samego wieczoru, kiedy zmarła, odbyła wymuszony stosunek seksualny.

— Jesteś pewien, że te otarcia nastąpiły przed śmiercią? — zapytał Connor.

— O, tak. To zdecydowanie obrażenia przedśmiertne. Nie ma wątpliwości, że miała wymuszony stosunek seksualny, zanim zmarła.

— Chcesz przez to powiedzieć, że została zgwałcona?

— Nie, raczej nie. Jak widzicie, te otarcia nie są poważne i brak typowych dla gwałtu obrażeń na innych częściach ciała. Dlatego przypuszczam, że powstały w wyniku przedwczesnego wprowadzenia członka do pochwy przy niedostatecznym nawilżeniu przedsionka.

— Innymi słowy, nie była wystarczająco mokra? — spytałem.

Tim skrzywił się.

— No cóż... Tak się to określa w potocznej terminologii.

— Na jak długo przed śmiercią powstały te otarcia?

— Jakąś godzinę, może nawet dwie. W każdym razie nie bezpośrednio przed momentem zejścia. Świadczą o tym wybroczyny i obrzmienia w okolicach obrażeń. Jeśli zgon następuje zaraz po zranieniu, ustaje przepływ krwi i obrzmienia występują w ograniczonym stopniu albo w ogóle ich nie ma. Tutaj jednak, jak sami widzicie, obrzmienia są bardzo wyraźne.

— A ta sperma?

— Próbki poszły do laboratorium wraz z wydzielinami

denatki. Poczekamy, zobaczymy. No więc jak, może teraz wy uchylicie rąbka tajemnicy? Według mnie ta dziewczyna wcześniej czy później musiałaby się wpakować w kłopoty. Ładna i do tego zboczona. No... co to za afera? Dlaczego wyciągają mnie z łóżka w środku nocy, żebym robił bardzo dokładną, udokumentowaną sekcję jakiejś duśki?

— Nie wiem — mruknąłem.

— Przestań — prychnął Tim. — Informacja za informację. Ja powiedziałem, co wiem, teraz wasza kolej.

— Cóż, Tim... Po prostu dałeś się podejść — powiedział Connor.

— Nie chrzań — zaperzył się doktor. — Jesteście mi to winni. No?

— Obawiam się, że Peter mówi prawdę. Wiemy tylko tyle, że do morderstwa doszło na wielkim publicznym przyjęciu wydawanym przez Japończyków, którzy teraz próbują ukręcić łeb tej sprawie.

— To by się zgadzało — burknął Tim. — Kiedy ostatnim razem mieliśmy tutaj taki kocioł, w sprawę zamieszany był japoński konsulat. Pamiętacie to uprowadzenie Takashimy? Prawdopodobnie nie, bo nie pisano o tym w gazetach. Japończykom udało się wyciszyć wszystkie plotki. W dziwnych okolicznościach zabity został wtedy strażnik, a Japończycy przez dwa dni naciskali na nasze biuro jak cholera. Byłem zaskoczony ich wpływami. Zadzwonił do nas senator Rowe i mówił, co mamy robić. Dzwonił też gubernator. Wszyscy do nas dzwonili. Można by pomyśleć, że chodzi o dziecko samego prezesa. Ci ludzie naprawdę mają dojścia.

— Jasne, że mają. Sporo za nie zapłacili — powiedział Graham, wchodząc do sali.

— Drzwi! — warknął Tim.

— Tym razem nie pomogą im żadne pieprzone dojścia — dodał Graham. — Mamy ich na widelcu. Opierając się na dotychczasowych wynikach z laboratorium, możemy już teraz stwierdzić, że mordercą był Japończyk.

Sąsiednie laboratorium patologii zajmowało ogromną salę oświetloną równymi rzędami jarzeniówek. Na stołach stały długie szeregi mikroskopów. Ale w tak wielkiej przestrzeni pracowało o tej porze tylko dwóch laborantów. Nad nimi stał triumfujący Graham.

— Sami zobaczcie. Wśród jej włosów łonowych znaleziono pojedyncze włosy łonowe mężczyzny, umiarkowanie skręcone, o owalnym przekroju, prawie na pewno należące do Azjaty. Pierwsza analiza nasienia wykazuje grupę krwi AB, stosunkowo rzadko spotykaną u osobników rasy białej, za to o wiele bardziej powszechną wśród Azjatów. Pierwsza analiza protein w nasieniu daje wynik negatywny dla markera genetycznego na obecność... jak to się nazywa?

— Dehydrogenazy etanolowej — podsunął laborant.

— Właśnie. To taki enzym. Nie występuje u Japończyków. I nie ma go w nasieniu. Tak. Niedługo będą wyniki dalszych testów, ale już teraz wydaje się pewne, że dziewczyna miała wymuszony stosunek z Japończykiem, który ją potem zabił.

— Pewne jest tylko to, że znalazłeś w jej pochwie ślady spermy Japończyka — zauważył Connor. — Nic poza tym.

— Jezu... — jęknął Graham. — Japońskie nasienie, japońskie włosy łonowe, japońska grupa krwi. Nie ulega wątpliwości, że sprawcą jest Japończyk.

Rozłożył na stole kilka zdjęć z miejsca zbrodni przedstawiających Cheryl leżącą na stole konferencyjnym i zaczął się przed nimi przechadzać tam i z powrotem.

— Wiem, gdzie obaj byliście, i wiem, że straciliście tylko czas — oświadczył. — Poszliście po taśmy wideo, ale zniknęły, zgadza się? Potem pojechaliście do mieszkania denatki, jednak przed waszym przybyciem ktoś je wyczyścił. Można się było tego spodziewać, jeśli sprawcą jest Japończyk. To jasne jak słońce, proste jak drut.

Zatrzymał się i wskazał na fotografie.

— Oto nasza dziewczyna, Cheryl Austin z Teksasu. Jest ładna, młoda, zgrabna. Można ją chyba nazwać aktorką, grała w kilku reklamówkach. Pewnie japońskich, ale to nieważne. Spotyka się z różnymi ludźmi, nawiązuje kontakty. Wpada komuś w oko. Zgadzacie się ze mną?

— Owszem — zapewniłem go.

Connor uważnie oglądał fotografie.

— Tak czy inaczej, naszej Cheryl musiało się nieźle powodzić, skoro pojawiała się na wielkim otwarciu wieżowca Nakamoto w czarnej sukni od Yamamoto. Przychodzi w towarzystwie jakiegoś faceta, przyjaciela lub fryzjera. Może zna jeszcze kogoś z obecnych na tym przyjęciu, może nie. W trakcie wieczoru ktoś wielki i potężny proponuje jej mały spacerek. Dziewczyna zgadza się pojechać z nim na górę. Bo czemu by nie? Lubi przygody. Lubi niebezpieczeństwo. Idą więc na górę: może razem, może osobno. W każdym razie spotykają się piętro wyżej i szukają miejsca, gdzie mogliby to zrobić. Jakiegoś podniecającego miejsca. I decydują się, że zrobią to na tym pieprzonym stole konferencyjnym. No i zaczynają się grzmocić, ale sprawy wymykają się spod kontroli. Jej kochaś trochę za bardzo się podnieca albo w ogóle jest zboczony i... chyba za mocno ściska ją za szyję. I nasza Cheryl umiera. Zgadzacie się ze mną?

— Tak...

— No i teraz kochaś ma problem. Przyszedł na górę, żeby

przelecieć dziewczynę, ale niechcący ją zabił. No i co robi? Co może zrobić? Wraca na dół, na przyjęcie, a ponieważ jest wielkim samurajskim supermenem, mówi któremuś z fagasów o swoim małym kłopocie: przypadkowo wydusił życie z miejscowej kurewki. Bardzo to niekorzystne ze względu na napięty program wieczoru. No więc fagas bierze sobie do pomocy innych fagasów i lecą posprzątać po szefie. Wjeżdżają piętro wyżej i usuwają stamtąd obciążające go dowody. Zjeżdżają na dół i konfiskują taśmy. Potem jadą do mieszkania dziewczyny i stamtąd też usuwają dowody. Wszystko pięknie ładnie, ale musi trochę potrwać, więc ktoś powinien zagadać policję. I tutaj na scenę wkracza ten ich lizusowaty prawnik Ishiguro. Przytrzymuje nas na dobre półtorej godziny. No i jak to brzmi?

Zapadło milczenie. Chciałem najpierw usłyszeć, co na to Connor.

— Tak — powiedział w końcu. — Moje gratulacje, Tom. Taka sekwencja zdarzeń wygląda całkiem sensownie.

— Żebyś wiedział, że sensownie — napuszył się Graham. — I to jeszcze jak, kurwa.

Zadzwonił telefon.

— Czy jest tu kapitan Connor? — zapytał laborant, który go odebrał.

Kapitan wziął od niego słuchawkę.

— Mówię ci, tę dziewczynę zakatrupił jakiś Japoniec — powtórzył Graham, patrząc na mnie. — Ale my go znajdziemy i powiesimy, kurwa. Powiesimy za jaja!

— Za co ty ich tak nie cierpisz? — spytałem.

Spojrzał na mnie ponuro.

— O czym ty gadasz? — burknął.

— Pytam, za co tak nienawidzisz Japończyków.

— Posłuchaj no... — warknął. — Coś sobie od razu wyjaśnijmy, Petey-san. To nie jest nienawiść. Ja tylko wykonuję swoją robotę. Czarny, biały czy Japończyk, dla mnie to bez różnicy.

Była późna noc i nie miałem ochoty na spory.

— W porządku, Tom — powiedziałem.

— Nie tak szybko. Myślisz, kurwa, że jestem uprzedzony.

— Dajmy temu spokój, Tom.

— Zaraz, chwileczkę. Nie damy temu spokoju. Sam zacząłeś. Pozwól więc, że coś ci powiem, Petey-san. Zostałeś tym pieprzonym łącznikiem, dobrze mówię?

— Dobrze mówisz, Tom.

— A dlaczego nim zostałeś? Z wielkiej miłości do japońskiej kultury?

— No, pracowałem wtedy w biurze prasowym...

— Nie wciskaj mi tu kitu. Zostałeś nim, bo tam wypłacają dodatkowe stypendium, dobrze mówię? Dwa, trzy patyki rocznie. Stypendium naukowe. Forsa płynie do departamentu z Towarzystwa Przyjaźni Japońsko-Amerykańskiej. A departament przeznacza tę forsę na stypendia naukowe dla funkcjonariuszy, żeby mogli pogłębiać swoją wiedzę o japońskim języku i kulturze. I jak ci leci to pogłębianie, Petey-san?

— Chodzę na zajęcia.

— Jak często?

— Raz w tygodniu.

— Raz w tygodniu? A jeśli sobie odpuszczasz te lekcje, to tracisz stypendium?

— Nie.

— No i sam, kurwa, widzisz. Nie liczy się, czy chodzisz na te zajęcia, czy nie. Prawda jest taka, koleś, że bierzesz łapówę. Masz w kieszeni trzy tysiące dolców, które pochodzą z Kraju Wschodzącego Słońca. Wiadomo, to żaden majątek. Nikt cię nie kupi za trzy patyki, nie? Jasne, że nie.

— Zaraz, Tom...

— Ale rzecz w tym, że oni ciebie nie kupują. Oni na ciebie wpływają. Im chodzi tylko o to, żebyś nie działał pochopnie. Żebyś patrzył na nich przychylniejszym okiem. No bo dlaczego miałbyś tak nie patrzeć? To ludzki odruch. Dzięki nim żyje ci się trochę lepiej. Dzięki nim lepiej powodzi się tobie, twojej rodzinie, twojej dziewczynce. Robią ci dobrze, więc dlaczego nie miałbyś się im odwdzięczyć? Czy nie jest tak, Petey-san?

— Nie, nie jest — powiedziałem. Zaczynał ogarniać mnie gniew.

— Właśnie że jest — nie ustępował Graham. — Bo w ten sposób działa presja psychologiczna. Nawet nie zdajesz sobie sprawy z jej istnienia. Mówisz, że jej nie ma. Wmawiasz sobie, że jej nie ma, ale ona jest. Czystym można być tylko wtedy, jeśli się jest czystym, kolego. Gdybyś nie miał w tym swojego interesu, gdybyś nie czerpał z tego żadnych korzyści finansowych, mógłbyś zabierać głos. W żadnym innym wypadku. Kurczę, płacą ci, więc mają cię w kieszeni.

— Czekaj, cholera...

— Dlatego nie wyjeżdżaj mi tu, koleś, z gadką o nienawiści. Ten kraj znajduje się w stanie wojny i niektórzy ludzie to rozumieją, a niektórzy kombinują z wrogiem. Podczas drugiej wojny światowej też byli Amerykanie, których opłacano za szerzenie nazistowskiej propagandy. Nowojorskie gazety drukowały teksty wyjęte wprost z ust Adolfa Hitlera. Czasami ludzie robią to nieświadomie. Ale mimo wszystko robią. I tak właśnie jest na wojnie, kolego. A ty jesteś pieprzonym kolaborantem.

Z ulgą powitałem powrót Connora. Mało brakowało, a wzięlibyśmy się z Grahamem za łby.

— No dobrze, Tom, wszystko rozumiem — powiedział spokojnie kapitan. — Ale jak twój scenariusz wyjaśnia sprawę taśm, które zniknęły po zamordowaniu tej dziewczyny?

— Pies z nimi tańcował. Zniknęły i już — odparł Graham. — I nigdy już ich nie zobaczysz.

— Tak, to interesujące. Bo właśnie dzwonili z wydziału. Okazuje się, że jest tam pan Ishiguro. Przyniósł ze sobą pudło z kasetami wideo, żebym je sobie obejrzał.

× × ×

Graham nie zabrał się z nami. Powiedział, że pojedzie swoim wozem.

— Dlaczego twierdzisz, że Japończycy go nie tkną? — zapytałem Connora, kiedy ruszyliśmy.

— Jego wuj dostał się podczas drugiej wojny światowej do japońskiej niewoli. Zabrano go do Tokio i wszelki słuch o nim zaginął. Ojciec Grahama usiłował po wojnie poznać jego losy i dogrzebał się bardzo nieprzyjemnych rzeczy. Prawdopodobnie słyszałeś, że część amerykańskich jeńców wojennych zmarła w Japonii w wyniku eksperymentów medycznych, jakie na nich przeprowadzano. Krążyły pogłoski, że Japończycy karmili swoich podwładnych ich wątrobami...

— Nie, nie słyszałem o tym — przyznałem.

— Chyba wszyscy woleliby zapomnieć o tamtych czasach i iść do przodu — mruknął Connor. — Prawdopodobnie mają rację. To teraz inny kraj. O co Graham się ciebie czepiał?

— O moje stypendium oficera łącznikowego.

— Mówiłeś, że to pięćdziesiąt dolarów tygodniowo?

— Trochę więcej.

— To znaczy ile?

— Około setki, pięć tysięcy pięćset rocznie. Ale trzeba z tego opłacić kurs, kupić podręczniki, pokryć koszty dojazdu, opiekunki do dziecka, wszystkiego.

— No dobrze, dostajesz pięć patyków. I co z tego?

— Graham twierdzi, że w ten sposób wywierana jest na mnie presja psychologiczna, że Japończycy mnie kupili.

— No cóż, z pewnością próbują — stwierdził Connor. — I robią to bardzo subtelnie.

— A próbowali tego z tobą?

— Oczywiście. — Zamilkł na chwilę, po czym dodał: — I ja to akceptowałem. Dawanie prezentów z myślą, że nastawią cię do nich przychylniej, to u Japończyków normalne. A my nie różnimy się w tym zbytnio od nich, zapraszając swojego szefa na kolację. Oczywiście nie zapraszamy go wtedy, gdy ważą się losy naszego awansu, ale wcześniej, kiedy jeszcze nic się o nim nie mówi. Tak samo jest z Japończykami. Uważają, że powinieneś dostać prezent wcześniej, bo wtedy to nie łapówka, tylko podarunek. Sposób na nawiązanie z tobą dobrych stosunków, zanim zacznie im na nich naprawdę zależeć.

— I uważasz, że to w porządku?

— Uważam, że taki już jest świat.

— Sądzisz, że to korupcja?

Connor spojrzał na mnie.

— A ty?

Nie odpowiedziałem od razu.

— Tak. Być może — bąknąłem w końcu.

Zaczął się śmiać.

— No to mi ulżyło — powiedział. — Bo już myślałem, że wszystkie pieniądze, jakie wpompowali w ciebie Japończycy, poszły na marne.

— Co cię tak śmieszy?

— Twoje rozterki, *kōhai*.

— Graham mówi, że to wojna.

— I ma rację — odparł Connor, poważniejąc. — Nie da się ukryć, że prowadzimy wojnę z Japonią. Ale zobaczmy, jaką niespodziankę ma dla nas pan Ishiguro w tej obecnej potyczce.

Była druga w nocy, lecz w sali Wydziału Dochodzeniowego na piątym piętrze gmachu komendy policji jak zwykle kłębił się tłum. Wśród pobitych prostytutek i podrygujących ćpunów, którzy czekali na przesłuchanie, uwijali się detektywi. „Odpierdol się, powiedziałem!" — wywrzaskiwał raz po raz do funkcjonariuszki z notesem jakiś mężczyzna w sportowej marynarce w kratę.

Masao Ishiguro wyraźnie nie pasował do całego tego młyna. Siedział w kącie w swoim prążkowanym granatowym garniturze z pochyloną skromnie głową i złączonymi kolanami, na których trzymał tekturowe pudło.

Ujrzawszy nas, zerwał się na równe nogi i skłonił nisko, przyciskając dłonie płasko do ud, co oznaczało głęboki szacunek. Trwał w tym ukłonie przez kilka sekund. Potem skłonił się jeszcze raz i tym razem czekał zgięty w pasie i wpatrzony w podłogę, dopóki Connor nie odezwał się do niego po japońsku. Odpowiedź Ishigury, także po japońsku, była cicha i pełna pokory. Wciąż patrzył w podłogę.

— Jezu... — szepnął mi do ucha Graham, przystając przy lodówce, obok której się zatrzymałem. — Zanosi się, kurwa, na spowiedź.

— Być może — odparłem.

Wcale nie byłem o tym przekonany. Widziałem już, jak ten człowiek błyskawicznie zmieniał postawę.

Obserwowałem Connora rozmawiającego z Ishigurą, który przypominał zbitego psa. Nadal nie odrywał wzroku od podłogi.

— Nigdy by mi nie przyszło do głowy, że to on — mruknął Graham. — Nawet za milion lat. Wszyscy, tylko nie on.

— Dlaczego?

— No co ty? Zabić dziewczynę, a potem zostać na miejscu i rozstawiać nas po kątach? Musi mieć, sukinsyn, stalowe nerwy. Ale popatrz na niego teraz: Jezu, zaraz się rozpłacze...

Miał rację. Oczy Japończyka błyszczały, jakby były wypełnione łzami. Connor wziął od niego pudło, odwrócił się i ruszył w naszą stronę.

— Zajmij się tym — powiedział, przekazując mi kasety. — Ja idę przesłuchać Ishigurę.

— No i co — wtrącił Graham. — Przyznał się?

— Do czego?

— Do morderstwa.

— Też coś — żachnął się Connor. — Skąd ci to przyszło do głowy?

— No bo tak się kłania i płaszczy...

— To tylko *sumimasen* — odparł Connor. — Nie brałbym tego na poważnie.

— Przecież on prawie płacze — powiedział Graham.

— Zachowuje się tak, bo myśli, że mu to pomoże.

— A więc nie przyznał się?

— Nie. Ale przekonał się, że faktycznie podmieniono taśmy. A to oznacza, że zaprzeczając temu publicznie w obecności burmistrza, popełnił duży błąd. Zostanie oskarżony o ukrywanie dowodów. Grozi mu degradacja. Popadł w wielkie tarapaty i zdaje sobie z tego sprawę.

— I dlatego jest taki uniżony?

— Właśnie. W Japonii, jeśli coś spieprzysz, zgłaszasz się czym prędzej do władz i odstawiasz wielkie przedstawienie mające dowieść, że ci ogromnie przykro, fatalnie się czujesz i nigdy więcej tego nie zrobisz. Władze na pewno będą pod wrażeniem wniosków, jakie wyciągnąłeś z popełnionego przez siebie błędu. To *sumimasen*: niekończące się przeprosiny. Uważa się je za najlepszy sposób na uzyskanie złagodzenia kary. I to właśnie robi Ishiguro.

Wzrok Grahama stwardniał.

— Chcesz powiedzieć, że on pajacuje? — zapytał.

— I tak, i nie. Trudno to wyjaśnić w paru słowach. Przejrzyjcie te taśmy. Ishiguro mówi, że przyniósł własny magnetowid, bo taśmy zostały zarejestrowane w nietypowym formacie i obawiał się, że nie zdołamy ich odtworzyć na naszym sprzęcie. Otworzył tekturowe pudło. Ujrzałem dwadzieścia małych ośmiomilimetrowych kaset przypominających magnetofonowe i urządzenie wielkości walkmana. Był to magnetowid. Miał kable umożliwiające podłączenie go do odbiornika telewizyjnego.

— Dobrze — powiedziałem. — Obejrzyjmy to sobie.

x x x

Pierwsza taśma zawierała widok z kamery zainstalowanej wysoko pod sufitem atrium na czterdziestym szóstym piętrze i skierowanej w dół. Obraz był czarno-biały. Przedstawiał ludzi przebywających tam w zwykłych godzinach pracy. Włączyliśmy szybkie przewijanie do przodu. Smugi słonecznego blasku wpadającego przez okna zatoczyły łuk po podłodze i zniknęły. W miarę jak dzień dobiegał końca, plamy światła na podłodze stopniowo traciły intensywność i ciemniały. Jedna po drugiej zapalały się biurkowe lampki. Urzędnicy poruszali się teraz wolniej. W końcu zaczęli wstawać i wychodzić. Gdy na sali się przerzedziło, zauważyliśmy coś jeszcze. Kamera od czasu do czasu się przesuwała, wodząc obiektywem za przechodzącymi pod nią pracownikami. Ale nie za wszystkimi. Doszliśmy do wniosku, że musi być wyposażona w automatyczny system śledzenia i ustawiania ostrości. Jeśli w kadrze trwał spory ruch i kilka osób przemieszczało się w różnych kierunkach, kamera nie reagowała. Jeśli jednak kadr był stosunkowo pusty, wybierała pojedynczą osobę, która się w nim znalazła, i śledziła ją.

— Ciekawe rozwiązanie — stwierdził Graham.

— W przypadku kamer systemu zabezpieczenia obiektu ma to sens — powiedziałem. — Bardziej interesująca jest pojedyncza osoba kręcąca się po piętrze niż cały tłum.

Zapaliły się nocne światła. Przy biurkach nie było już nikogo. Obraz zaczął migotać z niemal stroboskopową częstotliwością.

— Coś nie tak z taśmą? — mruknął podejrzliwie Graham. — Majstrowali przy niej czy jak?

— Nie wiem. Zaraz... Spójrz na zegar.

Na przeciwległej ścianie atrium wisiał biurowy zegar. Na naszych oczach jego wskazówki przesunęły się płynnie z dziewiętnastej trzydzieści na dwudziestą.

— Zaczął się szybciej obracać — powiedziałem.

— Co to ma być, zdjęcia migawkowe?

Kiwnąłem głową.

— Prawdopodobnie system, nie wykrywając przez jakiś czas niczyjej obecności, zaczyna rejestrować obraz co dziesięć, dwadzieścia sekund, dopóki...

— A to co?

Migotanie ustało. Kamera zaczęła sunąć w prawo, omiatając wyludnione piętro. Ale w kadrze nikogo nie było. Same puste biurka i od czasu do czasu refleks górnego światła wpadającego w obiektyw.

— Może mają czujniki szerokokątne — mruknąłem. — Takie, których zasięg jest szerszy niż pole widzenia kamery. Albo jest sterowana ręcznie przez strażnika z dyżurki na dole.

Obraz zatrzymał się nagle na drzwiach wind znajdujących się w przeciwległym, prawym rogu piętra, gdzie zawieszony znacznie niżej sufit przesłaniał nam widok. Na dodatek zalegał tam głęboki cień.

— Kurczę, ciemno tam. Widzisz kogoś?

— Nie — odparłem.

Obraz zaczął się wyostrzać i rozmywać na przemian.

— Co się dzieje? — zapytał Graham.

— Wygląda na to, że układ automatycznego ustawiania

ostrości ma problem. Chyba nie może znaleźć obiektu, na którym ma się skupić. Układy logiczne zawodzą w takich sytuacjach. Z moją kamerą wideo jest podobnie. Kiedy nie bardzo wiadomo, na co jest wycelowany obiektyw, ostrość zaczyna wariować.

— A więc według ciebie kamera próbuje dopasować ostrość? Bo ja niczego nie widzę. Ciemno tam jak u Murzyna pod koszulą.

— Nie, popatrz... Ktoś tam jest. Widać gołe nogi. Ledwie, ledwie, ale widać.

— Chryste... — wymamrotał Graham. — To przecież nasza dziewczyna. Stoi przy windzie. Nie, czekaj. Ruszyła.

Chwilę później z korytarza wyłoniła się Cheryl Austin i po raz pierwszy zobaczyliśmy ją wyraźnie.

× × ×

Była piękna i pewna siebie. Weszła bez wahania na salę. Poruszała się naturalnym i zdecydowanym krokiem, bez typowej dla młodych ludzi nonszalancji i niedbałości.

— Kurczę, naprawdę jest niezła — powiedział Graham.

Cheryl Austin była wysoka i smukła; jej krótko przycięte blond włosy sprawiały, że wyglądała na wyższą niż w rzeczywistości. Obrzuciła wzrokiem salę, jakby cała należała teraz do niej.

— Nie chce mi się wierzyć, że ją oglądamy — mruknął Graham.

Wiedziałem, o co mu chodzi. Przed kilkoma godzinami tę dziewczynę zamordowano, a my patrzyliśmy, jak spaceruje parę minut przed swoją śmiercią.

Na monitorze Cheryl podniosła z biurka przycisk do papieru, obróciła go w dłoniach i odstawiła na miejsce. Otworzyła torebkę i znowu ją zamknęła. Zerknęła na zegarek.

— Zaczyna się denerwować.

— Nie lubi, kiedy jej każą czekać — zauważył Graham. — Założę się, że nieczęsto jej się to zdarza. Nie takiej dziewczynie.

Cheryl zaczęła bębnić palcami o biurko w charakterystycznym rytmie, który wydał mi się znajomy. Poruszała do taktu głową. Graham jeszcze bardziej przysunął się do ekranu.

— Ona coś mówi? — zapytał.

— Tak jakby — odparłem.

Usta dziewczyny poruszały się ledwie zauważalnie. I nagle uświadomiłem sobie, że Cheryl nuci coś cicho. Przypomniałem sobie także słowa tej piosenki i zawtórowałem jej:

> *Gryzę paznokcie, wykręcam palce.*
> *Spalam się cały w wewnętrznej walce.*
> *Och, mała, doprowadzasz mnie do szału...*

— O rany — mruknął Graham. — Masz rację. Jak na to wpadłeś?

Cheryl przestała nucić i popatrzyła na windy, a potem ruszyła w tamtą stronę. Kiedy weszła pod obniżony sufit, otoczyła ramionami mężczyznę, który właśnie wysiadł z kabiny. Przywarli do siebie i połączyli usta w namiętnym pocałunku. Ale jego wciąż zasłaniał nam sufit. Widzieliśmy ręce, którymi obejmował Cheryl, jednak twarz pozostawała niewidoczna.

— Cholera... — jęknął Graham.

— Nie denerwuj się — powiedziałem. — Zaraz go sobie obejrzymy. Jak nie z tej kamery, to z innej. Ale możemy już chyba przyjąć, że nie jest to ktoś, kogo dopiero poznała. To jej dobry znajomy.

— Chyba masz rację. O, zobacz. Facet nie traci czasu.

Dłonie mężczyzny podsunęły w górę sukienkę, uniosły jej skraj i zacisnęły się na pośladkach dziewczyny, która przywarła do niego mocno. Trwali przez chwilę w żarliwym, namiętnym uścisku, a potem, nie odrywając się od siebie, ruszyli w głąb sali, obracając się powoli. Mężczyzna był teraz zwrócony do nas plecami. Cheryl wsunęła mu rękę między nogi i zaczęła pocierać krocze. Kiedy dotarli do najbliższego biurka, mężczyzna naparł na dziewczynę, przyginając ją plecami do blatu. Ale Cheryl nagle go odepchnęła.

— Oj, oj. Nie tak szybko — mruknął Graham. — Nasza dziewczynka ma jednak zasady...

Nie byłem pewien, czy o to akurat chodziło. Czyżby najpierw go prowokowała, a potem się rozmyśliła? Zauważyłem, że jej nastrój zmienił się gwałtownie. Przemknęło mi przez myśl, że może przez cały czas grała, że jej namiętność była udawana. Mężczyzna nie wyglądał na specjalnie zaskoczonego tą nagłą odmianą. Siedząc na biurku, Cheryl odpychała go dalej, prawie ze złością. Mężczyzna cofnął się. Wciąż był odwrócony do nas plecami, więc nie widzieliśmy jego twarzy. Ledwie zdążył się cofnąć, dziewczynie znowu się odmieniło: uśmiechała się teraz i kusząco prężyła. Zsunęła się powoli z biurka i poprawiła sukienkę, wyginając się prowokacyjnie i rozglądając dokoła. Widzieliśmy ucho i bok twarzy mężczyzny i zauważyliśmy, że porusza szczęką: mówił coś do niej. Cheryl uśmiechnęła się i zarzuciła mu ręce na szyję. Zaczęli się znowu całować i pieścić dłońmi. Potem powoli ruszyli przez biuro w stronę sali konferencyjnej.

— Czy to ona zaproponowała zmianę miejsca? — zapytał Graham.

— Trudno powiedzieć.

— Cholera, wciąż nie widzę jego twarzy.

Obserwowana przez nas para zbliżała się już do środka pomieszczenia i podążająca za nimi kamera skierowana była teraz niemal prostopadle w dół. Widzieliśmy tylko czubek głowy mężczyzny.

— Czy on wygląda ci na Japończyka? — zapytałem.

— Cholera wie. Ile jest tam jeszcze kamer?

— Cztery.

— Z którejś musi być widać jego twarz. Zidentyfikujemy skurczybyka.

— To chyba kawał chłopa — powiedziałem. — Jest wyższy od niej, a to przecież duża dziewczyna.

— Z tego kąta trudno coś stwierdzić. Dla mnie jest pewne tylko to, że ma na sobie garnitur. Dobra, idą w stronę sali konferencyjnej.

Kiedy byli już blisko wejścia, dziewczyna zaczęła się wyrywać.

— Oho — mruknął Graham. — Znowu jej się odwidziało. Humorzaste stworzonko.

Mężczyzna chwycił ją mocno, a ona szarpnęła się, usiłując wyślizgnąć z jego uścisku. Na wpół wniósł, na wpół wciągnął ją do sali konferencyjnej. W progu szarpnęła się po raz ostatni i chwyciła framugi.

— Tam zgubiła torebkę.

— Prawdopodobnie. Nie widzę dobrze.

Sala konferencyjna znajdowała się dokładnie naprzeciwko kamery, więc mieliśmy przed sobą całe wnętrze. Było tam jednak bardzo ciemno i widzieliśmy tylko niewyraźny zarys sylwetek naszej pary na tle oświetlonych wieżowców za panoramicznym oknem. Mężczyzna wziął dziewczynę na ręce, posadził ją na stole i przewrócił na wznak. Nie opierała się, kiedy podciągał jej sukienkę powyżej bioder. Sprawiała wrażenie całkowicie uległej i gotowej na wszystko mu pozwolić. Wykonał szybki ruch między swoim i jej ciałem, a potem coś śmignęło w powietrzu.

— Lecą majtki — powiedział Graham.

Zdawało mi się, że wylądowały na podłodze, jednak nie miałem pewności. Jeśli rzeczywiście były to majtki, musiały być czarne albo w jakimś ciemnym kolorze. I to by było na tyle, jeśli chodzi o senatora Rowe'a, przemknęło mi przez myśl.

— Kiedy tam przyszliśmy, żadnych majtek nie było — stwierdził Graham, patrząc w monitor. — Pieprzone tuszowanie śladów... — Zatarł dłonie. — Masz jakieś akcje Nakamoto, koleś? Bo jak masz, na twoim miejscu czym prędzej bym je sprzedał. Po południu będą gówno warte.

Na ekranie Cheryl nadal podstawiała się mężczyźnie, a on szamotał się z suwakiem rozporka. Nieoczekiwanie usiadła i wymierzyła mu siarczysty policzek.

— No tak — mruknął Graham. — Trochę pieprzu.

Facet chwycił dziewczynę za ręce i chciał ją pocałować, ale odwróciła głowę. Znowu pchnął ją na stół i przygniótł własnym ciężarem. Zaczęła wierzgać gołymi nogami w powietrzu. Dwie sylwetki to łączyły się, to rozdzielały. Trudno było stwierdzić, co się tam właściwie dzieje. Wydawało się, że Cheryl próbuje usiąść, ale mężczyzna jej w tym przeszkadza. Przyduszał ją do blatu, uciskając ręką szyję, a ona wiła się i kopała. Cała ta scena bardziej przypominała walkę niż miłosne zbliżenie. W końcu nie wiedziałem już, na co patrzę. Czyżby to był zwyczajny gwałt? A może Cheryl przez cały czas grała komedię? W każdym razie bez przerwy wierzgała i szamotała się, lecz nie udało jej się odepchnąć od siebie mężczyzny. Z pewnością był od niej silniejszy, ale podejrzewałem, że gdyby tego naprawdę chciała, mogłaby się od niego uwolnić odpowiednio wymierzonym kopniakiem. Chwilami wydawało mi się, że widzę, jak zamiast go odpychać, obejmuje rękami jego szyję. Pewności jednak nie miałem...

— Oho! Kłopot.

Wykonujący kopulacyjne ruchy mężczyzna znieruchomiał. Leżąca pod nim Cheryl już się nie szamotała. Jej ręce zsunęły się z jego ramion i opadły bezwładnie na stół. Opuszczone na blat nogi rozprostowały się.

— Czy to ten moment? — spytał Graham. — Czy to właśnie teraz się stało?

— Nie wiem — odparłem.

Mężczyzna poklepał dziewczynę po policzku, a potem potrząsnął nią energicznie. Chyba coś do niej mówił. Leżał na Cheryl jeszcze przez chwilę, może trzydzieści sekund, po czym zsunął się z ciała, które zostało na stole. Obszedł je dookoła. Poruszał się bardzo wolno, być może nie mógł uwierzyć w to, co się stało.

Nagle spojrzał w lewo, jakby coś usłyszał. Stał przez chwilę jak skamieniały, w końcu jednak podjął chyba jakąś decyzję, bo przystąpił do działania. Zaczął chodzić po sali i w pewnym momencie podniósł coś z podłogi.

— Majtki...

— Bierze je sobie — warknął Graham. — Cholera.

Mężczyzna znowu obszedł stół i pochylił się nad dziewczyną.

— Co on robi? — zapytał Graham.

— Nie wiem. Nie widzę.

— Psiakrew.

Obserwowany przez nas człowiek wyprostował się i wyszedł z sali konferencyjnej do atrium. Nie był już tylko cieniem, może za chwilę uda nam się go zidentyfikować. Ale on oglądał się za siebie, na salę konferencyjną. Na leżącą na stole martwą dziewczynę.

— No, koleś — powiedział Graham do postaci na ekranie. — Popatrz tutaj, koleś. No. Tylko przez chwilkę.

Mężczyzna na ekranie, nie odrywając wzroku od martwej dziewczyny, postąpił kilka kroków w głąb atrium, a potem nagle skręcił w lewo i zaczął się szybko oddalać.

— Nie wraca do wind — zauważyłem.

— Nie. Ale wciąż nie widzę jego twarzy.

— Dokąd on idzie?

— W drugim końcu jest klatka schodowa — odparł Graham. — Wyjście pożarowe.

— Dlaczego idzie tam, a nie do windy?

— Diabli go wiedzą. Ja chcę tylko zobaczyć jego twarz. Chociaż przez chwilę.

Ale mężczyzna był teraz daleko na lewo od naszej kamery i chociaż już się nie oglądał, widzieliśmy jedynie jego lewe ucho i zarys kości policzkowej. Szedł bardzo szybko. Za chwilę zniknie nam z pola widzenia pod obniżonym sufitem w drugim końcu sali.

— Szlag by to trafił. Kąt widzenia był do kitu — stwierdził Graham. — Obejrzyjmy inną taśmę.

— Chwileczkę — powstrzymałem go.

Nasz obiekt najwyraźniej zmierzał w stronę mrocznego przejścia prowadzącego na klatkę schodową. A jeśli tak, musiał przejść obok lustra w ozdobnej, pozłacanej ramie, które wisiało na ścianie. Minął je na moment przed wkroczeniem w gęsty mrok, jaki żalegał pod obniżonym sufitem.

— Mamy go! — zawołał Graham.

— Jak się zatrzymuje to draństwo?

Zacząłem naciskać na chybił trafił klawisze odtwarzacza. W końcu znalazłem ten od stopu. Cofnąłem taśmę i puściłem ją jeszcze raz.

Mężczyzna na ekranie znowu zmierzał wydłużonym, szybkim krokiem w stronę ciemnego przejścia. Minął lustro i na moment ujrzeliśmy odbicie jego twarzy w lustrze... ujrzeliśmy je wyraźnie... Natychmiast nacisnąłem klawisz stopu.

— Bingo — powiedziałem.

— Japoniec, kurwa jego mać — warknął Graham. — A nie mówiłem?

W lustrze odbijała się nieruchoma twarz zabójcy zmierzającego w kierunku klatki schodowej. Bez trudu rozpoznałem ściągnięte rysy Eddiego Sakamury.

— Jest mój — oświadczył Graham. — Ja prowadzę tę sprawę. I ja przyskrzynię tego skurwiela.

— Jasne — odparł Connor.

— Wolę zrobić to sam — zastrzegł Graham.

— Oczywiście. To twoja sprawa, Tom. Rób, co uważasz za stosowne — powiedział kapitan i zapisał mu adres Eddiego Sakamury.

— Nie myślcie sobie, że nie doceniam waszej pomocy — dodał Graham. — Ale wolę załatwić to sam. A teraz tak dla jasności: rozmawialiście z nim, chłopaki, dzisiejszej nocy i nie zwinęliście go?

— Nie zwinęliśmy.

— No dobra, nie przejmujcie się. Nie wspomnę o tym w raporcie — oświadczył Graham. — Nic wam za to nie będzie, obiecuję. — Perspektywa rychłego aresztowania Sakamury wprawiała go w łagodny nastrój. Spojrzał na zegarek. — No, no... Upłynęło niecałe sześć godzin od zgłoszenia, a my już mamy mordercę. Nieźle.

— Wcale go jeszcze nie mamy — zauważył Connor. — Na twoim miejscu pośpieszyłbym się z jego aresztowaniem.

— Już lecę — odparł Graham i ruszył do drzwi.

— Aha, i jeszcze jedno, Tom! — zawołał za nim Connor. — Eddie Sakamura to dziwny facet, ale chyba nie jest niebez-

pieczny. Nie przypuszczam, żeby był uzbrojony. Prawdopodobnie nie ma nawet pistoletu. Pojechał z przyjęcia do domu
z jakąś rudą. Pewnie teraz leży z nią w łóżku. Chyba lepiej
będzie, jeśli weźmiesz go żywego.

— Co wy? — żachnął się Graham.

— To tylko sugestia.

— Naprawdę myślisz, że zamierzam zastrzelić tego gnojka?

— Ja tylko uświadamiam ci pewne ewentualności — odparł
kapitan. — Pojedziesz tam z obstawą paru mundurowych,
prawda? Ludziom z patrolu mogą puścić nerwy.

— Dobra, dobra. Wsadź sobie gdzieś swoje rady — warknął
Graham i wyszedł.

Odprowadziłem go wzrokiem.

— Dlaczego puściłeś go tam samego?

Connor wzruszył ramionami.

— On prowadzi tę sprawę. Niech ma satysfakcję.

— Całą noc ciągnąłeś to śledztwo. Dlaczego teraz się wyco-
fujesz?

— Co my mamy z tym wszystkim wspólnego? Ja jestem
gliną na bezterminowym urlopie. A ty skorumpowanym oficerem łącznikowym. — Wskazał na taśmę wideo. — Puścisz mi
to, zanim odwieziesz mnie do domu?

— Nie ma sprawy — odparłem i przewinąłem taśmę.

— Myślę też, że dobrze by nam zrobiła kawa — powiedział
Connor. — Najlepszą mają w laboratorium WBN. Przynajmniej
kiedyś tak było.

— Oglądaj sobie nagranie, a ja ci przyniosę kawę — zaproponowałem.

— Niech będzie, *kōhai*.

Puściłem mu taśmę i odwróciłem się, zamierzając wyjść.

— Aha, i jeszcze jedno, *kōhai*... Jak już tam będziesz, spytaj
oficera dyżurnego, jakim sprzętem do obróbki taśm wideo
dysponuje departament. Trzeba będzie skopiować te wszystkie
taśmy. I może będą nam potrzebne powiększone odbitki poszczególnych klatek. Na wypadek gdyby wynikły jakieś trud-

ności w związku z aresztowaniem Sakamury, bo ktoś uzna, że to akt wrogości wobec Japonii. Będziemy mogli wtedy przedstawić te zdjęcia. Na swoją obronę.

To był dobry pomysł.

— W porządku — odparłem. — Zapytam.

— I posłódź moją kawę jedną kostką cukru — dodał Connor, po czym odwrócił się do monitora.

× × ×

Wydział Badań Naukowych, w skrócie WBN, mieścił się w podziemiach Centrum Parkera. Kiedy tam dotarłem, mijała druga w nocy i większość pracowni była już dawno pozamykana, bo WBN pracował od dziewiątej do siedemnastej. Oczywiście jego ekipy zbierały dowody z miejsc przestępstw także w nocy, ale składano je w skrytkach komendy głównej albo którejś z komend dzielnicowych i przechowywano tam do rana.

Podszedłem do automatu z kawą w małej stołówce sąsiadującej z sekcją mikrośladów. Na ścianach pomieszczenia wisiały tabliczki z napisami: CZY UMYŁEŚ RĘCE? NIE NARAŻAJ SWOICH KOLEGÓW. MYJ RĘCE. Powodem tego był fakt, że personel WBN, a zwłaszcza ci z kryminalistyki, używali trucizn. Dawniej zużywano tu takie ilości związków rtęci, arsenu i chromu, że czasem, po napiciu się kawy ze styropianowego kubka, którego inny pracownik laboratorium przypadkiem dotknął, ludzie rzygali jak koty.

Ale teraz wszyscy byli ostrożniejsi; napełniłem dwa kubki kawą i wróciłem do stanowiska oficera dyżurnego. Służbę miała Jackie Levine. Siedziała za biurkiem z nogami na blacie i czytała czasopismo „Nowoczesna Panna Młoda". Była kobietą przy kości i nosiła toreadorskie spodnie oraz pomarańczową perukę. Mimo tak dziwacznego wyglądu cieszyła się opinią najlepszej analizatorki mikrośladów w całym departamencie.

— Zamierzasz znowu spróbować, Jackie? — spytałem.

— Boże uchowaj. Szukam sukni ślubnej dla mojej córki.

— Za kogo wychodzi?

179

— Porozmawiajmy o czymś przyjemniejszym — mruknęła. — Jedna z tych kawek dla mnie?

— Niestety, nie — odparłem. — Ale mam do ciebie pytanie. Kto zajmuje się dowodami wideo?

— Dowodami wideo?

— Na przykład taśmami z kamer służb ochrony. Kto je analizuje i robi z nich odbitki?

— No cóż, mamy tu niewielkie zapotrzebowanie na takie usługi — powiedziała Jackie. — Kiedyś zajmowali się tym elektronicy, ale chyba już przestali. Teraz wideo wysyła się albo do Valley, albo do Medlar Hall. — Pochyliła się i zaczęła kartkować książkę telefoniczną. — Jeśli chcesz, możesz porozmawiać z Billem Harrelsonem z Medlaru. Ale jeżeli to coś ważnego, lepiej byłoby spróbować w JPL albo w Laboratorium Precyzyjnej Obróbki Obrazu przy USC. Podać ci numery telefonów czy wolisz pogadać najpierw z Harrelsonem?

Coś w tonie jej głosu pomogło mi podjąć decyzję.

— Może daj mi te numery.

— Już się robi.

Zapisałem je sobie i wróciłem na wydział. Connor obejrzał już taśmę i puszczał ją teraz tam i z powrotem w miejscu, gdzie w lustrze pojawiało się odbicie Sakamury.

— No i co? — zapytałem.

— Zgadza się, to Eddie. — Sprawiał wrażenie spokojnego, niemal obojętnego. Wziął ode mnie kawę i upił łyczek. — Okropna — stwierdził.

— Tak, wiem.

— Dawniej była lepsza — mruknął. Odstawił kubek, wyłączył magnetowid, wstał i przeciągnął się. — No, wydaje mi się, że odwaliliśmy tej nocy kawał porządnej roboty. Co byś powiedział na to, żebyśmy się trochę przespali? Rano mam ważną partię golfa.

— W porządku — odparłem.

Zapakowałem kasety do kartonowego pudła i ostrożnie włożyłem tam magnetowid.

180

— Co chcesz zrobić z tymi taśmami? — zapytał Connor.

— Schowam je do skrytki na dowody.

— To oryginały — przypomniał mi Connor. — A kopii jeszcze nie mamy.

— Będę mógł je skopiować dopiero rano.

— Rozumiem, ale może lepiej byłoby, gdybyś zabrał te kasety ze sobą?

— Do domu?

Zabierania dowodów do domu zabraniało mnóstwo wewnętrznych zarządzeń departamentu. Krótko mówiąc, było to wbrew przepisom.

Connor wzruszył ramionami.

— Ja bym nie ryzykował — powiedział. — Zabierz taśmy ze sobą i jutro rano będziesz mógł je od razu zawieźć do skopiowania.

Wsadziłem sobie pudło pod pachę.

— Nie myślisz chyba, że ktoś z departamentu mógłby...

— Oczywiście, że nie — odparł Connor. — Ale to koronny dowód i chyba nie chcemy, żeby ktoś przeszedł obok skrytek na dowody z wielkim magnesem, prawda?

Tak więc zabrałem taśmy ze sobą. Wychodząc przez biuro, minęliśmy skruszonego Ishigurę, który wciąż tam siedział. Connor powiedział coś do niego po japońsku. Ishiguro zerwał się na nogi, skłonił jak nakręcona zabawka i wybiegł z biura.

— Czy on naprawdę jest taki przestraszony? — spytałem.

— Naprawdę.

Ishiguro szedł pośpiesznie przed nami ze spuszczoną głową.

— Czego się boi? — spytałem zdziwiony. — Przecież mieszka tu dostatecznie długo, by wiedzieć, że za ukrywanie dowodów nic wielkiego mu z naszej strony nie grozi. A jeszcze mniej może się obawiać Nakamoto.

— Nie o to chodzi. On się nie martwi o konsekwencje prawne, ale boi się skandalu. Gdyby to wszystko wydarzyło się w Japonii, na pewno by do niego doszło.

Skręciliśmy za róg. Ishiguro czekał na windę. Zatrzymaliśmy

181

się obok niego. Panowało niezręczne milczenie. Kiedy nadjechała winda, Ishiguro odstąpił w bok, żeby nas przepuścić, a sam został w holu. Drzwi się zamknęły, odcinając nam widok jego zgiętej w ukłonie postaci. Kabina ruszyła.

— W Japonii on i jego firma byliby na zawsze skończeni — powiedział Connor.

— Dlaczego?

— Skandal jest tam najpopularniejszą formą regulowania dostępu do żłobu, pozbywania się przeciwnika. To powszechnie stosowana metoda. Szukasz słabego miejsca konkurenta i dajesz o nim cynk prasie lub kontrolerom rządowym. Wybucha skandal i dana osoba lub organizacja zostaje zrujnowana. Skandal rekrutacyjny zdmuchnął z fotela premiera Takeshitę, a w latach siedemdziesiątych skandale finansowe zmusiły do rezygnacji premiera Tanakę. W ten sam sposób Japończycy wykolegowali kilka lat temu General Electric.

— Wykolegowali General Electric?

— Wywołując skandal Yokogawy. Nie słyszałeś o nim? To klasyczny przykład japońskiej intrygi. Kiedyś General Electric produkowało najlepszą na świecie aparaturę monitoringową dla szpitali. Powołali do życia przedstawicielstwo o nazwie Yokogawa Medical, które miało zająć się dystrybucją tego sprzętu w Japonii. I zaczęli robić interesy na japońską modłę: ustalając ceny poniżej kosztów wytwarzania, żeby zdobyć rynek, zapewniając doskonały serwis i bezkonkurencyjne warunki gwarancji oraz przyciągając klientów rozmaitymi atrakcjami, na przykład przez rozdawanie potencjalnym nabywcom biletów lotniczych i czeków podróżnych. My takie praktyki nazywamy łapówkami, ale w Japonii jest to standardowa forma prowadzenia interesów. Yokogawa szybko stało się liderem na rynku sprzętu medycznego, bijąc na głowę nawet takich potentatów jak Toshiba. Oczywiście nie podobało się to japońskim firmom. Posypały się skargi, a potem pewnego dnia agenci rządowi dokonali nalotu na biura Yokogawy i znaleźli tam dowody przekupstwa. Aresztowano kilku pracowników i zepsuto firmie markę, wywołując skandal. Wpłynęło to znacząco na wielkość sprzedaży wyrobów GE na terenie Japonii. Nieważne, że inne japońskie firmy również oferują łapówki. Tak się jakoś złożyło, że przyłapano na tym akurat firmę spoza Japonii.

— Naprawdę jest aż tak źle?

— Japończycy potrafią być bardzo twardzi. Mawiają, że biznes to wojna. I naprawdę tak uważają. Przez cały czas nam wmawiają, że ich rynki są otwarte, ale gdy kiedyś Japończyk kupował amerykański samochód, narażał się na dokładne prześwietlenie przez urząd skarbowy. I wkrótce już nikt nie kupował u nas samochodów. Oficjele wzruszali ramionami: cóż oni temu winni? Ich rynek jest otwarty, ale nic nie poradzą, że nikt nie chce amerykańskiego samochodu. Lista utrudnień nie ma końca. Każdy importowany samochód musi przejść jeszcze w porcie indywidualną kontrolę zgodności z obowiązującymi w Japonii przepisami dotyczącymi emisji spalin. Zagraniczne lekarstwa mogą być testowane tylko w japońskich laboratoriach, przez rodowitych Japończyków. Kiedyś zawrócono z granicy partię importowanych nart, bo podobno ich śnieg jest bardziej mokry od europejskiego i amerykańskiego. Tak właśnie traktują inne kraje i boją się, żeby im nie odpłacono pięknym za nadobne.

— Więc Ishiguro spodziewa się skandalu, który wybuchłby w Japonii?

— Właśnie. Boi się, że wtedy Nakamoto upadnie. Ale nie sądzę, by tak się stało. Wszystko przemawia za tym, że jutro życie w Los Angeles potoczy się dalej, jakby nic się nie wydarzyło.

x x x

Odwiozłem go pod jego dom.

— Ciekawie było, kapitanie — powiedziałem, kiedy wysiadał z samochodu. — Dziękuję za poświęcenie mi swojego czasu.

— Polubiłem cię — odparł. — Jeśli w przyszłości będziesz potrzebował mojej pomocy, dzwoń bez skrępowania.

183

— Mam nadzieję, że ta partia golfa nie rozpoczyna się zbyt wcześnie.

— O siódmej rano, ale w moim wieku nie potrzebuje się zbyt wiele snu. Będę grał w Sunset Hills.

— To japońskie pole, prawda?

Sprzedaż klubu Sunset Hills Country była jedną z niedawnych transakcji wzbudzających w Los Angeles wielkie oburzenie. Pole golfowe w zachodniej części miasta kupiono w tysiąc dziewięćset dziewięćdziesiątym roku za ogromną sumę w gotówce: dwieście milionów dolarów. Nowi japońscy właściciele przyrzekli wtedy, że nie wprowadzą żadnych zmian. Ale teraz ograniczano stopniowo liczbę amerykańskich członków klubu, stosując prostą metodę: miejsce każdego występującego z klubu Amerykanina proponowano Japończykowi. Za członkostwo w Sunset Hills płacono w Tokio milion dolarów i uważano to za dobry interes, bo lista oczekujących była bardzo długa.

— Tak — odparł Connor. — Gram z kilkoma Japończykami.

— Często to robisz?

— Jak wiesz, Japończycy są zapalonymi golfistami. Staram się grać dwa razy w tygodniu. Czasami usłyszy się coś interesującego. Dobranoc, *kōhai*.

— Dobranoc, kapitanie.

ж ж ж

Kiedy wjeżdżałem na drogę szybkiego ruchu prowadzącą do Santa Monica, zaterkotał telefon. Dzwoniła dyspozytorka z komendy głównej.

— Poruczniku, mamy wezwanie dla służb specjalnych. Funkcjonariusze w terenie proszą o asystę łącznika.

— Dobrze — westchnąłem.

Podała mi numer samochodowego telefonu.

— Cześć, stary.

To był Graham.

— Cześć, Tom.

— Sam już jesteś?

— Tak. Wracam do domu. A co?

— Pomyślałem sobie, że może przydałby się nam przy tym aresztowaniu japoński łącznik.

— Mówiłeś przecież, że chcesz to załatwić sam.

— Niby tak, ale może chcesz być przy tym obecny. Żeby wszystko odbyło się w zgodzie z przepisami.

— Czy to UWD? — spytałem, mając na myśli ubezpieczanie własnej dupy.

— Nie wygłupiaj się. Pomożesz mi czy nie?

— Jasne, Tom. Już tam jadę.

— Zaczekamy na ciebie.

Eddie Sakamura mieszkał w małym domku przy jednej z krętych uliczek, które wiją się wśród wzgórz Hollywoodu górujących nad autostradą numer 101. Kiedy wyjechałem zza zakrętu i zobaczyłem zaparkowane na poboczu dwa czarno-białe wozy patrolowe ze zgaszonymi światłami oraz beżowego sedana Grahama, była druga czterdzieści pięć. Graham rozmawiał z policjantem z patrolu i palił papierosa. Musiałem się cofnąć kilkanaście metrów, zanim znalazłem miejsce do zaparkowania.

Popatrzyłem na dom Eddiego nadbudowany na znajdującym się na poziomie ulicy garażu. Był to jeden z tych dwusypialniowych, ozdobionych sztukaterią domów z lat czterdziestych. W oknach paliło się światło i słyszałem Franka Sinatrę.

— Nie jest sam — powiedział Graham, kiedy do niego podszedłem. — Ma tam jakieś dziwki.

— Jak chcesz to rozegrać? — zapytałem.

— Chłopaków rozstawimy tutaj... nie bój się, powiedziałem im, żeby nie strzelali. A my dwaj wpadniemy do środka i aresztujemy tego faceta.

Z garażu do domu prowadziły strome schodki.

— W porządku. Ty wchodzisz od frontu, a ja obstawiam tylne wyjście?

— Co ty, kurwa? — żachnął się Graham. — Idziesz ze mną, stary. Przecież on nie jest niebezpieczny, zgadza się?

186

W jednym z okien zobaczyłem sylwetkę nagiej kobiety.

— Chyba nie — odparłem.

— No to idziemy.

Wstąpiliśmy jeden za drugim na schodki. Frank Sinatra śpiewał *My Way*. Słyszeliśmy kobiecy śmiech.

— Jezu, bardzo bym chciał, żeby mieli tam na wierzchu jakieś pieprzone narkotyki — mruknął Graham.

Pomyślałem sobie, że są na to spore szanse. Dotarliśmy do szczytu schodów i pochylając głowy, przemknęliśmy pod oknami.

Drzwi frontowe były masywne i solidne. Graham zatrzymał się przed nimi, a ja zajrzałem na tyły domu. Zobaczyłem zielonkawą poświatę rzucaną przez lampy nad basenem. Próbowałem wypatrzyć wychodzące na tamtą stronę drzwi.

Graham zamachał do mnie, więc zawróciłem. Ostrożnie przekręcił gałkę drzwi frontowych. Nie były zamknięte. Wydobył rewolwer i spojrzał na mnie. Ja także sięgnąłem po broń.

Stał przez chwilę nieruchomo, kolejno odginając palce. Liczył do trzech.

Po odgięciu trzeciego otworzył kopniakiem drzwi i na ugiętych nogach wpadł do środka, wrzeszcząc:

— Stać, policja! Nie ruszać się!

Usłyszałem pisk kobiet i wkroczyłem do salonu.

x x x

Po pokoju miotały się dwie zupełnie nagie kobiety, wrzeszcząc ile sił w płucach: „Eddie! Eddie!". Ale Sakamury z nimi nie było.

— Gdzie on jest?! — huknął Graham.

Ruda dziewczyna złapała z kanapy poduszkę i rzuciła ją w niego.

— Wynoś się stąd, palancie! — wrzasnęła.

Druga dziewczyna, blondynka, z piskiem pobiegła do sypialni. Kiedy za nią ruszyliśmy, rudowłosa cisnęła w nas drugą poduszką.

Blondynka potknęła się, runęła jak długa na podłogę i krzyknęła z bólu. Graham pochylił się nad nią z rewolwerem.

— Nie zabijaj mnie! — zaskamlała. — Ja nic nie zrobiłam!

Chwycił ją za kostkę nogi.

— Gdzie Eddie?! — wrzasnął. — Gdzie on jest?!

— Na spotkaniu! — pisnęła dziewczyna.

— Gdzie?!

— Na spotkaniu! — powtórzyła blondyna i kopnęła go drugą nogą w jaja.

— O Jezu! — zawył, natychmiast puszczając dziewczynę.

Zgięty we dwoje, ciężko usiadł na podłodze, a ja wróciłem do salonu.

— Gdzie on jest? — spytałem rudą.

— Sukinsyny — wysyczała. — Pieprzone sukinsyny...

Minąłem ją i podszedłem do drzwi w drugim końcu pokoju. Były zamknięte na klucz.

Ruda podbiegła i zaczęła okładać mnie pięściami po plecach.

— Zostawcie go! Zostawcie! — wrzeszczała.

Nie zwracając na nią uwagi, mocowałem się z zamkniętymi drzwiami. Wydawało mi się, że słyszę dochodzące zza nich głosy.

Nagle pojawił się przy mnie Graham i rąbnął w nie swoim potężnym cielskiem. Trzasnęło, posypały się drzazgi i drzwi odskoczyły. Naszym oczom ukazała się kuchnia, zalana wpadającą przez okno zielonkawą poświatą znad basenu. Była pusta. Drzwi prowadzące na tyły budynku stały otworem.

— O kurwa! — zaklął Graham.

Ruda skoczyła mi na plecy i oplotła nogami w pasie. Zaczęła szarpać mnie za włosy i obrzucać obelgami. Kiedy usiłowałem strząsnąć ją z siebie, wykonując gwałtowne półobroty, w głowie kołatała mi się natrętna myśl: „Uważaj, nie zrób jej czegoś". Źle by wyglądało, gdyby dziewczyna wyszła z tego ze złamaną ręką albo popękanymi żebrami. Świadczyłoby to o naszej brutalności, chociaż to ona wyrywała mi włosy z cebulkami. W pewnym momencie ugryzła mnie w ucho. Poczułem okropny ból i rzuciłem się plecami na ścianę. Usłyszałem chrapliwe stęknięcie, gdy dziewczynie uszło powietrze z płuc, i w końcu mnie puściła.

Zobaczyłem przez okno zbiegającą schodami ciemną postać. Graham też ją zauważył.

— Kurwa mać! — warknął i puścił się biegiem do wyjścia.

Ruszyłem za nim. Ale dziewczyna musiała podstawić mi nogę, bo runąłem jak długi na dywan. Kiedy się pozbierałem, słychać już było syreny wozów patrolowych i warkot zapuszczanych silników.

Wypadłem na zewnątrz i pognałem w dół po schodkach, przeskakując po kilka stopni naraz. Gdy tylko jakieś dziesięć metrów dzieliło mnie od Grahama, z garażu wyjechało tyłem ferrari Eddiego, zgrzytnęła skrzynia biegów i auto z rykiem pomknęło ulicą.

Wozy patrolowe natychmiast podjęły pościg. Graham dopadł swojego sedana. Kiedy ruszał, biegłem jeszcze do mojego samochodu, który zaparkowałem kawałek dalej. Sedan Grahama przemknął obok mnie i za szybą zobaczyłem jego wykrzywioną wściekłością twarz.

Wskoczyłem do swojego wozu i ruszyłem za nimi.

x x x

Nie można pędzić drogą wijącą się między wzgórzami i jednocześnie rozmawiać przez krótkofalówkę. Nawet nie próbowałem. Jechałem jakieś pół kilometra za Grahamem, a on też został trochę w tyle za dwoma wozami patrolowymi. Kiedy zjechałem ze wzgórza i znalazłem się na wiadukcie nad autostradą, dostrzegłem przemykające dołem światła. Musiałem się cofnąć, dojechać do wjazdu na 101 poniżej Mulholland i włączyć się w rzekę pojazdów sunących na południe.

Otaczające mnie samochody wlokły się w ślimaczym tempie. Wystawiłem na dach koguta i zjechałem na prawy pas awaryjny.

Dotarłem do betonowego obmurowania autostrady trzydzieści sekund po tym, jak ferrari Eddiego rąbnęło w nie z szybkością stu sześćdziesięciu kilometrów na godzinę. W wyniku zderzenia eksplodował zbiornik paliwa i płomienie strzelały w niebo na wysokość piętnastu metrów. Od palącej się kupy żelastwa bił straszliwy żar. Nawet nie było co marzyć o zbliżeniu się do poskręcanego wraka. Płomienie lada chwila mogły się przerzucić na porastające zbocze wzgórza drzewa.

Nadjeżdżały już pierwsze wozy straży pożarnej i trzy dodatkowe samochody policyjne. Od zawodzenia syren puchły uszy, a od błysków migaczy bolały oczy.

Wycofałem swój wóz, żeby zrobić miejsce dla straży, a potem podszedłem do Grahama. Palił papierosa i patrzył, jak strażacy polewają płonący wrak pianą.

— Co za pieprznięty świr... — mruknął.

— Dlaczego twoi ludzie nie zatrzymali go, kiedy wbiegł do garażu?

— Bo powiedziałem im, żeby do niego nie strzelali. Zastanawiali się, co robić, jeśli ten facet odjedzie. — Pokręcił głową. — Jasny gwint, jak to będzie wyglądało w raporcie?

— Gorzej by było, gdybyś go zastrzelił — pocieszyłem go.

Rozgniótł obcasem niedopałek papierosa.

— Może.

Strażacy stłumili już ogień. Ferrari było teraz dymiącą kupą pogiętego złomu wprasowaną w betonowy murek. W powietrzu unosił się gryzący swąd.

— No dobra — powiedział w końcu Graham. — Nie ma sensu tak stać. Wracam do jego domu. Zobaczę, czy te dziewczyny jeszcze tam są.

— Będę ci do czegoś potrzebny?

— Nie. Możesz już jechać do domu. Jutro też jest dzień. Cholera, szykuje się tyle papierkowej roboty, że chyba padniemy na pysk. — Spojrzał na mnie i zawahał się. — Jesteśmy zgodni co do przebiegu wydarzeń? — zapytał.

— Oczywiście — zapewniłem go.

— Według mnie nie można było rozegrać tego inaczej — powiedział.

— Nie. Po prostu jeszcze jeden wypadek przy pracy.

— W porządku, stary. To do jutra.

— Dobranoc, Tom.

Wsiedliśmy każdy do swojego wozu.

Ruszyłem w stronę domu.

Pani Ascenio chrapała głośno na amerykance. Była trzecia czterdzieści pięć nad ranem. Minąłem ją na palcach i zajrzałem do pokoju Michelle. Moja córeczka leżała na wznak, z zarzuconymi nad głowę rączkami, w rozkopanej pościeli. Nóżki wystawały jej spomiędzy prętów łóżeczka. Okryłem ją i przeszedłem do swojego pokoju.

Telewizor nadal grał, więc go wyłączyłem. Ściągnąłem przez głowę krawat i usiadłem na łóżku, żeby zdjąć buty. Dopiero teraz uświadomiłem sobie, jak bardzo jestem zmęczony. Zdjąłem marynarkę i spodnie, rzuciłem je na telewizor i wyciągnąłem się na łóżku. Pomyślałem, że należałoby również zdjąć koszulę. Była przepocona, brudna i czułem na ciele jej nieprzyjemny dotyk. Przymknąłem na chwilę oczy i pozwoliłem głowie zapaść się w miękką poduchę. Niemal w tym samym momencie poczułem lekkie uszczypnięcie i coś pociągnęło mnie za powieki. Przez głowę przemknęła mi makabryczna myśl, że ptaki wydziobują mi oczy.

— Otwórz oczka, tatusiu — powiedział dziecięcy głosik. — Otwórz oczka.

Po chwili dotarło do mnie, że to moja mała córeczka próbuje odchylić mi powieki paluszkami.

— Już, zaraz — wymamrotałem.

Poraziło mnie światło, więc natychmiast z powrotem zamknąłem oczy i wcisnąłem twarz w poduszkę.

— Tatusiu! Otwórz oczka. Otwórz oczka, tatusiu.

— Tatuś wrócił późno w nocy — wybełkotałem. — Tatuś jest zmęczony.

Nie przekonało jej to.

— Tatusiu, otwórz oczka. Otwórz oczka. Tatusiu! Otwórz oczka, tatusiu!

Wiedziałem, że będzie to powtarzać, aż otworzę oczy. Przekręciłem się na plecy.

— Tatuś jest jeszcze zmęczony, Shelly. Idź zobaczyć, co robi pani Ascenio.

— Tatusiu, otwórz oczka.

— Nie dasz tatusiowi jeszcze trochę pospać? Tatuś chce dzisiaj pospać trochę dłużej.

— Już rano, tatusiu. Otwórz oczka. Otwórz oczka.

Otworzyłem oczy. Nie kłamała.

Był ranek.

Jasna cholera.

DZIEŃ DRUGI

— Jedz naleśniczki.

— Już nie chcę.

— Jeszcze kawałek, Shelly.

Przez kuchenne okno wlewał się słoneczny blask. Ziewnąłem. Była siódma rano.

— Czy mamusia dziś przyjdzie?

— Nie zmieniaj tematu. No, Shel. Jeszcze troszeczkę, dobrze?

Siedzieliśmy w rogu kuchni przy jej dziecinnym stoliczku. Czasami, kiedy nie chce jeść przy dużym stole, udaje mi się wmusić w nią trochę przy tym małym. Ale dzisiaj ta metoda nie skutkowała.

— Przyjdzie mamusia?

— Chyba tak. Nie jestem pewien. — Nie chciałem jej rozczarowywać. — Ma zadzwonić.

— Czy mamusia znowu wyjeżdża z miasta?

— Być może — odparłem. Ciekaw byłem, co dla dwuletniego dziecka oznacza „wyjazd z miasta", jak sobie to wyobraża.

— Jedzie z wujkiem Rickiem?

Jakim znowu wujkiem Rickiem?

— Nie wiem, Shel. No, otwórz buzię. Zjedz jeszcze kawałek.

— On ma nowy samochód — oznajmiła Michelle, z powagą kiwając główką, jak zawsze, kiedy przekazywała mi ważne nowiny.

— Naprawdę?

— Aha. Taki czarny.

— Rozumiem. A jakiej marki?

— Cedes.

— Sedes?

— Nie. Cedes.

— Mercedes?

— Aha. Cały czarny.

— To ładnie — mruknąłem.

— Kiedy przychodzi mamusia?

— Jeszcze jeden gryzik, Shel.

Otworzyła buzię, ale kiedy wsuwałem do niej widelec, w ostatniej chwili odwróciła główkę i wydęła wargi.

— Nie chcę, tatusiu.

— No dobrze — westchnąłem. — Poddaję się.

— Nie jestem głodna, tatusiu.

— Widzę.

Pani Ascenio sprzątała kuchnię i zaraz miała wyjść. Za piętnaście minut powinna się zjawić gosposia, Elaine, która miała zabrać Michelle do żłobka. Musiałem się jeszcze ubrać. Kiedy wstawiałem talerz z niedojedzonymi naleśnikami do zlewu, zabrzęczał telefon. Dzwoniła Ellen Farley, rzeczniczka prasowa burmistrza.

— Patrzysz? — zapytała.

— Na co?

— Na wiadomości. Kanał siódmy. Pokazują właśnie ten wypadek samochodowy.

— Tak?

— Oddzwoń potem do mnie — powiedziała i przerwała połączenie.

Wszedłem do sypialni i włączyłem telewizor. Komentator mówił:

— „...tragiczny w skutkach pościg południową nitką hollywoodzkiej drogi szybkiego ruchu, który skończył się tym, że podejrzany wpadł swoim sportowym ferrari na obmurowanie

198

autostrady niedaleko Hollywood Bowl i poniósł śmierć na miejscu. Świadkowie twierdzą, że samochód uderzył w betonowy mur, pędząc z szybkością ponad stu sześćdziesięciu kilometrów na godzinę, i natychmiast stanął w płomieniach. Na miejsce wypadku wezwane zostały jednostki straży pożarnej, ale nie było już kogo ratować. Ciało kierowcy uległo zwęgleniu do tego stopnia, że stopiły się nawet jego okulary. Oficer policji prowadzący pościg, detektyw Tom Graham, twierdzi, że kierowca, pan Edward Sakamura, poszukiwany był w związku z morderstwem kobiety, którego dokonano wczoraj wieczorem w śródmieściu. Dzisiaj jednak przyjaciele pana Sakamury wyrazili oburzenie tym bezpodstawnym oskarżeniem i zarzucili policji brutalne metody działania, które prawdopodobnie przestraszyły podejrzanego i zmusiły go do ucieczki. Niektórzy z nich uważają, że do tego tragicznego wydarzenia doprowadziły uprzedzenia rasowe. Nie wiadomo, czy policja rzeczywiście zamierzała oskarżyć pana Sakamurę o wspomniane morderstwo, ale nasi obserwatorzy zauważyli, że był to już trzeci w ciągu ostatnich dwóch tygodni policyjny pościg na autostradzie numer sto jeden. Wątpliwości co do nie zawsze uzasadnionych pościgów wszczynanych przez policję zrodziły się w styczniu tego roku, kiedy to w wyniku jednego z nich śmierć poniosła pani Compton. Nie udało nam się dotrzeć ani do detektywa Grahama, ani do jego asystenta, porucznika Petera Smitha. Czekamy na wiadomość, czy departament zdecyduje się na dyscyplinarne usunięcie ich ze służby, czy też tylko na zawieszenie w czynnościach".

Jezu.

— Tatusiu...

— Chwileczkę, Shel.

Na ekranie pokazywano załadunek pogniecionego, dymiącego wraka na lorę, która miała go zwieźć z pobocza autostrady. Na betonowej ścianie, w miejscu, gdzie uderzył w nią samochód, czerniła się plama kopcia.

Reporter przekazał głos do studia. Spiker spojrzał w kamerę i zaczął mówić:

— „Według doniesień stacji KNBC pan Sakamura przesłuchiwany był w związku ze wspomnianym morderstwem nieco wcześniej tego samego wieczoru przez dwóch oficerów policji, którzy go jednak nie aresztowali. Kapitan John Connor i porucznik Smith mogą zostać postawieni przez departament przed komisją dyscyplinarną pod zarzutem ewentualnych niedociągnięć proceduralnych. Na koniec pomyślniejsza wiadomość: nie ma już utrudnień w ruchu na południowym pasie autostrady numer sto jeden. Bob, przekazuję ci głos".

Wpatrywałem się tępo w telewizor. Komisja dyscyplinarna?! Zadzwonił telefon. To była znowu Ellen Farley.

— Oglądałeś to?

— Tak, oglądałem. Nie mogę uwierzyć. O co tu chodzi, Ellen?

— Biuro burmistrza nie ma z tym nic wspólnego. Ale środowisko japońskie już od jakiegoś czasu patrzy na Grahama krzywym okiem. Uważają go za rasistę. Wygląda na to, że teraz sam im się podłożył.

— Ja też tam byłem. Graham działał zgodnie z przepisami.

— Tak, wiem, że tam byłeś, Pete. I w tym właśnie sęk... Przykro by mi było patrzeć, jak przy okazji i tobie się obrywa.

— Graham działał zgodnie z przepisami — powtórzyłem.

— Czy ty mnie słuchasz, Pete?

— Co to za pomysł z tym zawieszeniem w czynnościach i dyscyplinarnym usunięciem ze służby?

— Mnie też to zaskoczyło — odparła. — Ale to prawdopodobnie decyzja wewnętrzna. Musiała wyjść z twojego departamentu. A swoją drogą, czy to prawda, że ty i Connor rozmawialiście wczoraj w nocy z Sakamurą?

— Tak.

— I nie aresztowaliście go?

— Nie. Nie mieliśmy jeszcze wtedy formalnych podstaw. Potem już mieliśmy.

— Naprawdę sądzisz, że Sakamura popełnił to morderstwo? — zapytała.

— Jestem pewien. Mamy wszystko na kasecie.

— Na kasecie? Mówisz poważnie?

— Tak. Mamy wszystko zarejestrowane na wideokasecie z jednej z kamer systemu ochrony wieżowca Nakamoto.

Milczała przez chwilę.

— Ellen?

— Jestem, jestem. Powiem ci coś, ale nieoficjalnie, dobra?

— Jasne.

— Nie wiem, co tu się wyprawia, Pete. Nie wszystko rozumiem.

— Dlaczego nie powiedziałaś mi wczoraj wieczorem, kim była ta dziewczyna?

— Przepraszam. Tyle mi się zwaliło na głowę.

— Ellen...

Chwila milczenia.

— Pete, ta dziewczyna znała mnóstwo ludzi.

— Burmistrza też?

Milczenie.

— Jak dobrze go znała?

— Posłuchaj... Przyjmijmy po prostu, że była ładną dziewczyną i znała mnóstwo ludzi z tego miasta. Osobiście uważam, że była niezrównoważona, ale dobrze się prezentowała i działała na mężczyzn jak cholera. Teraz wielu z nich siedzi jak na rozżarzonych węglach. Przeglądałeś dzisiejszego „Timesa"?

— Nie.

— Koniecznie go przejrzyj. Jeśli chcesz mojej rady, to przez najbliższe kilka dni musisz zachowywać się bez zarzutu. Stawiaj kropki nad każdym „i", przekreślaj każde „t". Rób wszystko dokładnie według podręcznika. I oglądaj się za siebie, dobrze?

— Dobrze. Dzięki, Ellen.

— Nie dziękuj mi. Nie rozmawiałeś ze mną — odparła i dodała jeszcze: — Uważaj na siebie, Pete.

Po chwili usłyszałem w słuchawce ciągły sygnał.

— Tatusiu?

— Chwileczkę, Shel.

— Mogę pooglądać telewizję?

— Pewnie, że możesz, kochanie.

Włączyłem jej kanał z filmami rysunkowymi i wyszedłem z salonu. Otworzyłem drzwi frontowe i podniosłem „Timesa" z wycieraczki. Interesujący mnie artykuł znalazłem dopiero na ostatniej stronie, w dziale miejskim.

ZAKŁÓCENIE JAPOŃSKIEJ UROCZYSTOŚCI PRZEZ UPRZEDZONĄ RASOWO POLICJĘ

Przebiegłem wzrokiem kilka pierwszych akapitów. Japończycy z kierownictwa korporacji Nakamoto skarżyli się na „gruboskórne i niewyrozumiałe" zachowanie policji, która zepsuła zaszczycony obecnością wielu wybitnych osobistości wieczór inauguracyjny w ich nowym wieżowcu przy Figueroa. Przedstawiciele Nakamoto uważali, że działania policji miały „podłoże rasistowskie". Rzecznik korporacji oświadczył: „Nie przypuszczamy, by Departament Policji miasta Los Angeles zachowywał się w ten sposób, gdyby nie chodziło o japońską korporację. Jesteśmy przeświadczeni, że działania policji odzwierciedlają stosowany przez amerykańskie czynniki oficjalne podwójny standard traktowania Japończyków". Na przyjęciu, które zgromadziło takie znakomitości jak Madonna i Tom Cruise, obecny był prezes rady nadzorczej Nakamoto, pan Hiroshi Ogura, ale nie udało się uzyskać od niego komentarza na temat tego incydentu. Rzecznik korporacji powiedział: „Pan Ogura jest głęboko poruszony faktem zakłócenia naszej uroczystości przez wrogo nastawionych przedstawicieli władz. Bardzo mu przykro z powodu tego nieprzyjemnego zajścia".

Zgodnie z relacją naocznych świadków burmistrz Thomas wydelegował do Departamentu Policji swojego przedstawiciela z poleceniem przywołania funkcjonariuszy do porządku, ale nie przyniosło to spodziewanego skutku. Policja nie zmieniła swojej postawy pomimo obecności oficera łącznikowego, porucznika Petera Smitha, którego zadaniem jest rozładowywanie drażliwych rasowo sytuacji...

I tak dalej, i tak dalej.

O tym, że w grę wchodziło morderstwo, można się było dowiedzieć dopiero po przeczytaniu czterech akapitów. Ten drobny szczegół był jakby bez znaczenia.

Spojrzałem na dół szpalty, szukając podpisu. Artykuł firmowała Miejska Agencja Informacyjna, co oznaczało, że jest anonimowy.

Ogarnął mnie taki gniew, że postanowiłem zadzwonić do mojego starego znajomego z redakcji „Timesa", Kenny'ego Shubika. Ken był czołowym reporterem działu miejskiego. W gazetach pracował od zawsze i wiedział wszystko. Ponieważ była dopiero ósma rano, wybrałem jego numer domowy.

x x x

— Czołem, Ken — powiedziałem. — Pete Smith z tej strony.

— Och, cześć — ucieszył się. — Widzę, że dostałeś moją wiadomość.

W tle słyszałem płaczliwy głos nastolatki:

— Tato, nie bądź taki. Dlaczego nie mogę iść?

— Jennifer, daj mi chwilę porozmawiać — burknął Ken.

— Jaką wiadomość? — spytałem.

— Dzwoniłem do ciebie wczoraj wieczorem, bo pomyślałem sobie, że powinieneś się natychmiast o tym dowiedzieć. Ten facet najwyraźniej coś knuje. Wiesz, co się za tym kryje?

Nie miałem pojęcia, o czym on mówi.

— Za czym? — zapytałem zdziwiony. — Przykro mi, Ken, nie dostałem od ciebie żadnej wiadomości.

— Naprawdę? Dzwoniłem wczoraj wieczorem około dwudziestej trzeciej trzydzieści. Dyspozytorka z komendy głównej poinformowała mnie, że jesteś w terenie, ale masz w samochodzie telefon. Powiedziałem jej, że to ważna sprawa, i poprosiłem, żeby ci przekazała, że masz do mnie oddzwonić do redakcji albo do domu.

— Tato, bądź człowiekiem — nudziła jego córka. — Muszę się jeszcze zdecydować, co na siebie włożyć.

— Jennifer, przymknij się, do cholery — warknął Ken i zwracając się do mnie, spytał: — Ty też masz córkę, tak?

— Owszem — odparłem. — Ale ma dopiero dwa latka.

— Więc jeszcze wszystko przed tobą — pocieszył mnie. — Naprawdę nie dostałeś mojej wiadomości?

— Nie. Zadzwoniłem do ciebie w innej sprawie: chodzi mi o ten artykuł w dzisiejszej porannej gazecie.

— Jaki artykuł?

— Ten dotyczący Nakamoto, na ósmej stronie. O „gruboskórnej i rasistowskiej policji".

— Kurczę, nie wydaje mi się, żebyśmy wczoraj puszczali jakiś artykuł o Nakamoto. Wiem, że Jodi obsługiwała to przyjęcie, ale tekst ma pójść dopiero jutro. Wczoraj Jeff nie miał nic takiego na tapecie.

Jeff był redaktorem działu miejskiego.

— W dzisiejszym „Timesie" na kolumnie miejskiej jest artykuł o morderstwie.

— O jakim morderstwie? — zapytał Ken.

— Wczoraj wieczorem około dwudziestej trzydzieści w Nakamoto popełniono morderstwo. Ofiarą była kobieta uczestnicząca w przyjęciu.

Ken milczał przez chwilę, przetrawiając tę informację.

— Byłeś tam? — spytał w końcu.

— W charakterze japońskiego łącznika. Wezwał mnie Wydział Zabójstw.

— Aha — mruknął. — Posłuchaj... Jadę teraz do redakcji i spróbuję się zorientować, o co tu chodzi. Umówmy się na telefon za godzinkę. I podaj mi swój numer, żebym mógł zadzwonić bezpośrednio do ciebie.

— Dobra.

Odchrząknął.

— A tak między nami... Masz jakieś kłopoty? — zapytał.

— Na przykład jakie?

— Chociażby obyczajowe albo z kontem w banku. Jakieś niezgodności z deklarowanym dochodem... cokolwiek, o czym powinienem wiedzieć? Jako twój przyjaciel.

— Nie — odparłem.

— Nie chcę szczegółów. Ale jeśli coś jest niezupełnie w porządku...

— Nie ma nic takiego, Ken.

— Bo jak już mam coś dla ciebie zrobić, to nie chcę się obudzić z ręką w nocniku.

— Ken, co jest grane?

— Nie chcę się teraz wdawać w szczegóły, ale ktoś robi ci smród koło dupy.

— Tato! — obruszyła się jego córka. — Jak ty się wyrażasz?

— A kto ci kazał podsłuchiwać? — zapytał, po czym znowu zwrócił się do mnie: — Pete, jesteś tam?

— Tak, jestem.

— Zadzwoń do mnie za godzinę.

— Dobry z ciebie kumpel — stwierdziłem.

— Żebyś wiedział — mruknął i odłożył słuchawkę.

x x x

Rozejrzałem się po mieszkaniu. Wszystko wyglądało tak samo. Do pokoju wpadały promienie słońca. Michelle siedziała na swoim ulubionym fotelu i ssąc kciuk, oglądała kreskówkę. Mimo to miałem wrażenie, że wszystko jest jakieś inne. Było to nieprzyjemne uczucie. Zupełnie jakby świat usuwał ci się spod nóg.

Ale robiło się późno, a musiałem jeszcze ubrać małą, zanim przyjdzie Elaine, żeby zaprowadzić ją do żłobka. Kiedy powiedziałem to Michelle, zaczęła płakać. Wyłączyłem telewizor, a ona rzuciła się na podłogę i zaczęła krzyczeć:

— Nie, tatusiu! Ja chcę film, tatusiu!

Podniosłem ją i zaniosłem pod pachą do sypialni. Darła się wniebogłosy. Znowu zadzwonił telefon. Tym razem była to dyspozytorka z wydziału.

— Dzień dobry, poruczniku. Mam dla pana trochę spóźnionych wiadomości.

— Chwileczkę, tylko wezmę coś do pisania — powiedziałem.

Postawiłem Michelle na podłodze. Zaczęła wrzeszczeć jeszcze głośniej.

— Może pójdziesz i wybierzesz sobie buciki, które chcesz dziś włożyć? — zaproponowałem jej.

— Brzmi to tak, jakby tam kogoś mordowano — zauważyła dyspozytorka.

— Moja córka nie chce iść do żłobka.

Michelle pociągnęła mnie za nogę.

— Nie pójdę do żłobka, tatusiu.

— Właśnie że pójdziesz — oświadczyłem. — Może pani dyktować — zwróciłem się do dyspozytorki.

— W porządku. Wczoraj, około dwudziestej trzeciej trzydzieści, był do pana telefon od niejakiego Kena Subotika czy Subotnicka z „Los Angeles Times". Prosił, żeby pan do niego oddzwonił. Wiadomość brzmi: „»Łasica« wziął cię na celownik". Powiedział, że pan będzie wiedział, o co chodzi. Może pan dzwonić do niego do domu. Zna pan numer?

— Znam.

— Dobrze. Dziś, o pierwszej czterdzieści dwie w nocy, dzwonił do pana pan Eddie Saka... chyba Sakamura. Powiedział, że to pilne. Ma pan zatelefonować do niego do domu pod numer pięć-pięć-pięć-osiem-cztery-trzy-cztery. Sprawa dotyczy jakiejś zawieruszonej taśmy. Zgadza się?

Cholera.

— O której dzwonił?

— O pierwszej czterdzieści dwie. Rozmowę przełączono do centrali głównej i ich telefonistka nie mogła pana znaleźć. Był pan w kostnicy, tak?

— Owszem.

— Przykro mi, poruczniku, ale kiedy wysiada pan z samochodu, musimy szukać pana przez pośredników.

— W porządku. Coś jeszcze?

— Potem, o szóstej czterdzieści trzy rano, dzwonił kapitan Connor. Prosił o kontakt i zostawił numer swojego aparatu komórkowego. Powiedział, że dziś rano gra w golfa.

— Rozumiem.

— I jeszcze o siódmej dziesięć był telefon od Roberta Woodsona z biura senatora Mortona. Senator chce spotkać się z panem i kapitanem Connorem o pierwszej po południu w klubie Los Angeles Country. Woodson prosił, żeby potwierdził pan telefonicznie, czy przyjdzie na to spotkanie. Próbowałam się do pana dodzwonić, ale telefon był zajęty. Zadzwoni pan do senatora?

Powiedziałem, że zadzwonię. Poprosiłem też dyspozytorkę, by skontaktowała się z Connorem, który jest teraz na polu golfowym, i przekazała mu, żeby zadzwonił do mnie pod numer mojego aparatu w samochodzie.

Zgrzytnął zamek w drzwiach frontowych i do mieszkania weszła Elaine.

— Dzień dobry — powiedziała.

— Shelly nie jest jeszcze ubrana...

— To nic — odparła. — Ja ją ubiorę. O której przychodzi po nią pani Davis?

— Ma zadzwonić.

Elaine przerabiała to już wiele razy.

— Chodź, Michelle. Wybierzemy ubranka na dzisiaj. Czas szykować się do żłobka.

Spojrzałem na zegarek i ruszyłem do kuchni, żeby zrobić sobie jeszcze jedną filiżankę kawy, ale w tym momencie znowu zadzwonił telefon.

— Z porucznikiem Smithem poproszę.

Był to zastępca szefa, Jim Olson.

× × ×

— Cześć, Jim — powiedziałem.

— Dzień dobry, Pete — odparł. Nie telefonował nigdy do nikogo przed dziesiątą rano, jeśli sprawa nie była naprawdę poważna. — Wygląda na to, że nadepnęliśmy grzechotnikowi na ogon — zaczął. — Czytałeś dzisiejsze gazety?

— Tak, czytałem.

— A może oglądałeś także poranne wiadomości?

— Kawałek.

— Szef wzywa mnie na dywanik. Chciałem się dowiedzieć, co masz do powiedzenia, zanim się za tobą wstawię.

— Rozumiem.

— Rozmawiałem przed chwilą telefonicznie z Tomem Grahamem. Przyznaje, że tej nocy koncertowo spieprzyliście robotę. Nie popisaliście się.

— Chyba nie.

— Dwie gołe dziwki rzucają się na dwóch krzepkich oficerów policji i uniemożliwiają im zatrzymanie podejrzanego... Tak było?

W jego ustach brzmiało to rzeczywiście komicznie.

— Tak jakoś wyszło, Jim — bąknąłem.

— Aha — mruknął. — No cóż, mniejsza z tym. Jest i dobra wiadomość. Sprawdziłem, czy pościg prowadzony był zgodnie z przepisami. Bez wątpienia tak. Mamy zapisy z komputerów oraz nagrania rozmów prowadzonych przez radio i wygląda na to, że wszystko odbyło się bez zarzutu. Dzięki Bogu chociaż za to. Nikt nawet nie zaklął. Możemy udostępnić te materiały dziennikarzom, jeśli sprawy przybiorą zły obrót. Tak więc od tej strony jesteśmy kryci. Źle się tylko stało, że Sakamura zginął.

— Wiem.

— Graham wrócił po te dziewczyny, ale nie zastał ich już w domu Sakamury. Uciekły.

— Rozumiem.

— Nikt ich nie spisał?

— Niestety, nie.

— Więc nie mamy świadków na to, co się działo u Sakamury. To nasza słaba strona.

— Zdaję sobie z tego sprawę.

— Dziś rano wyciągnęli z wraka ciało Japończyka i przewieźli do kostnicy to, co z niego zostało. Graham twierdzi, że jego zdaniem sprawa jest rozpracowana. Jak zrozumiałem, macie taśmy, na których widać czarno na białym, jak Sakamura morduje tamtą dziewczynę. Graham mówi, że jest gotów do sporządzenia raportu podsumowującego pięć-siedem-dziewięć. Ty też tak to widzisz? Sprawa rzeczywiście jest zamknięta?

— Chyba tak, szefie.

— No to możemy się zwijać — stwierdził. — Środowisko japońskie odbiera śledztwo w sprawie Nakamoto jako przykre i napastliwe. Naciskają, by nie trwało dłużej niż to konieczne. Byłoby dobrze, gdybyśmy je zakończyli.

— Nie mam nic przeciwko temu — odparłem.

— To doskonale, Pete — powiedział Olson. — Idę teraz pogadać z szefem i spróbuję się zorientować, czy da się uniknąć postępowania dyscyplinarnego.

— Dzięki, Jim.

— Nie przejmuj się. Ja osobiście nie widzę podstaw do stawiania was przed komisją dyscyplinarną. Skoro twierdzisz, że są taśmy, na których widać, iż zrobił to Sakamura...

— Tak, są.

— A jeśli już mowa o tych kasetach... Kazałem Marty'emu zajrzeć do schowka na dowody rzeczowe, ale nie znalazł ich tam.

Wziąłem głęboki oddech.

— Bo ich tam nie ma — przyznałem. — Są u mnie.

— Nie zostawiłeś ich wczoraj w wydziale?

— Nie. Chciałem sporządzić kopie.

Odchrząknął.

— Byłoby lepiej, gdybyś trzymał się przyjętej procedury.

— Chciałem sporządzić kopie — powtórzyłem.

— Coś ci powiem: zrób szybko te kopie i o dziesiątej chcę widzieć na swoim biurku oryginały. Jasne?

— Tak.

— Pamiętaj, nie później niż o dziesiątej. Tyle może mi zająć szukanie tych materiałów w schowku. Wiesz, jak jest.

— Dzięki, Jim — powtórzyłem.

— Nie dziękuj mi, bo niczego nie zrobiłem — odparł. — Nic nie wiem o żadnych odstępstwach od procedury.

— Rozumiem.

— Ale pośpiesz się. Mogę udawać głupiego najwyżej przez dwie godziny. Bo tutaj coś się dzieje, choć nie wiem, kto za tym stoi. Więc nie przeciągaj struny, dobrze?

— W porządku, Jim. Już lecę robić te kopie.

Odłożyłem słuchawkę, złapałem kasety i wybiegłem z mieszkania.

Pasadena wyglądała jak miasto na dnie szklanki zsiadłego mleka. Jet Propulsion Laboratory usadowiło się na przedmieściach, na podgórzu, niedaleko Rose Bowl. Ale chociaż była już ósma trzydzieści rano, góry nadal pozostawały niewidoczne. Przesłaniała je żółtawa mgiełka.

Wziąłem pudło z taśmami pod pachę, pokazałem strażnikowi odznakę, podpisałem się w książce gości i zapewniłem, że jestem obywatelem amerykańskim. Strażnik skierował mnie do głównego budynku wznoszącego się po drugiej stronie dziedzińca wewnętrznego.

Jet Propulsion Laboratory przez dziesięciolecia służyło jako centrum dowodzenia amerykańską sondą kosmiczną, która obfotografowywała Jowisza i pierścienie Saturna, a potem przekazywała te zdjęcia na Ziemię. To właśnie w JPL wynaleziono nowoczesne metody obróbki obrazu wideo i dlatego najlepiej było skopiować te kasety tutaj.

Mary Jane Kelleher, sekretarka do spraw kontaktów z prasą, wwiozła mnie na trzecie piętro. Ruszyliśmy cytrynowozielonym korytarzem, mijając kilkoro drzwi, które prowadziły do pustych pokoi biurowych. Kiedy Mary spostrzegła, że zwróciłem na nie uwagę, pokiwała głową i powiedziała:

— Straciliśmy sporo dobrych fachowców, Peter.

— Dokąd odeszli?

— W większości do przemysłu. Do tej pory podbierała nam ludzi filia IBM z Armonk i Bell Labs z New Jersey. Ale ich laboratoria nie mają już najlepszej aparatury i funduszy. Ustępują teraz pod tym względem japońskim laboratoriom naukowo-badawczym, takim jak Hitachi w Long Beach, Sanyo w Torrance czy Canon w Inglewood. Pracuje w nich obecnie wielu amerykańskich uczonych i konstruktorów.

— Czy JPL nie jest tym zaniepokojone?

— Pewnie, że jest — przyznała. — Każdy wie, że drenaż mózgów to najlepsza metoda transferu technologii. Ale co na to poradzić? — Wzruszyła ramionami. — Naukowcy chcą coś robić. A Ameryka nie prowadzi już tylu projektów naukowo-badawczych. Nie ma na to środków. Dlatego idą do Japończyków, którzy dobrze płacą i mają szacunek dla nauki. Potrzebna ci jakaś specjalistyczna aparatura, masz ją. Tak przynajmniej opowiadają mi znajomi. No, jesteśmy na miejscu.

Wprowadziła mnie do pracowni zawalonej sprzętem wideo. Jakieś czarne skrzynki na metalowych stelażach i stołach, plątanina kabli wijących się po podłodze i mnóstwo monitorów. Pośrodku tego wszystkiego tkwił trzydziestokilkuletni brodaty mężczyzna — Kevin Howzer. Na stojącym przed nim monitorze widniał przekrój jakiejś przekładni zębatej. Wszędzie było pełno pustych puszek po coli i kolorowych papierków po batonikach — najwyraźniej Howzer pracował tu przez całą noc.

— Kevin, to porucznik Smith z Departamentu Policji miasta Los Angeles — przedstawiła mnie Mary. — Przyniósł jakieś nietypowe taśmy i chce je skopiować.

— Tylko skopiować? — zapytał Howzer. — Nie chce pan nic z nimi zrobić?

— Nie, Kevinie — odparła za mnie Mary. — Nie chce.

— Żaden problem.

Pokazałem Howzerowi jedną z kaset. Obrócił ją w dłoniach i wzruszył ramionami.

— Wygląda na standardową ośmiomilimetrówkę. Co na niej jest?

— Obraz z wysokorozdzielczej japońskiej kamery telewizyjnej.

— To znaczy, że jest zapisana sygnałem wysokiej rozdzielczości?

— Chyba tak.

— Nie powinno być problemów. Ma pan odtwarzacz, na którym można by ją puścić?

— Mam — odparłem, wyjąłem odtwarzacz z pudła i podałem mu go.

— O kurczę, ładne zabawki robią, no nie? Piękna maszynka. — Kevin przyjrzał się płycie czołowej. — Tak, to system wysokiej rozdzielczości. Zaraz załatwimy sprawę. — Obrócił odtwarzacz i zerknął na znajdujące się z tyłu gniazda. Zmarszczył czoło. Przysunął bliżej biurkową lampę i odchylił plastikową klapkę kasety, odsłaniając taśmę. Miała lekko srebrzysty odcień. — Ho, ho. Czy na tych taśmach jest coś ważnego z punktu widzenia prawa?

— Raczej tak.

Oddał mi kasetę.

— Przykro mi. Nie mogę jej skopiować.

— Dlaczego?

— Widzi pan ten srebrzysty nalot? To taśma metalizowana o bardzo wysokiej gęstości zapisu. Założę się, że jest nagrana w formacie obejmującym kompresję sygnału w czasie rzeczywistym, a z tego odtwarzacza wychodzi sygnał już po dekompresji. Nie mogę zrobić panu kopii, bo nie potrafię odtworzyć tego formatu. To znaczy, nie potrafię obrobić sygnału metodą, która gwarantowałaby czytelność. Mogę sporządzić kopię, ale bez gwarancji, że będzie dokładna. Więc jeśli chce ją pan wykorzystać do jakichś celów prawnych, a przypuszczam, że tak, będzie pan musiał zanieść ją do skopiowania gdzie indziej.

— Na przykład gdzie?

— To może być nowy, opatentowany format D-cztery. Jeśli tak, można go skopiować tylko w Hamaguchi.

— Hamaguchi?

— To laboratorium naukowo-badawcze w Glendale należące do Kawakami Industries. Mają tam każdy znany ludzkości przyrząd z zakresu techniki wideo.

— Sądzi pan, że mi pomogą?

— Sporządzić kopie? Jasne. Znam jednego z dyrektorów tego laboratorium. Nazywa się Jim Donaldson. Mogę do niego przedryndać, jeśli pan chce.

— Byłbym wdzięczny.

— Nie ma sprawy.

Hamaguchi Research Institute miał swoją siedzibę w przemysłowej dzielnicy w północnym Glendale i zajmował niewyróżniający się niczym szczególnym budynek o oknach z polaryzowanego szkła. Wszedłem z moim pudłem do holu. Za lśniącym kontuarem portierni widać było zajmujące centrum budynku atrium, wokół którego za przepierzeniami z przydymionego szkła rozmieszczone były laboratoria.

Poprosiłem o powiadomienie doktora Jima Donaldsona o moim przybyciu i usiadłem na kanapie, żeby na niego zaczekać. Po chwili do holu weszli dwaj mężczyźni w garniturach. Skinęli głowami portierowi, usiedli na drugim końcu kanapy i nie zwracając na mnie najmniejszej uwagi, rozłożyli na stoliczku kolorowe foldery i zdjęcia.

— Spójrz tylko — powiedział jeden z nich. — Właśnie o tym mówiłem. To będzie nasz złoty strzał. Jeszcze ten jeden raz i koniec.

Zerknąłem zaciekawiony. Jedna z fotografii przedstawiała dzikie kwiaty na tle przykrytych śnieżnymi czapami szczytów górskich. Pierwszy mężczyzna postukał w nią palcem.

— Góry Skaliste, przyjacielu. Prawdziwa Ameryka. Zaufaj mi, oni właśnie czegoś takiego szukają. A to szmat ziemi.

— Mówisz, że ile tego jest?

— Ponad pięćdziesiąt tysięcy hektarów. Największy kawałek

215

Montany, jaki pozostał jeszcze w ofercie. Dwadzieścia na dziesięć kilometrów ziemi pierwszej klasy u stóp Gór Skalistych, o powierzchni parku narodowego. Wyjątkowo piękny teren. Duży, rozległy. Najwyższa jakość. Idealny dla japońskiego konsorcjum.

— Rozmawiali już o cenie?

— Jeszcze nie. Ale widzisz, nasi ranczerzy znaleźli się w trudnej sytuacji. Chociaż przepisy pozwalają teraz cudzoziemcom eksportować wołowinę do Tokio, żaden Japończyk nie kupi amerykańskiej wołowiny. Jeśli ją tam wyślemy, zgnije w porcie. Ale gdy ranczerzy sprzedadzą swoją ziemię Japończykom, eksportowana wołowina będzie pochodziła z ich rancz i wtedy inni Japończycy chętnie ją kupią. Wystawiono już na sprzedaż tereny w całej Montanie i Wyoming. Ci, co się jeszcze trzymają, często widują na horyzoncie japońskich kowbojów. Patrzą na modernizację okolicznych rancz, przebudowę budynków gospodarczych i nowoczesny sprzęt, który kupuje się za pieniądze pochodzące z eksportu mięsa do Japonii. Amerykańscy ranczerzy nie są głupi. Czują pismo nosem. Wiedzą, że nie mają szans. No i sprzedają swoją ziemię.

— I co potem robią?

— Zostają na miejscu i pracują dla Japończyków. To nie problem. Japończycy potrzebują kogoś, kto nauczy ich pracy na roli. Wszyscy pracownicy sprzedanego gospodarstwa dostają podwyżki. Japończycy znają się na ludziach.

— Wiem — mruknął drugi mężczyzna — ale mnie się to nie podoba. Nie podoba mi się cały ten interes.

— Nie rozśmieszaj mnie, Ted. A co poradzisz, napiszesz do swojego kongresmena? Nie wiesz, że oni wszyscy pracują dla Japończyków? Do diabła, przecież te rancza są dotowane przez amerykański rząd. — Pierwszy mężczyzna przekręcił złoty łańcuszek na nadgarstku i pochylił się do swojego towarzysza. — Posłuchaj, Ted... Odłóżmy na bok moralne rozterki. Nie stać nas na takie rzeczy. Gra idzie o czteroprocentową prowizję i wypłacaną przez pięć lat dywidendę od siedemsetmilionowej transakcji. Nie możemy dać sprzątnąć sobie tego sprzed nosa, rozumiesz? Dostalibyśmy po dwa miliony czterysta tysięcy już w pierwszym roku. A dywidenda ma być wypłacana przez pięć lat.

— Wiem. Ale mam skrupuły.

— Daj spokój, Ted. Zobaczysz, że ci przejdą, kiedy ubijemy ten interes. Musimy jednak dopracować jeszcze kilka szczegółów... — urwał, bo nagle się zorientował, że ich słucham.

Wstali i przenieśli się poza zasięg głosu. Usłyszałem jeszcze, jak pierwszy mężczyzna mówi coś o „zapewnieniach, że stan Montana popiera i pochwala...". Drugi powoli kiwał głową. Pierwszy szturchnął go w ramię, jakby chciał powiedzieć „nic się nie bój".

— Porucznik Smith?

Obok mnie stała jakaś kobieta.

— Tak.

— Jestem Kristen, asystentka doktora Donaldsona. Dzwonił w pana sprawie Kevin z JPL. Podobno ma pan jakiś problem z taśmami.

— Tak. Chciałbym je skopiować.

— Przykro mi, nie było mnie, kiedy dzwonił Kevin. Telefon odebrała jedna z sekretarek, która nie była zorientowana w sytuacji.

— Jak to?

— Niestety, doktor Donaldson jest w tej chwili nieobecny. Ma dziś rano odczyt.

— Ale wobec tego...

— A skoro nie ma go w laboratorium, mogą być z tym trudności.

— Ja tylko chcę skopiować kilka taśm. Może któryś z pracowników laboratorium potrafi mi pomóc?

— Niewykluczone, ale obawiam się, że dzisiaj będzie to niemożliwe.

Trafiłem na japoński mur. Bardzo subtelny, ale mimo wszystko mur. Westchnąłem. Prawdopodobnie nie było się co łudzić, że japońska firma naukowo-badawcza udzieli mi pomocy. Nawet w czymś tak błahym jak skopiowanie taśm.

— Rozumiem.

— W laboratorium nikogo jeszcze nie ma. Wszyscy pracowali wczoraj po godzinach nad pilnym zleceniem, w związku z czym dzisiaj przychodzą później. Sekretarka, która odbierała telefon, nie wiedziała o tym. Nie wiem, co panu poradzić.

Podjąłem jeszcze jedną, ostatnią próbę.

— Jak pani wie, moim przełożonym jest szef policji. To już dzisiaj druga instytucja, którą odwiedzam, a ponaglają mnie, żebym skopiował te taśmy.

— Bardzo chciałabym panu pomóc. Wiem, że doktor Donaldson również z chęcią by to zrobił. Wykonywaliśmy już specjalne prace na zlecenie policji i jestem pewna, że nie byłoby żadnych problemów ze skopiowaniem materiału, który pan przyniósł. Może trochę później. Albo gdyby zechciał pan zostawić u nas kasety...

— Niestety, nie mogę tego zrobić.

Pokiwała głową.

— Jasne, rozumiem. No cóż, przykro mi, poruczniku. Może wpadnie pan trochę później?

— Raczej nie — odparłem. — Co za pech, że akurat wczoraj wszyscy pracowali po godzinach.

— Tak. To dość niecodzienna sytuacja.

— A co to było? Coś nagle wypadło? Jakiś problem badawczy?

— Nie mam pojęcia. Dysponujemy takimi możliwościami w zakresie techniki wideo, że od czasu do czasu dostajemy jakieś pilne nietypowe zlecenie. Opracowanie efektu specjalnego dla komercyjnej telewizji albo coś w tym rodzaju. Robiliśmy, na przykład, ten wideoklip Michaela Jacksona dla Sony. Czasem ktoś zwraca się do nas z prośbą o odtworzenie taśmy, która uległa zniszczeniu. Nazywa się to odbudową sygnału. Ale nie wiem, co nasi technicy robili wczoraj. Musiało to być coś pracochłonnego. Zdaje się, że chodziło o obróbkę dwudziestu taśm. I to naprawdę na gwałt. Słyszałam, że skończyli dopiero po północy.

To niemożliwe, pomyślałem.

Próbowałem sobie wyobrazić, jak na moim miejscu postąpiłby Connor, co by teraz zrobił. Uznałem, że warto się jeszcze czegoś dowiedzieć.

— Kierownictwo Nakamoto na pewno jest wam wdzięczne za ten wysiłek — powiedziałem powoli.

— O, tak. Byli bardzo zadowoleni z rezultatów naszej pracy. Nie ukrywali zachwytu.

— Wspomniała pani, że Donaldson wygłasza jakiś odczyt...

— Doktor Donaldson. Tak...

— A gdzie?

— Na seminarium szkoleniowym w hotelu Bonaventure. „Metody zarządzania w nauce i technice". Zawsze był dobrym mówcą.

— Dziękuję — powiedziałem i wręczyłem jej swoją wizytówkę. — Bardzo mi pani pomogła, ale jeśli będzie pani chciała ze mną jeszcze porozmawiać, proszę o telefon.

Zerknęła na wizytówkę.

— Dobrze — odparła.

Odwróciłem się i ruszyłem do wyjścia. W progu minąłem się z bufonowatym Amerykaninem pod trzydziestkę, w garniturze od Armaniego. Podszedł do dwóch mężczyzn, których rozmowę niedawno podsłuchałem.

— Pan Nakagawa oczekuje panów — oświadczył.

Mężczyźni zerwali się z miejsc, pośpiesznie pozbierali ze stolika swoje foldery i zdjęcia, po czym ruszyli za asystentem Nakagawy, który kierował się już w stronę wind.

Wyszedłem w zalegający na zewnątrz smog.

Transparent wywieszony w korytarzu głosił: PRACUJMY WSPÓLNIE: JAPOŃSKIE I AMERYKAŃSKIE STYLE ZA-RZĄDZANIA. W sali konferencyjnej odbywało się jedno z tych wczesnoporannych seminariów dla ludzi biznesu, na których mężczyźni i kobiety siedzą w półmroku przy długich stołach nakrytych szarymi obrusami i robią notatki, a stojący na podium prelegent przemawia monotonnym głosem.

Zatrzymałem się niezdecydowanie przy stoliku z plakietkami identyfikacyjnymi spóźnialskich. Podeszła do mnie kobieta w okularach o podwójnej ogniskowej.

— Wpisał się pan na listę obecności? — zapytała. — Wziął pan swoją plakietkę?

Odwróciłem się i pokazałem jej swoją odznakę.

— Chciałbym porozmawiać z doktorem Donaldsonem — powiedziałem.

— Jest następnym prelegentem. Zaczyna za siedem, osiem minut. Musi pan rozmawiać akurat z nim?

— To zajmie tylko chwilkę.

Zawahała się.

— Ale on zaraz zaczyna odczyt...

— Więc niech się pani pośpieszy.

Zrobiła taką minę, jakbym ją spoliczkował. Nie wiem, czego się spodziewała. Byłem przecież oficerem policji i musiałem

220

z kimś porozmawiać. Czyżby uważała, że nie mam prawa przeszkadzać Donaldsonowi? Już wystarczająco zirytował mnie tamten elegancik w garniturze od Armaniego. Dlaczego temu smarkaczowi się wydawało, że jest jakąś ważną figurą? Przecież był tylko odźwiernym u swojego japońskiego szefa.

Patrzyłem teraz, jak kobieta w okularach podchodzi do podium, na którym siedziało czterech mężczyzn czekających na swoją kolej. Audytorium notowało pilnie, a prelegent o piaskowych włosach mówił:

— W japońskiej korporacji zawsze jest miejsce dla obcokrajowców. Oczywiście nie na samym szczycie, może nawet nie w szeregach wyższej kadry kierowniczej, ale na pewno jest. Zapewne zdajecie sobie państwo sprawę z tego, że wasza praca ma dla korporacji wielkie znaczenie, jesteście szanowanymi pracownikami i macie obowiązki, z których musicie się wywiązać. Jako obcokrajowcy prawdopodobnie musicie pokonywać pewne dodatkowe przeszkody, ale na pewno sobie z tym poradzicie. Możecie liczyć na sukces, jeśli tylko będziecie pamiętali, gdzie wasze miejsce.

Obrzuciłem wzrokiem zebranych w sali biznesmenów, ich drogie garnitury i głowy pochylone nad notatnikami. Zastanowiło mnie, co tak pilnie notują. Że mają pamiętać, gdzie ich miejsce?

Prelegent kontynuował:

— Wiele razy słyszycie od ludzi, że nie mogą się odnaleźć w japońskiej korporacji, że nikt ich tam nie słucha, że nie mogą realizować swoich pomysłów, że nie mają szans na awans i muszą odejść. Ci ludzie nie rozumieją roli obcokrajowca w japońskiej społeczności. Jeśli nie potrafią się dostosować, rzeczywiście będą musieli odejść. Ale to ich sprawa, ich problem. Japończycy chętnie widzą w swoich firmach Amerykanów i pracowników innych narodowości, a nawet o nich zabiegają. I zostaniecie tam dobrze przyjęci: bylebyście tylko pamiętali, gdzie wasze miejsce.

Jakaś kobieta podniosła rękę.

— A co pan może powiedzieć o dyskryminacji kobiet w japońskich korporacjach? — spytała.

— Nie ma mowy o żadnej dyskryminacji kobiet — odparł prelegent.

— Słyszałam, że nie są awansowane.

— To nieprawda.

— No dobrze, a skąd te sprawy sądowe? Niedawno zakończył się wielki proces przeciwko bankowi Sumitomo. Czytałam, że jedna trzecia japońskich korporacji jest zaskarżana do sądu przez swoich amerykańskich pracowników. Co pan na to?

— To generalne nieporozumienie — rzekł prelegent. — Gdy zagraniczna korporacja rozkręca interes w danym kraju, zawsze istnieje prawdopodobieństwo, że zanim pozna zwyczaje i stosunki tam panujące, będzie popełniała błędy. Kiedy w latach pięćdziesiątych i sześćdziesiątych korporacje amerykańskie wchodziły na rynki Europy, napotykały w poszczególnych krajach poważne trudności i często wytaczano im procesy. Nic więc dziwnego, że japońskie korporacje wchodzące na teren amerykański również muszą przejść przez pewien okres przystosowawczy. Trzeba okazać wyrozumiałość.

— A czy zdarza się, że nie trzeba jej wobec Japończyków okazywać? — spytał z uśmiechem jakiś mężczyzna. Nie mówił tego jednak ironicznie, raczej z rozbawieniem.

Reszta zawzięcie notowała.

— Panie oficerze, jestem Jim Donaldson. O co chodzi?

Odwróciłem się i zobaczyłem wysokiego, chudego mężczyznę w okularach. Otaczała go aura sumienności, niemal pedantyzmu. Miał na sobie sportową tweedową marynarkę i czerwony krawat. Z kieszonki koszuli sterczało mu etui z długopisami.

— Mam do pana parę pytań w związku z taśmami z Nakamoto — odparłem.

— Z taśmami z Nakamoto?

— Tymi, które wczoraj wieczorem poddawane były obróbce w pańskim laboratorium.

— W moim laboratorium? Panie, eee...

Wręczyłem mu swoją wizytówkę.

— Smith, porucznik Smith.

— Przykro mi, poruczniku, ale nie wiem, o czym pan mówi.

— Kristen, pańska sekretarka, powiedziała mi, że wczoraj wieczorem całe laboratorium pracowało nad taśmami.

— Tak. To prawda. Zajmowała się tym większość mojego personelu.

— Te taśmy pochodziły z Nakamoto, prawda?

Pokręcił głową.

— Z Nakamoto? Kto panu to powiedział?

— Ona.

— Zapewniam pana, poruczniku, że to nie były taśmy z Nakamoto.

— Słyszałem, że było ich w sumie dwadzieścia.

— Tak, co najmniej dwadzieścia. Nie znam dokładnie liczby. Ale dostarczyła je nam agencja McCann-Erickson prowadząca kampanię reklamową piwa Asahi. W związku z tym, że Asahi stało się teraz najpopularniejszym piwem w Ameryce, musieliśmy zmienić logo na wszystkich reklamówkach.

— Ale wracając do Nakamoto...

— Poruczniku — przerwał mi, niecierpliwie zerkając na podium — pozwoli pan, że coś mu wyjaśnię. Pracuję w Hamaguchi Research Labs. Hamaguchi należy do Kawakami Industries, konkurenta Nakamoto. Konkurencja między japońskimi korporacjami przybiera bardzo zdecydowane formy. Niech mi pan wierzy na słowo: moje laboratorium nie wykonywało wczoraj wieczorem żadnych prac nad taśmami należącymi do Nakamoto. Taka sytuacja byłaby nie do pomyślenia bez względu na okoliczności. Jeśli moja sekretarka tak powiedziała, musiała się pomylić. To zupełnie nieprawdopodobne. No, teraz moja kolej na zabranie głosu. Ma pan jeszcze jakieś pytania?

— Nie — odparłem. — Dziękuję.

Mówca stojący na podium zakończył wygłaszanie swojego referatu i rozległy się anemiczne oklaski. Odwróciłem się i opuściłem salę.

x x x

Ruszałem właśnie spod hotelu Bonaventure, kiedy z pola golfowego zadzwonił Connor. Był wyraźnie poirytowany.

— Odebrałem twoje wezwanie przez telefon. Musiałem przerwać grę. Lepiej dla ciebie, żeby to było coś ważnego.

Powiadomiłem go, że jesteśmy umówieni na trzynastą z senatorem Mortonem.

— Dobrze — odparł. — Podjedź tu po mnie o dziesiątej trzydzieści. Coś jeszcze?

Zrelacjonowałem mu swoje wizyty w JPL i w Hamaguchi, a następnie rozmowę, jaką odbyłem z Donaldsonem.

Connor westchnął.

— Niepotrzebnie traciłeś czas — stwierdził.

— Dlaczego?

— Bo laboratoria Hamaguchi są finansowane przez Kawakami, a Kawakami konkuruje z Nakamoto. Z pewnością nawet by nie kiwnęli palcem, żeby pomóc Nakamoto.

— To właśnie powiedział mi Donaldson — przyznałem.

— Gdzie teraz jedziesz?

— Do laboratoriów wideo na USC. Nadal usiłuję skopiować te taśmy.

Connor nie odzywał się przez chwilę.

— Masz do mnie coś jeszcze? — spytał w końcu.

— Nie.

— Doskonale. Wobec tego do dziesiątej trzydzieści.

— Czemu tak wcześnie?

— Do dziesiątej trzydzieści — powtórzył i rozłączył się.

Ledwie zdążyłem odwiesić słuchawkę, telefon znowu zaterkotał. Dzwonił Ken Shubik z redakcji „Timesa".

— Miałeś się do mnie odezwać — powiedział z pretensją w głosie.

— Przepraszam cię. Byłem bardzo zajęty. Możemy teraz porozmawiać.

— Jasne.

— Masz dla mnie jakieś informacje?

— Posłuchaj... — Zawiesił głos. — Jesteś gdzieś w okolicy?

— Jakieś pięć przecznic od ciebie.

— Wobec tego wpadnij na kawę.

— Nie chcesz rozmawiać przez telefon?

— No...

— Co ty, Ken? Przecież uwielbiasz rozmawiać przez telefon.

Mój znajomy był taki sam, jak wszyscy inni dziennikarze „Timesa": siedział za biurkiem, przed sobą miał komputer, na głowie słuchawki i przez cały dzień gadał przez telefon. To była jego ulubiona metoda pracy. Miał pod ręką wszystko, co mu było potrzebne, i rozmawiając, mógł na bieżąco wpisywać notatki do komputera. Kiedy pracowałem jako oficer prasowy, miałem biuro w komendzie głównej policji w Centrum Parkera, dwie przecznice od gmachu „Timesa", ale mimo to dziennikarze tacy jak Ken woleli kontaktować się ze mną przez telefon.

— Wpadnij do mnie, Pete.

Nie ulegało wątpliwości, że Ken naprawdę nie chciał rozmawiać przez telefon.

— W porządku — odparłem. — Będę za dziesięć minut.

„Los Angeles Times" jest najbardziej dochodowym dziennikiem Ameryki. Sala redakcyjna zajmuje całe piętro budynku, co oznacza, że ma powierzchnię miejskiego kwartału. Przestrzeń została przemyślnie podzielona, dzięki czemu jej faktyczny ogrom i mrowie pracujących tam ludzi nie przytłaczają. Ale i tak odnosi się wrażenie, że na przejście z jednego końca w drugi, między skupiskami modułowych biurek, przy których siedzą dziennikarze wpatrzeni w rozjarzone ekrany komputerów, odbierają telefony i zerkają na przypięte pinezkami do blatów fotografie swoich dzieci, trzeba by paru dni.

Ken pracował w dziale miejskim, czyli we wschodniej części budynku. Zastałem go stojącego przy biurku. Czekał na mnie. Kiedy się przywitaliśmy, wziął mnie za łokieć.

— Napijmy się kawy — zaproponował.

— A co? Nie chcesz, żeby cię ze mną widziano?

— Nie chcę, żeby „Łasica" nas przyuważył. Podrywa właśnie tę nową dziewczynę z zagranicznego. Biedaczka nie wie jeszcze, co się święci — odparł Ken, wskazując ruchem głowy drugi koniec sali redakcyjnej.

Dostrzegłem tam znajomą postać stojącego przy oknie Willy'ego Wilhelma, znanego wszystkim jako Wilhelm „Łasica". Przekomarzał się z dziewczyną siedzącą przed terminalem i na jego wąskiej, łasiczej twarzy malował się chytry wyraz uprzejmości.

— Niczego sobie ta babeczka.

— Owszem, choć może trochę za szeroka w biodrach. Jest Holenderką — powiedział Ken. — Pracuje tu dopiero od tygodnia. Jeszcze się na nim nie poznała.

Osobników w rodzaju „Łasicy" można znaleźć w każdej instytucji: wielkie ambicje, zupełny brak skrupułów i umiejętność przekonywania kierownictwa o swojej przydatności zwykle wzbudza niechęć wśród współpracowników. Taki właśnie był Wilhelm „Łasica".

Jak większość fałszywych ludzi, dopatrywał się w każdym najgorszego. Zawsze można było liczyć na to, iż przedstawi przebieg wypadków w najmniej korzystnym świetle i będzie twierdził, że i tak potraktował sprawę łagodnie. Miał nosa do ludzkich słabości i zamiłowanie do dramatyzowania. W swoich artykułach zupełnie nie dbał o rzetelne naświetlenie sytuacji, a wyważone sądy uznawał za słabość. Z jego punktu widzenia najbardziej interesujące były „smaczki" i właśnie nimi się zajmował.

Dziennikarze „Timesa" nim pogardzali.

Pomaszerowaliśmy z Kenem głównym korytarzem. Myślałem, że idziemy do automatu serwującego kawę, ale on wprowadził mnie do biblioteki, która zajmowała środek piętra i była większa oraz lepiej zaopatrzona od niejednej biblioteki uniwersyteckiej.

— O co chodzi z tym „Łasicą"? — zapytałem.

— Buszował tu wczoraj wieczorem — odparł Ken. — Wpadłem po teatrze, żeby zabrać notatki, których potrzebowałem do wywiadu, jaki miałem przeprowadzić rano, i zobaczyłem go w bibliotece. Chyba była już dwudziesta trzecia. Sam wiesz, jaki ten mały padalec jest ambitny. Wyczytałem z jego twarzy, że zwęszył zapach krwi. Pomyślałem sobie, że powinieneś się o tym dowiedzieć...

— Mów dalej — ponagliłem go.

„Łasica" był przebiegłym intrygantem. Przed rokiem udało mu się doprowadzić do wylania redaktora naczelnego „Sunday Calendar" i niewiele brakowało, a zająłby jego miejsce.

— Pytam po cichu Lilly, bibliotekarkę z nocnego dyżuru, o co chodzi, za czym tak „Łasica" węszy — podjął Ken. — A ona na to: „Przegląda policyjne raporty na temat jakiegoś gliniarza". Z początku mi ulżyło, ale potem zacząłem się nad tym zastanawiać. Jestem przecież starszym reporterem działu miejskiego i dwa razy w miesiącu robię jakiś materiał z Centrum Parkera. Czyżby wpadł na coś, o czym mi nie wiadomo? Z tego, co wiem, powinien to być mój temat. Pytam więc Lilly o nazwisko tego gliniarza.

— Pozwól, że zgadnę — wpadłem mu w słowo.

— Nie musisz — odparł Ken. — Peter J. Smith.

— Mówisz, że o której to było?

— Około dwudziestej trzeciej.

— Wspaniale — mruknąłem.

— Pomyślałem sobie, że to cię zainteresuje.

— Dobrze sobie pomyślałeś.

— No więc mówię do Lilly: „Co konkretnie wypożyczył?".

A ona na to, że wszystkie stare wycinki, jakie były w archiwum, i że ma chyba jakąś wtykę w Centrum Parkera, która mu udostępnia materiały wewnętrzne departamentu. Jakieś przesłuchanie w sprawie molestowania nieletniej. Oskarżenie wniesione parę lat temu.

— O kurczę... — jęknąłem.

— To prawda? — spytał Ken.

— Z tym przesłuchaniem tak — odparłem. — Ale cała sprawa była grubymi nićmi szyta.

— Wprowadź mnie w temat — poprosił.

— To historia sprzed trzech lat — zacząłem. — Pracowałem wtedy jeszcze jako detektyw. Wezwano nas z partnerem do rodzinnej awantury w Ladera Heights. Pobiło się latynoskie małżeństwo. Oboje w sztok pijani. Kobieta chce, żebym aresztował jej męża, a kiedy odmawiam, mówi, że facet napastuje seksualnie jej dziecko. Idę zobaczyć to dziecko, które jest całe i zdrowe. Mówię jej, że nie aresztuję męża. Kobieta ledwie trzyma się na nogach. Na drugi dzień przychodzi na komendę i oskarża mnie o seksualne molestowanie córki. Odbywa się wstępne przesłuchanie. Zarzut zostaje uznany za bezpodstawny i oddalony.

— No dobrze — powiedział Ken. — A może odbyłeś jakąś podejrzaną podróż?

Zmarszczyłem czoło.

— Podróż?

— „Łasica" szukał też wczoraj wieczorem jakichś informacji o twoich podróżach. Wycieczki samolotem, wypady za miasto na koszt departamentu...

Pokręciłem głową.

— Nie wiem, o co chodzi.

— No tak, od razu sobie pomyślałem, że trafił jak kulą w płot. Jesteś samotnym ojcem i nie w głowie ci takie fanaberie.

— Oczywiście.

— To dobrze.

Weszliśmy w głąb biblioteki i zatrzymaliśmy się w samym rogu, skąd przez oszklone ściany widać było dział miejski. „Łasica" nadal gruchał z dziewczyną.

— Jednego nie rozumiem, Ken... — powiedziałem. — Dlaczego uwziął się akurat na mnie? Nie byłem zamieszany w żadną aferę, nikomu nie podpadłem. Od trzech lat nie pracuję już jako detektyw, nie jestem też rzecznikiem prasowym. Pełnię funkcję łącznika. Zajmuję się sprawami politycznymi. Dlaczego więc dziennikarz „Timesa" tak nagle się mną zainteresował?

— I do tego w czwartek o dwudziestej trzeciej — zauważył Ken. Patrzył na mnie jak na idiotę. Jakby po brodzie ściekała mi ślina.

— Sądzisz, że za tym stoją Japończycy?

— Myślę, że „Łasica" węszy na czyjeś polecenie. To śmieć do wynajęcia. Odwala różne podejrzane fuchy dla studiów, firm nagraniowych, domów brokerskich, nawet dla handlarzy nieruchomościami. Jest tak zwanym konsultantem. Jeździ teraz mercedesem pięćset SL.

— Co ty powiesz?

— Całkiem nieźle jak na dziennikarską pensyjkę, nie uważasz?

— Owszem.

— No więc jak? Nadepnąłeś komuś na odcisk? Zwłaszcza wczoraj w nocy?

— Może.

— Bo ktoś pewnie dzwonił do „Łasicy" i kazał mu cię prześwietlić.

— Nie chce mi się w to wierzyć — mruknąłem.

— Będziesz musiał uwierzyć — odparł Ken. — Ale najbardziej niepokoi mnie ta jego wtyczka w Centrum Parkera. Ktoś z departamentu przekazuje mu materiały dotyczące spraw wewnętrznych. Nie mają nic do ciebie w departamencie?

— O ile mi wiadomo, nie.

— Dobrze. Bo „Łasica" znowu zaczyna stosować swoje wypróbowane sztuczki. Dziś rano rozmawiałem z naszym redakcyjnym radcą prawnym.

— I co?

— Zgadnij, kto dzwonił do niego wczoraj wieczorem, cały napalony? „Łasica". Chcesz wiedzieć, czego chciał?

Nie odzywałem się.

— Pytał, czy ktoś pełniący obowiązki rzecznika prasowego policji ma status osoby publicznej. A ściślej mówiąc, osoby publicznej, która nie może pozywać do sądu o pomówienie.

— Jezu... — jęknąłem.

— No właśnie.

— I jaka jest odpowiedź?

— A co to za różnica? Wiesz przecież, jak to się odbywa. Wystarczy, że zadzwoni do paru osób i oznajmi: „Cześć, mówi Bill Wilhelm z »Los Angeles Times«. Zamierzamy puścić w jutrzejszym numerze artykuł ujawniający, że porucznik Peter Smith jest zboczeńcem molestującym seksualnie dzieci. Czy

230

ma pan jakieś uwagi?". Kilka takich telefonów w wybrane miejsca i artykuł wcale nie musi się ukazywać. Redaktorzy mogą go odrzucić, ale wieść pójdzie już w świat.

Wiedziałem, że ma rację. Byłem już świadkiem takich zdarzeń.

— Co mogę zrobić? — spytałem.

Roześmiał się.

— Mógłbyś zaaranżować jakiś incydent, uzasadniający interwencję policji z Los Angeles... bardzo brutalną interwencję.

— To wcale nie jest zabawne.

— Nikt z tej gazety by o tym nie napisał, mogę ci to zagwarantować. Nawet gdybyś zakatrupił tę gnidę. A może ktoś sfilmowałby to kamerą wideo? Moi koledzy dużo by zapłacili, żeby obejrzeć coś takiego.

— Ken...

Westchnął.

— Pomarzyć sobie nie wolno? No dobra, mam pewną sugestię. W zeszłym roku, po tym, jak za sprawą Wilhelma zmieniło się kierownictwo „Calendara", dostałem pocztą anonimową paczuszkę. Podobne przesyłki przyszły jeszcze do kilku osób. Nikt wtedy nie zrobił z nich użytku. To dość brudna sprawa. Jesteś zainteresowany?

— Owszem.

Ken wydobył z wewnętrznej kieszeni swojej sportowej kurtki małą brązową kopertę. Znajdowała się w niej seria fotografii wydrukowanych na składanej w harmonijkę taśmie. Przedstawiały Willy'ego Wilhelma w niedwuznacznej sytuacji z ciemnowłosym mężczyzną. Willy wciskał tamtemu głowę w swoje podbrzusze.

— Nie pod wszystkimi kątami widać tu dobrze twarz, ale to na pewno on. Migawki z igraszek dziennikarza z jego źródłem informacji. Piją bruderszaft, że tak się wyrażę.

— Kim jest ten gość?

— Ustalenie jego tożsamości zajęło nam trochę czasu. Nazywa się Barry Borman. Jest regionalnym dyrektorem handlowym Kaisei Electronics na południową Kalifornię.

231

— Co mogę z tym zrobić?

— Daj mi swoją wizytówkę — powiedział. — Przypnę ją do tej koperty i każę oddać temu śmierdzielowi.

Pokręciłem głową.

— Nie zgadzam się.

— To by mu dało do myślenia.

— Nie — powtórzyłem. — To nie dla mnie.

Ken wzruszył ramionami.

— Trudno. Zresztą nawet gdyby udało nam się złapać „Łasicę" za jaja, Japończycy prawdopodobnie znaleźliby inne sposoby. Nadal nie potrafię ustalić, jak to się stało, że puszczono wczoraj ten artykuł. Słyszę tylko: „polecenie z góry, polecenie z góry". A to może oznaczać wszystko.

— Ktoś musiał go przecież napisać.

— Powtarzam, że nie jestem w stanie nic ustalić. Ale powiem ci, że Japończycy mają na „Timesa" ogromny wpływ. To coś więcej niż reklamy, które w nim zamieszczają. To coś więcej niż ich niezmordowana machina informacyjna nadająca z Waszyngtonu czy lokalne naciski i udział w kampaniach różnych osobistości politycznych. To zaczyna być denerwujące. No bo wyobraź sobie, że siedzisz na kolegium redakcyjnym, omawiacie właśnie jakiś artykuł, i nagle uświadamiasz sobie, że wszyscy uzależniają jego puszczenie od tego, czy nie urazi Japończyków. Nie jest to kwestia dziennikarskiej rzetelności czy aktualności tego materiału ani też argumentów w rodzaju: „Nie możemy tego puścić, bo oni przestaną zamieszczać na naszych łamach swoje reklamy". To coś subtelniejszego. Czasami patrzę na moich redaktorów i widzę, że się po prostu boją. Nawet nie wiedzą czego, ale się boją.

— Więc tak teraz wygląda wolność prasy... — mruknąłem.

— No dobra, dość już na ten temat. Nie pora na wygłaszanie takich banałów. Prasa amerykańska wyraża dominującą opinie, czyli opinię grupy będącej u władzy. U władzy są teraz Japończycy, więc prasa... Sam wiesz, jak jest. Ale uważaj na siebie.

— Będę uważał.

— A jeśli zmienisz zdanie co do tej przesyłki dla „Łasicy",
zadzwoń do mnie.

x x x

Musiałem porozmawiać z Connorem. Zaczynałem rozumieć,
dlaczego kapitan się niepokoił i chciał tak szybko zakończyć
śledztwo. Dobrze zmontowana kampania pomówień jest czymś
strasznym. „Łasica" mógł ją tak poprowadzić, by dzień po dniu
wypływały nowe rewelacje, nawet jeśli w rzeczywistości nic
się nie działo. W gazetach pojawiłyby się nagłówki w rodzaju:
WYSOKI SĄD NIE ZADECYDOWAŁ JESZCZE O WINIE
POLICJANTA, chociaż w rzeczywistości Wysoki Sąd nawet
by się jeszcze nie zebrał. Ale ludzie czytający te nagłówki
wiedzieliby już, że coś jest „na rzeczy".

Poza tym zawsze można odwrócić kota ogonem. Jeśli na
koniec takiej kampanii pomówień okazuje się, że jej obiekt jest
bez skazy, można dać nagłówek: WYSOKI SĄD NIE DOPAT-
RUJE SIĘ WINY POLICJANTA albo PROKURATOR OKRĘ-
GOWY NIE WNOSI AKTU OSKARŻENIA PRZECIWKO
PODEJRZANEMU GLINIE. Tego rodzaju nagłówki to jak
wyrok skazujący.

Nie ma sposobu zneutralizowania efektów trwającej tygo-
dniami oszczerczej kampanii prasowej. Wszyscy pamiętają
o postawionym zarzucie, ale bardzo szybko zapominają o tym,
że go oddalono. Taka jest ludzka natura.

Czułem się fatalnie i prześladowały mnie złe przeczucia.
Kiedy z głową pełną najczarniejszych myśli skręcałem na
parking wydziału fizyki USC, znowu zaterkotał telefon. To był
zastępca szefa, Jim Olson.

— Peter?

— Tak, słucham...

— Dochodzi dziesiąta. Myślałem, że te taśmy będą już
u mnie na biurku. Obiecałeś mi je dostarczyć.

— Mam kłopoty z ich skopiowaniem.

— I właśnie tym się teraz zajmujesz?

— Tak. A co?

— Bo z telefonów, jakie odebrałem, wynika, że wcale nie zaprzestałeś śledztwa — oświadczył Jim Olson. — Całą ostatnią godzinę spędziłeś w japońskim instytucie naukowo-badawczym. Potem przesłuchałeś naukowca pracującego w tym instytucie. Włóczysz się po jakichś japońskich seminariach. Postawmy sprawę jasno, Peter. Czy to śledztwo jest zakończone, czy nie?

— Jest zakończone — odparłem. — Próbuję tylko skopiować taśmy.

— Więc skoncentruj się tylko na tym — powiedział.

— W porządku, Jim.

— Dla dobra całego departamentu i wszystkich pracujących w nim osób chcę mieć już tę aferę za sobą.

— Dobrze, Jim.

— Nie mogę stracić kontroli nad sytuacją.

— Rozumiem.

— Mam taką nadzieję — odparł. — Rób te kopie i zaraz potem melduj się u mnie — dodał, po czym odłożył słuchawkę.

Zaparkowałem wóz i wszedłem do budynku wydziału fizyki.

Czekałem przy wejściu do auli, aż Phillip Sanders skończy wykład. Na tablicy za jego plecami wypisane były tasiemcowe wzory. W sali siedziało około trzydziestu studentów, większość z nich zajmowała miejsca na samym dole, w pierwszych rzędach, więc widziałem jedynie ich głowy.

Doktor Sanders był kipiącym energią mężczyzną około czterdziestki. Chodził tam i z powrotem, a symbole na tablicy wypisywał szybkimi, energicznymi uderzeniami kredą. Trudno było się domyślić, jaki przedmiot wykłada, bo co chwila używał takich sformułowań jak „wyznaczanie kowariacyjnego współczynnika emisji" czy „szum przemysłowy o szerokości pasma delta". Miało to chyba coś wspólnego z elektroniką.

Kiedy zegar wybił pełną godzinę, studenci zaczęli się podnosić z miejsc i pakować swoje rzeczy. Zaskoczyło mnie, że niemal wszyscy w tej grupie, zarówno mężczyźni, jak i kobiety, mieli azjatyckie rysy. Wśród trzydziestu słuchaczy było zaledwie troje białych.

— Podobna tendencja utrzymuje się od lat — powiedział Sanders, kiedy byliśmy już w drodze do jego pracowni. — Amerykanie rzadko wybierają tę specjalizację, grupa sto pierwsza z kierunku fizycznego należy do wyjątków. Przemysł potrzebuje fachowców i bylibyśmy w nie lada kłopocie, gdyby nie Azjaci, którzy tu, w Stanach, robią doktoraty z matematyki lub inżynierii, a potem podejmują pracę w naszym kraju.

Zeszliśmy po schodach i skręciliśmy w lewo, w korytarz przecinający cały parter budynku.

— Problem polega na tym, że sytuacja powoli się zmienia — kontynuował Sanders. — Azjatyccy doktoranci coraz częściej wracają do ojczyzny. Koreańczycy wolą pracować u siebie, Tajwańczycy też. Nawet Hindusi chcą wracać. Poziom życia w tych krajach wyraźnie się podnosi i nasi absolwenci zyskują coraz szersze możliwości. Niektóre państwa Azji mogą się już poszczycić znakomicie wykształconą kadrą specjalistów. — Poprowadził mnie kolejnymi schodami na dół. — Czy pan wie, jakie miasto na świecie ma najwięcej naukowców z doktoratem?

— Boston?

— Nie, Seul w Korei. A proszę wziąć pod uwagę, że to dopiero początek.

Skręciliśmy w następny korytarz i niespodziewanie wyszliśmy na zalany słońcem dziedziniec. Sanders skierował się w stronę wejścia do drugiego budynku. Od czasu do czasu zerkał przez ramię, jakby się obawiał, że mnie zgubi, ale nie przestawał mówić.

— Jeśli wszyscy zagraniczni doktoranci wyjadą, naszych rodzimych absolwentów nie wystarczy nawet do prowadzenia prac badawczych. Jak zatem mamy opracowywać nowe technologie? Wciąż brakuje nam specjalistów, nawet takie firmy jak IBM zaczynają mieć kłopoty. Proszę uważać na drzwi...

Puścił wahadłowe skrzydło.

— Skoro w Stanach jest takie duże zapotrzebowanie na wysoko wykwalifikowanych fachowców, może spowoduje to większe zainteresowanie studiami — powiedziałem.

Popatrzył na mnie i zaśmiał się.

— W naszym kraju brakuje inżynierów i naukowców, jednak najwięcej młodych ludzi wybiera prawo. Co drugi prawnik świata jest Amerykaninem. To również daje do myślenia. —

Pokręcił głową. — Stanowimy zaledwie cztery procent popula-
cji ziemskiej, wytwarzamy osiemnaście procent globalnej ilości
towarów, ale przodujemy w kształceniu prawników. Każdego
roku różnego rodzaju szkoły prawnicze kończy trzydzieści pięć
tysięcy osób. To dowodzi, na co się u nas kładzie największy
nacisk. W co drugiej debacie telewizyjnej bierze udział specjalista od takiego czy innego prawa. Stany Zjednoczone stały
się krajem prawników. Wszyscy o coś walczą i chcą występować
przed sądem. Muszą się przecież czymś zajmować za te swoje
trzysta tysięcy dolarów rocznie.

Otworzył drzwi, na których dostrzegłem dużą strzałkę i od-
ręczny napis: PRACOWNIA WYBUJAŁEJ WYOBRAŹNI.
Ruszyliśmy dalej wąskim piwnicznym korytarzem.

— Nawet nasze najzdolniejsze dzieci są źle kształcone.
W rozmaitych klasyfikacjach edukacyjnych zajmujemy dopiero
dwunaste miejsce, po wysoko rozwiniętych krajach Europy
i Azji. Podobnie rzecz się ma ze studentami, a w szkolnictwie
średnim jest jeszcze gorzej. Co trzeci maturzysta jest niemal
półanalfabetą.

Dotarliśmy do końca korytarza i skręciliśmy w lewo.

— W dodatku nasza młodzież robi się coraz bardziej leniwa.
Nikomu nie chce się pracować. Nauczam fizyki, w której
dopiero po latach zdobywa się szlify. Ale młodzież myśli tylko
o tym, aby ubierać się jak Charlie Sheen i zarobić swój pierwszy
milion przed ukończeniem dwudziestego ósmego roku życia.
A najprostszym sposobem osiągnięcia tego celu jest zostanie
prawnikiem lub finansistą i działanie na Wall Street lub w innym
podobnym miejscu, gdzie wypracowuje się zysk na papierze,
robi coś z niczego. Cóż, w dzisiejszych czasach młodym
ludziom najbardziej zależy na pieniądzach.

— Może tak jest tylko na tej uczelni?

— Wszędzie, może mi pan wierzyć. To wpływ telewizji,
a teraz wszyscy ją oglądają.

Pchnął kolejne drzwi i zagłębiliśmy się w następny korytarz.
W powietrzu unosił się zapach pleśni i wilgoci.

— Tak, wiem, jestem starej daty — mówił dalej Sanders. — Wierzę jeszcze, że każdy człowiek musi dążyć do jakiegoś celu. Panu zależy na tym, mnie na czymś innym. Ponieważ każdy z nas stanowi cząstkę większej lub mniejszej społeczności, powinien mieć określone zadanie do wykonania. Ale w naszej części świata celem samym w sobie zaczyna być babranie się w gównie. Jeśli przeprowadzi pan analizę krajowego serwisu informacyjnego, znajdzie pan w nim wiele miejsc, które zmieniono podczas montażu. Wystarczy uważnie posłuchać wiadomości stacji komercyjnych i można się zorientować, w jaki sposób manipuluje się ludźmi...

Zatrzymał się w pół kroku.

— Nie było z nami jeszcze kogoś? — zapytał. — Przyszedł pan sam?

— Tak, jestem sam — zapewniłem go.

— To dobrze — odparł i ruszył dalej wielkimi krokami. — Zawsze się boję, że kogoś zgubię w tym labiryncie... W porządku, jesteśmy już na miejscu. Oto i moja pracownia.

Otworzył drzwi i szerokim gestem zaprosił mnie do środka. Obrzuciłem spojrzeniem całe pomieszczenie.

— Wiem, że nie wygląda to najlepiej — mruknął przepraszająco Sanders.

Pomyślałem, że to bardzo eufemistyczne określenie. Staliśmy w wejściu do obszernej piwnicy, w której z sufitu sterczały zardzewiałe rury i pęki kabli. Podwinięte w wielu miejscach zielone linoleum odsłaniało betonową posadzkę. Wzdłuż ścian rozmieszczono poobijane stoły zastawione jakimiś urządzeniami, z których zwieszały się dziesiątki przewodów. Przy monitorach komputerów siedzieli studenci. Zauważyłem, że z rur kapie woda, tworząc na podłodze kałuże.

— Jedyne pomieszczenie, jakie mogliśmy wygospodarować, to ta piwnica, a nie mieliśmy funduszy na takie drobiazgi jak na przykład porządny strop — wyjaśnił Sanders. — Nam to nie przeszkadza, ale proszę uważać na głowę.

Ruszył dalej. Chociaż mam niespełna sto osiemdziesiąt centymetrów wzrostu, musiałem pochylić głowę. Nagle gdzieś nade mną rozległ się głośny, nieprzyjemny zgrzyt.

— To łyżwiarze — powiedział Sanders.

— Słucham?

— Nad nami jest lodowisko. Przywykliśmy już do tych hałasów. Powinien pan tu przyjść zaraz po obiedzie, kiedy trenuje drużyna hokejowa. Wtedy dopiero jest głośno.

Czułem się jak w łodzi podwodnej. Spoglądałem na studentów, ale byli tak pochłonięci swoją pracą, że żaden nawet nie podniósł głowy.

— Jakie taśmy chce pan skopiować? — zapytał Sanders.

— Ośmiomilimetrowe japońskie kasety, zarejestrowane przez służby ochrony. Mogą być trudności z ich przegraniem.

— Trudności? Nie przypuszczam. Wie pan, jeszcze podczas studiów opracowałem większość algorytmów do obróbki obrazu wideo. Mówię o programach używanych do korekty ziarnistości, usuwania odbić, poprawy ostrości i tym podobnych rzeczy. Kończyłem wówczas politechnikę, a wieczorami pracowałem w JPL. Jestem pewien, że potrafimy je skopiować.

Wręczyłem mu jedną z kaset. Obejrzał ją dokładnie.

— Zgrabne gówienko — mruknął.

— I co się stało z tymi pańskimi algorytmami? — zapytałem.

— Nie znaleziono dla nich zastosowania. Jeszcze w latach osiemdziesiątych RCA i GE zaczęły się wycofywać z elektroniki komercyjnej, więc moje programy okazały się dla nich bezużyteczne. — Wzruszył ramionami. — Próbowałem je sprzedać Japończykom z Sony.

— I co?

— Mieli już własne patenty.

— To znaczy, że opracowali własne algorytmy?

— Nie, mieli tylko patenty. W Japonii patentuje się dosłownie wszystko. W dodatku mają zwariowany system. Trzeba czekać osiem lat, żeby uzyskać jakikolwiek patent, ale potem jest on objęty ochroną prawną zaledwie przez osiemnaście miesięcy. Po upływie tego czasu wszystko jest dozwolone. Poza tym Japonia nie podpisała z nami porozumienia o wzajemności praw licencyjnych. To jeden z powodów, które umożliwiły im wejście na sam szczyt. W każdym razie, kiedy pojechałem do Japonii, przekonałem się, że Sony i Hitachi mają już podobne patenty i obie firmy zabezpieczyły sobie prawo wyłączności wszystkich możliwych zastosowań. W świetle przepisów nie wolno im było wykorzystać moich algorytmów, ale okazało się, że nie mam prawa nikomu ich sprzedać. Właśnie dlatego, że Japończycy wcześniej zastrzegli w swoich patentach mój pomysł... — Ponownie wzruszył ramionami. — To trochę trudno wyjaśnić, zresztą było, minęło. Od tamtej pory Japończycy skonstruowali znacznie bardziej zaawansowany sprzęt wideo, o wiele lepszy od jakiegokolwiek naszego modelu. Wyprzedzili nas co najmniej o kilka lat. Ale my, w tej pracowni, jeszcze się nie poddajemy. A oto i właściwy człowiek. Dan, czy jesteś bardzo zajęty?

Znad komputera uniosła głowę młoda kobieta o ciemnych włosach i dużych oczach za okularami w rogowej oprawie. Jej twarz częściowo zasłaniały wystające z sufitu rury.

— Och, przepraszam... — wymamrotał wyraźnie zaskoczony Sanders. — Gdzie jest Dan, Thereso?

— Ma zajęcia z grupą studentów z drugiego roku — odparła. — Pomagam mu uruchomić ten program, jest już prawie gotowy.

Miałem wrażenie, że jest nieco starsza od pozostałych studentów, choć nie umiałbym powiedzieć, skąd wzięło się to przeświadczenie. Nie chodziło o jej ubranie: miała na głowie kolorową opaskę, a pod dżinsową kurtką bluzkę z napisem „U2". Wydawała się jednak bardzo poważna i chyba właśnie dlatego uznałem, że jest starsza.

— Czy możesz przerwać pracę? — zapytał Sanders, obchodząc stół, żeby spojrzeć na monitor. — Mamy dość pilną sprawę, musimy pomóc policji.

Zanurkowałem pod rurami i stanąłem obok niego.

— Oczywiście — odparła kobieta i zaczęła wyłączać kolejne urządzenia zestawu.

Siedziała odwrócona do mnie plecami, ale w pewnej chwili dostrzegłem jej twarz. Miała ciemną cerę i nieco egzotyczne rysy. Była bardzo piękna, przypominała modelki, których zdjęcia zdobią okładki czasopism. Nie bardzo mogłem zrozumieć, co taka piękność robi w podziemnej pracowni komputerowej. Zupełnie nie pasowała do tego otoczenia.

Sanders popatrzył na mnie.

— Przedstawiam panu Theresę Asakumę, jedyną japońską doktorantkę w naszym gronie.

— Cześć — powiedziałem.

Chyba się trochę zaczerwieniłem. Czułem się, jakbym nie nadążał za rozwojem wydarzeń, a z różnych powodów nie chciałem, żeby tymi kasetami zajmowała się Japonka. Kobieta miała jednak angielskie imię i bardziej przypominała Europejkę, może była po prostu...

Wyciągnęła na powitanie lewą rękę, co mnie trochę zaskoczyło.

— Dzień dobry, poruczniku.

Uścisnąłem jej dłoń.

— Bardzo mi miło, panno Asakuma.

— Wystarczy Theresa — powiedziała.

— W porządku.

— Czyż nie jest piękna? — zapytał Sanders, jakby to była jego zasługa.

— Owszem — przyznałem. — Zastanawiałem się właśnie, czemu nie została pani modelką.

Wtedy nie znałem jeszcze powodu, ale wyczułem w niej dziwne napięcie. Odwróciła się szybko tyłem.

— Nigdy mnie to nie interesowało — odparła.

— Thereso, porucznik Smith chciałby skopiować pewne taśmy — wtrącił Sanders.

Wręczył jej kasetę. Kobieta wzięła ją lewą ręką i uniosła do światła. Prawe ramię, zgięte w łokciu, przez cały czas przyciskała do brzucha. Dopiero teraz zauważyłem, że jest kaleką: z rękawa dżinsowej kurtki wystawał różowy kikut, przypominający niedorozwiniętą rękę dziecka, będącego ofiarą thalidomidu zażywanego niegdyś przez kobiety w czasie ciąży.

— Ciekawe — mruknęła, oglądając kasetę. — Ośmiomilimetrowa taśma o dużej gęstości... Może to ten najnowszy zapis cyfrowy, utrwalający na taśmie przetworzony elektronicznie obraz?

— Przykro mi, ale nie wiem — odparłem.

Otworzyłem torbę i wyciągnąłem magnetowid.

Theresa sięgnęła po śrubokręt, zdjęła pokrywę i pochyliła się nad urządzeniem. Rozpoznałem polakierowaną na zielono płytę elektroniczną, czarną kopułkę silnika oraz trzy niewielkie cylindry głowic.

— Tak, to najnowszy model, doktorze Sanders. Proszę spojrzeć: stosują tylko trzy głowice. Ten układ musi przetwarzać zespolony sygnał RGB, a ten... Sądzi pan, że to obwód kompresyjny?

— Pewnie przetwornik analogowo-cyfrowy — odparł Sanders. — Zgrabne maleństwo.

Odwrócił się do mnie, wskazując wnętrze magnetowidu.

— Wie pan, dlaczego Japończycy umieją produkować takie cacka, a my nie? Bo oni stosują *kaizen*. To długotrwały i bardzo żmudny proces ciągłego udoskonalania każdego modelu. Co roku ich produkty stają się trochę lepsze, trochę mniejsze i odrobinę tańsze. Amerykanie tego nie potrafią. My zawsze staramy się zrobić od razu jeden duży krok, dokonać jakiegoś przełomu. Poza tym u nas wszyscy myślą tylko o tym, żeby odwalić swoją działkę i wracać do domu. Natomiast Japończycy codziennie wykonują mały krok naprzód i nigdy nie zapominają o swoich obowiązkach.

Mówił jeszcze przez jakiś czas, z wyraźnym podziwem muskając palcem cylindryczne głowice.

— Czy można będzie skopiować te taśmy? — zapytałem w końcu.

— Oczywiście — odparła Theresa. — Wyprowadzimy sygnał bezpośrednio z konwertera tej maszyny i przetworzymy go tak, jak pan sobie życzy. Chce pan mieć kopię na taśmie trzy czwarte cala, w systemie „Optical master" czy zwykłą VHS?

— VHS.

— Proszę bardzo.

— Tylko czy będzie to dokładna kopia? Pracownicy JPL stwierdzili, że nie mogą zagwarantować wierności przegrywanego obrazu.

— Do diabła z JPL — wtrącił Sanders. — Mówią tak jedynie dlatego, że realizują zlecenia rządowe. U nas wszystko da się zrobić. Prawda, Thereso?

Kobieta nie odpowiedziała, pochłonięta podłączaniem przewodów. Wprawnie operowała lewą ręką, a kikutem prawej przytrzymywała magnetowid. Jej ruchy, jak u większości ludzi kalekich, były na tyle płynne, że niemal nie dostrzegało się tego defektu. Szybko poradziła sobie z podłączeniem niewielkiego urządzenia do innego magnetowidu, który sprzęgła z kilkoma monitorami.

— Po co to wszystko?

— Żeby sprawdzić sygnał.

— W celu uzyskania poprawnej kopii?

— Nie. Na tym dużym ekranie powinniśmy mieć pełny obraz, pozostałe monitory posłużą mi do kontroli składowych sygnału oraz impulsów sterujących. Chcę wiedzieć, w jaki sposób obraz został zakodowany na taśmie.

— Czy to konieczne? — zapytałem.

— Nie, ale chcę to po prostu sprawdzić. Ciekawi mnie, jak uzyskano tak wielką gęstość zapisu.

— Skąd pochodzi ta kaseta? — wtrącił Sanders.

— To obraz z kamery służb ochrony pewnego biurowca.

— Oryginał?

— Chyba tak. Dlaczego pan pyta?

— Bo jeśli to oryginał, powinniśmy zachować szczególną ostrożność — wyjaśnił, po czym zwrócił się do Theresy: — Upewnij się, czy nic nie zniekształci zapisu. Trzeba zdjąć z taśmy pełne spektrum i uważać, by nie utracić w trakcie kopiowania żadnych danych.

— Proszę się nie martwić — odparła kobieta. — Zadbam o wszystko. — Wskazała jakiś miernik podłączony do zestawu. — Widzi pan? Będę sprawdzała, czy gdzieś nie wystąpi spadek impedancji. Poza tym będę kontrolować pracę centralnego procesora.

— W porządku — mruknął Sanders, uśmiechając się niczym przepełniony dumą ojciec.

— Jak długo to potrwa? — zapytałem.

— Możemy przegrywać taśmę przy zwiększonej szybkości, która zależy jedynie od możliwości odtwarzacza. A to urządzenie potrafi odczytywać kasetę w rekordowym tempie. Nie powinno nam to zająć więcej niż dwie, może trzy minuty na każdą kasetę.

Spojrzałem na zegarek.

— O dziesiątej trzydzieści mam spotkanie, nie mogę się spóźnić, a nie chciałbym zostawiać tutaj...

— Potrzebne panu kopie wszystkich kaset?

— Powiedzmy, że na początek pięciu.

— Więc zajmijmy się nimi w pierwszej kolejności.

Przejrzeliśmy po kilka początkowych sekund zapisu na każdej taśmie, żeby wybrać pięć z ujęciami czterdziestego szóstego piętra. Patrzyłem na duży ekran stojącego pośrodku monitora, bo na bocznych ukazywały się jedynie zygzakowate albo falujące linie, jak na przyrządach szpitalnych w sali intensywnej terapii. Kiedy to powiedziałem, Theresa się uśmiechnęła.

— Ma pan rację, to rzeczywiście coś w rodzaju zestawu do intensywnej terapii obrazu wideo. — Wyjęła kasetę, załadowała następną i włączyła odtwarzanie. — Oho! Twierdzi pan, że to oryginalna taśma? Chyba jednak kopia.

— Skąd pani wie?

— Zauważyłam efekt rozpędzania.

Pochyliła się nad swoim sprzętem i nie spuszczając wzroku z monitora kontrolnego, pokręciła kilkoma gałkami.

— Tak, to prawda — przyznał Sanders i odwrócił się do mnie. — Widzi pan, na podstawie samego obrazu trudno jest rozpoznać kopiowany zapis. W starszych magnetowidach analogowych występowała stopniowa degradacja obrazu na kolejnych kopiach, ale przy sprzęcie cyfrowym, takim jak ten, nie dostrzega się żadnych różnic. Obraz na kopii jest taki sam jak na oryginale.

— Więc po czym poznajecie, że to kopie?

— Theresa nie patrzy na obraz — wyjaśnił — ale obserwuje przebiegi impulsów. Na ich podstawie można czasami określić, czy zarejestrowany obraz pochodzi z innego magnetowidu, czy z kamery.

— W jaki sposób?

— Świadczy o tym układ sygnałów w pierwszej sekundzie zapisu — odparła Theresa. — Jeśli urządzenie rejestrujące zostanie uruchomione przed magnetowidem odtwarzającym, występuje pewne zniekształcenie na początku nagrywanej ścieżki, związane z rozpędzaniem się silnika. To czysto mechaniczne ograniczenie, po prostu silnik urządzenia nie może natychmiast osiągnąć odpowiedniej szybkości. W każdym magnetowidzie podczas odtwarzania minimalizuje się ten efekt, nie można go jednak całkowicie wyeliminować.

— I właśnie to pani stwierdziła?

Kiwnęła głową.

— Nazywamy to efektem rozpędzania.

— Coś podobnego nie ma prawa wystąpić, jeśli sygnał pochodzi bezpośrednio z kamery, w której brak jakichkolwiek ruchomych części — dodał Sanders. — Obraz z kamery zawsze jest stabilny.

Zmarszczyłem brwi.

— A więc te taśmy są kopiami?

— To źle?

— Nie wiem. Ale jeśli kopiowano ten zapis, może go również zmieniono?

— Teoretycznie jest to możliwe, musielibyśmy jednak dokładnie obejrzeć całość, żeby cokolwiek stwierdzić, a i tak byłoby bardzo trudno odkryć jakieś ślady montażu. Czy te kasety pochodzą z firmy japońskiej?

— Owszem.

— Czy nie z Nakamoto?

— Tak — przyznałem.

— W takim razie wcale mnie nie dziwi, że dali panu kopie — powiedział Sanders. — Japończycy są bardzo ostrożni i nie ufają nikomu obcemu, a ci, którzy działają na terenie Stanów, zachowują się wobec nas tak samo, jak my byśmy się zachowywali wobec Nigeryjczyków, których uważamy za dzikusów. Sądzą, że muszą się przed nami bronić, przed naszą beztroską, powolnością, głupotą i brakiem kompetencji, dlatego zabezpieczają się w każdy możliwy sposób. Więc jeśli te kasety mają dla nich jakiekolwiek znaczenie, z pewnością nie mogli powierzyć oryginałów jakiemuś barbarzyńskiemu policjantowi. Udostępnili panu kopie, a oryginały schowali, na wypadek gdyby musieli je wykorzystać dla obrony swoich interesów. Uczynili to zresztą z głębokim przekonaniem, iż na amerykańskim sprzęcie nikomu nie uda się stwierdzić, że to kopie.

Zmarszczyłem brwi.

— Ile czasu by im zajęło sporządzenie kopii?

— Nie więcej niż nam. Przy tej szybkości, którą teraz zastosowała Theresa, kopiowanie jednej kasety może trwać jakieś pięć minut. Japończycy pewnie mogliby to zrobić dużo szybciej, dajmy na to, w dwie minuty.

— To znaczy, że wczoraj wieczorem mieli dość czasu, żeby wykonać kopie.

Podczas naszej rozmowy Theresa bez przerwy zmieniała kasety, włączała odtwarzanie i spoglądała na mnie. Kręciłem głową na widok ujęć z różnych kamer, aż w końcu dostrzegłem znajome wnętrze czterdziestego szóstego piętra.

— To ta — powiedziałem.

— W porządku, zaczynamy. Przegrywam ją na system VHS.

Włączyła magnetowid. Taśma ruszyła z dużą szybkością, obraz zmieniał się błyskawicznie. Widoczne na bocznych monitorach krzywe tańczyły i falowały w nerwowym rytmie.

— Czy to ma coś wspólnego z popełnionym wczoraj morderstwem? — zapytała Theresa.

— Tak. Skąd pani o tym wie?

Wzruszyła ramionami.

— Widziałam w dzienniku. Podobno morderca zginął w wypadku samochodowym.

— Zgadza się.

Odwróciła głowę: z profilu także była uderzająco piękna. Przypomniało mi się nagle, że Eddie Sakamura był znanym playboyem.

— Znała go pani?

— Nie — odparła i po chwili dodała: — Ten człowiek był Japończykiem.

Zapadła cisza. Miałem wrażenie, że Sanders i Theresa wiedzą o czymś, ale chcą to zachować w tajemnicy. Nie miałem pojęcia, co powiedzieć, więc tylko bezmyślnie gapiłem się w ekran.

Po raz kolejny zobaczyłem, jak po podłodze przesuwa się smuga słonecznego światła. Potem zapaliły się lampy, pracownicy Nakamoto zaczęli wychodzić i w końcu sala opustoszała. Niespodziewanie pojawiła się Cheryl Austin, a potem mężczyzna. W przyśpieszonym tempie zaczęli się namiętnie całować.

— Czy nie chodzi o ten fragment? — zapytał Sanders.

— Owszem.

Zmarszczył czoło i ponownie wbił wzrok w ekran.

— Czyżby przebieg całej zbrodni został zarejestrowany na taśmie?

— Tak, nawet przez kilka kamer.

Sanders nie mógł oderwać wzroku od monitora. Przy takiej szybkości odtwarzania można było dostrzec jedynie poruszające się błyskawicznie postacie. Dwie osoby weszły do sali konferencyjnej i zwarły się w uścisku, a potem mężczyzna pchnął dziewczynę plecami na stół, odskoczył i wybiegł w pośpiechu.

Żadne z nas się nie odezwało, jak urzeczeni patrzyliśmy na ekran.

Zerknąłem na Theresę. Była bardzo blada, w szkłach jej okularów odbijała się poświata monitora.

Eddie minął lustro na ścianie i zniknął w głębi mrocznego korytarza. Jeszcze przez jakiś czas widać było puste wnętrze, w końcu taśma się zatrzymała.

— Jedna gotowa — oświadczyła Theresa. — Mówi pan, że ten obraz rejestrowało kilka kamer? Ile ich tam rozmieszczono?

— Chyba pięć.

Theresa oznakowała kasetę z wykonaną kopią i wsunęła do odtwarzacza kolejną taśmę.

— Czy ta kopia jest dokładna? — zapytałem.

— Oczywiście.

— Więc to znaczy, że jest legalna?

Sanders popatrzył na mnie ze zdziwieniem.

— W jakim sensie?

— Czy może być przedstawiona jako dowód w sądzie?

— Ależ nie. Żaden sąd nie uzna taśm wideo za materiał dowodowy.

— Przecież mówił pan...

— Nie o to chodzi. W sądzie nie bierze się pod uwagę żadnych form dokumentacji fotograficznej, więc zapis wideo także nie może być uznany za dowód.

— Nic mi o tym nie wiadomo.

— Bo nie zostało to dostatecznie uregulowane — odparł Sanders. — Przepisy są dość niejasne, ale przygotowuje się nowelizację. Teraz każde zdjęcie jest podejrzane, bo technika cyfrowa umożliwia wykonanie idealnego montażu. Pamięta pan, jak przed laty Rosjanie wycinali niektórych polityków ze zdjęć z uroczystości pierwszomajowych? Jakie to było toporne, zawsze można było zauważyć, że na fotografii wprowadzono jakieś zmiany. Albo powstawała nienaturalna przestrzeń między wmontowaną postacią i pozostałymi osobami, albo ściana w tle miała inny odcień, albo można było dostrzec ślady pędzla po retuszu. W każdym razie dość łatwo się to wyławiało, nawet gołym okiem.

— Tak, pamiętam — odparłem.

— Dlatego właśnie zakładaliśmy, że wiernie odzwierciedlają rzeczywistość. Ale technika komputerowa pozwala bezkarnie dokonywać wszelkich zmian. Na przykład kilka lat temu na okładce „National Geographic" ukazało się zdjęcie z poprzesuwanymi wielkimi piramidami Egiptu. Widocznie komuś nie podobało się ich naturalne rozmieszczenie i postanowił je poprawić. Zmiany wprowadzono w taki sposób, że niczego nie dało się zauważyć. Tak więc fotografia przestała wiernie oddawać rzeczywistość i nikt nie potrafi rozpoznać montażu.

— I można byłoby dokonać takich samych zmian w zapisie wideo?

— Teoretycznie każdy obraz da się zmontować.

Patrzyłem na ekran, na którym powtórnie rozgrywała się scena morderstwa. Ten obraz pochodził z kamery umieszczonej w odległym końcu sali i trudno było dostrzec jakiekolwiek szczegóły, ale kiedy w pewnej chwili Sakamura znalazł się niedaleko obiektywu, zobaczyłem jego zbliżenie.

— Czy można byłoby dokonać zmian w takim obrazie jak ten? — zapytałem.

Sanders zaśmiał się.

— Przy obecnej technice mógłby pan wprowadzić tu dowolne zmiany.

— A czy dałoby się zmienić rysy twarzy mordercy?

— Technicznie jest to możliwe — odparł. — Można by rozłożyć ludzką twarz na wiele odrębnych, niezależnych fragmentów i na nowo je zmontować, jednak byłoby to dość skomplikowane.

Nie odpowiedziałem, ale wszystko stało się dla mnie jasne. Główny podejrzany zginął w wypadku, a mój szef chciał jak najszybciej zamknąć śledztwo — ja zresztą także.

— Oczywiście Japończycy opracowali najróżniejsze algorytmy rozdzielania obrazu na elementy i dokonywania trójwymiarowych transformacji — dodał Sanders. — Potrafią robić takie rzeczy, o jakich nam się jeszcze nie śniło. — Nerwowo zabębnił

249

palcami po stole i zapytał: — Co się działo z tymi kasetami od wczoraj?

— Morderstwo popełniono o dwudziestej trzydzieści, tę godzinę pokazuje zegar na ścianie sali konferencyjnej. Według zeznań pracowników ochrony kasety zabrano z centrali straży około dwudziestej czterdzieści pięć. Kiedy zwróciliśmy się o ich udostępnienie, Japończycy zaczęli kręcić.

— Jak zawsze. Kiedy je wam w końcu dostarczyli?

— Przywieźli je na komisariat o wpół do drugiej w nocy.

— To znaczy, że mogli nad nimi pracować między dwudziestą czterdzieści pięć a pierwszą trzydzieści.

— Zgadza się, mieli niecałe pięć godzin.

Sanders zmarszczył brwi.

— Pięć kaset, ujęcia z pięciu kamer pod różnymi kątami... i tylko pięć godzin? — Pokręcił głową. — Odpada. Nie zdążyliby wprowadzić zmian, poruczniku.

— To niemożliwe, nawet przy ich technice — potwierdziła jego słowa Theresa. — Trzeba by wprowadzić do obrazu ogromną liczbę pikseli.

— Jest pani pewna?

— Raczej tak. W tak krótkim czasie można by tego dokonać jedynie za pomocą programu automatycznego, ale nawet najbardziej wyrafinowany program wymaga dokładnego dopracowania szczegółów. Na przykład smugi w niewłaściwych miejscach mogłyby zniweczyć całą pracę.

— Smugi w niewłaściwych miejscach? — powtórzyłem ze zdziwieniem.

— Chodzi o smugi będące zapisem ruchu — wyjaśnił Sanders. — Magnetowid daje trzydzieści obrazów na sekundę. Każdy z tych obrazów można porównać do fotografii wykonanej przy czasie otwarcia migawki równym jednej trzydziestej sekundy. To bardzo długi czas, o wiele dłuższy od tego, jaki stosuje się w tradycyjnych aparatach fotograficznych. Jeśli zrobi pan zdjęcie biegacza przy takim czasie naświetlania, jego nogi będą wyglądały jak niewyraźne, rozmazane smugi. Tak właśnie powstaje efekt rozmycia ruchomego obiektu i kiedy ten nieostry element obrazu zmieni się elektronicznie, będzie wyglądał zbyt ostro, nienaturalnie. Tak jak w przypadku zdjęć montowanych przez Rosjan, zmiany będą widoczne na pierwszy rzut oka, bo w obrazie oryginalnym zawsze są jakieś nieostre kontury.

— Rozumiem.

— Poza tym tworzą się przekłamania barw — dodała Theresa.

— Właśnie — podjął Sanders. — W tej nieostrej smudze zawsze obserwuje się rozmycie kolorów. Proszę spojrzeć na monitor. Poły marynarki tego mężczyzny fruwają podczas każdego szybszego ruchu. Gdybyśmy zatrzymali taśmę i powiększyli obraz, okazałoby się, że marynarka jest granatowa. Ale wewnątrz smugi występują wszystkie odcienie błękitu, aż do jasnoniebieskiego, niemal bezbarwnego przy samym brzegu zarysu. Trudno wtedy stwierdzić, gdzie kończy się ubranie człowieka, a zaczyna tło.

Kiwnąłem głową.

— Jeśli na obrazie nie występuje rozmycie kolorów, świadczy to o tym, że dokonano zmian. Ale dokładna obróbka komputerowa kilkusekundowego ujęcia, nawet na doskonałym sprzęcie, wymaga wielu godzin pracy. Gdyby to zrobiono w pośpiechu, natychmiast zauważylibyśmy różnice.

— Więc nawet jeśli to kopie, zapis na nich nie został zmieniony?

— Na pewno nie w ciągu pięciu godzin — odparł Sanders.

— To znaczy, że oglądamy zapis tego, co się naprawdę zdarzyło?

— Nie ulega wątpliwości. Mimo to po pańskim wyjściu poddamy ten zapis dokładnej analizie. Wiem, że Theresa chciałaby się pobawić tymi kasetami, ja też mam na to ochotę. Proszę się z nami skontaktować po południu, powiemy wtedy, czy znaleźliśmy jakiekolwiek ślady ingerencji. Ale powtarzam jeszcze raz: nie mieli kiedy tego zrobić, zresztą nie widać żadnych odkształceń.

Zajechałem na parking przed klubem Sunset Hills Country i przed wielkim stiukowym frontonem budynku zauważyłem Connora rozmawiającego z trzema Japończykami, z którymi prawdopodobnie grał w golfa. Kiedy mnie zobaczył, pożegnał się z nimi, podszedł do samochodu, rzucił sportową torbę na tylne siedzenie i usiadł obok mnie.

— Spóźniłeś się, *kōhai*.

— Przepraszam, to zaledwie kilka minut. Zatrzymano mnie na uniwersytecie.

— Twoje spóźnienie pomieszało szyki paru osobom. Ci dobrze wychowani mężczyźni czuli się w obowiązku dotrzymać mi towarzystwa. A ludzie z ich pozycją źle się czują, czekając na parkingu... poza tym mają swoje ważne sprawy. Nie dość, że robisz złą opinię policji, to jeszcze stawiasz mnie w bardzo kłopotliwej sytuacji.

— Przepraszam, nie pomyślałem o tym.

— Więc zacznij wreszcie myśleć, *kōhai*, nie jesteś pępkiem świata.

Wrzuciłem bieg i ruszyłem. Spojrzałem we wsteczne lusterko na Japończyków: machali nam rękami. Nic nie wskazywało na to, żeby byli zirytowani czy dokądkolwiek się śpieszyli.

— Kim są ci Japończycy, z którymi grałeś?

— Aoki-san jest prezesem Tokio Marine z Vancouver. Hanada-san to wicedyrektor Banku Mitsui w Londynie. A Kenichi

252

Asaka zarządza wszystkimi filiami Toyoty w południowo-
-wschodniej Azji, od Kuala Lumpur do Singapuru. Ma biuro
w Bangkoku.

— Co oni tu robią?

— Przyjechali na golfa — odparł Connor. — Krótka wizyta
w Stanach, dla relaksu. Twierdzą, że doskonale wypoczywają
przy naszym powolnym tempie życia.

Wyjechałem z krętego podjazdu na Bulwar Zachodzącego
Słońca, ale musiałem się zatrzymać przed pierwszymi światłami.

— Dokąd jedziemy?

— Do hotelu Cztery Pory Roku.

Skręciłem w prawo, w stronę Beverly Hills.

— Czemu tacy wielcy biznesmeni mieliby cię zapraszać na
partię golfa?

— Nasze drogi wiele razy się krzyżowały — odparł. — Od
lat wyświadczamy sobie drobne przysługi. Nie jestem nikim
ważnym, ale trzeba podtrzymywać nawet takie znajomości.
Wystarczy telefon, drobny upominek, partyjka golfa, kiedy się
spotykamy. Nigdy nie wiadomo, jak bardzo mogą się przydać
podobne kontakty. Znajomi to źródło informacji, wentyl bezpieczeństwa i system wczesnego ostrzegania. Przynajmniej
według Japończyków.

— Który z nich zaprosił cię na tę partię?

— Hanada-san już wcześniej zarezerwował pole, ja się tylko
włączyłem do gry. Chyba wiesz, że nieźle gram w golfa.

— Czemu to zrobiłeś?

— Chciałem dowiedzieć się czegoś więcej o tych sobotnich
spotkaniach — wyjaśnił Connor.

Przypomniałem sobie, że na taśmie, którą przeglądaliśmy
w studiu, Sakamura chwycił Cheryl Austin za ramiona i warknął: „Nie rozumiesz... chodzi o to sobotnie spotkanie...".

— I co ci powiedzieli?

— Zaczęło się to już dość dawno temu, chyba w tysiąc
dziewięćset osiemdziesiątym roku. Najpierw spotykali się
w Century Plaza, później w Sheratonie, a ostatnio w Biltmore.

Koła wozu zadudniły na nierównościach nawierzchni bulwaru.

— Organizowano te spotkania przez kilka lat. Najważniejsi japońscy przemysłowcy, którzy akurat przebywali w mieście, omawiali na nich perspektywy japońskich firm w Ameryce i zastanawiali się, jak sterować naszą gospodarką.

— Co takiego?!

— Słyszałeś przecież.

— To straszne!

— Dlaczego? — spytał kapitan.

— Dlaczego? To nasz kraj. Jak można dopuścić, żeby grupa obcokrajowców ustalała, w jaki sposób rządzić naszym państwem?

— Japończycy nie widzą w tym niczego złego.

— Pewnie, że nie! Uważają, że mają do tego pełne prawo!

Connor wzruszył ramionami.

— Owszem, tak właśnie uważają. Są przekonani, że zasłużyli sobie na to, aby móc decydować...

— Jezu!

— Wpompowali ogromne sumy w naszą gospodarkę. Pożyczyli nam mnóstwo pieniędzy, Peter. Naprawdę mnóstwo. Setki miliardów dolarów. W ciągu ostatnich piętnastu lat deficyt Stanów Zjednoczonych w handlu z Japonią osiągał miliard dolarów na tydzień. Musieli to jakoś wykorzystać. Mają pieniądze, ale nie potrzebują tej forsy. Zdecydowali więc, że je nam pożyczą. Nasz rząd rok po roku powiększał deficyt budżetowy, a oni wciąż inwestowali. Jeśli nie starczało nam na świadczenia, pokrywali luki budżetu. Przy każdej pożyczce otrzymywali odpowiednie gwarancje rządowe. Waszyngton wciąż ich zapewnia, że zmniejszy deficyt, zreformuje szkolnictwo, przebuduje infrastrukturę, a nawet zwiększy podatki, jeśli zajdzie taka potrzeba. Krótko mówiąc, powinniśmy zrobić generalne porządki, bo dopiero wtedy jakiekolwiek inwestycje w Ameryce będą miały sens.

— Rozumiem — mruknąłem.

— Jednak wcale się na to nie zanosi. Deficyt mamy coraz większy, w dodatku zdewaluowaliśmy dolara. Jego wartość w tysiąc dziewięćset osiemdziesiątym piątym roku spadła o połowę. Czy wiesz, co to oznaczało dla japońskich inwestorów? Dostali łupnia. Każda inwestycja z osiemdziesiątego czwartego roku okazała się warta jedynie połowę pierwotnej sumy.

Dość mgliście przypominałem sobie wydarzenia z tamtych lat.

— Chyba chodziło o zmniejszenie deficytu handlowego i wzrost opłacalności eksportu, prawda? — zapytałem.

— Tak, ale nic z tego nie wyszło. Bilans handlowy z Japonią jeszcze się pogorszył. W normalnych warunkach, jeśli obniży się wartość pieniądza o połowę, cena każdego towaru importowanego powinna dwukrotnie wzrosnąć. Ale Japończycy obniżyli ceny takich urządzeń jak magnetowidy czy fotokopiarki i utrzymali się na rynku. Nie zapominaj, że według nich biznes to wojna. Dewaluacja dolara spowodowała jedynie, że wartość naszych fabryk i ziemi znacznie spadła, co ułatwiło Japończykom ich wykupywanie. Przyczyniliśmy się też do tego, że największe światowe banki przeszły w ich ręce, bo jen był dwa razy silniejszy. Oni coraz bardziej się bogacili, natomiast Ameryka stała się naprawdę biednym krajem.

— Dobrze, ale co to wszystko ma wspólnego z tymi sobotnimi spotkaniami Japończyków?

— Spróbuję ci to wytłumaczyć na prostym przykładzie — odparł Connor. — Załóżmy, że masz wujka pijaka, który powiedział, że jeśli pożyczysz mu pieniądze, zacznie się leczyć i przestanie pić. Ale pije nadal, a ty chciałbyś odzyskać swoją forsę. Gotów nawet jesteś ponieść pewne straty, byle tylko wycofać się z tej kiepskiej inwestycji. W dodatku wiesz, że twój wuj po pijanemu wszczyna awantury i może kogoś pobić, bo jest nieobliczalny. Koniecznie musisz coś zrobić. Chcąc ci pomóc, rodzina zbiera się na naradę, żeby zdecydować, co począć z tą zakałą. Teraz chyba rozumiesz, czemu miały służyć te sobotnie spotkania.

255

— Tak — mruknąłem.

Ale Connor najwyraźniej wyczuł powątpiewanie w moim głosie, bo powiedział:

— Zadam ci proste pytanie: czy chciałbyś przejąć kontrolę nad Japonią? Chciałbyś rządzić ich krajem? Jestem pewien, że nie. Wszyscy chcą robić korzystne interesy i mieć wpływy, jednak nikt się nie śpieszy do brania na siebie odpowiedzialności, mnożenia sobie trudności. To tak jak z tym twoim wujem pijakiem: narada rodzinna ma pomóc w rozwiązaniu twojego problemu, ale jeśli podjęta na niej decyzja okaże się błędna, odpowiedzialność nie spadnie na jednego człowieka, lecz na całą rodzinę.

— I Japończycy traktują to właśnie w ten sposób?

— Oni widzą jedynie swoje miliardy, *kōhai*, pieniądze zainwestowane w kraju mającym poważne kłopoty, zamieszkanym przez dziwacznych indywidualistów, którzy za dużo mówią, bez przerwy się kłócą i walczą ze sobą, ludzi źle wykształconych, którzy niewiele wiedzą o otaczającym ich świecie, nie chcą ciężko pracować oraz tolerują przemoc i narkomanię. Japończycy mają miliardy zamrożone w tym dziwacznym kraju i woleliby wycofać się ze swoich inwestycji. Ale mimo że gospodarka amerykańska przeżywa głęboki kryzys i już niedługo spadniemy na trzecie miejsce w świecie, po ich własnym kraju i Wspólnocie Europejskiej, nadal usiłują nam pomóc.

— Naprawdę próbują uratować Amerykę?

— Ktoś przecież musi się tym zająć, skoro sami nie dajemy sobie rady.

— Myślę, że jednak dalibyśmy.

Pokręcił głową.

— Anglicy też tak mówili i teraz klepią biedę. My również szybko biedniejemy.

— Dlaczego? — zapytałem.

— Według Japończyków dzieje się tak dlatego, że trwonimy swój majątek. Zmniejszamy produkcję, wytwarzamy coraz mniej towarów. Jeśli się cokolwiek produkuje, wartość surowca ulega zwielokrotnieniu i w ten sposób tworzy się bogactwo. My większość pieniędzy zarabiamy na manipulacjach papierami. Japończycy uważają, że właśnie dlatego zdołali nas tak szybko doścignąć. Dla nich nasza fascynacja Wall Street i obrotem akcjami jest szaleństwem.

— I z tego powodu sądzą, że powinni przejąć kontrolę nad naszą gospodarką?

— Uważają, że ktoś powinien się tym zająć, chociaż woleliby, żebyśmy sami się z tym uporali.

— Jezu...

Connor popatrzył na mnie.

— Powściągnij swoją złość, *kōhai*. Hanada-san powiedział, że od tysiąc dziewięćset dziewięćdziesiątego pierwszego roku sobotnie spotkania właściwie już się nie odbywają.

— Jak to?

— Właśnie tak. Japończycy zdecydowali wówczas, że przestaną się martwić, czy kiedykolwiek zrobimy porządek na swoim podwórku. Dostrzegli pozytywny aspekt tej sytuacji: dopóki trwamy w letargu, łatwiej nas kupić.

— Czy to znaczy, że już się w ogóle nie spotykają?

— Tylko wyjątkowo, na przykład z powodu *nichibei kankei*, czyli obecnego kształtu stosunków amerykańsko-japońskich. Gospodarki obu krajów są tak ściśle ze sobą powiązane, że nie możemy istnieć bez siebie, nawet gdybyśmy tego chcieli. Ale te spotkania mają teraz raczej towarzyski charakter i morderstwo w Nakamoto nie mogło mieć z nimi nic wspólnego.

— Więc jaki był motyw zbrodni?

— Moi przyjaciele sądzą, że to *chiō no motsure*, czyli zabójstwo w afekcie. Piękna, *irokichigai* kobieta i zazdrosny mężczyzna.

— I ty w to wierzysz?

— No cóż, byli jednomyślni. Wszyscy trzej. Oczywiście Japończycy rzadko okazują, że dzieli ich różnica zdań, nawet podczas gry w golfa w niezbyt rozwiniętym kraju wieśniaków. Ja jednak wiem, że mogą mieć na sumieniu tysiące grzeszków.

— Sądzisz więc, że cię okłamali?

Connor pokręcił głową.

— Niekoniecznie, ale mam wrażenie, że chcieli mi coś przekazać poprzez swoje milczenie. Tego ranka toczyła się gra *hara no saguriai*. Moi przyjaciele nie byli wobec mnie całkiem otwarci.

× × ×

Opisał mi przebieg partii golfa. Z początku grali w niemal całkowitym milczeniu. Japończycy chodzili po polu, rzadko pozwalając sobie na jakieś uwagi czy komentarze, i Connor nie mógł zachowywać się inaczej.

— Przecież spotkałeś się z nimi, żeby zebrać informacje — wtrąciłem.

— I zbierałem je — odparł.

Wyjaśnił mi, że wiele informacji przekazano mu bez słów. Wzajemne zrozumienie Japończyków bazuje na wielowiekowej jednorodnej kulturze, dlatego umieją przekazywać sobie wiele rzeczy, nie posługując się słowami. W Ameryce podobnie dzieje się między rodzicami a dziećmi, które potrafią wiele wyczytać z samego spojrzenia dorosłych. Tyle że Amerykanie zwykle nie kultywują tego niemego porozumienia, natomiast dla Japończyków ma ono wielkie znaczenie.

— Nie jest to nic niezwykłego ani mistycznego — mówił Connor. — Ich życie jest tak bardzo uwarunkowane zasadami etykiety i konwenansami, iż musieli nauczyć się porozumiewać bez używania słów. Dobrze wychowany Japończyk, jeśli nie chce popełnić gafy, musi umieć rozpoznać sytuację z samej postawy drugiej osoby, która z jakiegoś powodu nie może mu niczego przekazać słowami.

— I tak właśnie wyglądało całe to przedpołudnie? — zapytałem.

Connor pokręcił głową.

— Ponieważ zamierzałem zapytać ich o innych Japończyków, członków tej samej rodziny, musiałem bardzo ostrożnie dobierać słowa. To tak samo, jakbym chciał dowiedzieć się od ciebie, czy twoja siostra siedziała w więzieniu, lub poruszyć jakiś inny nieprzyjemny, drażliwy temat. Zwracałbym wtedy szczególną uwagę na barwę twojego głosu, długość pauz między wyrazami, czas potrzebny na udzielenie odpowiedzi i inne podobne rzeczy. To wszystko byłoby dla mnie źródłem dodatkowych informacji, rozumiesz?

— Tak.

— W ten właśnie sposób, intuicyjnie, porozumiewają się ze sobą Japończycy. Przekazują sobie wiele rzeczy bez słów.

— A co tobie przekazali?

— „Pamiętamy, że w przeszłości wyświadczyłeś nam wiele przysług, i wiemy, że powinniśmy służyć ci pomocą. Ale to morderstwo jest wyłącznie sprawą Japończyków i dlatego nie możemy ci powiedzieć wszystkiego, co wiemy. Możesz jednak wyciągnąć odpowiednie wnioski z naszej powściągliwości, która ma związek z podłożem tej zbrodni".

— I jakie jest to podłoże?

— No cóż... Kilkakrotnie wspominali o MicroConie.

— Tej spółce zajmującej się elektroniką?

— Tak, tej samej, która ma być sprzedana. Jeśli chodzi o ścisłość, jest to niewielka firma z Doliny Krzemowej, produkująca specjalistyczne systemy komputerowe. Wokół jej sprzedaży wybuchły jakieś spory polityczne, o których moi przyjaciele kilkakrotnie napomykali.

— Więc to morderstwo ma coś wspólnego z MicroConem?

— Chyba tak — odparł kapitan. — A czego ty się dowiedziałeś na uniwersytecie o tych taśmach?

— Przede wszystkim tego, że to kopie.

Connor kiwnął głową.

— Domyślałem się tego.

— Skąd?

— Ishiguro nigdy by nam nie udostępnił oryginałów. Japończycy uważają wszystkich obcokrajowców za barbarzyńców. Dokładnie tak: za barbarzyńców, w dodatku cuchnących, wulgarnych i głupich. Nie okazują tego, bo są zbyt dobrze wychowani, poza tym wiedzą, że nic by to nie dało. To jednak w niczym nie zmienia ich podejścia do nas.

Mniej więcej to samo powiedział mi Sanders.

— Japończycy są niezwykle skrupulatni, nie dopuszczają do żadnych zaniedbań. Planują i ciężko pracują. Nie udostępnili nam oryginałów, żeby nie podejmować ryzyka. Przynajmniej na razie. Czego jeszcze się dowiedziałeś? Jestem przekonany, że kiedy oglądałeś je ponownie, wyłowiłeś jakiś szczegół, który...

W tym momencie rozległ się brzęczyk telefonu.

x x x

— Kapitan Connor? — zapytał miękki, ciepły głos. — Mówi Jerry Orr z klubu Sunset Hills Country. Wychodząc, zapomniał pan zabrać formularz.

— Jaki formularz?

— Kartę zgłoszenia. Musi pan ją wypełnić, kapitanie. Oczywiście to tylko formalność. Mogę pana zapewnić, że nie będzie najmniejszych kłopotów z przyjęciem pana do grona stałych członków klubu, biorąc pod uwagę, kim są pańscy sponsorzy.

— Moi sponsorzy? — zdziwił się Connor.

— Tak, proszę pana — odparł Orr. — Proszę przyjąć moje gratulacje. Zapewne wie pan, że obecnie zdobycie członkostwa Sunset jest niemożliwe. Ale firma pana Hanady jakiś czas temu wykupiła udziały członka wspierającego, a teraz podjęto decyzję o wciągnięciu pańskiego nazwiska na listę. Pozwolę sobie zauważyć, że to wspaniały gest.

— Tak, to prawda — przyznał Connor.

Popatrzyłem na niego.

— Pańscy przyjaciele wiedzą, jak bardzo ceni pan sobie to, że może grać w golfa w naszym klubie — mówił dalej Orr. — Mam nadzieję, że zna pan warunki uczestnictwa. Pan Hanada opłaci pańskie członkostwo na pięć lat, a później zostanie ono przekazane panu na własność. Jeśli wówczas będzie chciał pan zrezygnować, bez trudu je pan odsprzeda. Mam więc pytanie: Czy wypełni pan formularze u nas, na miejscu, czy przesłać je panu pocztą?

— Panie Orr, proszę przekazać moje serdeczne podziękowanie panu Hanadzie za jego hojność. Zupełnie nie wiem, co mam powiedzieć. Na pewno skontaktuję się z panem w tej sprawie.

— Znakomicie. Wystarczy nas tylko poinformować, pod jaki adres mamy wysłać kwestionariusz.

— Zadzwonię do pana — odparł Connor.

Wcisnął klawisz, przerywając połączenie, i ze zmarszczonym czołem zapatrzył się w dal. Przez dłuższą chwilę panowało milczenie.

— Ile warte jest takie członkostwo klubu? — zapytałem w końcu.

— Osiemset tysięcy, może nawet milion.

— Całkiem ładny prezent od przyjaciół — stwierdziłem.

Przypomniałem sobie nagle słowa Grahama, który często powtarzał, że Connor siedzi w kieszeni u Japończyków. Teraz już nie miałem co do tego żadnych wątpliwości.

Kapitan pokręcił głową.

— Czegoś tu nie rozumiem... — mruknął.

— A co tu jest do rozumienia, kapitanie? Dla mnie wszystko jest oczywiste.

— Nie, to wcale nie jest oczywiste — odparł Connor.

Ponownie odezwał się brzęczyk telefonu. Tym razem dzwoniono do mnie.

x x x

— Porucznik Smith? Mówi Louise Gerber. Tak się cieszę, że w końcu pana złapałam.

Nie przypominałem sobie tego nazwiska.

— O co chodzi? — zapytałem.

— Jutro jest sobota. Czy znajdzie pan trochę czasu, żeby obejrzeć dom?

Nagle dotarło do mnie, z kim rozmawiam. Była to agentka z biura handlu nieruchomościami. Jakiś miesiąc temu wybrałem się razem z nią, żeby obejrzeć kilka domów. Michelle była coraz starsza, więc chciałem, żeby miała własny pokój i ogródek, w którym mogłaby się bawić. Rozczarowałem się jednak, bo nawet gdybym zdołał wynegocjować dużą zniżkę, za najtańszy domek musiałbym zapłacić czterysta lub pięćset tysięcy. Z moją pensją nie stać mnie było na taki wydatek.

— To wyjątkowa okazja — powiedziała Louise Gerber. — Pamiętałam, że pan mieszka z córeczką. Mamy w ofercie niewielki domek w Palms, tuż przy skrzyżowaniu. Na jego tyłach znajduje się piękny ogród, pełen kwiatów i zieleni. Opłata wynosi trzysta dolarów miesięcznie. Ale pomyślałam o panu przede wszystkim dlatego, że właściciel tego domku gotów jest odstąpić prawo własności, a pan mógłby uzyskać sporą zniżkę. Czy zechciałby pan go obejrzeć?

— Kto sprzedaje ten dom? — zapytałem.

— Nie znam nazwiska, ale to naprawdę wyjątkowa okazja. Należał do starszej kobiety, którą przeniesiono do domu opieki, a jej syn, mieszkający na stałe w Topeka, postanowił go sprzedać. Wolałby mieć stały dochód miesięczny niż jednorazową kwotę, jednak nie upiera się przy wynajmic. Oficjalnie nie wystawił jeszcze posiadłości na sprzedaż, ale wiem, że zależy mu na czasie. Gdyby pan znalazł jutro wolną chwilę, moglibyśmy podpisać umowę. Ten ogród jest naprawdę przeuroczy, już widzę w nim pańską córeczkę.

Zauważyłem, że Connor przez cały czas mnie obserwuje.

— Muszę poznać więcej szczegółów, panno Gerber — powiedziałem do słuchawki. — Przede wszystkim chciałbym się dowiedzieć, kim jest sprzedający.

— Szkoda. Myślałam, że pan się ucieszy. — W głosie agentki słychać było zdumienie. — Takie okazje trafiają się niezwykle rzadko. Naprawdę nie chce pan obejrzeć tego domu?

Connor popatrzył na mnie, kiwnął głową i bezgłośnie powiedział: „Tak".

— Skontaktuję się jeszcze z panią w tej sprawie — oświadczyłem.

— W porządku, poruczniku — odparła z wyraźną ulgą. — Koniecznie proszę do mnie zadzwonić.

— Oczywiście.

Odłożyłem słuchawkę.

— Co się dzieje, do jasnej cholery? — syknąłem.

Nie miałem pojęcia, co o tym wszystkim myśleć. Obaj otrzymywaliśmy prezenty warte mnóstwo forsy.

Kapitan wzruszył ramionami.

— Nie wiem.

— Czy to może mieć coś wspólnego z MicroConem?

— Skąd mam wiedzieć? Wydawało mi się, że MicroCon to niewielka firma. Nie mogę się w tym połapać — mruknął Connor. — Chciałbym dowiedzieć się czegoś więcej o tej spółce.

— Myślę, że wiem, kogo o nią zapytać — odparłem.

— MicroCon? — powtórzył Ron Levine, przypalając grube cygaro. — Pewnie, że mogę wam opowiedzieć o tej firmie. To dość niezwykła historia.

Siedzieliśmy w sali dalekopisów Amerykańskiej Sieci Finansowej, AFN, w nowym biurowcu obok lotniska. Przez okno widać było białe dyski anten satelitarnych, umieszczonych na dachu przylegającego do budynku garażu. Zanim Ron Levine przeszedł do pracy w sieci, był reporterem finansowym „Timesa". AFN to jedna z niewielu telewizyjnych sieci informacyjnych, w których reporterzy wygłaszają komentarze na żywo, więc zatrudnia się tu tylko najlepszych fachowców, takich jak mój dawny kolega.

Ron wypuścił wielki kłąb dymu z ust i uśmiechnął się szeroko.

— MicroCon — zaczął — został założony pięć lat temu przez konsorcjum amerykańskich producentów komputerów. Spółkę powołano do życia głównie w celu opracowania rentgenowskiego urządzenia litograficznego do produkcji układów scalonych. Kiedy MicroCon rozpoczynał działalność, nikt w naszym kraju nie wytwarzał takich maszyn. W latach osiemdziesiątych krajowi producenci nie wytrzymali konkurencji Japończyków, więc MicroCon opracował nową technologię i zaczął wytwarzać takie urządzenia na rynek amerykański.

— No tak... — mruknąłem.

— Dwa lata temu spółka została odsprzedana menedżerskiej firmie z Wirginii, Darley-Higgins. Dalej zaczyna się ciekawa historia. Darley postanowiło wystawić MicroCon na sprzedaż, jakoby po to, by wycofać zainwestowane pieniądze. Najbardziej zainteresowane kupnem było Akai Ceramics, spółka z Osaki produkująca maszyny litograficzne własnej konstrukcji. Ta bogata firma gotowa była dać za MicroCon bardzo wysoką sumę, ale Kongres wstrzymał transakcję.

— Dlaczego?

— Wyprzedaż amerykańskiego przemysłu zaczyna niepokoić nawet polityków. Straciliśmy już wiele kluczowych zakładów, wykupionych przez Japończyków. W latach sześćdziesiątych przejęli nasz przemysł stalowy i okrętowy, w latach siedemdziesiątych elektroniczny i komputerowy, a w latach osiemdziesiątych sprzedaliśmy przemysł precyzyjny. Pewnego dnia ktoś się obudził i uświadomił sobie, że wszystkie te zakłady mają strategiczne znaczenie militarne. Utraciliśmy już zdolność produkcji wszystkich elementów naszego systemu obrony, jesteśmy całkowicie uzależnieni od Japończyków. Dlatego Kongres się zaniepokoił. Słyszałem jednak plotki, że mimo wszystko transakcja dojdzie do skutku. Jakim sposobem? Czy wy, chłopcy, macie coś wspólnego z tą sprawą?

— W pewnym sensie — odparł Connor.

— Szczęściarze — stwierdził Ron, wypuszczając smugę dymu z cygara. — Jeśli jesteście zaangażowani w jakąkolwiek transakcję z udziałem Japończyków, to tak, jakbyście wygrali los na loterii. Przy nich wszyscy się bogacą. Domyślam się, że zaproponowano wam jakieś wspaniałe, kuszące prezenty.

Connor kiwnął głową.

— Bardzo kuszące — przyznał.

— No pewnie. Oni potrafią dbać o ludzi. Kupują im dom, samochód, załatwiają dofinansowanie albo coś w tym rodzaju.

— Dlaczego to robią? — zapytałem.

Levine zachichotał.

— A dlaczego jedzą sushi? Po prostu w ten sposób załatwiają swoje sprawy.

— Czy sprzedaż MicroConu nie jest jedną z mniej znaczących transakcji? — spytał Connor.

— Nawet bardzo małą. Firmę wyceniono na sto milionów, Akai chce zapłacić sto pięćdziesiąt. Muszą do tego doliczyć jeszcze jakieś dwadzieścia milionów na premie dla urzędników załatwiających formalności, dziesięć dla prawników, dziesięć dla różnych doradców działających w Waszyngtonie i kolejne dziesięć na takie prezenty, jakie wam zaoferowano. To daje w sumie dwieście milionów dolarów.

— Dwieście milionów za firmę wartą sto? — zdziwiłem się. — Dlaczego chcą zapłacić więcej, niż wynosi jej oficjalna cena?

— Błąd w rozumowaniu — odparł Ron. — Z ich punktu widzenia to wyjątkowa okazja.

— Dlaczego?

— Jeżeli jesteś jedynym producentem maszyn do wytwarzania tego lub owego, w tym przypadku komputerowych układów scalonych, możesz kontrolować całą gałąź przemysłu uzależnionego od tych urządzeń. MicroCon jest kluczem do całego amerykańskiego rynku komputerów. Jak zwykle, znowu wypuszczamy z rąk newralgiczne ogniwo łańcucha, tak samo jak to miało miejsce z przemysłem telewizyjnym czy narzędziowym.

— Co się stało z naszym przemysłem telewizyjnym?

Ron zerknął na zegarek.

— Po drugiej wojnie światowej Stany Zjednoczone były największym producentem telewizorów. Dwudziestu siedmiu amerykańskich wytwórców, takich jak Zenith, RCA, GE czy Emerson, miało znaczną przewagę technologiczną nad firmami zagranicznymi. Nasze telewizory sprzedawano na całym świecie oprócz Japonii. Rynek tego kraju był całkowicie zamknięty dla towarów importowanych, a warunkiem jego otwarcia stało się udostępnienie licencji japońskim producentom. W końcu firmy telewizyjne przystały na to pod presją naszego rządu, który chciał zrobić z Japonii swojego sprzymierzeńca przeciwko Rosji. Jasne?

— Oczywiście.

— Ale sprzedaż licencji okazała się błędem. Japończycy, korzystając z naszych technologii, obniżyli koszty produkcji, a ich kraj stał się nieopłacalny dla naszych eksporterów. Niedługo potem Japonia zaczęła wprowadzać tanie czarno-białe telewizory na nasz rynek. W tysiąc dziewięćset siedemdziesiątym drugim roku sześćdziesiąt procent sprzedawanych u nas odbiorników czarno-białych pochodziło z importu, a cztery lata później stanowiły one już sto procent. Amerykańskie firmy wstrzymały produkcję. Sporo ludzi straciło wtedy pracę. Mówiono, że to nie ma znaczenia, że rozwiniemy produkcję odbiorników kolorowych. Ale to rząd japoński jako pierwszy ogłosił program upowszechniania telewizji kolorowej. Sytuacja się powtórzyła, Japończycy kupili od nas licencje, nasycili swój rynek i wkrótce zaczęli eksportować kolorowe odbiorniki, po raz drugi przebijając ceną naszych rodzimych wytwórców. Dokładnie ten sam schemat. W roku tysiąc dziewięćset osiemdziesiątym już tylko trzy nasze firmy produkowały jeszcze kolorowe telewizory, a w osiemdziesiątym siódmym na placu boju pozostał jedynie Zenith.

— Japońskie telewizory są jednak znacznie lepsze — stwierdziłem.

— Możliwe, że są lepsze. Ale mają niższą cenę, ponieważ sprzedaje się je poniżej kosztów produkcji, aby wyprzeć amerykańskich konkurentów. To się nazywa dumpingiem, który jest sprzeczny z przepisami prawa handlowego, zarówno naszego, jak i międzynarodowego.

— Więc dlaczego nic nie robimy, żeby ukrócić ten proceder?

— Dobre pytanie. Przede wszystkim dlatego, że dumping to tylko jeden z całej gamy nielegalnych chwytów stosowanych przez Japończyków. Między innymi narzucają ceny. Utworzyli w tym celu tak zwaną Grupę Dziesięciodniową, skupiającą japońskich menedżerów. Spotykają się oni co dziesięć dni w jednym z tokijskich hoteli i ustalają ceny na amerykański rynek. Próbują też usprawnić dystrybucję swoich towarów, wypłacając milionowe profity takim sieciom handlowym jak Sears. Nagminnie łamią przepisy celne. A wszystko to prowadzi do zniszczenia amerykańskiego przemysłu, który nie wytrzymuje konkurencji. Oczywiście nasze przedsiębiorstwa składają protesty. Sądy federalne rozpatrują dziesiątki skarg przeciwko spółkom japońskim, którym zarzuca się dumping, defraudacje i monopolistyczne praktyki. Sprawy o dumping rozstrzygane są w miarę szybko, zwykle w ciągu roku, jednak wszystkie inne ciągną się w nieskończoność. Japończycy celują w opóźnianiu wszelkich rozpraw. Płacą miliony naszym politykom, żeby występowali w obronie ich interesów. Niektóre sprawy trwają nawet po kilkanaście lat, a na rynku nadal toczy się wojna. Na razie krajowe firmy przegrywają na całym froncie i nic nie wskazuje na to, by sytuacja miała się zmienić.

— Twierdzisz więc, że Japończycy opanowali przemysł telewizyjny nielegalnymi metodami?

Ron wzruszył ramionami.

— Nic by nie zdziałali bez amerykańskiej pomocy — odparł. — Nasz rząd traktował Japonię jak niewielki, rozwijający się kraj i nikt nie sądził, że rodzimy przemysł będzie potrzebował pomocy władz. W Stanach kultywuje się pewien rodzaj niechęci do przemysłowców, politycy nie zdają sobie sprawy, jak bardzo czasy się zmieniły. Jeśli Sony wprowadza nowy typ walkmana, nikt u nas nie powie: „To wspaniałe urządzenie, ale musicie sprzedać licencję General Electric, jeśli chcecie wejść na nasz rynek". Kiedy Japończycy szukają dystrybutorów, nikt nie oświadczy: „Przykro nam, lecz amerykańskie sieci handlowe mają wieloletnie umowy z miejscowymi dostawcami, dlatego musicie rozprowadzać swoje towary za ich pośrednictwem". Gdy chcą zgłosić jakiś patent, na pewno nie usłyszą: „Każdy patent musi być zastrzeżony osiem lat wcześniej, żeby nasze przedsiębiorstwa miały czas na rozpoznanie waszych planów, legalne skopiowanie pomysłu i opracowanie własnej wersji produktu, zanim dokument nabierze mocy prawnej". Nikomu u nas nawet nie przyjdzie do głowy, że moglibyśmy zacząć stosować takie same metody jak oni. Ich rynek jest zamknięty, nasz powszechnie dostępny. To gra do jednej bramki. Właściwie nawet nie gra, lecz ruch ulicą jednokierunkową... Mamy bardzo zły klimat dla rozwoju przemysłu. Firmy amerykańskie dostały po tyłku w produkcji telewizorów czarno-białych, później było tak samo z odbiornikami kolorowymi. Rząd amerykański odmawia pomocy naszym przedsiębiorcom, którzy występują przeciwko nielegalnym praktykom Japończyków. Kiedy Ampex opracował nowy model magnetowidu, nawet nie próbował wprowadzać go na rynek, od razu sprzedano licencję Japończykom. Wkrótce może się okazać, że przestano również prowadzić badania, bo po co rozwijać nowe technologie, skoro nasze władze wcale nie są nimi zainteresowane?

— Może po prostu nasze przedsiębiorstwa są słabe i źle zarządzane?

— To obiegowa opinia, którą rozpowszechniają Japończycy i opłacani przez nich ludzie — odparł Ron. — Tylko niewielu Amerykanów uświadamia sobie, jak bezwzględnie tamci postępują. Najlepszym przykładem stosowanych przez nich metod jest sprawa Houdaille. Słyszeliście o niej? Houdaille, spółka produkująca narzędzia precyzyjne, wniosła skargę do sądu, że Japończycy wykradli jej patenty i licencje. Sąd federalny nakazał adwokatowi firmy, by udał się do Japonii i zebrał dowody, ale odmówiono mu wydania wizy.

— Żartujesz chyba...

— A cóż mieli do stracenia? Dobrze wiedzieli, że nie posuniemy się do takich sankcji jak cła zaporowe. Houdaille odwołało się do administracji Reagana, lecz i to nie przyniosło żadnego efektu. Firma musiała się wycofać z rynku. Nikt nie wytrzyma konkurencji z producentem stosującym dumpingowe ceny.

— Czy dumping nie przynosi strat?

— Tylko przez krótki czas. Jeżeli sprzedaje się miliony artykułów, można udoskonalić produkcję i obniżyć koszty. Już po kilku latach wytwarza się ten sam towar przy znacznie mniejszych nakładach finansowych. Jednocześnie, jeśli pokona się konkurencję, można kontrolować cały rynek. Japończycy myślą strategicznie, planują daleko naprzód, przewidują sytuację na pięćdziesiąt lat z góry. Każdy amerykański producent musi się rozliczać z zysków co trzy miesiące, bo inaczej cały dział księgowy znalazłby się na ulicy. Natomiast dla Japończyków doraźne profity nie mają znaczenia, zależy im na opanowaniu całego rynku. Traktują biznes jak wojnę, zdobywanie nowych terytoriów i spychanie przeciwnika, dążą do uzyskania całkowitej dominacji. Od trzydziestu lat nie robią niczego innego. Zdołali opanować nasz przemysł stalowy, telewizyjny, elektroniczny, komputerowy i narzędziowy, bo nikt nie stanął im na drodze. My nieustannie tracimy, a japońscy przemysłowcy wybierają kolejne cele. Systematycznie realizują swoje plany, natomiast my powołujemy komisje do badania wolnego rynku, który wkrótce stanie się mitem. Zresztą Japończycy w ogóle nie uznają wolnego rynku. Czy wiecie, czemu tak bardzo polubili Reagana? Powód jest bardzo prosty: podczas jego prezydentury zdobyli najwięcej, rozłożyli nas na łopatki.

— Dlaczego Amerykanie tego nie rozumieją? — zapytałem.

Connor zaśmiał się.

— A dlaczego kupujemy hamburgery? Tacy już jesteśmy, *kōhai*.

— Czy jest tu pan Connor?! — zawołała z sąsiedniej sali jakaś kobieta. — Telefon z hotelu Cztery Pory Roku.

Kapitan spojrzał na zegarek i wstał z krzesła.

— Wybaczcie — powiedział.

Przeszedł do drugiego pomieszczenia. Widziałem przez szklaną ścianę, jak rozmawia przez telefon i coś notuje.

— Chyba rozumiesz, że ten proceder trwa nadal — mówił Ron. — Dlaczego japońskie aparaty fotograficzne są tańsze w Nowym Jorku niż w Tokio? Przetransportowano je przez pół świata, opłacono cło i koszty dystrybucji, a mimo wszystko są tańsze. Jak to możliwe? Nawet japońscy turyści kupują u nas swoje towary. Jednocześnie produkty amerykańskie w Japonii są o siedemdziesiąt procent droższe niż u nas. Dlaczego więc amerykański rząd nie podejmuje żadnych działań? Nie wiem. Część odpowiedzi znajdziesz tutaj...

Wskazał stojący na biurku telewizor. Obok dalekopisu wypluwającego wstęgę papieru stał jakiś mężczyzna i coś mówił, ale odbiornik był ściszony.

— Znasz tego faceta? To David Rawlings, wykładowca ekonomii ze Stanfordu, specjalista do spraw regionu Pacyfiku. Możesz zrobić głośniej? Niewykluczone, że właśnie mówi o sprzedaży MicroConu.

Przekręciłem gałkę telewizora i usłyszałem słowa Rawlingsa:

— „...sądzę, że stanowisko naszego rządu w tej kwestii jest irracjonalne. Nie ulega wątpliwości, iż japońscy przedsiębiorcy zapewniają nowe miejsca pracy, podczas gdy rodzime firmy przenoszą się w głąb kraju, jednocześnie zwalniając pracowników. Japońscy inwestorzy nie potrafią zrozumieć stawianych im zarzutów".

Ron westchnął.

— Wciąż te same bzdurne argumenty — mruknął.

Profesor Rawlings nadal mówił, jakby prowadził wykład:

— „Amerykańscy obywatele również z niechęcią przyjmują pomoc, jaką służą naszemu krajowi zagraniczni inwestorzy...".

Levine zaśmiał się ironicznie.

— Rawlings należy do grupy, którą nazywamy „czcicielami chryzantem". Tworzą ją teoretycy akademiccy, bezkrytycznie szerzący japońską propagandę. Ale na dobrą sprawę nie mają wyboru, ponieważ potrzebują akceptacji Japończyków, aby kontynuować swoje prace badawcze. Gdyby zaczęli się krytycznie wypowiadać, straciliby wszelkie kontakty z Japonią, zamknięto by im drzwi przed nosem. Co więcej, tu, w Ameryce, zaczęto by szeptać odpowiednim ludziom do ucha, że nie można im ufać, że są zacofani, albo nawet nazwano by ich rasistami. Każdy, kto krytykuje Japończyków, jest rasistą. Wkrótce cała grupa utraciłaby stanowiska konsultantów. Wszyscy wiedzą, jaki los spotkał ich kolegów, którzy wyłamali się z szeregu, i nikt nie chce popełnić tego samego błędu.

Z sąsiedniego pokoju wrócił do nas Connor.

— Czy sprzedaż MicroConu nie jest przynajmniej w części nielegalna? — zapytał.

— Oczywiście, że jest, ale wszystko zależy od decyzji Waszyngtonu. Akai Ceramics opanowało już nasz rynek w sześćdziesięciu procentach i jeśli przejmie również MicroCon, stanie się monopolistą. Gdyby Akai było firmą amerykańską, nasz rząd mógłby zablokować transakcję na podstawie ustawy antymonopolowej. Ale to spółka japońska i nie podlega naszym regulacjom prawnym. Prawdopodobnie sprzedaż dojdzie do skutku.

— Więc obce firmy mogą zmonopolizować rynek amerykański, bo przepisy dotyczą tylko przedsiębiorstw krajowych?

— Owszem — odparł Ron. — Nasze przepisy wręcz zachęcają do sprzedaży amerykańskich zakładów zagranicznym inwestorom. Podobnie było z nabyciem miasteczka filmowego Universalu przez Matsushitę. Studia Universalu wystawiono na sprzedaż kilka lat temu. Próbowało je kupić kilka amerykańskich firm, ale im się to nie udało. W tysiąc dziewięćset osiemdziesiątym roku zrezygnował z tej transakcji Westinghouse, właśnie z powodu ustawy antymonopolowej. Później próbowało RCA, ale odkopano przepis o sprzeczności interesów. Kiedy jednak wpłynęła oferta Matsushity, nie było żadnych sprzeciwów. Niektóre przepisy uległy ostatnio zmianie i teraz RCA mogłoby wykupić studia, ale wtedy było to wbrew prawu. Sprawa MicroConu jest tylko jednym z wielu przykładów na to, że nasze przepisy są nieżyciowe.

— A jak do sprzedaży MicroConu odnoszą się amerykańskie firmy komputerowe? — zapytałem.

— Nikomu nie podoba się ta transakcja — odparł Ron — ale też nikt za bardzo nie protestuje.

— Dlaczego?

— Przedsiębiorcy amerykańscy uważają, że ingerencje rządu idą zbyt daleko. Czterdzieści procent naszego eksportu komputerów znajduje się pod ścisłą kontrolą, wielu produktów nie można sprzedawać, na przykład do Europy Wschodniej. Zimna wojna dobiegła końca, ale stare przepisy pozostały. Na tamte rynki wkraczają Japończycy, nawet Niemcy, a nasi eksporterzy nie mogą doprosić się zmiany przepisów. Tak więc nasze firmy wcale nie zamierzają domagać się od rządu zablokowania sprzedaży MicroConu, ponieważ nie widzą w tym swojego interesu.

— Przecież takie podejście nie ma sensu — stwierdziłem.

— Całkowicie się z tym zgadzam. W ciągu kilku lat wiele amerykańskich firm przestanie istnieć, bo kiedy Japończycy staną się jedynym dostawcą urządzeń do produkcji układów scalonych, będą mogli odmówić sprzedaży tych maszyn naszym przedsiębiorstwom.

— Czy to możliwe?

— Owszem, robili to już wcześniej — odparł Levine — na przykład z implanterami domieszek i innymi urządzeniami przemysłu elektronicznego. Ale firmy amerykańskie nie potrafią utworzyć wspólnego frontu, ciągle żrą się między sobą. A tymczasem Japończycy wciąż wykupują tego typu zakłady, średnio jeden na dziesięć dni, i to już od sześciu lat. Obrabiają nas, jak chcą, ale rząd nie zamierza się tym zająć, bo przecież mamy coś takiego jak CFIUS, czyli Komisję do spraw Inwestycji Zagranicznych w Stanach Zjednoczonych, której zadaniem jest nadzorowanie wyprzedaży naszych przedsiębiorstw. Tyle że CFIUS nic nie robi. Z ostatnich pięciuset transakcji wstrzymano tylko jedną. Kolejne firmy przechodzą w obce ręce, a żaden z polityków nie piśnie nawet słówka. Jedynie senator Morton usiłuje protestować, ale nikt go nie słucha.

— A zatem transakcja dojdzie do skutku?

— Tak słyszałem.

Rozległo się pukanie do drzwi i do sali zajrzała jakaś blondynka.

— Przepraszam, że ci przeszkadzam, Ron, ale Keith odebrał właśnie telefon z Los Angeles, od reportera NHK, japońskiej telewizji państwowej. Ten facet dopytuje się, dlaczego nasz komentator obraża Japonię.

Levine zmarszczył brwi.

— Obraża Japonię?

— Utrzymuje, że komentator powiedział przed kamerami: „Ci przeklęci Japończycy wykupują nasz kraj".

— Bzdura — odparł Ron. — Nikt by czegoś takiego nie powiedział przed kamerami. Kogo miał na myśli?

— Lenny'ego z Nowego Jorku. Na rozbiegu — odparła kobieta.

Levine pokręcił głową.

— Rozumiem. Kazałaś sprawdzić taśmy?

— Chłopcy jeszcze przeglądają materiał, ale podejrzewam, że to prawda.

— Jasna cholera!

— Co to jest „rozbieg"? — zapytałem.

— Codziennie otrzymujemy drogą satelitarną materiały z Waszyngtonu i Nowego Jorku, a potem odtwarzamy je w naszej sieci. Na początku i na końcu przekazu dajemy minutę rozbiegu, której nie puszcza się w eter — wyjaśnił Ron. — Wycinamy te kawałki. Ale każdy, kto ma antenę satelitarną i lubi się bawić w przechwytywanie tych transmisji, może odebrać cały materiał. Ostrzegamy wszystkich naszych ludzi, żeby uważali na to, co mówią przed kamerami, ale w tamtym roku, kiedy Louise skończyła mówić i beknęła głośno, odebraliśmy mnóstwo telefonów z całego kraju.

Na jego biurku zadzwonił telefon. Ron podniósł słuchawkę, słuchał przez chwilę, po czym odparł:

— W porządku, zrozumiałem. — Odłożył słuchawkę i popatrzył na nas. — Sprawdzili taśmy. Przed właściwym komentarzem Lenny powiedział do Louise: „Ci przeklęci Japończycy mają zamiar wykupić cały nasz kraj, zanim się połapiemy". Nie poszło to w eter, jednak rzeczywiście było w nagraniu. —

Z rezygnacją pokręcił głową. — Ten reporter z NHK na pewno wie, że nie puściliśmy tego do sieci.

— Owszem, ale twierdzi, że każdy mógł odebrać całość transmisji i na tej podstawie chce złożyć protest.

— Cholera! — zaklął Levine. — To znaczy, że oni śledzą nawet nasze wewnętrzne przekazy. Jezu... Co Keith ma zamiar zrobić z tym fantem?

— Stwierdził, że ma już dość przestrzegania naszych geniuszy z Nowego Jorku i chce, żebyś ty się tym zajął.

— Chce, żebym porozmawiał z tym reporterem z NHK?

— Zdaje się na twoje wyczucie. Nie zapominaj, że mamy umowę z NHK na przekazywanie im codziennie półgodzinnego serwisu i nie warto ryzykować jej zerwania. Keith sądzi, że powinieneś ich przeprosić w naszym imieniu.

Ron westchnął.

— Mam przepraszać nawet za to, co nie poszło w eter? Szlag by to trafił! — Odwrócił się do nas i powiedział: — Chłopcy, muszę się tym zająć. Czy macie jeszcze coś do mnie?

— Nie — odparłem. — Trzymaj się.

— Wszyscy musimy się mocno trzymać. Pewnie wiecie, że NHK wykłada miliard dolarów na uruchomienie ogólnoświatowej sieci informacyjnej. Zamierzają w tym celu przejąć od Teda Turnera CNN. A jeśli historia czegoś uczy... — Wzruszył ramionami. — Pewnie wkrótce pożegnamy się także z niezależną amerykańską siecią telewizyjną.

Kiedy wychodziliśmy z sali, usłyszałem, jak mówi przez telefon:

— Pan Akasaka? Tu Ron Levine z AFN... Tak, proszę pana... Tak, panie Akasaka... Chciałem gorąco, serdecznie przeprosić za to, co nasz komentator powiedział w przekazie satelitarnym...

Zamknąłem drzwi.

— Dokąd teraz? — zapytałem Connora.

Hotel Cztery Pory Roku to ulubione miejsce pobytu gwiazd i polityków. Wejście frontowe jest bardzo okazałe, ale my zaparkowaliśmy w bocznej uliczce, przed bramą dostawczą. Przy rampie rozładunkowej stała wielka ciężarówka, z której personel kuchenny wynosił kartony mleka.

Siedzieliśmy w samochodzie już od pięciu minut. W końcu Connor spojrzał na zegarek.

— Po co tu przyjechaliśmy? — zapytałem.

— Za chwilę zobaczysz, *kōhai*.

W drzwiach pojawiła się młoda kobieta w stroju pokojówki. Rozejrzała się dokoła i pomachała ręką. Connor odpowiedział jej takim samym gestem. Kobieta zniknęła w środku, a kapitan wyjął portfel i odliczył kilka dwudziestek.

— Jedną z pierwszych rzeczy, jakich nauczyłem się jako detektyw, było korzystanie z pomocy służby hotelowej. Bardzo mi się to teraz przydaje... Wiesz przecież, jak zaostrzyli przepisy. Nie wolno nam wejść do pokoju hotelowego bez nakazu rewizji, bo wtedy nawet gdybyśmy znaleźli coś obciążającego, nie mogłoby to zostać użyte jako dowód. Zgadza się?

— Owszem.

— Ale pokojówka może wejść do każdego pokoju, podobnie jak boy, sprzątaczka czy kelner.

— No tak...

— Nauczyłem się więc wyrabiać sobie dobre stosunki z obsługą najważniejszych hoteli — dodał kapitan i otworzył drzwi samochodu. — Zaraz wracam.

Wbiegł na rampę i stanął przy tylnym wejściu. Czekając na jego powrót, zacząłem bębnić palcami po kierownicy. Przypomniały mi się słowa kiedyś usłyszanej piosenki:

Zmieniłem zdanie, z tobą jest wspaniale,
Jakbym podziwiał cudnych fajerwerków balet.

Pokojówka znów wyszła na rampę i powiedziała szybko kilka słów do Connora, który zapisał coś w notesie. Po chwili wyciągnęła w jego stronę jakiś połyskujący złotawo przedmiot. Kapitan nawet go nie dotknął, obejrzał tylko i kiwnął głową. Kobieta schowała błyszczący przedmiot do kieszeni, wzięła pieniądze i zniknęła w środku budynku.

Szarpiesz moje nerwy, plączesz wszystkie myśli,
Zbyt wiele miłości zżera moje zmysły.
Stałem się bezwolny, bo gdy dreszcz poczuję...

Po paru sekundach w drzwiach pojawił się boy z granatowym garniturem na wieszaku. Connor zadał mu jakieś pytanie, a chłopak, zanim odpowiedział, spojrzał na zegarek. Kapitan kucnął i zaczął uważnie oglądać dolne krawędzie marynarki. Potem rozpiął ją i przyjrzał się mankietom spodni.

Kiedy skończył, boy odniósł garnitur i wrócił na rampę z drugim, nieco jaśniejszym, w delikatne prążki. Connor powtórnie dokonał oględzin. Najwyraźniej znalazł coś na marynarce, bo pośpiesznie zeskrobał to nożykiem do foliowej torebki. W końcu zapłacił boyowi i wrócił do samochodu.

— Sprawdzasz senatora Rowe'a? — zapytałem.

— Sprawdzam wiele rzeczy — odparł. — Jednak tym razem rzeczywiście chodzi mi o senatora.

— Wczoraj wieczorem jego asystent miał w kieszeni białe damskie majtki. Ale Cheryl nosiła czarną bieliznę.

— To prawda, sądzę jednak, że robimy postępy.

— Co masz w torebce?

Wyjął ją z kieszeni i uniósł do światła. Przez cienką folię dostrzegłem kilka ciemnych włókien.

— To chyba wełna z dywanu, tego samego koloru jak w sali konferencyjnej Nakamoto. Trzeba zrobić analizę laboratoryjną. Ale na razie musimy wyjaśnić jeszcze jedną sprawę. Ruszaj.

— Dokąd jedziemy?

— Do siedziby spółki Darley-Higgins, która jest właścicielem MicroConu.

W holu, za pulpitem recepcjonistki, jakiś robotnik przyczepiał na ścianie wielką tablicę ze złotymi literami tworzącymi nazwę spółki: DARLEY-HIGGINS INC. Pod spodem widniał napis: „Perfekcja zarządzania". Inni pracownicy układali w korytarzu wykładzinę.

Pokazaliśmy swoje odznaki i Connor poprosił o spotkanie z prezesem firmy, Arthurem Greimanem.

— Pan Greiman ma zajęty cały dzień — oznajmiła z wyraźnym południowym akcentem recepcjonistka, sympatyczna dziewczyna z zadartym nosem. — Czy byli panowie umówieni?

— Chcieliśmy mu zadać parę pytań w sprawie sprzedaży MicroConu.

— Zawiadomię w takim razie pana Endersa, wiceprezesa do spraw reklamy. Zwykle to on rozmawia z dziennikarzami o MicroConie.

— Dobrze — odparł Connor.

Usiedliśmy na sofie w holu. Na identycznej sofie pod przeciwległą ścianą czekała młoda kobieta w wąskiej spódnicy. Trzymała w ręku gruby rulon jakichś projektów. Robotnik wciąż rytmicznie uderzał młotkiem.

— Sądziłem, że spółka ma kłopoty finansowe, a oni zmieniają wystrój wnętrz — mruknąłem.

Connor wzruszył ramionami.

Siedząca nie opodal sekretarka bez przerwy odbierała telefony.

— Darley-Higgins. Proszę chwilę zaczekać... Darley-Higgins. Och, momencik, panie senatorze... Darley-Higgins. Tak, dziękuję bardzo...

Sięgnąłem po leżącą na stoliku broszurę. Było to roczne sprawozdanie Darley-Higgins Management Group, mającej oddziały w Atlancie, Dallas, Seattle, Los Angeles i San Francisco. Znalazłem w nim zdjęcie uśmiechającego się szeroko Arthura Greimana. Na sąsiedniej stronie był podpisany przez niego artykuł zatytułowany: „Zobowiązanie do perfekcji".

— Pan Enders za chwilę panów przyjmie — oznajmiła recepcjonistka.

— Dziękujemy — odparł Connor.

Po paru minutach do holu wkroczyło dwóch mężczyzn w ciemnych garniturach. Kobieta z sofki naprzeciwko, ściskając zwój projektów, poderwała się na nogi.

— Dzień dobry, panie Greiman.

— Witaj, Beverly — odparł starszy z mężczyzn. — Zaraz do ciebie podejdę.

Connor także wstał i recepcjonistka powiedziała szybko:

— Panie prezesie, ci dwaj panowie...

— Chwileczkę — przerwał jej Greiman, po czym odwrócił się do towarzyszącego mu trzydziestoletniego mężczyzny. — Wyjaśnij wszystko Rogerowi, tak żeby nie było najmniejszych wątpliwości — polecił mu.

Tamten z rezygnacją pokręcił głową.

— Na pewno mu się to nie spodoba.

— Wiem o tym, ale przekonaj go, że sześć milionów czterysta bezpośredniej kompensacji dla zarządu to absolutne minimum.

— Ależ, Arthurze...

— Wystarczy, że mu to powiesz.

— Oczywiście, zrobię to — odparł młodszy mężczyzna, poprawił krawat i dodał ściszonym głosem: — Boję się jednak, że na posiedzeniu rady niektórzy mogą głosować przeciwko podniesieniu tej sumy powyżej sześciu milionów, zwłaszcza teraz, kiedy zasoby firmy tak szybko topnieją...

— Nie mówimy o naszych zasobach — uciął Greiman. — Chodzi o opłaty kompensacyjne, które nie mają nic wspólnego z dochodami. Rada musi przystać na proponowany poziom kompensacji dla kadry kierowniczej. Jeśli Roger nie zdoła przekonać zarządu, wycofam poparcie dla ustaleń marcowego walnego zgromadzenia i zrezygnuję z mojej funkcji. To także możesz mu powiedzieć.

— W porządku, Arthurze, ale...

— Zrób to. I zadzwoń do mnie wieczorem.

— Dobrze.

Uścisnęli sobie dłonie i młodszy mężczyzna odszedł ze spuszczoną głową. Recepcjonistka znów zabrała głos:

— Panie Greiman, ci dwaj panowie...

Prezes odwrócił się w naszą stronę. Connor podszedł do niego i dyskretnie pokazał mu swoją odznakę.

— Och, na miłość boską! — wybuchnął Greiman. — Znowu? Co za utrapienie!

— Utrapienie?

— A jak by pan to nazwał? Mieliśmy tu już komisję senacką, potem FBI, a teraz policję z Los Angeles. Nie jesteśmy przestępcami! Ta firma to nasza własność i mamy pełne prawo ją sprzedać. Gdzie jest Louis?

— Pan Enders już schodzi — odparła recepcjonistka.

— Panie Greiman — odezwał się lodowatym tonem Connor — proszę wybaczyć, że przeszkadzamy, ale mam tylko jedno pytanie, zajmie to panu najwyżej minutę.

— Co to za pytanie?

— Ile było ofert na kupno MicroConu?

— To nie wasza sprawa — syknął prezes. — Poza tym wstępna umowa z Akai zawiera punkt, który głosi, że warunki transakcji nie zostaną podane do wiadomości publicznej.

— Czy otrzymali państwo więcej niż jedną ofertę? — nalegał Connor.

— Proszę zwrócić się z tym pytaniem do pana Endersa, ja jestem zajęty. — Greiman odwrócił się w stronę kobiety z rulonem projektów. — Beverly? Co masz dla mnie ciekawego?

— Przyniosłam poprawiony projekt wystroju sali posiedzeń, panie prezesie, a także próbki kafelków do łazienki. Wszystkie w przyjemnym szarym odcieniu, jak pan sobie życzył.

— Znakomicie — odparł Greiman, ujął kobietę pod ramię i poprowadził ją w głąb korytarza.

— Chodź, *kōhai* — powiedział do mnie Connor. — Łykniemy trochę świeżego powietrza.

— Dlaczego tak cię interesuje, czy były konkurencyjne oferty? — zapytałem, gdy wsiedliśmy do samochodu.

— Bo wiąże się to z naszym podstawowym pytaniem, które brzmi: Komu zależy na zrobieniu złej atmosfery wokół Nakamoto? — odparł. — Wiemy już, że sprzedaż MicroConu ma strategiczne znaczenie, stąd interwencja Kongresu. Ale innym kręgom z pewnością również nie podoba się ta transakcja.

— Mówisz o Japończykach?

— Właśnie.

— I od kogo chcesz się tego dowiedzieć?

— Od kierownictwa Akai.

x x x

Siedząca w recepcji Japoneczka zachichotała na widok odznaki policyjnej.

— Chcielibyśmy się zobaczyć z szefem firmy, panem Yoshidą — oświadczył Connor.

— Proszę chwilkę zaczekać — powiedziała dziewczyna, po czym wstała i odeszła w pośpiechu, niemal biegiem.

Akai Ceramics ma swoją siedzibę na czwartym piętrze nowoczesnego biurowca w El Segundo. Z części recepcyjnej o skromnym modernistycznym wystroju widać było całą perspektywę obszernej sali. Przy metalowych biurkach zastawionych telefonami i komputerami siedzieli ludzie, wszędzie słychać było miękkie postukiwanie w klawisze.

Rozejrzałem się dokoła.

— Dość skromnie — zauważyłem.

— Bo tu się pracuje — odparł Connor. — W Japonii ostentacja jest źle widziana, ponieważ sugeruje, że ma się do czynienia z niesolidnym partnerem. Stary Matsushita, który był prezesem trzeciego co do wielkości konsorcjum w Japonii, latał z Tokio do Osaki zwykłymi liniami lotniczymi. Wartość jego majątku wyceniano na pięćdziesiąt miliardów dolarów, ale on nigdy nie korzystał z prywatnego odrzutowca.

Kiedy czekaliśmy na Yoshidę, przyglądałem się pracującym w sali ludziom. Byli to niemal wyłącznie mężczyźni i wszyscy mieli na sobie granatowe garnitury. Wśród nich zauważyłem jedynie paru Japończyków — reszta była Amerykanami.

— Jeśli jakaś firma w Japonii ma kłopoty finansowe, pierwszym posunięciem zarządu jest obniżenie własnych uposażeń. Kadra kierownicza do tego stopnia utożsamia się z przedsiębiorstwem, że poziom swojego życia uzależnia od sytuacji przedsiębiorstwa.

Wróciła recepcjonistka i bez słowa usiadła za biurkiem. Zaraz po niej pojawił się Japończyk w granatowym garniturze. Był to dystyngowany siwowłosy mężczyzna noszący okulary w rogowej oprawie.

— Dzień dobry panom. Nazywam się Yoshida.

Connor przedstawił nas obu, ukłoniliśmy się i wręczyliśmy mu nasze wizytówki. Pan Yoshida oburącz ujmował każdą wizytówkę i kłaniał się nam nisko, a my kłanialiśmy się jemu. Zauważyłem, że Connor nie powiedział ani słowa po japońsku.

Yoshida poprowadził nas do swego gabinetu, którego okna wychodziły na płytę lotniska. Pokój umeblowany był po spartańsku. Gospodarz wskazał nam krzesła.

— Życzą sobie panowie kawy czy herbaty?

— Nie, dziękujemy bardzo — odparł kapitan. — Przyszliśmy tu w sprawie urzędowej.

— W czym mogę panom pomóc?

— Chcielibyśmy porozmawiać o kupnie MicroConu.

— Ach, tak... To dość kłopotliwa transakcja. Nie sądziłem jednak, że interesuje się nią nawet policja.

— Bo chyba rzeczywiście nie jest to sprawa dla policji. Ale czy mógłby pan nam opowiedzieć o szczegółach transakcji? Oczywiście jeśli nie jest to objęte tajemnicą handlową.

Yoshida obrzucił nas zdumionym spojrzeniem.

— Tajemnicą? Skądże znowu. Cała sprawa jest absolutnie jawna i taka była od początku. We wrześniu ubiegłego roku zgłosił się do naszego zarządu pan Kobayashi, reprezentujący spółkę Darley-Higgins w Tokio. Wtedy właśnie się dowiedzieliśmy, że MicroCon ma być sprzedany. Mówiąc szczerze, zaskoczyła nas ta propozycja. Rozpoczęliśmy negocjacje na początku października, a w połowie listopada została uzgodniona wstępna wersja umowy. Kiedy negocjacje wkroczyły w decydującą fazę, szesnastego listopada Kongres zgłosił swoje obiekcje.

— Powiedział pan, że byliście zaskoczeni wystawieniem firmy na sprzedaż...

— Tak, oczywiście.

— Dlaczego?

Yoshida szeroko rozłożył ręce, oparł dłonie na krawędzi biurka i powiedział powoli:

— Przypuszczaliśmy, że MicroCon jest przedsiębiorstwem państwowym, ponieważ w dużej mierze był finansowany przez rząd. O ile dobrze pamiętam, udziały państwa wynosiły trzynaście procent wartości kapitałowej. W Japonii taką firmę uznano by za państwową. Dlatego bardzo ostrożnie przystępowaliśmy do negocjacji, chcieliśmy uniknąć kłopotów. Otrzymaliśmy jednak zapewnienie od naszych przedstawicieli w Waszyngtonie, że nikt nie zgłasza obiekcji co do tej transakcji.

— Rozumiem.

— Tak jak przypuszczaliśmy, dość szybko pojawiły się kłopoty. Teraz sądzę, że Amerykanie traktują tę sprzedaż jak pretekst do rozpoczęcia wojny. Niektórzy waszyngtońscy politycy trochę się przestraszyli. Wcale tego nie chcieliśmy.

— Nie spodziewaliście się, że amerykański rząd zgłosi zastrzeżenia?

Yoshida wzruszył ramionami.

— Oba nasze kraje bardzo się różnią. W Japonii dokładnie wiemy, czego możemy się spodziewać. Tutaj jednak zawsze znajdzie się ktoś, kto ma odmienne zdanie i będzie je rozpowszechniał. Akai Ceramics wcale nie miało zamiaru angażować w tę sprawę opinii publicznej, ale wyszło inaczej.

Connor współczująco pokiwał głową.

— Mówi pan tak, jakbyście zamierzali się wycofać.

— Zarząd mojej firmy nie szczędzi mi słów krytyki za to, że nie wziąłem pod uwagę takiego obrotu spraw. Nie chcą uwierzyć, że nie można było tego przewidzieć. Waszyngton nie prowadzi jasnej polityki, potrafi zmienić zdanie z dnia na dzień — powiedział Yoshida i zaraz dodał: — Przynajmniej tak to wygląda z naszego punktu widzenia.

— Mimo wszystko spodziewa się pan, że transakcja dojdzie do skutku?

— Cóż... Niewykluczone, że zdanie polityków waszyngtońskich przeważy, a wiecie, panowie, iż rządowi w Tokio bardzo zależy na przyjaznych stosunkach z Ameryką. Nasi politycy też nie chcą, żeby przemysłowcy zawierali transakcje, które mogą być źle widziane przez Amerykanów. Sprzedaż Centrum Rockefellera i miasteczka filmowego Universalu wywołała wielką falę krytyki. Przykazano wtedy wszystkim naszym biznesmenom, żeby postępowali... *yōjinbukai*. To znaczy...

— Z wyczuciem — podsunął mu Connor.

— Właśnie, z wyczuciem, delikatnie i ostrożnie — przytaknął Japończyk i popatrzył na niego ze zdziwieniem. — Zna pan japoński?

— Trochę.

Yoshida kiwnął głową. Przez chwilę jakby się zastanawiał, czy nie przejść na japoński, ale w końcu powiedział po angielsku:

— Chcielibyśmy zachować z wami przyjacielskie stosunki. Uważamy, że ta fala krytyki jest przesadzona. Spółka Darley-Higgins ma poważne kłopoty finansowe, może przez złe zarządzanie, może z innych powodów, trudno powiedzieć. Ale to nie nasza wina, nie jesteśmy za to odpowiedzialni. Poza tym wcale nie staraliśmy się zdobyć MicroConu, zaproponowano nam kupno tej firmy. A teraz krytykuje się nas za to, że chcieliśmy pomóc w kłopotach...

Za oknem wzbił się w niebo wielki odrzutowiec i wszystkie szyby zadzwoniły.

— A co się stało z pozostałymi ofertami? Dlaczego inni chętni zrezygnowali?

Yoshida zmarszczył brwi.

— Nie było żadnych chętnych. Zaoferowano nam kupno tej firmy w ścisłej tajemnicy. Darley-Higgins nie chciało ujawniać swoich kłopotów finansowych, dlatego zgodziliśmy się im pomóc. Ale teraz... Dziennikarze obrzucają nas błotem i czujemy się bardzo... *kizu tsuita*... związani?

— Skrępowani.

— Właśnie. Tak to wygląda. — Japończyk wzruszył ramionami i dodał: — Mam nadzieję, że panowie zrozumieli mój słaby angielski.

Zapadło milczenie. Przez dobrą minutę nikt się nie odzywał. Connor wbijał nieruchome spojrzenie w Yoshidę, a ja obserwowałem ich obu z boku. Wystartował kolejny odrzutowiec i znowu zadrżały szyby. Nikt nie przerywał milczenia. W pewnym momencie Yoshida westchnął ciężko, a Connor kiwnął głową. Po chwili Japończyk poruszył się niespokojnie i złożył ręce na brzuchu. Connor również westchnął i odchrząknął. Yoshida odpowiedział kolejnym westchnieniem. Obaj nie spuszczali z siebie wzroku. Domyślałem się, że to wszystko ma jakieś znaczenie, ale nic z tego nie rozumiałem.

— Nie chciałbym, aby wynikło jakieś nieporozumienie, kapitanie — odezwał się w końcu Yoshida. — Akai Ceramics jest rzetelną firmą. Nie mamy nic wspólnego z... zaistniałymi komplikacjami. Znajdujemy się w trudnej sytuacji, ale postaram się panom pomóc, jeśli tylko będę potrafił.

— Będę bardzo wdzięczny — odparł kapitan.

Yoshida się podniósł, Connor także, a ja za nim. Skłoniliśmy się wszyscy, po czym uścisnęliśmy dłoń Japończyka.

— Proszę bez wahania się ze mną skontaktować, gdybym mógł być w czymś pomocny.

— Bardzo dziękuję — powiedział Connor.

Yoshida odprowadził nas do drzwi swojego gabinetu. Ukłoniliśmy się jeszcze raz i wyszliśmy.

Na korytarzu czekał rumiany czterdziestoletni Amerykanin. Od razu go rozpoznałem: był to ten sam blondyn, którego poprzedniego wieczoru widziałem w samochodzie obok senatora Rowe'a. Ten sam, który nie wymienił swojego nazwiska.

Yoshida wyraźnie się ucieszył.

— Ach, Richmond-san! Bardzo dobrze się składa, że przyszedłeś. Ci dwaj panowie pytali mnie o MicroCon *baishū*. — Odwrócił się do nas. — Może chcieliby panowie porozmawiać z panem Richmondem? Na pewno będzie mógł was poinformować o wielu szczegółach tej sprawy.

x x x

— Bob Richmond z firmy Myers, Lawson and Richmond — przedstawił się rumiany Amerykanin, niemal zgniatając mi palce w uścisku. Był mocno opalony i wyglądał na faceta, który każdą wolną chwilę poświęca grze w tenisa. Uśmiechnął się szeroko. — Jaki ten świat mały, prawda?

Connor i ja wymieniliśmy swoje nazwiska.

— Czy senator Rowe bezpiecznie dotarł wczoraj do domu? — zapytałem.

— Oczywiście — odparł Richmond. — Dziękuję za pańską pomoc. — Znów się uśmiechnął. — Aż strach pomyśleć, jak musiał się czuć dzisiaj rano. Sądzę jednak, że to nie pierwszy raz. — Kołysał się w przód i w tył na piętach niczym tenisista czekający na serw przeciwnika. Sprawiał wrażenie zdenerwowanego. — Muszę przyznać, że nigdy bym się nie spodziewał zastać obu panów w tym miejscu. Czy jest coś, o czym powinienem wiedzieć? Reprezentuję Akai w negocjacjach w sprawie kupna MicroConu.

— Nie — odparł spokojnie Connor. — Po prostu staramy się zebrać jak najwięcej informacji.

— Czy to ma coś wspólnego z wczorajszymi wydarzeniami w Nakamoto?

— Nie wiem, ale nie sądzę.

— Jeśli panowie sobie życzą, możemy porozmawiać w sali konferencyjnej.

— Niestety, śpieszymy się na umówione spotkanie — oświadczył Connor. — Ale być może będziemy jeszcze chcieli zamienić z panem kilka słów.

— Chętnie odpowiem na wszystkie pytania panów — odparł Richmond. — Będę w swoim biurze za jakąś godzinę — dodał i wręczył nam swoją wizytówkę.

— Doskonale — mruknął kapitan.

Richmond jednak odprowadził nas do windy.

— Pan Yoshida to człowiek starej daty — powiedział. — Jestem przekonany, że zachowywał się z godnością, ale całe to zamieszanie wokół MicroConu doprowadza go do furii. Zbiera tęgie baty od zarządu firmy w Tokio, a to niesprawiedliwe, bo decyzje Waszyngtonu naprawdę związały mu ręce. Zapewniano go, że nie będzie żadnych obiekcji co do sprzedaży MicroConu, a potem Morton zaczął nam nagle ciskać kłody pod nogi.

— Naprawdę tak było? — zapytał Connor.

— Owszem — odparł Richmond. — Nie mam pojęcia, o co chodzi Johnowi Mortonowi, ale zadał nam cios poniżej pasa. Sprawa była już dogadana, CFIUS nie zgłaszał żadnych sprzeciwów, a kiedy negocjacje weszły w decydującą fazę, zaczęły się problemy. W takich warunkach nie da się robić interesów. Mam tylko nadzieję, że John w porę się opanuje i pozwoli nam sfinalizować tę transakcję. Na razie jednak wychodzi z niego rasista.

— Rasista?

— Oczywiście. Tak samo było ze sprzedażą Fairchilda. Pamiętacie tę sprawę? W tysiąc dziewięćset osiemdziesiątym szóstym roku Fujitsu chciało wykupić Fairchild Semiconductor, ale Kongres zablokował sprzedaż, zasłaniając się sprawą bezpieczeństwa narodowego: twierdzono, że tego typu przedsiębiorstwo nie może stać się własnością zagranicznej spółki. Kilka lat później Fairchilda sprzedano Francuzom i żaden z polityków nie protestował. Okazało się, że „tego typu przedsiębiorstwo" można jednak sprzedać zagranicznej spółce, byle nie japońskiej. To chyba jasne, że mamy tu do czynienia z rasizmem, z niczym innym.

Zatrzymaliśmy się przed drzwiami windy.

— W każdym razie proszę zadzwonić — powiedział Richmond. — Umówimy się na spotkanie.

— Dziękujemy — odparł kapitan.

Weszliśmy do środka, drzwi windy zasunęły się za nami.

— Dupek — mruknął Connor.

Jechaliśmy na północ, w stronę Wilshire, na spotkanie z senatorem Mortonem.

— Dlaczego uważasz go za dupka? — zapytałem.

— Bob Richmond od roku jest asystentem Amandy Marden, głównej negocjatorki w transakcjach Japończyków. Poprzednio pełnił rolę doradcy i uczestniczył we wszystkich spotkaniach dotyczących strategii naszego rządu. Ale nagle zmienił front i zaczął pracować dla Japończyków, którzy płacą mu pięćset tysięcy rocznie plus premie od każdej transakcji. Z pewnością jest tego wart, ponieważ wie wszystko o naszej gospodarce, a takie informacje są bardzo przydatne przy zawieraniu umów.

— Czy to legalne?

— Oczywiście, zawsze wykorzystuje się ludzi tego rodzaju. Gdyby Richmond pracował dla którejś z firm o strategicznym znaczeniu, takich jak Microsoft, musiałby przy rezygnacji podpisać zobowiązanie, że przez pięć lat nie podejmie pracy w żadnej konkurencyjnej instytucji... chodzi o to, żeby nie zdradzać tajemnic przemysłowych konkurentom. Ale nasz rząd nie stosuje takich restrykcyjnych zakazów.

— Więc dlaczego nazywasz go dupkiem?

— Z powodu tych bredni o rasizmie — prychnął Connor. — Przecież on doskonale wie, dlaczego zablokowano sprzedaż Fairchilda. Nie miało to nic wspólnego z rasizmem.

— Nie?

— Jest jeszcze coś, z czego Richmond na pewno zdaje sobie sprawę: największymi rasistami na świecie są właśnie Japończycy.

— Naprawdę?

— Oczywiście. Kiedy japońscy dyplomaci...

Zadzwonił telefon. Wcisnąłem klawisz i powiedziałem:

— Porucznik Smith.

Z głośnika dobiegł zirytowany męski głos:

— Jezu, nareszcie! Gdzie się podziewaliście, do cholery? Chciałbym w końcu położyć się spać.

Rozpoznałem głos Freda Hoffmanna, który poprzedniego wieczoru pełnił służbę oficera dyżurnego.

— Dzięki, że się wreszcie odezwałeś, Fred — powiedział Connor.

— Szukaliście mnie?

— Owszem. Wciąż nie dają mi spokoju te telefony z Nakamoto, które wczoraj odebrałeś.

— Chyba wszyscy w tym mieście się nimi interesują. Co najmniej pół wydziału suszyło mi głowę w tej sprawie, a Jim Olson przeniósł się na moje biurko i zakopał w papierach. Nie wydaje mi się jednak, żeby znalazł coś niezwykłego.

— Czy mógłbyś nam dokładnie opowiedzieć, co się działo?

— Jasne. Najpierw odebrałem wiadomość z dzielnicówki, to było pierwsze zgłoszenie. Ci z komisariatu nie mieli pojęcia, jak to zakwalifikować. Mówili, że zadzwonił do nich ktoś z silnym azjatyckim akcentem, w dodatku bardzo zdenerwowany albo naćpany. Podobno mówił o jakichś problemach ze zwłokami. Tamci nie wiedzieli, co z tym fantem począć. W każdym razie zanotowałem to zgłoszenie, była dwudziesta trzydzieści, a ponieważ dzielnicówka utrzymywała, że chodzi o zabójstwo, wysłałem tam Toma Grahama i Roddy'ego Merino. A potem oni zwalili mi cały ten kram na głowę.

— Czemu wysłałeś właśnie ich?

— Do cholery, byli pierwsi na liście. Wiecie chyba, że

musimy stosować rotację, aby uniknąć podejrzeń o tendencyjność. Takie są przepisy i ja się ich po prostu trzymałem.

— Jasne.

— O dwudziestej pierwszej Graham zadzwonił do mnie i powiedział, że mają problemy. Chodziło o Japończyków z Nakamoto... domagali się przydzielenia oficera łącznikowego ze służb specjalnych. Sprawdziłem na naszej liście, że dyżur SSO pełni Pete Smith. Podałem Grahamowi twój numer domowy i chyba zaraz do ciebie zadzwonił, Pete.

— Tak, zgadza się — odparłem.

— W porządku — powiedział Connor. — Co było później?

— Jakieś dwie minuty po rozmowie z Grahamem, mniej więcej pięć po dziewiątej, odebrałem kolejny telefon. Dzwonił mężczyzna, mówiący z obcym akcentem, też chyba azjatyckim. Powiedział, że w imieniu Nakamoto domaga się przydzielenia do tej sprawy kapitana Connora.

— Nie przedstawił się?

— Owszem, wymienił swoje nazwisko. Zmusiłem go do tego i zanotowałem je. Nazywa się Koichi Nishi.

— I mówił w imieniu Nakamoto?

— Tak twierdził — odparł Hoffmann. — Ja tylko odbierałem telefony, skąd mam wiedzieć, do cholery, czy mówił prawdę? Zresztą dziś rano zarząd Nakamoto złożył oficjalny protest... nie podobało im się, że do prowadzenia śledztwa wyznaczono kapitana Connora. Stwierdzili też, że nie pracuje u nich żaden Koichi Nishi i ktoś wprowadził nas w błąd. Mogę was jednak zapewnić, że ten facet naprawdę do mnie dzwonił, nie wyssałem sobie tego z palca.

— Przecież nikt ci tego nie zarzuca — odparł Connor. — Twierdzisz, że twój rozmówca miał azjatycki akcent?

— Owszem. Mówił dość dobrze po angielsku, ale wyczuwało się obcy akcent. Uderzyło mnie także, że bardzo dużo o tobie wiedział.

— Co?

— Po pierwsze, zapytał, czy mamy twój numer telefonu, bo

jeśli nie, to może mi podyktować. Odparłem, że mamy. Pomyślałem, że tylko tego brakowało, żeby jakiś Japończyk dyktował mi numer telefonu oficera z naszego wydziału. A potem powiedział: „Wie pan, kapitan Connor nie zawsze podnosi słuchawkę, dlatego chyba lepiej będzie, jeśli kogoś do niego wyślecie".

— Ciekawe... — mruknął kapitan.

— Wtedy zadzwoniłem do Pete'a i poprosiłem, żeby cię po drodze zabrał. To wszystko. Domyślałem się, że chodzi o jakieś problemy natury politycznej. Wiedziałem, że Graham przeżywa tam ciężkie chwile, inni też miotali się jak w ukropie. Zresztą powszechnie wiadomo, że masz jakieś układy z Japończykami, dlatego nie miałem nic przeciwko tej propozycji. A potem zrobił się straszny rwetes i zaczęto mnie obrzucać błotem.

— Jaki znowu rwetes? — zdziwił się Connor.

— O dwudziestej trzeciej zadzwonił szef i zaczął dopytywać się o Grahama. Koniecznie chciał wiedzieć, dlaczego do tej sprawy wyznaczyłem właśnie jego. Wyjaśniłem mu to, ale nadal się wściekał. Potem, pod koniec mojej służby, koło piątej nad ranem, rozpętało się piekło. Chodziło o ciebie, John. Teraz doszedł jeszcze ten artykuł w „Timesie" o rasistowskiej policji. Nie mam pojęcia, skąd oni wytrzasnęli te bzdury. Ciągle muszę wszystkim wyjaśniać, że postępowałem zgodnie z regulaminem, punkt po punkcie. Nikt mi nie wierzy, ale taka jest prawda.

— Oczywiście — odparł Connor. — Mam jeszcze jedno pytanie, Fred. Czy przesłuchiwałeś ponownie taśmę z oryginalnym nagraniem zgłoszenia, które odebrali w dzielnicy?

— Pewnie, że tak. Po raz ostatni jakąś godzinę temu. Dlaczego o to pytasz?

— Czy głos tego faceta był podobny do głosu tamtego, który przedstawił się jako Nishi?

Hoffmann zaśmiał się.

— Jezu, nie mam pojęcia. Może i tak. Jak miałbym rozróżnić dwóch Azjatów mówiących przez telefon łamaną angielszczyzną? Ten pierwszy sprawiał wrażenie bardzo zdenerwowanego. Może był w szoku, może naćpany? Trudno powiedzieć. Jednego jestem pewien: niezależnie od tego, jak naprawdę nazywa się ten Nishi, cholernie dużo wie o tobie.

— Dzięki, to bardzo ważna wiadomość — odparł Connor. — Wracaj do domu.

Skręciłem z autostrady i ruszyłem w stronę Wilshire. Czekało nas spotkanie z senatorem Mortonem.

— W porządku, senatorze. Teraz proszę spojrzeć w tę stronę... Jeszcze trochę... właśnie tak. Podoba mi się... Tak, bardzo dobrze... Teraz proszę o trzy minuty przerwy.

Reżyser, krępy mężczyzna w skórzanej kurtce i czapce baseballowej, zeskoczył z siedzenia kamerzysty i mówiąc z wyraźnym brytyjskim akcentem, zaczął wykrzykiwać polecenia do swoich ludzi:

— Jerry, daj tu ekran, słońce jest za mocne! Czy moglibyście podmalować senatorowi oczy? Potrzebny mi jest większy kontrast. Ellen, widzisz ten błyszczący ślad na prawym ramieniu? Zajmij się tym, złociutka. Poprawcie klapy marynarki, widać mikrofon na krawacie. Mamy za mało siwych włosów, więc rozjaśnijcie senatorowi skronie. I rozprostujcie ten chodnik, żeby senator się nie potknął. Pośpieszcie się, bo stracimy dobre oświetlenie.

Connor i ja staliśmy z boku. Przystojna asystentka producenta, dziewczyna o imieniu Debbie, poinformowała nas z dumą:

— To Edgar Lynn.

— Czy powinniśmy znać jego nazwisko? — zapytał Connor.

— Przecież to najdroższy i najbardziej rozchwytywany reżyser reklamówek na świecie. Jest wielkim artystą. To właśnie on robił tę fantastyczną promocję komputerów Apple w tysiąc dziewięćset osiemdziesiątym czwartym roku, a później... Och, robił mnóstwo rzeczy. Ma też na koncie głośne filmy fabularne. Jest po prostu najlepszy. — Zamilkła na chwilę, po czym dodała: — I w dodatku jeszcze całkiem normalny. Naprawdę.

Stojący naprzeciwko kamery senator John Morton cierpliwie znosił krzątaninę czterech osób, które poprawiały mu krawat, układały klapy marynarki, rozjaśniały włosy i maskowały cienie pod oczyma. Miał na sobie elegancki garnitur. Za nim ciągnęło się pole golfowe, a w tle widoczne były drapacze chmur Beverly Hills. Ekipa filmowa rozpostarła na trawie chodnik, po którym Morton miał podejść do kamery.

— A co pani myśli o senatorze? — zapytałem.

Debbie pokiwała głową.

— Myślę, że świetnie się nadaje.

— Ma pani na myśli urząd prezydenta? — wtrącił Connor.

— Tak. Będzie wyglądał wspaniale, kiedy Edgar błyśnie talentem. Spójrzcie sami, senator nie jest przecież Melem Gibsonem, prawda? Ma zbyt wydatny nos, za dużą łysinę, a te jego piegi to prawdziwy problem, bo fatalnie wyjdą na zdjęciach. Odciągną uwagę widzów od oczu, a wyraz oczu najlepiej świadczy o kandydacie.

— Wyraz oczu... — mruknął kapitan.

— Właśnie, wielu polityków zwyciężało w wyborach dzięki swoim oczom. — Wzruszyła ramionami, jakby zdziwiona, że tego nie wiemy. — Ale jeśli Morton zda się na Edgara... To wielki artysta, naprawdę.

Obok nas przeszedł Edgar Lynn, ciągnąc za sobą kamerzystę.

— Chryste, zlikwiduj jakoś te cienie pod oczami senatora — mówił do niego. — I zrób coś z jego brodą, spróbuj podkreślić zarys dolnej szczęki.

— Zrobi się — odparł tamten.

Asystentka przeprosiła nas i odeszła. Przyglądaliśmy się z pewnej odległości Mortonowi, wokół którego wciąż kręcili się specjaliści od charakteryzacji.

— Panowie Connor i Smith?

Odwróciłem się szybko. Za nami stał młody mężczyzna

w granatowym prążkowanym garniturze. Pomyślałem, że to pewnie sekretarz senatora: odpicowany, ugrzeczniony, lecz czujny.

— Nazywam się Bob Woodson, pracuję w biurze senatora Mortona — powiedział. — Dziękuję, że panowie przyjechali.

— Nie ma za co — odparł Connor.

— Wiem, że senator bardzo chce z panami porozmawiać. Proszę wybaczyć, ale te zdjęcia nieco się przeciągają. Myśleliśmy, że wystarczy jedno ujęcie. — Spojrzał na zegarek. — To już długo nie potrwa, zaraz potem senator będzie miał czas dla panów.

— Czy pan wie, o co chodzi? — zapytał kapitan.

Ktoś z planu zawołał:

— Cisza, kręcimy! Bardzo proszę o ciszę!

Morton został sam.

Edgar Lynn popatrzył na niego przez wizjer kamery.

— Jeszcze za słabo widać siwiznę — oświadczył. — Ellen, nie żałuj farby na skroniach.

— Mam nadzieję, że nie wyjdzie na zdjęciach zbyt staro — mruknął Woodson.

— Kamera widzi wszystko inaczej — wyjaśniła Debbie, która znowu się przy nas znalazła. — Siwizna musi się wyraźnie odcinać. Ellen rozjaśniła mu tylko skronie, dzięki temu senator będzie wyglądał bardziej dystyngowanie.

— Nie chcę, żeby wyszedł staro. Czasami, kiedy jest bardzo zmęczony, naprawdę sprawia wrażenie znacznie starszego.

— Proszę się o to nie martwić.

— Teraz dobrze! — zawołał Lynn. — Tak, wystarczy. Senatorze, czy jest pan gotów do drugiego ujęcia?

— Od czego mam zacząć? — zapytał Morton.

— Od słów: „Może tak jak ja..." — przeczytała głośno sekretarka planu.

— To znaczy, że pierwszej części nie powtarzamy? — upewnił się senator.

— Nie, wyszła znakomicie — odparł Lynn. — Teraz zaczynamy od tego miejsca, kiedy stoi pan przodem do kamery,

298

posyła w naszą stronę stanowcze, męskie spojrzenie i mówi: „Może tak jak ja...". Jasne?

— W porządku.

— Niech pan się skupi na tym męskim, władczym spojrzeniu.

— To wyjdzie na zdjęciach? — zdziwił się Morton.

— Lynn zawali mu całą kampanię... — jęknął Woodson.

— Dobra! — wrzasnął reżyser. — Kręcimy powtórkę. Jedziemy!

× × ×

Senator Morton podszedł do kamery.

— Może tak jak ja jesteście zaniepokojeni utratą naszej dominującej roli w ostatnich latach — zaczął. — Stany Zjednoczone nadal są militarną potęgą, jednak bezpieczeństwo narodowe zależy nie tylko od potencjału militarnego, ale także ekonomicznego. A właśnie na polu gospodarki przegrywamy. Jak bardzo? W czasie dwóch ostatnich kadencji prezydenckich staliśmy się największym kredytobiorcą na świecie. Nasz przemysł pozostaje daleko w tyle za przemysłem innych krajów, nasi robotnicy są gorzej wyszkoleni. Amerykańskim inwestorom zależy jedynie na szybkim zysku, więc przedsiębiorcy nie robią żadnych planów na przyszłość. W rezultacie poziom życia obywateli zaczyna się obniżać.

— Wreszcie ktoś miał odwagę to powiedzieć — szepnął Connor.

— Wielu Amerykanów niepokoi jeszcze jedno zjawisko... Coraz częściej słyszy się, że wkrótce możemy uzależnić się ekonomicznie od Japonii lub Europy. Zwłaszcza od Japonii, która bardzo się w ostatnich latach rozwinęła i urosła w siłę. Japończycy przejmują nasze zakłady przemysłowe, tereny rekreacyjne, a nawet całe miasta. — Wskazał ręką pole golfowe i drapacze chmur za swoimi plecami. — Niektórzy sądzą, iż Japonia dysponuje już wystarczającą potęgą, by przejąć kontrolę nad gospodarką naszego kraju.

Zamilkł na chwilę, jakby się nad czymś zastanawiał.

— Na ile uzasadnione są te obawy? Czy mamy podstawy do niepokoju? Na pewno znajdą się ludzie, którzy będą wam wmawiać, że zagraniczne inwestycje są dla nas błogosławieństwem, że bardzo ich potrzebujemy. Inni reprezentują odmienny punkt widzenia i twierdzą, że wyprzedajemy za bezcen nasze dziedzictwo narodowe. Które stanowisko jest słuszne? Które z nich powinniśmy... które mamy... Jasna cholera! Jak to szło? — Cięcie! Cięcie! — zawołał Edgar Lynn. — Pięć minut przerwy. Muszę się jeszcze zastanowić nad paroma rzeczami i pojedziemy po raz drugi. Bardzo dobrze, senatorze. Podobało mi się.

— „Które z nich powinniśmy zająć w trosce o przyszłość Ameryki?" — przeczytała sekretarka z maszynopisu przemowy Mortona.

— Które z nich powinniśmy zająć w trosce... — powtórzył senator i pokręcił głową. — Nie zapamiętam tego w żaden sposób. Zmieńmy to zdanie. Margie, zrób coś z tym. Albo nie, dajcie mi tekst. Sam to zmienię.

Ponownie zniknął, otoczony przez charakteryzatorów. Poprawiano mu makijaż, wygładzano ubranie.

— Zaczekajcie tu, panowie — powiedział Woodson. — Zobaczę, czy senator nie mógłby teraz poświęcić wam kilku minut.

× × ×

Staliśmy obok huczącego wozu transmisyjnego, z którego wychodziły grube pęki kabli. Kiedy Morton zaczął iść w naszą stronę, podbiegło do niego dwóch doradców z grubymi plikami wydruków komputerowych.

— John, spójrz na to...

— Koniecznie musisz wziąć to pod uwagę...

— Co to jest? — spytał ich Morton.

— Ostatnie wyniki sondaży Gallupa i Fieldinga.

— A to najnowsza analiza wypowiedzi wyborców, podzielonych na grupy wiekowe.

— I co z tego wszystkiego wynika?

— Spójrz na ten dolny wykres, John. Prezydent ma rację.

— Nie wmawiaj mi tego, bo przecież występuję przeciwko niemu.

— On naprawdę ma rację, jeśli chodzi o konserwatyzm. Nie możesz używać przed kamerami tego słowa.

— Nie wolno mi nawet wymówić słowa „konserwatyzm"?

— Nie, John.

— To by był twój koniec.

— Zobacz, wyraźnie widać to na wykresach.

— Chcesz, żebyśmy je dokładnie omówili?

— Nie — warknął Morton, po czym spojrzał na nas. — Zaraz do was podejdę — powiedział z uśmiechem.

— Spójrz tutaj, John...

— Konserwatyzm oznacza dalsze obniżenie poziomu życia, a ludzie już teraz bardzo na to narzekają. Nikt nie chce dalszego pogorszenia sytuacji.

— Nieprawda — zaoponował senator. — To błędne rozumowanie.

— Ale wyborcy myślą właśnie w ten sposób.

— W takim razie się mylą.

— John, czy masz zamiar mówić swoim wyborcom, co mają myśleć?

— Tak, mam zamiar to zrobić. Konserwatyzm wcale nie jest synonimem obniżenia poziomu życia. To prężność, siła i swoboda. Nie musimy z niczego rezygnować. Będziemy tak samo ogrzewać mieszkania i tak samo korzystać z samochodów, ale zużywając przy tym mniej opału i mniej benzyny. Trzeba tylko produkować wydajniejsze grzejniki i oszczędniejsze pojazdy. Mniej spalin, więcej zdrowia. Przecież to wykonalne, zrobiły tak już inne kraje, chociażby Japonia.

— John, proszę...

— Tylko nie nawiązuj do Japonii.

Morton zignorował ich.

— W ciągu ostatnich dwudziestu lat w Japonii obniżono

koszty produkcji średnio o sześćdziesiąt procent, a my nie uczyniliśmy nawet kroku w tym kierunku. Wytwarza się tam teraz wszystko znacznie taniej niż u nas, ponieważ zainwestowano ogromne sumy w rozwój energooszczędnych technologii. Konserwatyzm oznacza fachowość i konkurencyjność, a my przestajemy być konkurencyjni...

— Wspaniale, John. Konserwatyzm i statystyka. Nie uważasz, że to nudne?

— Kogo to zainteresuje?

— Wszystkich Amerykanów — odparł Morton.

— Na pewno nie, John.

— Nikt nie będzie chciał tego słuchać. Spójrz na te wykresy... Zwróć uwagę na pięćdziesięciolatków, którzy stanowią najpewniejszą grupę wyborców... Nie chcą żadnego konserwatyzmu.

— Ale przecież ci ludzie mają dzieci i wnuki, muszą myśleć o ich przyszłości.

— Wcale o tym nie myślą, John. Dzieci się o nich nie troszczą, więc oni nie zamierzają się troszczyć o nie.

— Ale na pewno...

— Dzieci nie głosują, John.

— John, posłuchaj nas.

— Żadnego konserwatyzmu. Konkurencja, tak. Troska o przyszłość, tak. Zwalczanie problemów, tak. Nowy duch, tak. Ale żadnego konserwatyzmu...

— Zastanowię się nad tym, chłopcy — mruknął Morton.

Obaj doradcy chyba w końcu zrozumieli, że nic nie wskórają, bo złożyli swoje wydruki.

— Chcesz, żeby Margie poprawiła i przepisała tekst?

— Nie, jeszcze to rozważam.

— Może by jednak zmieniła kilka zdań?

— Nie.

— W porządku, John. Nie ma sprawy.

— Pewnego dnia jakiś amerykański polityk zrobi to, co sam uzna za słuszne, nie będzie słuchał tego, co mu będą podpowiadali jego współpracownicy — rzucił senator za odchodzącymi doradcami. — W ten sposób dokona się przełom.

Obaj mężczyźni odwrócili się jak na komendę.

— Daj spokój, John. Jesteś przemęczony.

— Masz za sobą długą podróż. Rozumiemy to.

— John, zaufaj nam, opieramy się na wynikach sondaży. Przekazujemy ci tylko opinie dziewięćdziesięciu pięciu procent ankietowanych.

— Sam wiem, co ludzie myślą — odparł Morton. — Są zaniepokojeni, a ja znam powód tego niepokoju. Od piętnastu lat nie mieli przywódcy z prawdziwego zdarzenia.

— John, nie wracajmy już do tej sprawy. Mamy koniec dwudziestego wieku. Dziś przywództwo polega na tym, że mówi się ludziom dokładnie to, co chcą usłyszeć.

W końcu odeszli.

Kiedy zniknęli, natychmiast pojawił się Woodson z przenośnym telefonem. Zaczął coś mówić, ale Morton powstrzymał go ruchem ręki.

— Nie teraz, Bob.

— Sądzę, że powinien pan wziąć...

— Nie teraz!

Woodson wycofał się, a Morton spojrzał na zegarek.

— Panowie Connor i Smith, jak się domyślam.

— Tak — odparł kapitan.

— Przejdźmy się kawałek.

Powoli ruszył w stronę wzgórza na końcu pola golfowego. Był piątek i po trawie chodziło niewielu graczy. Kiedy odeszliśmy jakieś pięćdziesiąt metrów od ekipy filmowej, zatrzymaliśmy się.

— Poprosiłem panów o spotkanie — zaczął senator — ponieważ, jak rozumiem, właśnie panowie zajmują się sprawą tego morderstwa w Nakamoto.

Chciałem zaprotestować i wyjaśnić, że dochodzenie prowadzi Graham, ale Connor mnie uprzedził.

— To prawda — odparł.

— Mam kilka pytań w tej kwestii. Przypuszczam, że panowie znają już sprawcę?

— Myślę, że tak.

— Czy dochodzenie zostało zakończone?

— Musimy jeszcze przygotować raport końcowy — powiedział Connor.

Morton kiwnął głową.

— Mówiono mi, że panowie mają dość dobre rozeznanie w tutejszej społeczności japońskiej. Czy to prawda? Podobno jeden z was mieszkał dość długo w Japonii.

Connor skłonił się lekko.

— Czy to pan grał dziś rano w golfa z Hanadą i Asaką?

— Jest pan bardzo dobrze poinformowany, senatorze.

— Rozmawiałem dziś z panem Hanadą. Poznaliśmy się kiedyś w zupełnie innych okolicznościach — odparł Morton, po czym powiedział: — Mam do panów następujące pytanie: czy to zabójstwo w Nakamoto ma coś wspólnego z Micro-Conem?

— Czemu pan o to pyta? — zdziwił się Connor.

— Zakup MicroConu przez Japończyków był omawiany przez senacką komisję finansów, której przewodniczę. Grupa polityków z komisji nauki i techniki zwróciła się do nas z prośbą o rekomendację potrzebną do wydania ostatecznej zgody na tę sprzedaż. Jak panowie zapewne wiedzą, wzbudza ona wiele kontrowersji. Kiedyś okrzyknięto mnie największym przeciwnikiem tej transakcji. Z bardzo różnych powodów. Chyba o tym słyszeliście?

— Owszem — przyznał Connor.

— Nadal spotykam się z taką opinią. Ale badania Micro-Conu, które doprowadziły do powstania nowoczesnej technologii, w znacznym stopniu były finansowane przez amerykańskich podatników. A teraz efekty tych badań mają zostać sprzedane Japończykom, którzy niewątpliwie wykorzystają je do walki z naszymi przedsiębiorcami. Jestem głęboko przekonany, że powinniśmy chronić amerykańskie zdobycze techniczne i strzec naszego bogactwa intelektualnego. Powinniśmy również ograniczać zagraniczne inwestycje w naszym przemyśle i placówkach naukowo-badawczych. Mam jednak wrażenie, że jestem osamotniony w tych poglądach, bo nie mogę znaleźć wsparcia ani w senacie, ani wśród przemysłowców. Nie chce mi też pomóc departament gospodarki ani handlowcy, którzy obawiają się podniesienia cen ryżu. Rozumiecie?! Ryżu! Nawet Pentagon występuje przeciwko mnie. A ponieważ Akai Ceramics podlega Nakamoto, pomyślałem, iż wczorajsze wydarzenia mogą mieć coś wspólnego z tą transakcją.

— Nic mi nie wiadomo o jakimkolwiek związku między tymi dwiema sprawami — odparł Connor.

— Może Nakamoto nie zawsze grało fair podczas promowania tej transakcji?

— O tym również nic mi nie wiadomo.

— Czy formalnie panowie zakończyli już śledztwo?

— Tak.

— Chciałem tylko mieć pewność, że nie znajdę się w klatce z lwami, jeśli nadal będę sprzeciwiał się tej sprzedaży. Ktoś mógłby stwierdzić, że przyjęcie w Nakamoto miało na celu przekupienie przeciwników transakcji, a wtedy zmiana przeze mnie stanowiska wyglądałaby dość podejrzanie. Wiecie przecież, że Kongres jest bardzo wyczulony na podobne sprawy.

— Czy mam przez to rozumieć, że zamierza pan zmienić stanowisko w kwestii sprzedaży MicroConu? — zapytał Connor.

Od strony planu zdjęciowego doleciał okrzyk:

— Senatorze! Jesteśmy już gotowi!

— No cóż... — Morton wzruszył ramionami. — Jeszcze się waham. Ale nikt nie chce mnie poprzeć. Czasami wydaje mi się, że mamy do czynienia z drugą sprawą Fairchilda. Gdybym wcześniej wiedział, że to przegrana walka, od razu bym zrezygnował. Jest przecież tyle innych spraw, o które warto walczyć.

— Senatorze! Czekamy na pana. Reżyser chce wykorzystać dobre oświetlenie.

Morton pokręcił głową.

— Widzicie? Oni martwią się tylko o oświetlenie.

— Nie zatrzymujemy pana — powiedział Connor.

— W każdym razie musiałem się dowiedzieć, czy nie znaleźliście żadnego związku między zbrodnią popełnioną w Nakamoto a sprawą MicroConu. Ludzie związani z tą transakcją muszą być absolutnie czyści. Nie chciałbym dowiedzieć się za miesiąc, że maczał w tym palce ktoś, kto miał zamiar promować albo blokować sprzedaż.

— O niczym takim nie wiemy — zapewnił go Connor.

— Dziękuję, że poświęciliście mi swój czas — powiedział Morton i uścisnął nam ręce, lecz zanim odszedł, dodał jeszcze: — I bardzo proszę, żeby panowie potraktowali tę rozmowę jako poufną. Musimy być ostrożni. Znajdujemy się w stanie wojny z Japonią. — Uśmiechnął się. — Psst! Wróg nasłuchuje!

— Owszem — przyznał Connor. — Nie zapominajmy też o Pearl Harbor.

— Nie zapomnimy — odparł Morton i dorzucił konfidencjonalnym szeptem: — Niektórzy moi koledzy są zdania, że wcześniej czy później będziemy musieli zrzucić na nich kolejną bombę. Sądzą, że bez tego się nie obędzie. Ale ja nie podzielam ich poglądów. A przynajmniej nie zawsze.

Ruszył w stronę planu zdjęciowego. Po drodze zbierała się wokół niego coraz liczniejsza grupa: najpierw przybiegła sekretarka planu z maszynopisem, potem zjawił się dźwiękowiec, charakteryzatorka i jeszcze kilka innych osób. W końcu senator zniknął nam z oczu, widzieliśmy jedynie przesuwającą się powoli po trawie gromadę ludzi.

— Spodobał mi się — stwierdziłem.

Jechaliśmy w stronę Hollywoodu. Cała okolica tonęła w nisko wiszącym smogu.

— Czemu miałby ci się nie spodobać? — zdziwił się Connor. — To polityk, jego głównym zajęciem jest zjednywanie sobie ludzi.

— W takim razie zna się na swojej robocie.

— Owszem, jest w tym całkiem niezły — odparł kapitan.

W zamyśleniu wyglądał przez okno. Miałem wrażenie, że coś go nurtuje.

— Nie podobał ci się tekst jego przemówienia? — zapytałem. — Wyciągałeś bardzo podobne wnioski.

— Tak, to prawda.

— Więc co cię trapi?

— Nic — mruknął. — Zastanawiam się tylko, co on chciał nam powiedzieć.

— Wspominał Fairchilda...

— Zna wszystkie szczegóły tej sprawy.

Chciałem go zapytać, o jakie szczegóły chodzi, ale sam zaczął opowiadać:

— Czy słyszałeś o Seymourze Crayu? Przez wiele lat był konstruktorem superkomputerów w laboratoriach Cray Research. Japończycy wielokrotnie próbowali kupić tę firmę, ale nic z tego nie wyszło. Kiedy jednak w połowie lat osiemdziesiątych dumpingowe ceny japońskich układów scalonych wyparły większość naszych krajowych produktów, Cray został zmuszony do korzystania z importowanych podzespołów, ponieważ w Stanach przestano wytwarzać potrzebne mu części. W zamian japońscy dostawcy zyskali dostęp do nowej, unikatowej technologii. Przeciągali przystąpienie do produkcji przez ponad rok, a tymczasem ich wytwórcy komputerów zdążyli wypuścić nowe modele, prawdopodobnie oparte na udostępnionych im rozwiązaniach technologicznych. Cray dostał szału, dobrze wiedział, że Japończycy bawią się z nim w kotka i myszkę. Postanowił wejść w spółkę z którymś z krajowych producentów i wybrał Fairchild Semiconductor, chociaż firma przeżywała wówczas spore kłopoty finansowe. Nie mógł ufać Japończykom, musiał więc poprzestać na współpracy z Fairchildem. Ale gdy tylko rozpoczęto produkcję układów scalonych najnowszej generacji, wpłynęła oferta zakupu Fairchilda przez Fujitsu, największego konkurenta Cray Research. Jednak Seymour Cray był na to przygotowany i powołując się na bezpieczeństwo narodowe, przekonał Kongres, że powinien zablokować transakcję.

— I co dalej?

— Blokada sprzedaży nie zlikwidowała kłopotów finansowych Fairchilda. Firma wciąż borykała się z poważnymi problemami i w końcu musiała zostać wystawiona na sprzedaż. Kupiła ją francuska firma Bull. Francuzi nie byli naszymi konkurentami w produkcji superkomputerów, więc Kongres zgodził się na tę transakcję.

— I myślisz, że MicroCon to drugi Fairchild?

— Tak, ponieważ dzięki jego nabyciu Japończycy staliby się monopolistami w produkcji urządzeń do wytwarzania układów scalonych i mogliby wyprzeć z rynku wszystkie amerykańskie przedsiębiorstwa. Zaczynam jednak sądzić, że...

Rozległ się brzęczyk telefonu. Odebrałem, nie wyłączając głośnika.

Dzwoniła Lauren, moja była żona.

× × ×

— Peter?

— Cześć, Lauren.

— Chciałam cię zawiadomić, że dzisiaj zamierzam zabrać Michelle nieco wcześniej — oświadczyła.

— Wcześniej? W ogóle nie miałem pojęcia, że chcesz ją dzisiaj zabrać.

— Nie czepiaj się, Peter — burknęła. — To chyba oczywiste, że muszę ją zabrać.

— W porządku, nie ma sprawy. A swoją drogą, kto to jest Rick?

Po drugiej stronie przez chwilę panowała cisza.

— To chyba nie twoja rzecz — odparła w końcu.

— Dlaczego? Po prostu mnie to ciekawi. Michelle wymieniła dziś rano to imię, mówiła, że Rick ma czarnego mercedesa. To twój nowy przyjaciel?

— Peter, nie sądzę, żeby to miało cokolwiek wspólnego...

— Wspólnego? Z czym?

— Znowu zaczynasz — stwierdziła z irytacją. — I tak nasza sytuacja jest dość trudna. Chciałam ci tylko powiedzieć, że zabiorę Michelle wcześniej, bo mamy umówioną wizytę u lekarza.

— Idziesz z nią do lekarza? Przecież wyszła już z tego przeziębienia.

— Zabieram ją na badanie, Peter.

— Jakie badanie?

— Po prostu badanie.

— Rozumiem, ale...

— Zbada ją Robert Strauss. Powiedziano mi, że to najlepszy specjalista. Nie wiem, jaki będzie wynik, ale jestem zaniepokojona. Muszę brać pod uwagę twoją przeszłość...

— O czym ty mówisz, Lauren?

— Dobrze wiesz, o czym mówię — odparła. — O seksualnym wykorzystywaniu dzieci.

Poczułem skurcz żołądka. Kiedy dwoje ludzi zrywa ze sobą, pozostaje zwykle pewien osad goryczy, jakieś zadawnione żale i pretensje. Zawsze też można znaleźć coś, co dałoby się wykorzystać przeciwko drugiej osobie. Jednak Lauren nigdy dotąd tego nie robiła.

— Przecież doskonale wiesz, że niczego mi nie udowodniono, znasz wszystkie szczegóły tej sprawy. Byliśmy już wtedy małżeństwem...

— Wiem tylko tyle, ile mi powiedziałeś — odparła.

Jej głos brzmiał teraz obco, niemal sarkastycznie, jakby naśladowała swojego adwokata.

— Lauren, na miłość boską! Przecież to śmieszne. O co ci chodzi?

— Nie ma w tym nic śmiesznego. Jestem matką Michelle i ponoszę za nią odpowiedzialność.

— Wolne żarty! Do tej pory jakoś nie myślałaś o swojej macierzyńskiej odpowiedzialności! A teraz nagle...

— To prawda, wybrałam karierę zawodową, ale moja córka nie stała się dla mnie z tego powodu mniej ważna. Mogę tylko powiedzieć, że bardzo żałuję, iż moje zachowanie w przeszłości doprowadziło do takiej sytuacji. — Miałem wrażenie, że nie mówi do mnie, tylko chce sprawdzić, czy jej słowa dobrze zabrzmią przed sądem. — To chyba oczywiste, Peter, że jeśli istnieje choćby cień podejrzenia, Michelle nie może z tobą dłużej mieszkać. Nie powinna się nawet z tobą widywać.

Poczułem silne ukłucie w piersi, jakbym otrzymał cios nożem.

— O czym ty mówisz? Kto ci powiedział, że ja molestuję nasze dziecko?

— Peter, nie sądzę, żebym w tej chwili musiała ci wyjaśniać moje stanowisko.

— Czy to Wilhelm? Kto cię do tego namówił, Lauren?

— Nie roztrząsajmy tego, Peter. Po prostu zawiadamiam cię, że o czwartej przyjadę po Michelle. Chcę, żeby była gotowa.

— Lauren...

— Moja sekretarka, panna Wilson, słucha naszej rozmowy przez drugi aparat i stenografuje ją. Jeszcze raz informuję cię, że zamierzam zabrać córkę i zawieźć ją na badanie lekarskie. Czy masz coś przeciwko mojej decyzji?

— Nie.

— Będę u ciebie o czwartej. Szczerze żałuję, że do tego doszło.

Odłożyła słuchawkę.

× × ×

Zostałem oskarżony o napastowanie dzieci, kiedy jeszcze byłem detektywem. Doskonale wiedziałem, jak funkcjonuje ten mechanizm. Na dobrą sprawę badanie lekarskie niczego nie wyjaśnia, zawsze pozostają wątpliwości. Ale jeśli dziecko jest wypytywane przez psychologa, który umiejętnie pokieruje rozmową, po pewnym czasie może zacząć udzielać takich odpowiedzi, jakich się od niego oczekuje. Uznano więc, że psycholog musi rejestrować całą rozmowę na taśmie wideo. Sądy z reguły są w takich sprawach bardzo ostrożne: jeśli istnieje choć cień podejrzenia, zapada wyrok o odizolowaniu dziecka od oskarżonego o molestowanie rodzica. W najlepszym wypadku nie dopuszcza się do przebywania z dzieckiem sam na sam albo...

— Dość tego — odezwał się Connor. — Wracamy.

— Przepraszam — mruknąłem. — Wkurzyła mnie.

— Rozumiem. Jednak nie o wszystkim mi powiedziałeś...

— O co ci chodzi?

— O tę sprawę z oskarżeniem o napastowanie dzieci.

— To nic ważnego.

— *Kōhai*, nie będę ci mógł pomóc, jeśli mi nie powiesz prawdy.

— Ta sprawa nie miała nic wspólnego z molestowaniem seksualnym — odparłem. — Chodziło o coś zupełnie innego. Ściśle rzecz biorąc, o pieniądze.

Connor nic na to nie odpowiedział. Najwyraźniej czekał na dalsze wyjaśnienia.

— Do diabła — zakłąłem.

I wszystko mu opowiedziałem.

x x x

Bywają w życiu człowieka takie chwile, kiedy głęboko wierzy w słuszność tego, co robi, choć popełnia błąd. Dopiero później, gdy wraca do tego myślami, wyraźnie widzi, że się mylił. Zmierza do jakiegoś celu, a osiąga coś innego. Jednak na początku każdemu się wydaje, że wszystko idzie jak należy.

Kiedy poznałem Lauren, była szczupłą i zgrabną, ale nieśmiałą dziewczyną. Była też piękna — i sporo młodsza ode mnie.

Od początku miałem przeczucie, że nic z tego związku nie wyjdzie, choć bardzo się starałem. Gdy wzięliśmy ślub i zamieszkaliśmy razem, zaczęły się pierwsze nieporozumienia. Wkrótce przestało jej się podobać moje mieszkanie i cała dzielnica, a potem moje skromne dochody. Zaczęła też tyć, co jeszcze bardziej pogarszało jej nastrój. Wszędzie musiała mieć paczkę krakersów — w samochodzie, przy łóżku. Była tak nieszczęśliwa i zrozpaczona, że próbowałem jej jakoś pomóc. Kupowałem różne drobiazgi, robiłem prezenty. Gotowałem posiłki, sprzątałem mieszkanie. Nie przepadałem za tymi zajęciami, ale byłem zakochany. Starałem się sprawić jej przyjemność.

Żyłem jednak pod ciągłą presją. Wszystkiego jej było mało, wciąż żądała więcej tego, więcej tamtego. A przede wszystkim więcej pieniędzy.

Mieliśmy też jeden poważny problem. Jej polisa ubezpieczeniowa nie obejmowała opieki w czasie ciąży i porodu, moja również nie. Nasze dochody nie pozwalały na rozszerzenie ubezpieczenia, bo trzeba było wyłożyć na to osiem tysięcy.

Ojciec Lauren prowadził praktykę lekarską w Wirginii, jednak nie chcieliśmy się do niego zwracać o pomoc, ponieważ od początku był przeciwny naszemu małżeństwu. Moja rodzina w ogóle nie miała żadnych oszczędności. Tak więc nie mieliśmy pieniędzy. Lauren pracowała w biurze prokuratora, ja w policji. Ona miała spore konto bankowe i kartę MasterCard oraz kosztowny samochód, ale uważała, że to moje zmartwienie. Musiałem jakoś zdobyć te osiem tysięcy, nie dawało mi to spokoju. Zupełnie nie wiedziałem jednak, jak się do tego zabrać.

Pewnego sierpniowego wieczoru odbieram podczas służby nagłe wezwanie do Ladera Heights, w sprawie pobicia. Meksykańskie małżeństwo, oboje nieźle wstawieni. Ona ma rozciętą wargę, on podbite oko, w sąsiednim pokoju drze się mały dzieciak. Dość szybko uspokajamy tę parę, a kiedy się okazuje, że nikt poważnie nie ucierpiał, zbieramy się do odjazdu. Kobieta spostrzega, że nie mamy zamiaru interweniować, i podnosi wrzask, że jej mąż zabawia się z córką, to znaczy fizycznie znęca się nad dzieckiem. Facet jest tak oszołomiony, iż od razu widać, że to oskarżenie zostało wyssane z palca. Ona jednak nalega, abyśmy obejrzeli jej córkę. Idę więc do dziecinnego pokoju, a tam leży mniej więcej dziewięciomiesięczne niemowlę, całe czerwone od krzyku. Podnoszę kołderkę, żeby sprawdzić, czy dzieciak nie ma jakichś obrażeń, i widzę dużą foliową torebkę z białym proszkiem.

No i masz.

Jestem w kropce, nie mam pojęcia, co robić. Kobieta nie złożyła oficjalnej skargi, nie ma dowodów przestępstwa, przeszukanie jest niezgodne z prawem, i tak dalej. Jeśli facet ma choć trochę rozgarniętego adwokata, łatwo się wywinie. Wychodzę więc i wołam go do siebie. Dobrze wiem, że nie mogę nic zdziałać. Przychodzi mi jednak do głowy, że gdyby dzieciak przegryzł torebkę, mógłby umrzeć. Postanawiam pogadać z tym człowiekiem, nastraszyć go trochę.

Wchodzimy obaj do dziecięcego pokoju, a kobieta zostaje w salonie z moim partnerem. Wtedy ten Meksykanin wyciąga kopertę grubości dwóch centymetrów, otwiera ją, pokazuje mi gruby plik studolarowych banknotów i mówi: „Dziękuję panu za pomoc, panie oficerze".

W tej kopercie musi być jakieś dziesięć tysięcy dolarów, może więcej. Facet wyciąga forsę w moim kierunku i patrzy na mnie. Najwyraźniej spodziewa się, że ją wezmę.

Zaczynam coś gadać o tym, jak niebezpiecznie jest trzymać taki towar w dziecięcym łóżeczku, a on bierze torebkę, rzuca ją na podłogę i kopniakiem wpycha pod łóżko. Potem mówi: „Ma pan rację, panie oficerze. Bardzo dziękuję. Nie chciałbym, żeby coś się stało mojej córce". I cały czas wyciąga do mnie tę kopertę.

Robi się zamieszanie. W salonie kobieta wrzeszczy na mojego partnera, tu drze się dziecko, a facet wciąż wciska mi kopertę, uśmiecha się i kiwa zachęcająco głową, jakby mówił: „Proszę, weź forsę, to dla ciebie". A ja myślę sobie...

Sam już nie wiem, co wtedy myślałem. Jakbym na chwilę stracił rozum.

W każdym razie wychodzę szybko do salonu i mówię, że dziecku nic się nie stało. Pijana kobieta zaczyna krzyczeć, że to ja wykorzystałem seksualnie jej córkę. Teraz oskarża mnie, a nie swojego męża. Powtarza także, iż jestem z nim w zmowie, że obaj gwałcimy dzieci. Mój partner radzi jej, żeby się położyła spać, po czym odjeżdżamy. To wszystko. W samochodzie kumpel pyta mnie: „Po coś właził do tamtego pokoju?". A ja mówię: „Musiałem sprawdzić, czy dziecku nic nie jest". Następnego dnia ta kobieta zjawia się na komisariacie i składa formalną skargę, że zgwałciłem jej dziecko. Wciąż jest pijana, poza tym okazuje się, że była notowana, ale ponieważ złożono oficjalną skargę, sprawa musi zostać rozpoznana, przynajmniej wstępnie. Oskarżenie bardzo szybko zostaje oddalone jako całkowicie bezzasadne.

To wszystko.

× × ×

— A co z pieniędzmi? — zapytał Connor, kiedy skończyłem.

— Pojechałem na weekend do Vegas i sporo wygrałem. Musiałem wtedy zapłacić tysiąc trzysta dolarów podatku od dodatkowych dochodów.

— Czyj to był pomysł?

— Lauren. To ona wymyśliła tę wygraną.

— Więc wie, co się naprawdę zdarzyło?

— Pewnie.

— Nie było żadnego dochodzenia? Spisano tylko raport ze wstępnego rozpoznania sprawy?

— Nawet nie wiem, czy sprawy zaszły aż tak daleko. Po prostu przesłuchano mnie i mojego partnera, po czym oddalono oskarżenie. Prawdopodobnie została tylko notatka w moich aktach, nie ma żadnego raportu.

— No dobra — mruknął Connor. — A teraz opowiedz mi całą resztę.

× × ×

Opowiedziałem mu o Kenie Shubiku, o „Timesie" i o „Łasicy".

Słuchał w milczeniu, ze zmarszczonym czołem. W pewnym momencie zaczął sykać przez zaciśnięte zęby, co u Japończyka oznacza skrajną dezaprobatę.

— *Kōhai*, przez ciebie moje życie stało się bardzo trudne — powiedział, kiedy skończyłem. — Dlaczego nie powiedziałeś mi tego wszystkiego wcześniej?

— Bo to nie ma nic wspólnego z tobą.

Pokręcił głową.

— *Kōhai*...

Pomyślałem o mojej córce, o tym, że być może — choć na razie była to jedynie groźba — nie będę się mógł z nią więcej widywać, nie będę mógł nawet...

— To może się bardzo źle dla ciebie skończyć — stwierdził Connor. — Niewykluczone, że czekają cię o wiele większe

315

kłopoty, a to dopiero początek. Dlatego uważam, że powinniśmy postarać się jak najprędzej zamknąć to dochodzenie.

— Sądziłem, że już je zamknęliśmy.

Westchnął i pokręcił głową.

— Jeszcze nie. Musimy jednak zdążyć zrobić to do czwartej, przed twoim spotkaniem z żoną. Pośpieszmy się więc, bo mamy niewiele czasu.

— Chryste, wszystko nam się kurewsko ślicznie układa — mruknął Graham.

Byliśmy w domu Sakamury na wzgórzach Hollywoodu. Ludzie z ekipy technicznej pakowali już swoje rzeczy.

— Nie mam pojęcia, co starego ugryzło. Dostał takiego fioła, że kazał chłopakom wykonać wszystkie analizy tu, na miejscu. Przeszukaliśmy całe łóżko i znaleźliśmy włosy łonowe, które pasują jak ulał do tych odkrytych na zwłokach. Wzięliśmy próbkę zaschniętej śliny ze szczoteczki do zębów. Wszystko pasuje. Cechy genetyczne odpowiadają spermie w pochwie denatki. Mamy już teraz dziewięćdziesiąt siedem procent pewności. To on się z nią pieprzył, to jego włosy łonowe były na jej ciele. Najpierw ją wyruchał, potem zabił. A kiedy przyszliśmy go aresztować, wpadł w panikę, zaczął uciekać i zginął. Gdzie Connor?

— Przed domem.

Widziałem przez okno, że kapitan stoi obok garażu i rozmawia z jednym z policjantów siedzących w czarno-białym wozie patrolowym, wskazując mu ulicę.

— Co on tam robi? — zapytał Graham.

— Nie wiem — odparłem.

— Zadzwonił do mnie godzinę temu i powiedział, żebyśmy sprawdzili, ile par okularów do czytania znajdziemy w tym domu. Sprawdziliśmy. I wiesz co? Znaleźliśmy mnóstwo okularów przeciwsłonecznych, ale żadnych innych. Nie wiem, do czego mu ta informacja. Dziwny facet, no nie? Czego on tam szuka, do cholery?

Connor wciąż stał obok wozu patrolowego. Znów wskazywał na ulicę i mówił coś do policjanta rozmawiającego przez krótkofalówkę.

— Czy ty go rozumiesz? — zapytał Graham.

— Nie.

— Chyba chce odnaleźć którąś z tych dziewczyn. Chryste, dlaczego ja wtedy nie spisałem tej rudej? Teraz, kiedy śledztwo obrało taki kierunek, bardzo by się nam przydała. Pewnie też się pieprzyła z Sakamurą. Moglibyśmy pobrać od niej próbkę spermy i ostatecznie potwierdzić jego tożsamość. Jestem dupa wołowa, że pozwoliłem jej odejść. Cholera, kto wtedy mógł przypuszczać, że to wszystko tak się skończy. Poszło niewiarygodnie szybko. Nie dziwię się, że facet zbaraniał, kiedy wpadliśmy między gołe dziewuchy... Ale miały zgrabne dupcie, no nie?

— To prawda.

— A potem nie było co zbierać z Sakamury — mówił dalej Graham. — Godzinę temu rozmawiałem z chłopcami z drogówki. Siedzą tam jeszcze, próbując wyciągnąć trupa z wraku. Myślę jednak, że spalił się doszczętnie. Ale sądówka chce identyfikacji. No i dobra. — Z kwaśną miną popatrzył za okno. — Nieźle się uwinęliśmy z tą pieprzoną sprawą, więc powinni być zadowoleni. Wykryliśmy mordercę. I zrobiliśmy to szybciutko, mucha nie siada. Słyszę jednak, że oskarża się nas o znieważanie Japończyków. Kurwa. I tak źle, i tak niedobrze.

— Aha — mruknąłem.

— Chryste, ale te Japońce mają dojścia... Cały czas czułem żar przy dupie. Stary dzwonił co chwila, żeby jak najprędzej zamykać dochodzenie. Potem dorwała mnie dziennikarka z „Timesa" i zaczęła wyciągać jakieś stare brudy: że to niby w tysiąc dziewięćset siedemdziesiątym ósmym byłem oskarżony o bezprawne stosowanie siły wobec Meksykanów. Nic takiego nie miało miejsca, ale ta suka usiłowała wykazać, że jestem rasistą. A wiesz, skąd się to wzięło? Stąd, że wczorajszy incydent miał rasistowskie podłoże. Mówię ci, Japończycy są mistrzami w takiej kreciej robocie, a mnie to strasznie wkurwia.

— Tak, wiem — odparłem.

— Do ciebie też się dobrali?

Przytaknąłem.

— Za co?

— Molestowanie dzieci.

— Coś ty? Przecież masz córkę.

— No właśnie.

— Nie czujesz się wyrolowany? Aluzje i obrabianie tyłka, Petey-san. Same plotki. Ale spróbuj o tym przekonać pismaków.

— Kto to był? — zapytałem. — Ta reporterka, z którą rozmawiałeś.

— Linda Jensen, o ile dobrze zapamiętałem.

Pokiwałem głową. Linda Jensen była pupilką „Łasicy". Ktoś kiedyś powiedział, że Linda jest wyjątkiem, bo nie musiała dawać dupy, żeby zrobić karierę: wystarczyło, że przez nią inni dawali dupy. Pisała jakieś plotkarskie artykuły już w Waszyngtonie, jednak dopiero w Los Angeles odnalazła swoje miejsce.

— Sam już nie wiem — mruknął Graham, niespokojnie przestępując z nogi na nogę. — Ale uważam, że z nimi się nie wygra. Chcą tu sobie urządzić drugą Japonię. Zobacz, ilu ludzi już teraz boi się mówić. Nikt nie ma odwagi nawet pisnąć przeciwko nim, nikt ci nie powie, co się naprawdę wydarzyło.

— Może byłoby lepiej, gdyby rząd wprowadził kilka ustaw...

Graham zaśmiał się szyderczo.

— Rząd? Przecież to oni tu rządzą. Czy wiesz, ile forsy pchają co roku w Waszyngton? Czterysta pieprzonych milionów dolców. Dość, żeby opłacić kampanie wyborcze wszystkich, którzy zasiadają w Senacie oraz Izbie Reprezentantów. To naprawdę kurewsko dużo forsy. Sam powiedz: czy ładowaliby w naszych polityków tyle pieniędzy, gdyby nie mieli z tego

319

żadnych korzyści? Pewnie, że nie. Cholera, to koniec Ameryki, chłopie... Hej, wygląda na to, że twój szef cię woła.

Wyjrzałem przez okno. Connor machał na mnie ręką.

— Lepiej już pójdę.

— Powodzenia — odparł Graham. — Posłuchaj, możliwe, że będę musiał wyjechać na parę tygodni...

— Tak? Kiedy?

— Może jeszcze dziś. Stary coś napomknął, że powinienem zniknąć, dopóki ten zasrany „Times" będzie się czepiał mojej dupy. Chcę wyskoczyć na tydzień do Phoenix, mam tam rodzinę. Pomyślałem, że powinieneś o tym wiedzieć.

— W porządku. Dzięki.

Connor wciąż mnie przyzywał, niecierpliwie machając ręką. Kiedy wyszedłem przed dom, tuż przede mną zatrzymał się czarny mercedes i wysiadł z niego jakiś facet.

Był to Wilhelm „Łasica".

Zanim zszedłem po schodkach, „Łasica" przygotował już notatnik i magnetofon reporterski. Z kącika jego ust zwieszał się papieros.

— Poruczniku Smith — zaczął — czy mógłbym zamienić z panem kilka słów?

— Jestem zajęty.

— Pośpiesz się! — zawołał Connor i otworzył drzwi samochodu. — Czas ucieka.

Ruszyłem w jego stronę, lecz „Łasica" nie odstępował mnie na krok. Podsunął mi pod nos mały czarny mikrofon.

— Mam nadzieję, że nie ma pan nic przeciwko temu, że będę nagrywał — powiedział. — Po wypadku Malcolma musimy zachować ostrożność. Czy mógłby pan skomentować rasistowskie wypowiedzi pańskiego kolegi, detektywa Grahama, prowadzącego śledztwo w sprawie wczorajszego morderstwa w wieżowcu Nakamoto?

— Nie — odparłem, nie zwalniając kroku.

— Słyszałem, że użył określenia: „Ci pieprzeni Japońce".

— Nie mam nic do powiedzenia w tej sprawie.

— Mówił także o „żółtych kurduplach". Czy uważa pan, że takie słownictwo przystoi oficerowi pełniącemu odpowiedzialną służbę?

— Przykro mi, ale nie skomentuję tego, Willy.

Jednak on nadal szedł obok mnie i wyciągał mikrofon w moją stronę. Wkurzało mnie to, miałem ochotę dać mu po łapach.

— Poruczniku Smith, przygotowujemy reportaż o panu i w związku z tym mam kilka pytań dotyczących sprawy Martineza. Czy pamięta pan ten wypadek sprzed kilku lat?

— Nie mam teraz czasu, Willy — odparłem, skręcając na chodnik.

— Sprawa Martineza zakończyła się oskarżeniem pana przez Sylvię Morelię, matkę Marii Martinez, o molestowanie jej dziecka. Przeprowadzono wówczas wewnętrzne dochodzenie w wydziale. Czy mógłby pan coś na ten temat powiedzieć?

— Nie mógłbym.

— Rozmawiałem już z Tedem Andersonem, pańskim ówczesnym partnerem. Nie ma pan nic do dodania?

— Niestety, nie.

— Nie chce się pan wypowiedzieć na temat tego bardzo poważnego zarzutu?

— Do tej pory jedynie ty masz przeciwko mnie jakieś zarzuty, Willy.

— No cóż, chyba nie tylko ja — odparł. — Słyszałem, że prokurator okręgowy zarządził wznowienie dochodzenia w tej sprawie.

Nie odpowiedziałem. Zastanawiałem się, ile może być w tym prawdy.

— Czy w tych okolicznościach, poruczniku, nie uważa pan, że przyznanie panu przez sąd prawa do opieki nad dzieckiem było błędem?

— Przykro mi, nie mam nic do powiedzenia, Willy.

Starałem się zachować spokojny ton głosu, ale po karku spływała mi już strużka potu.

— No, chodźże! Nie mamy czasu — ponaglał mnie Connor.

Wsiadłem do wozu.

— Przepraszam, synu, ale jesteśmy zajęci — powiedział kapitan do „Łasicy". — Musimy już jechać.

Zatrzasnął drzwi, a ja uruchomiłem silnik.

— Ruszajmy — rzucił.

Willy wetknął głowę przez okno.

— Czy nie sądzi pan, że pogardliwy stosunek kapitana Connora do Japończyków to jeszcze jeden dowód na to, że władze policji nie mają wyczucia przy wyznaczaniu oficerów do prowadzenia takich delikatnych spraw?

— Na razie, Willy — powiedziałem i zamknąłem okno.

Ruszyłem ulicą w dół zbocza.

— Dobrze byłoby, gdybyś trochę przyśpieszył — mruknął Connor.

— Jasne — odparłem i wdepnąłem pedał gazu.

Dostrzegłem w lusterku wstecznym, że „Łasica" biegnie do swojego mercedesa. Wziąłem ostro zakręt.

— Skąd ta gnida wiedziała, gdzie mnie szukać? Nasłuchiwał przez radio?

— Nie korzystaliśmy z radia — odparł Connor. — Dobrze wiesz, że nie lubię go używać. Ale możliwe, że po naszym przyjeździe ci z dzielnicy kontaktowali się ze sobą przez radio. A może mamy pluskwę w wozie? Wydaje mi się jednak, że po prostu przywiodła go tu intuicja. Ten szczur ma ścisłe powiązania z Japończykami, jest ich wtyczką w „Timesie". Zwykle dobierają sobie nieco inteligentniejszych pracowników. Pewnie korzystają z jego usług, bo robi wszystko pod ich dyktando. Zauważyłeś, jaki ma wóz?

— Owszem, ale nie japoński.

— Za bardzo by się rzucał w oczy. Jedzie za nami?

— Chyba go zgubiłem. Dokąd teraz?

— Na uniwersytet. Sanders miał dość czasu, żeby przyjrzeć się kasetom.

Zjechałem ze wzgórza i skręciłem w stronę autostrady 101.

— A swoją drogą, o co ci chodziło z tymi okularami? — zapytałem.

— Chciałem tylko coś sprawdzić. Nie znaleźli żadnych okularów, prawda?

— Nie, tylko przeciwsłoneczne.

— Tak myślałem — mruknął Connor.

— Graham powiadomił mnie, że jeszcze dzisiaj wyjeżdża z miasta, do Phoenix — dodałem.

Spojrzał na mnie.

— Ty też chcesz wyjechać?

— Nie.

— To dobrze.

Dotarliśmy do końca ulicy i skręciłem na autostradę, kierując się na południe. Nieco wcześniej jazda do USC zajęłaby mi nie więcej niż dziesięć minut, ale teraz musieliśmy poświęcić na to przynajmniej pół godziny, bo zbliżały się godziny szczytu. Zresztą w ostatnich latach ten odcinek był ciągle zatłoczony. Pojazdy wlokły się jeden za drugim. Smog wisiał nisko, jakbyśmy jechali we mgle.

— A może powinienem zabrać dzieciaka i zwiewać? — zapytałem.

— To też jest jakieś wyjście — odparł. — Japończycy są mistrzami walki podjazdowej, więc zawsze stosują podobne metody. Jeśli któryś z nich byłby z ciebie niezadowolony, nigdy by ci nie powiedział tego prosto w oczy. Przekazałby swoje uwagi twoim przyjaciołom, współpracownikom, szefowi... w taki sposób, żeby osiągnąć zamierzony efekt. To też jeden ze sposobów pośredniego oddziaływania. Właśnie dlatego Japończycy prowadzą takie bujne życie towarzyskie, grają w golfa, spotykają się w barach *karaoke*. Bardzo potrzebują tego typu nieformalnych kontaktów, bo nie mogą powiedzieć wprost, co im leży na sercu. Prawdę mówiąc, ich metody są bardzo mało efektywne, pochłaniają mnóstwo czasu, wysiłków i pieniędzy. Ale skoro nie potrafią zdobyć się na bezpośrednią konfrontację, nie mają innego wyjścia. Japonia to kraj nieustannego wyścigu do mety, tam nikt się nie zatrzymuje w pół drogi.

— No dobrze, ale...

— Takie zachowanie, które my oceniamy jako podstępne i tchórzliwe, dla nich jest czymś zupełnie normalnym. Nie należy się tym za bardzo przejmować. Po prostu dają ci w ten sposób do zrozumienia, że nie są z ciebie zadowoleni.

— Dają mi do zrozumienia? Grożąc rozprawą sądową? Tym, że mogę utracić wszelki kontakt z własnym dzieckiem? Że zniszczą moją reputację?

— Właśnie. To ich normalne zagrywki, w ten sposób dają komuś do zrozumienia, że są z niego niezadowoleni. I nie chodzi tu wcale o osobiste uprzedzenia — odparł Connor. — To po prosu ich zwykłe metody działania.

— Tak, jasne... Rozpowiadanie kłamstw.

— W pewnym sensie.

— Nie w pewnym sensie. To wszystko jest jednym wielkim gównianym kłamstwem.

Connor westchnął.

— Sporo czasu mi zajęło, żeby to zrozumieć. Mnóstwo się słyszy o samurajach, ale w głębi ducha każdy Japończyk jest wieśniakiem. Ich zachowanie opiera się na tych samych zasadach, jak zachowanie chłopów pańszczyźnianych. Kiedy zamknięta wiejska społeczność jest z ciebie niezadowolona, skazuje cię na banicję. Jest to równoznaczne z wyrokiem śmierci, bo żadna inna grupa nie przyjmie do swojego grona kogoś, kto przysparza problemów. Dlatego musisz umrzeć. Oni właśnie w ten sposób to widzą. Oznacza to zarazem, że są bardzo wyczuleni na reakcje otoczenia. Przede wszystkim zależy im na tym, aby żyć w zgodzie ze społecznością: nie wychylać się, nie podejmować ryzyka, nie ujawniać swoich poglądów. Często oznacza to również rozmijanie się z prawdą. Dla Japończyka prawda nie ma zbyt wielkiego znaczenia, to dla nich pojęcie dość abstrakcyjne. Wyobraź sobie matkę, której syn jest oskarżony o ciężką zbrodnię. Dla niej nie liczy się prawda, obchodzi ją tylko los syna. Tak samo jest z Japończykami. Dla nich liczą się przede wszystkim stosunki między ludźmi i to jest ich jedyną prawdą. Fakty nie mają znaczenia.

— Ale dlaczego tak naciskają? O co im chodzi? Przecież wykryliśmy mordercę, prawda?

— Nie — odparł Connor.

— Jak to nie?

— Bo nie. Inaczej by nie naciskali. Komuś bardzo zależy na zamknięciu dochodzenia, ale Japończycy chcą, żebyśmy zrezygnowali.

— No dobrze, ale dlaczego przyczepili się do Grahama i do mnie, a tobie dali spokój?

— Na mnie też wywierają presję — odparł Connor.

— W jaki sposób?

— Zrzucają na mnie odpowiedzialność za to, co cię czeka.

— Nie rozumiem...

— Pewnie, że nie rozumiesz. Uwierz mi jednak, że to prawda.

Patrzyłem na długie sznury aut, które powoli sunęły w szarej mgle przedmieść. Mijaliśmy elektroniczne tablice reklamujące Hitachi (KOMPUTER NR 1 W AMERYCE), Canon (NAJLEPSZE KOPIARKI W STANACH) czy Hondę (NAJLEPIEJ SPRZEDAJĄCE SIĘ SAMOCHODY W USA). Jak prawie wszystkie uliczne japońskie reklamy, były tak skonstruowane, że można było je odczytać nawet z daleka i przy każdej pogodzie. Wynajęcie takiej tablicy kosztowało trzydzieści tysięcy dolarów dziennie i większości amerykańskich wytwórców nie było na nie stać.

— Problem polega na tym — rzekł Connor — że Japończycy dobrze wiedzą, iż mogą cię całkowicie zniszczyć. A przez to, że robią smród wokół ciebie, nakazują mi: „załatw to". Widocznie są przekonani, że potrafię rozwiązać tę zagadkę i zakończyć śledztwo.

— A potrafisz?

— Tak sądzę. Chcesz, żebyśmy je zamknęli już teraz? Moglibyśmy pójść na piwo i przekonać się, jak wygląda prawda po japońsku. Czy może wolisz dowiedzieć się, dlaczego zamordowano Cheryl Austin?

— Wolę to drugie.

— Ja też — mruknął Connor. — Więc nie zwlekajmy, *kōhai*. Myślę, że w pracowni Sandersa dowiemy się czegoś interesującego, bo kluczem do zagadki są taśmy wideo.

Phillip Sanders miotał się jak opętany.

— Pracownia jest zamknięta! — krzyknął, bezsilnie rozkładając ręce. — Nic nie mogę dla was zrobić. Absolutnie nic.

— Kiedy to się stało? — zapytał Connor.

— Godzinę temu. Przyszła ekipa z zarządu, kazała wszystkim opuścić pomieszczenie i zamknęła wejście. Tylko tyle. Powiesili wielką kłódkę na drzwiach i koniec.

— Z jakiego powodu? — spytałem.

— Podobno wykryto pęknięcia w stropie i przebywanie w piwnicach stało się niebezpieczne. Zagrozili, że unieważnią zbiorowe ubezpieczenia i nikt nie będzie ponosił odpowiedzialności, jeśli całe sztuczne lodowisko zwali się nam na głowy. Gadali na okrągło, że przede wszystkim liczy się bezpieczeństwo studentów. Zamykając pracownię, zarządzili wykonanie dokładnych pomiarów i będą czekać na raport inżynierski.

— Kiedy mają to zrobić?

Sanders wskazał telefon.

— Właśnie czekam na wiadomość. Może w przyszłym tygodniu, a może dopiero za miesiąc.

— Za miesiąc?

Przeciągnął dłonią po zmierzwionych włosach.

— Właśnie. Próbowałem się dowiedzieć, kto wydał takie polecenie, ale w sekretariacie rektora nikt o niczym nie wiedział.

Decyzję podjął ktoś z rady nadzorczej, która musi się liczyć ze zdaniem sponsorów wspomagających naszą działalność wielomilionowymi dotacjami. Polecenie musiało przyjść z samej góry. — Sanders zachichotał. — Teraz trudno jest utrzymać takie rzeczy w tajemnicy.

— To znaczy jakie? — zapytałem.

— Chyba wiecie, że Japończycy dążą do całkowitego podporządkowania sobie naszych uczelni, zwłaszcza technicznych. Nie jesteśmy wyjątkiem. Spółki japońskie finansują co czwartego wykładowcę na MIT, żaden inny sponsor nie może się z nimi równać. Doskonale zdają sobie sprawę, że kiedy skończy się ten bałagan, nie będą potrafili sami utrzymać tak dużego tempa rozwoju, i dlatego kupują sobie naukowców.

— Kadrę amerykańskich uczelni.

— Oczywiście. Na Uniwersytecie Kalifornijskim w Irvine całe dwa piętra jednego z budynków są zamknięte, można na nie wejść tylko za okazaniem japońskiego paszportu. Prowadzi się tam prace badawcze dla Hitachi. Ten kawałek amerykańskiej uczelni jest niedostępny dla Amerykanów. — Odwrócił się i zatoczył łuk ręką. — Tu natomiast, jeśli zdarzy się coś, co im nie odpowiada, wystarczy jeden telefon do rektora i nie mamy nic do gadania. Nikt nie odważy się im sprzeciwić. Dostaną wszystko, czegokolwiek sobie zażyczą.

— A co z taśmami? — zapytałem.

— Wszystko tam zostało, nie pozwolili nam nic zabrać. Zachowywali się jak gestapo i bardzo się śpieszyli. Popychali ludzi w stronę wyjścia. Nawet sobie nie wyobrażacie, jakie przerażenie sieje w amerykańskich uczelniach perspektywa utraty dofinansowania. — Westchnął. — Nie wiem, może Theresa zdołała zabrać te taśmy ze sobą. Powinniście się z nią skontaktować.

— A gdzie ona jest?

— Zdaje się, że miała pojeździć na łyżwach.

Zmarszczyłem brwi.

— Na łyżwach?

— Tak mi powiedziała — odparł i spojrzał na Connora.

× × ×

Theresa Asakuma wcale nie jeździła na łyżwach. Na lodowisku szalała tylko duża grupa szkrabów, a młoda opiekunka bezskutecznie usiłowała je poskromić. Śmiechy i okrzyki dzieciaków rozbrzmiewały echem pod wysokim sklepieniem. Poza nimi nie było tu prawie nikogo, trybuny ziały pustką. W jednym rogu siedziało kilku chłopców; przybierali nonszalanckie pozy i poklepywali się po plecach. Wysoko nad nami, w jednym z ostatnich rzędów, powoli przesuwał się woźny ze szczotką. Na samym dole, przy bandzie, stało kilkoro rodziców, z podziwem patrzących na swoje pociechy. Po drugiej stronie samotny mężczyzna czytał gazetę.

Nigdzie nie dostrzegłem Theresy Asakumy.

Connor westchnął, ciężko klapnął na drewnianą ławeczkę, założył nogę na nogę i odchylił się do tyłu, jakby siedział przed telewizorem. Popatrzyłem na niego.

— I co teraz robimy? — zapytałem. — Theresy tu nie ma.

— Usiądź — powiedział.

— Przecież ci się śpieszyło.

— Usiądź, odpocznij trochę.

Przycupnąłem obok niego. Patrzyliśmy na dzieciaki śmigające po obwodzie lodowiska. W pewnym momencie opiekunka zawołała:

— Alexander! Alexander! Mówiłam ci już tyle razy! Nie popychaj nikogo! Dlaczego ją popchnąłeś?

Oparłem się o krawędź ławki i próbowałem się rozluźnić. Connor spoglądał na maluchy i chichotał. Był wyraźnie odprężony i wyglądał, jakby zupełnie zapomniał o naszym śledztwie.

— Myślisz, że Sanders ma rację? — zapytałem. — Japończycy naprawdę wymusili na władzach uczelni zamknięcie jego pracowni?

— Oczywiście.

— I rzeczywiście próbują wykupywać nie tylko amerykańskie technologie, ale także wykładowców z MIT?

— To nie jest zabronione. Wspomagając nasze szkolnictwo, postępują bardzo szlachetnie.

Zmarszczyłem brwi.

— Uważasz, że to w porządku?

— Nie — odparł. — Wcale nie myślę, że to jest w porządku. Jeśli stracisz kontrolę nad instytucjami państwowymi, to tak, jakbyś stracił wszystko. Każdy, kto finansuje działalność jakiejś instytucji, przejmuje nad nią kontrolę. Skoro więc Japończycy są gotowi wykładać pieniądze, a nasz rząd i przedsiębiorcy robią to bardzo niechętnie, to właśnie oni przejmą kontrolę nad naszą oświatą. Czy wiesz, że w rękach Japończyków jest już dziesięć szkół wyższych? Kupili je po to, żeby szkolić w nich swoją młodzież, chcieli mieć pewność, że bez przeszkód mogą ją tu przysyłać. Bardzo wielu Japończyków kształci się na naszych uczelniach. Jak zawsze, planują daleko naprzód. Wiedzą, że kiedyś napotkają sprzeciw, że wcześniej czy później ktoś ich powstrzyma, bez względu na to, jak dyplomatycznie będą postępować. Na razie są jeszcze na etapie gromadzenia aktywów, więc działają bardzo ostrożnie. Przewidują jednak, że któregoś dnia Ameryka się ocknie, bo nikt nie lubi okupacji, czy to ekonomicznej, czy militarnej.

Patrzyłem na dzieci jeżdżące na łyżwach i słuchałem ich głośnego śmiechu. Pomyślałem o swojej córce i o spotkaniu, jakie czekało mnie o czwartej.

— Czemu tu siedzimy? — zapytałem Connora.

— Tak sobie.

Siedzieliśmy więc dalej. W końcu opiekunka zaczęła zwoływać dzieci i zganiać je z płyty lodowiska.

— Proszę do mnie! Wszyscy proszę do mnie! Alexander, ciebie to również dotyczy! Alexander!

— Chyba wiesz, że gdybyś chciał kupić firmę japońską, napotkałbyś zdecydowany sprzeciw — powiedział Connor. —

Oni uważają, że to wstyd pracować dla obcych, odebraliby to jako zniewagę i uczynili wszystko, żeby do tego nie dopuścić.

— Myślałem, że ostatnio znacznie zliberalizowali swoje przepisy.

Uśmiechnął się.

— Formalnie tak. Z punktu widzenia prawa nic nie stoi na przeszkodzie, jednak praktycznie jest to niewykonalne. Jeśli chciałbyś przejąć jakąś firmę, najpierw musiałbyś dogadać się z bankiem. Ten krok jest niezbędny, lecz żaden japoński bank nie wydałby takiej zgody.

— Słyszałem, że General Motors wykupił Isuzu.

— General Motors ma tylko jedną trzecią akcji Isuzu, a to nie jest pakiet kontrolny. Owszem, zdarza się, że komuś uda się coś od nich kupić, ale generalnie wielkość zagranicznych inwestycji w Japonii spadła o połowę w ciągu ostatnich dziesięciu lat. Co chwila ktoś się przekonuje, że rynek japoński jest nie do zdobycia. Ciągłe wojny podjazdowe, awantury, zmowy, narzucanie cen i *dangō*, tajne porozumienia mające na celu wyeliminowanie konkurencji... Potencjalni inwestorzy, zmęczeni ciągłymi zmianami przepisów, uganianiem się za własnym cieniem, w końcu rezygnują. Po prostu się poddają. Dotyczy to nie tylko nas, ale także Niemców, Włochów, Francuzów. Niezależnie od tego, co się mówi, Japonia jest dla nas zamknięta. Kilka lat temu T. Boone Pickens wykupił czwartą część akcji pewnego przedsiębiorstwa japońskiego, jednak nawet nie został przyjęty do rady nadzorczej.

— Więc co mamy robić?

— Postępować tak samo jak Europejczycy: stosować zasadę wzajemności, wet za wet, coś za coś. Rzecz w tym, żeby znaleźć właściwy sposób. Taktyka Europejczyków jest bardzo prosta i skuteczna. Przynajmniej na razie.

Na lodowisko wyjechało kilka nastolatek, zaczęły kręcić piruety i ćwiczyć jakieś skomplikowane skoki. Opiekunka prowadziła swoją gromadkę w stronę wyjścia obok nas. Kiedy podeszła bliżej, zapytała:

— Czy któryś z panów jest porucznikiem Smithem?

— To ja, proszę pani — odparłem.

— A czy pan ma pistolet? — wtrącił jeden z chłopców.

— Ta kobieta prosiła mnie, żebym przekazała panu, że to, czego szukacie, znajduje się w męskiej szatni.

— Jaka kobieta?

— Czy mogę go zobaczyć? — zapytał chłopiec.

— No, wie pan, dziewczyna o orientalnych rysach — odparła opiekunka. — Chyba Japonka.

— Dziękujemy pani — odparł Connor.

— Ja chcę zobaczyć pistolet — marudził dzieciak.

— Cicho bądź, głupi — włączył się drugi chłopiec. — Czy nie rozumiesz, że oni są po tajnemu?

— Chcę zobaczyć pistolet.

Connor ruszył przodem, ja za nim. Chłopcy podreptali naszym śladem, ciągle dopytując się o pistolety. Siedzący po drugiej stronie lodowiska mężczyzna spoglądał na nas uważnie znad rozłożonej gazety.

— Nie ma to, jak wycofać się niepostrzeżenie — mruknął Connor.

× × ×

W męskiej szatni nie było nikogo. Zacząłem kolejno zaglądać do zielonych metalowych szafek w poszukiwaniu kaset. Connor gdzieś zniknął. Po chwili usłyszałem jego głos:

— Chodź tutaj!

Był w odległym końcu pomieszczenia, pod prysznicami.

— Znalazłeś taśmy? — zapytałem.

— Nie.

× × ×

Tylną klatką schodową zeszliśmy do piwnic. W niewielkiej sieni było dwoje drzwi. Jedne wychodziły na podziemną rampę towarową, a drugie na mroczny korytarz z drewnianymi ławkami pod ścianą.

— Tędy — powiedział Connor.

Przeszliśmy korytarzem, pochylając głowy. Ponownie byliśmy pod sztucznym lodowiskiem. Po chwili znaleźliśmy się w pomieszczeniu, w którym hałasowała jakaś maszyneria. Było tu mnóstwo drzwi.

— Wiesz, którędy mamy iść? — zapytałem.

Jedne drzwi były uchylone. Connor otworzył je i weszliśmy do wielkiej sali. Panował w niej półmrok, poznałem jednak, że to pracownia Sandersa. W rogu dostrzegłem słabą poświatę włączonego monitora.

Ruszyliśmy w tamtą stronę.

Theresa Asakuma odchyliła się na oparcie krzesła, zsunęła okulary na czoło i przetarła palcami swoje piękne oczy.

— Nic nam nie grozi, dopóki będziemy się cicho zachowywali — powiedziała. — Postawili strażnika przed głównym wejściem.

— Strażnika?

— Właśnie. Bardzo im zależało na zamknięciu pracowni. Przypominało to obławę na handlarzy narkotyków. Nasi amerykańscy studenci byli bardzo zaskoczeni.

— A pani?

— Może trochę mniej.

Connor wskazał stojący przed nią monitor. Na ekranie widniał zatrzymany obraz obejmującej się pary, która zmierzała w stronę stołu w sali konferencyjnej. Kilka mniejszych monitorów ukazywało ten sam widok zarejestrowany przez inne kamery. Na niektórych połyskiwały w półmroku jakieś czerwone linie.

— Co pani znalazła na tych taśmach?

— Nie mam jeszcze pewności — odparła Theresa, wskazując główny monitor. — Powinnam wykonać dokładniejsze modelowanie przestrzenne, żeby sprawdzić wymiary sali, rozmieszczenie źródeł światła oraz cienie rzucane przez wszystkie obiekty. Nie miałam na to czasu, zresztą brak tu odpowiedniego sprzętu. Może w przyszłym tygodniu uda mi się zająć komputer na wydziale astrofizyki, chociaż nie będzie to łatwe. W każdym razie sądzę, że coś znalazłam.

— Co takiego?

— Nie pasują mi cienie.

W półmroku dostrzegłem, że Connor pokiwał głową, jakby się tego spodziewał.

— Które nie pasują? — zapytał.

Ponownie wskazała ekran.

— W miarę jak ci ludzie przemierzają salę, rzucane przez nich cienie czasami się odchylają: albo padają pod innym kątem, albo zmieniają nieco kształt. Zmiany są ledwo dostrzegalne, ale można je wyłowić.

— A to oznacza...

Wzruszyła ramionami.

— Wygląda na to, że zapis na tych taśmach został przetworzony, poruczniku.

Przez chwilę panowała cisza.

— W jaki sposób?

— Nie wiem jeszcze, jak bardzo został zmieniony, ale zaryzykuję twierdzenie, że w tym pomieszczeniu znajdowała się jeszcze jedna osoba, przynajmniej przez jakiś czas.

— Jeszcze jedna osoba?

— Tak. Ktoś się temu wszystkiemu przyglądał. A potem ta trzecia osoba została wykasowana.

— Jasna cholera! — syknąłem.

Nie chciało mi się w to wierzyć. Spojrzałem na Connora, ale on wbijał wzrok w monitory. Wydawać by się mogło, że ta wiadomość nie zrobiła na nim żadnego wrażenia.

— Czyżbyś się tego spodziewał? — zapytałem.

— Tak, oczekiwałem czegoś w tym rodzaju.

— Niby skąd?

— No cóż, już na początku naszego dochodzenia miałem przeczucie, że zapis na kasetach zostanie zmieniony.

— Na jakiej podstawie?

Uśmiechnął się.

— Drobiazgi, *kōhai*. Szczegóły, na które się zwykle nie zwraca uwagi — odparł i zerknął na Theresę, jakby nie chciał mówić w jej obecności.

— Musisz mi o nich opowiedzieć — oświadczyłem. — Kiedy po raz pierwszy zacząłeś podejrzewać, że dokonano zmian zapisu na taśmach?

— W dyżurce ochrony budynku Nakamoto. Ta brakująca kaseta...

— Jaka brakująca kaseta? — zapytałem, ale zaraz sobie przypomniałem, że mówił o niej już wcześniej.

— Strażnik w dyżurce poinformował nas, że zmienił kasety zaraz po objęciu służby, około dwudziestej pierwszej, pamiętasz?

— Zgadza się.

— Na każdym z magnetowidów zegar pokazywał, że nagrywanie trwa mniej więcej dwie godziny, przy czym na kolejnych urządzeniach te wskazania różniły się o jakieś piętnaście sekund. To był czas potrzebny na zmianę kasety.

— Jasne — odparłem.

Pamiętałem to wszystko dokładnie.

— Pokazałem strażnikowi magnetowid, którego wskazania odbiegały od reszty. Taśma była w nim zaledwie przez pół godziny. Zapytałem, czy nie jest zepsuty.

— A on odparł, że chyba tak.

— Właśnie... natychmiast podchwycił tę myśl. Sądzę jednak, że dobrze wiedział, iż magnetowid nie jest zepsuty.

— Skąd wiesz?

— To był błąd popełniony przez Japończyków, ktoś to po prostu przeoczył. Są tak zadufani w sobie i tak ślepo wierzą w swoje urządzenia techniczne, że często popełniają tego rodzaju błędy.

Oparłem się ramieniem o ścianę i spojrzałem na Theresę. Wyglądała prześlicznie w słabej poświacie monitorów.

— Wybacz, ale nie rozumiem — mruknąłem.

— To dlatego, że nie zwracasz uwagi na rzeczy oczywiste,

kōhai. Przypomnij sobie tamten moment. Kiedy patrzyłeś na te wszystkie magnetowidy, pokazujące czas o kilkanaście sekund późniejszy od poprzedniego, i zauważyłeś, że jeden z nich wyraźnie nie pasuje do tego ciągu, co wtedy pomyślałeś?

— Że ktoś musiał znacznie później zmienić w nim kasetę.

— No właśnie.

Zmarszczyłem brwi.

— Ale po co? Wszystkie taśmy zmieniano o dwudziestej pierwszej, więc i tak na żadnej z nich nie mógł zostać utrwalony przebieg zabójstwa.

— Zgadza się — przyznał Connor.

— Więc w jakim celu zmieniono tę kasetę?

— Dobre pytanie. Sam przez dłuższy czas się nad tym zastanawiałem, ale teraz już wiem — odparł. — Nie zapominaj o czasie. Wszystkie kasety zmieniono o dwudziestej pierwszej, a jedną z nich zmieniono ponownie około dwudziestej drugiej piętnaście. Można by sądzić, że między dwudziestą pierwszą i dwudziestą drugą piętnaście wydarzyło się coś ważnego, a ponieważ zostało to zarejestrowane na tej taśmie, musiano ją wymienić. Zastanawiałem się, co takiego mogło wtedy zajść.

Zmarszczyłem czoło, wysilając pamięć, ale w głowie miałem mętlik.

Theresa uśmiechnęła się i kiwnęła głową, jakby rozbawiona tą sytuacją.

— Pani już wie? — zapytałem.

— Domyślam się — odparła.

— No cóż, chyba powinienem się cieszyć, że wszyscy znają już odpowiedź. Ja nie przypominam sobie niczego ważnego, co mogłoby zostać zarejestrowane na tej taśmie. O dwudziestej pierwszej sala była już zamknięta, zabezpieczono miejsce zbrodni. Na końcu stołu leżały zwłoki dziewczyny. Przy drzwiach windy kłębił się tłum Japończyków, a Graham wisiał na telefonie, wzywając mnie do pomocy. Nie rozpoczęto żadnych działań, dopóki się tam nie zjawiliśmy około dwudziestej drugiej. Potem były jeszcze te przepychanki z Ishigurą.

Nie wydaje mi się, by ktokolwiek wszedł do sali konferencyjnej przed dwudziestą drugą trzydzieści, a już na pewno nie przed dwudziestą drugą piętnaście. Tak więc na tej taśmie musiał zostać zarejestrowany jedynie obraz pustego pomieszczenia ze zwłokami leżącymi na stole. To wszystko.

— Doskonale — powiedział Connor. — Zapomniałeś tylko o jednym drobiazgu...

— Czy na pewno nikt nie wchodził do sali? — zapytała Theresa.

— Nie — odparłem. — Wejście było zagrodzone żółtą taśmą. Nikt nie miał prawa wstępu do sali oprócz... — Nagle sobie przypomniałem. — Chwileczkę! Ktoś tam jednak wszedł! Ten chudy mężczyzna z aparatem fotograficznym... Przedostał się jakoś do środka i robił zdjęcia.

— No właśnie — mruknął kapitan.

— Co to za facet? — zapytała Theresa.

— Japończyk, robił zdjęcia. Kiedy zapytaliśmy o niego Ishigurę, wymienił jego nazwisko, ale...

— Pan Tanaka — podpowiedział mi Connor.

— Zgadza się, Tanaka. Poprosiłeś wtedy Ishigurę o zwrot filmu z aparatu tego faceta, ale go nie otrzymaliśmy.

— Nie — przyznał Connor. — Mówiąc szczerze, wcale na to nie liczyłem.

Theresa zmarszczyła brwi.

— Twierdzicie, że ten facet robił zdjęcia?

— Wcale nie jestem pewien, czy on naprawdę robił zdjęcia — odparł Connor. — Miał jeden z tych automatycznych modeli firmy Canon...

— Czy to nie był przypadkiem aparat, który utrwala obraz na taśmie magnetycznej zamiast na tradycyjnej błonie?

— Chyba tak. Czy można wykorzystać ten zapis do wprowadzania zmian na kasetach?

— Oczywiście — odparła Theresa. — Można go użyć do przeniesienia pikseli do komputera, co znacznie uprościłoby zmiany, bo te zdjęcia zostały już zakodowane cyfrowo.

Connor pokiwał głową.

— W takim razie może ten facet naprawdę robił zdjęcia. Ale na początku byłem przekonany, że to fotografowanie ma być jedynie pretekstem do sforsowania policyjnej bariery.

— Czemu tak pomyślałeś? — zapytałem.

— Przypomnij sobie...

× × ×

Stałem odwrócony twarzą do Ishigury, kiedy Graham krzyknął: „Jezu Chryste, a to co znowu?!". Obejrzałem się przez ramię i zobaczyłem jakiegoś Japończyka za żółtą wstęgą bariery policyjnej. Widziałem tylko jego plecy. Facet fotografował miejsce zbrodni. Miał bardzo mały aparat, który bez trudu mieścił mu się w dłoni.

— Czy pamiętasz, jak on się poruszał? — zapytał Connor. Ale takich szczegółów nie mogłem sobie przypomnieć.

Graham podszedł wtedy do taśmy i krzyknął: „Na miłość boską, wynoś się pan stamtąd!". Zrobiło się zamieszanie. Graham zaczął wrzeszczeć na Tanakę, ale Japończyk ani myślał zrezygnować z robienia zdjęć. Wycofywał się tyłem z sali i nadal pstrykał aparatem, w ogóle nie zwracając uwagi na krzyki. Zachowywał się dość dziwnie, bo zamiast wyjść szybko z sali, cofał się aż do taśmy, bez przerwy fotografując miejsce zbrodni.

— Nawet się nie odwrócił — powiedziałem. — Cofał się, przez cały czas robiąc zdjęcia.

— Zgadza się. Jego zachowanie wzbudziło moje podejrzenia. Ale teraz już chyba wiemy, dlaczego tak się zachowywał.

— Wiemy?

— Szedł tą samą drogą, co dziewczyna z mordercą, tyle że w odwrotnym kierunku — wyjaśniła Theresa. — W ten sposób utrwalał pomieszczenie z różnej perspektywy, rejestrował rozkład cieni, żeby potem wykorzystać to przy obróbce kaset wideo.

— Właśnie o to chodziło — potwierdził Connor.

340

Przypomniałem sobie, że kiedy zaprotestowałem, Ishiguro powiedział: „To nasz pracownik, pan Tanaka. Należy do kierownictwa służb ochrony Nakamoto".

Odparłem: „Zabierzcie go stamtąd. Nie wolno mu robić tu zdjęć".

Ishiguro wyjaśnił: „Ale to do naszego wewnętrznego użytku".

Tymczasem Tanaka rozpłynął się w tłumie — prawdopodobnie przecisnął się przez gromadę gapiów i wsiadł do windy.

„...to do naszego wewnętrznego użytku".

— Niech to cholera... — jęknąłem. — Tanaka uciekł nam, a potem zmienił kasetę... zabrał tę z utrwalonym na niej jego pobytem w sali konferencyjnej i cieniami rzucanymi przez pojedynczą sylwetkę, i wstawił nową, czystą.

— Zgadza się.

— I wykorzystał zrobione przez siebie zdjęcia, żeby wprowadzić zmiany na oryginalnych kasetach?

— Właśnie.

Powoli zaczynałem wszystko rozumieć.

— Ale nawet gdybyśmy potrafili udowodnić, że zapis na taśmach został zmieniony, to i tak nie mogą być materiałem dowodowym, prawda?

— Oczywiście, że nie — odparła Theresa. — Pierwszy lepszy adwokat szybko rozprawi się z takimi dowodami.

— Wobec tego powinniśmy znaleźć świadka, który potwierdzi te manipulacje. Sakamura mógł o tym wiedzieć, ale nie żyje. Musimy się jakoś dobrać do pana Tanaki. Chyba najlepiej byłoby go aresztować.

— Wątpię, czy to w ogóle możliwe — mruknął Connor.

— Dlaczego? Myślisz, że będą go chronić?

— Nie. Sądzę, że Tanaka nie żyje.

Odwrócił się i popatrzył na Theresę.

— Czy jest pani dobrym fachowcem? — zapytał.

— Tak.

— Bardzo dobrym?

— Myślę, że tak.

— Mamy bardzo mało czasu. Peter pani pomoże. Proszę spróbować wyciągnąć coś z tych kaset. Obiecuję, że wynagrodzę to pani. Ja w tym czasie zadzwonię do paru osób.

— Wychodzisz? — zapytałem.

— Tak. I będzie mi potrzebny samochód.

Podałem mu kluczyki.

— Dokąd chcesz jechać?

— Nie jestem twoją żoną.

— Nie wolno zapytać?

— Po prostu muszę się z kimś zobaczyć — odparł i ruszył w stronę drzwi.

— Dlaczego uważasz, że Tanaka nie żyje?

— Może się mylę, ale porozmawiamy o tym kiedy indziej — powiedział. — Musimy zakończyć tę sprawę przed czwartą. To nieprzekraczalny termin. Mam wrażenie, że czeka nas jeszcze kilka niespodzianek, *kōhai*. Podpowiada mi to *chokkan*, moja intuicja. Gdybyś miał jakieś kłopoty albo wydarzyło się coś niezwykłego, zadzwoń pod numer aparatu w samochodzie.

Powodzenia. Zostawiam cię sam na sam z tą piękną damą. *Urayamashii ne!* — dodał i wyszedł.

Po chwili usłyszeliśmy ciche stuknięcie drzwi. Popatrzyłem na Theresę.

— Co on powiedział? — zapytałem.

W półmroku dostrzegłem jej uśmiech.

— Że panu zazdrości — odparła. — No dobrze, bierzmy się do roboty.

Wcisnęła parę klawiszy, przewijając taśmę do początku sceny.

— Jak chce się pani do tego zabrać?

— Szukając zmian w zapisie wideo, musimy zwracać uwagę na trzy elementy... Najważniejsze są smugi i barwne obwódki wokół zarysów postaci i przedmiotów. Potem ułożenie cieni. Możemy się skupić tylko na tym, ale od dwóch godzin nie robię nic innego i niezbyt wiele osiągnęłam.

— A ten trzeci element?

— To odbicia. Nie szukałam ich do tej pory.

Pokręciłem głową i popatrzyłem na nią pytająco.

— Chodzi o odbicia obiektów, które stanowią integralną część zarejestrowanego obrazu. Pamięta pan ten moment, kiedy Sakamura wychodzi z sali, a w lustrze na ścianie widać jego odbicie? Z pewnością znajdziemy tam też inne lustrzane powierzchnie, w których mogą się pojawić zniekształcone zarysy postaci. Na przykład chromowana lampa... Mamy tam też dużą, przeszkloną ścianę. Może uda się wychwycić jakieś odbicie w szybie okiennej. Trzeba również zwracać uwagę na metalowe przyciski do papierów, szklane wazony na kwiaty, plastikowe kosze na śmieci... w każdej takiej powierzchni może pojawić się odbicie.

Patrzyłem, jak przygotowuje wszystkie taśmy do jednoczesnego odtworzenia. Używając tylko zdrowej ręki, programowała każdy magnetowid, nie przestając jednocześnie udzielać mi wyjaśnień.

— Niemal na każdym obrazie można znaleźć jakieś lustrzane elementy — mówiła. — Na ulicach będą to zderzaki samo-

343

chodów, mokry asfalt albo szyby w witrynach sklepów. We wnętrzach zwykle są to jakieś ramy obrazów, lustra, metalowe świeczniki, chromowane części mebli... Zawsze można coś takiego znaleźć.

— Czy nie sądzi pani, że mogli także zmienić te odbicia?

— Zrobiliby to, gdyby mieli czas. Są już programy komputerowe, za pomocą których można uzyskać rzut dowolnej bryły na jakąkolwiek powierzchnię, choćby najbardziej złożoną. Ale to wymaga czasu, więc miejmy nadzieję, że nie zdążyli tego zrobić.

Włączyła odtwarzanie. Pierwsze sceny, przedstawiające Cheryl Austin pojawiającą się przy drzwiach windy, były niewyraźne.

Popatrzyłem na Theresę i zapytałem:

— Jak pani się czuje w tej roli?

— Nie rozumiem...

— Pomagając policji.

— Chodzi panu o to, że jestem Japonką? — Uśmiechnęła się smutno. — Nie mam złudzeń co do Japończyków. Czy pan wie, gdzie jest Sako?

— Nie — odparłem.

— To małe miasteczko na Hokkaido, daleko na północy. Taka prowincjonalna dziura. Znajduje się tam amerykańska baza lotnicza. Urodziłam się w Sako, mój ojciec, *kokujin*, był mechanikiem w tej bazie. Wie pan, co to *kokujin*? *Niguro*. Murzyn. Matka pracowała w kantynie dla personelu. Pobrali się, ale ojciec zginął w wypadku, kiedy miałam dwa lata. Matka dostała rentę, więc miałyśmy za co żyć, jednak później dziadek zaczął zabierać nam większość pieniędzy, bo twierdził, że taka wnuczka to dla niego zniewaga. Byłam *ainoko* i *niguro*. To bardzo pogardliwe określenia, a mnie właśnie tak nazywano. Matka nie chciała jednak wyjeżdżać, pragnęła zostać w Japonii. Dorastałam więc w Sako...

Wyczułem gorycz w jej głosie.

— Czy wie pan, co to *burakumin*? — zapytała. — Nie? Tak

myślałam. W Japonii, w kraju, gdzie podobno wszyscy są sobie równi, nigdy nie mówi się głośno o takich ludziach. Ale przed ślubem rodzice pana młodego zawsze dokładnie sprawdzają całą historię rodziny jego wybranki, aby się upewnić, że tamci nie są *burakumin*. Tak samo zresztą postępuje rodzina panny młodej. A jeśli tylko istnieją jakiekolwiek wątpliwości, zrywa się zaręczyny. *Burakumin* są w Japonii nietykalni, bo to wyrzutki, najnędzniejsi z nędznych. Zsyła się ich do pracy w garbarniach i innych zakładach przemysłu skórzanego, bo według buddyzmu to nieczyste zajęcie.

— Rozumiem...

— A ja byłam jeszcze gorsza od *burakumin*, ponieważ jestem zdeformowana. W Japonii kalectwo to powód do wstydu... nie do współczucia, lecz właśnie do wstydu: nie tylko dla kalekiego człowieka, ale także dla jego rodziny i całej społeczności, do której należy. A jeśli jeszcze w dodatku jest się *ainoko*, Mulatem zrodzonym z grubonosego Amerykanina... — Pokręciła głową. — Ludzie na prowincji są bardzo okrutni, a ja wychowywałam się w małym miasteczku...

Spojrzała na ekran monitora.

— Cieszę się, że mogłam tu zostać. Wy, Amerykanie, nawet nie wiecie, co to znaczy godne życie, co to znaczy poczucie wolności, które nosi się w głębi serca. Nigdy nie zrozumiecie, jak okrutne jest życie w Japonii dla kogoś, kto znalazł się na marginesie. Ale ja znam to aż za dobrze i dlatego będę się cieszyć, jeśli Japończycy dostaną po nosie, choć mogę do tego przyłożyć tylko jedną rękę.

Popatrzyła na mnie.

— Czy odpowiedziałam na pańskie pytanie, poruczniku?

— Tak. W zupełności.

— Kiedy przyjechałam do Stanów, uderzyło mnie, jak bardzo mylny jest tu obraz Japonii... Ale mniejsza z tym, mamy już początek tej sceny... Proszę obserwować dwa górne monitory, a ja zajmę się trzema dolnymi. Niech pan szuka lustrzanych powierzchni. Uwaga, zaczynamy.

Patrzyłem na świecące w półmroku ekrany.

Theresa Asakuma z goryczą mówiła o Japończykach, ja również nie miałem ich za co kochać. Incydent z Wilhelmem „Łasicą" pozostawił osad w mojej duszy, osad wściekłości zrodzonej z lęku. Wciąż słyszałem jego słowa:

„Czy w tych okolicznościach nie uważa pan, że przyznanie panu przez sąd prawa do opieki nad dzieckiem było błędem?".

Nie ubiegałem się o prawo do opieki. Po rozwodzie, kiedy Lauren pakowała się i wyprowadzała, kiedy dzieliła: to moje, a to twoje — ani przez chwilę nie myślałem, żeby się ubiegać o prawo do opieki nad siedmiomiesięcznym niemowlęciem. Shelly stawiała wtedy pierwsze kroki, przytrzymując się mebli w salonie, i powinna wkrótce zacząć mówić „mama". Ale Lauren nie chciała wziąć odpowiedzialności za dziecko i ciągle powtarzała: „Nie poradzę sobie z tym, Peter. Po prostu nie poradzę". Właśnie dlatego podjąłem się opieki nad dzieckiem. Miałem inne wyjście?

Od tamtej pory minęły prawie dwa lata i wiele się wydarzyło w moim życiu. Przede wszystkim zmieniłem pracę, a tym samym rozkład dnia. Teraz naprawdę wiedziałem, że mam córkę. Świadomość, że mogę ją utracić, była jak ostrze noża wbijającego mi się w brzuch.

„Czy w tych okolicznościach, poruczniku, nie uważa pan...".

Na monitorze Cheryl Austin czekała w ciemnościach na przybycie kochanka. Widziałem, jak rozgląda się po sali. „...przyznanie przez sąd praw do opieki było błędem...". Nie! Nie było błędem. Lauren nie potrafiłaby sobie z tym poradzić. Nawet nie zabierała małej do siebie na co drugi weekend. Była zbyt zajęta, żeby znaleźć czas dla Michelle. Po którymś z weekendów przywiozła małą zapłakaną. „Sama nie wiem, co jej się stało" — powiedziała. Sprawdziłem. Michelle miała mokre pieluchy i odparzone pośladki. Lauren nie znalazła czasu, żeby wystarczająco często zmieniać małej pieluchy. Kiedy ją przebierałem, zauważyłem w pachwinie ślady niedomytej kupy. Moja była żona nawet nie potrafiła dokładnie umyć swojej córki.

„Nie uważa pan, że sąd popełnił błąd?".

Wcale tak nie uważałem.

„Czy w tych okolicznościach nie uważa pan...".

— Kurwa mać... — wymamrotałem.

Theresa wcisnęła klawisz i zatrzymała odtwarzanie. Obrazy na wszystkich monitorach zamarły.

— Co się stało? Coś pan zauważył?

— Nie. Nic.

Spojrzała na mnie.

— Przepraszam, zamyśliłem się.

— Nie szkodzi.

Ponownie uruchomiła magnetowidy.

Na pięciu monitorach mężczyzna obejmował Cheryl Austin ramieniem. Ujęcia z różnych kamer były odtwarzane równocześnie i mogąc obserwować to ze wszystkich stron naraz — z przodu, z tyłu i z boków — miałem wrażenie, że patrzę na wprawione w ruch rzuty projektu architektonicznego.

Aż ciarki przechodziły po grzbiecie.

Na dwóch górnych monitorach miałem widok z końca pomieszczenia oraz z góry, spod sufitu. Na jednym widniały odległe sylwetki Cheryl i jej kochanka, na drugim tylko czubki ich głów. Przyglądałem się jednak wszystkiemu uważnie.

Theresa Asakuma stała obok mnie, oddychając powoli i regularnie: wdech, wydech. Spojrzałem na nią.

— Niech się pan nie rozprasza — powiedziała.

Ponownie skierowałem wzrok na monitory.

Para obejmowała się czule, mężczyzna przyciskał pośladki dziewczyny do brzegu biurka, aż w końcu się położyła. Kamera z góry ukazywała jej twarz, Cheryl leżała na wznak i gapiła się w sufit. Na drugim monitorze mężczyzna powoli pochylał się nad nią.

— Teraz! — zawołałem.

Theresa zatrzymała taśmę.

— Co pan znalazł?

Wskazałem oprawione w ramkę zdjęcie.

— Tutaj.

Fotografia leżała płasko na biurku, a w szkle odbijał się niewyraźny zarys głowy mężczyzny pochylającego się nad Cheryl. Był to ledwie widoczny cień.

— Czy potrafi pani wyostrzyć rysy jego twarzy?

— Spróbuję — odparła i pośpiesznie przebiegła dłonią po klawiaturze. — To zapis cyfrowy — wyjaśniła. — Wprowadziłam go teraz do pamięci komputera. Zobaczymy, czy da się z tego coś wyciągnąć.

Obraz drgnął i zaczął się skokowo przybliżać. Powiększenie odrzuconej do tyłu głowy Cheryl ukazało zastygły na jej twarzy wyraz rozkoszy. Obraz stawał się coraz bardziej ziarnisty, aż w końcu zarys ust odpłynął w bok i na ekranie pozostał tylko kawałek ramienia dziewczyny.

Na każdym kolejnym powiększeniu coraz wyraźniej było widać ziarnistą strukturę, obraz wyglądał, jakby składał się z drobin piasku. Po chwili plamki jeszcze bardziej się oddzieliły, tworząc tylko rozmazane smugi szarości, i nie wiedziałem już, co mam przed oczami.

— Da się coś z tego uzyskać?

— Wątpię. Tutaj jest ramka zdjęcia, a tu cień głowy, żadnych szczegółów twarzy.

Zastanawiałem się, jak ona to dostrzega. Dla mnie była to abstrakcja.

— Spróbuję poprawić kontrast.

Uderzyła w klawiaturę. Pojawiło się menu komputerowe. W końcu obraz stał się nieco wyraźniejszy, bardziej kontrastowy. Teraz widziałem zarówno ramkę, jak i cień głowy.

— Jeszcze trochę — poprosiłem.

Powtórzyła operację.

— W porządku, poprawmy nieco skalę szarości...

Zarys głowy na ekranie powoli zaczął wyłaniać się z mgły. Przy takim powiększeniu ziarnistość obrazu nie pozwalała niczego dojrzeć, zamiast źrenic mieliśmy przed sobą dwa czarne kleksy. Widać było jedynie, że mężczyzna ma otwarte oczy i wykrzywione usta, ale trudno było rozpoznać coś poza tym.

— Czy to twarz Japończyka? — zapytałem.

Theresa pokręciła głową.

— Nie wiem, za mało szczegółów.

— A nie może pani tego jeszcze poprawić?

— Mogę spróbować, ale później. Nie sądzę jednak, by cokolwiek z tego wyszło. Jedźmy teraz dalej.

Na wszystkich ekranach z powrotem pojawiły się pierwotne obrazy. Cheryl nagle zaczęła odpychać mężczyznę, obiema dłońmi zapierając się o jego pierś. Zniknęło odbicie twarzy w szkle leżącej na blacie biurka fotografii.

Po chwili para kochanków nagle się rozdzieliła; dziewczyna coś powiedziała, wciąż odpychając mężczyznę. Sprawiała wrażenie przestraszonej. Teraz, gdy wreszcie mogłem zobaczyć wyraz twarzy tego faceta, przyszło mi do głowy, że to właśnie on mógł ją przerazić.

Oboje stali obok biurka, jakby się zastanawiając, dokąd pójść. Dziewczyna rozejrzała się dokoła i wskazała ręką salę konferencyjną, a on kiwnął głową.

Pocałowali się i ponownie objęli ramionami. Widok pary, przytulającej się do siebie z czułością i zaraz potem kłócącej się, nasunął mi pewne skojarzenia.

Theresa również zwróciła na to uwagę.

— Ona musi go dobrze znać — powiedziała.

— Chyba tak — odparłem.

Złączeni namiętnym pocałunkiem, kochankowie przesuwali się bokiem w stronę sali konferencyjnej. Kamera z drugiego końca pokazywała całe pomieszczenie, sylwetki ludzkie przemieszczały się powoli od prawej do lewej. Były jednak tak małe, że nie widzieliśmy żadnych szczegółów. Mężczyzna i kobieta szli między rzędami biurek, kierując się...

— Stop! — zawołałem. — Co to było?

Theresa klatka po klatce cofnęła zapis.

Wskazałem na ekran.

— Tutaj — powiedziałem. — Co to może być?

Na ujęciu z kamery, która pokazywała perspektywę całego piętra, widać było wielką tablicę pokrytą japońskimi logogramami, wiszącą u wejścia do windy. Na umieszczonej za szkłem tablicy przez krótką chwilę pojawił się silny refleks światła, który przyciągnął moją uwagę.

Theresa zmarszczyła brwi.

— Przyjrzyjmy się temu.

Ponownie zaczęła programować przybliżenie. Tablica rosła w oczach, obraz znów stawał się ziarnisty. Po chwili powiększony refleks rozdzielił się na dwie części: jaśniejsza kulista plamka odpłynęła w róg ekranu, a na środku pozostał wyraźny pas, biegnący niemal przez całą długość obrazu.

— Jak to wyglądało wcześniej? — zapytałem.

Theresa pokazała mi powiększenie tego samego fragmentu na poprzednich klatkach. Obraz przesuwał się powoli, aż w końcu jasna smuga zniknęła. Odbicie na szkle tablicy występowało jedynie na dziesięciu sąsiednich klatkach. Ale kulisty rozbłysk w rogu ekranu widoczny był przez cały czas.

— No, no... — mruknęła Theresa.

Zaczęła powiększać obraz. Okrągła plamka rozpłynęła się i po chwili wyglądała jak gromada gwiazd na nocnym niebie. Można było jednak dostrzec w niej jakąś wewnętrzną organizację, byłem niemal pewny, że dostrzegam w środku coś podobnego do X. Powiedziałem o tym Theresie.

— Ma pan rację. Zaraz podciągnę kontrast.

Uderzyła w klawisze i po chwili bezładna kupa iskier ułożyła się w zapisaną cyframi rzymskimi liczbę:

I IX:I

— Co to jest, do cholery? — zapytałem.

Theresa znów uderzyła w klawisze.

— Zaraz, wyrównam krawędzie...

Po chwili zarys rzymskich cyfr stał się wyraźniejszy:

ГIX:I

Nie wystarczyło to jednak Theresie, więc zaczęła wykorzystywać inne opcje programu. Po użyciu jednych zarysy obrazu nieco się wyostrzały, a potem znów robiły się niewyraźne. W końcu zdołaliśmy rozpoznać litery:

TIXƎ

— To odbicie tabliczki kierującej w stronę wyjścia — wyjaśniła Theresa. — Gdzieś w tamtym końcu pomieszczenia, za windami, powinno się znajdować przejście na klatkę schodową. Zgadza się?

— Tak — odparłem.

— Napis informacyjny odbił się w szkle tablicy, to wszystko. — Przesunęła obraz kilka klatek do przodu. — Zastanawia mnie jednak ta pozioma smuga światła... Widzi pan? Pojawia się niespodziewanie i natychmiast znika.

Zaczęła przesuwać taśmę w przód i w tył.

Nagle coś mi przyszło do głowy.

— To musi być odbicie światła z klatki schodowej... jakby ktoś otworzył drzwi i zamknął je szybko — powiedziałem.

— Sądzi pan, że ktoś wszedł na to piętro schodami pożarowymi? — zapytała.

— Właśnie.

— To ciekawe. Jedźmy dalej, może uda nam się dostrzec tę osobę.

Znów uruchomiła odtwarzanie. Ziarna obrazu zaczęły migotać jak fajerwerki, jakby każda cząstka ruszyła do zwariowanego tańca. Potarłem oczy palcami.

— Jezu...

— Już. Proszę spojrzeć.

Popatrzyłem na ekran. Theresa zatrzymała taśmę, ale nadal nie widziałem nic poza mozaiką czarnych i białych plamek. Miałem niejasne wrażenie, że dostrzegam jakiś cień, ale trudno było powiedzieć, co to takiego. Obraz na monitorze przypominał mi sonogram, jaki widziałem podczas badania USG ciężarnej Lauren. Lekarz mówił: „Tutaj jest głowa, a tu brzuszek...". Ja jednak nie mogłem niczego rozpoznać, dla mnie to była czysta abstrakcja. Podobnie jak sam fakt, że w łonie mojej żony rozwija się dziecko.

Lekarz powiedział: „Widzicie? Właśnie zgięła paluszki. Widzicie, jak bije serduszko waszego dziecka?". Dostrzegłem właśnie zarys żeber w malutkiej klatce piersiowej, drgającej w rytm szybkich uderzeń serca.

„Czy w tych okolicznościach, poruczniku, nie uważa pan...".

— Widzi pan? — zapytała Theresa. — To jego ramię, a tu zarys głowy. Ten człowiek się poruszał, bo jego cień wyraźnie rósł, ale teraz przystanął w głębi korytarza, jakby wyglądał zza rogu. Przez chwilę, kiedy odwracał głowę, można było zauważyć jego profil. Widzi pan? Proszę patrzeć uważnie. Najwyraźniej obserwuje tę parę.

Nagle i ja dostrzegłem kontur sylwetki człowieka, plamki ułożyły się we właściwy kształt. W korytarzu, przy tylnym wyjściu, rzeczywiście ktoś stał i patrzył na parę kochanków.

Cheryl i jej towarzysz całowali się namiętnie i prawdopodobnie nie zdawali sobie sprawy z obecności intruza.

Dreszcz przebiegł mi po karku.

— Czy może pani wyostrzyć sylwetkę tego człowieka? — zapytałem.

Theresa pokręciła głową.

— To niemożliwe. Wyciągnęłam z tych urządzeń, ile się tylko dało. Nie można rozpoznać ani oczu, ani ust, żadnego szczegółu.

— Wobec tego jedźmy dalej.

× × ×

Wszystkie taśmy ruszyły jednocześnie z normalną szybkością. Nagły powrót do obrazu zwykłej wielkości trochę mnie oszołomił. Znów patrzyłem na parę kochanków, którzy całując się namiętnie, szli w stronę sali konferencyjnej.

— Wiemy przynajmniej, od którego momentu zaczęto ich obserwować — powiedziała Theresa. — Ciekawe, kim była ta dziewczyna.

— Jeśli dobrze pamiętam, takie kobiety jak ona nazywa się *torigaru onnai*.

— Co? Była łatwa w ptaku? *Tori...* i jak dalej?

— Nieważne. Chciałem powiedzieć, że była kobietą lekkich obyczajów.

Pokręciła głową.

— Dlaczego mężczyźni zawsze trywializują te sprawy? Ona chyba kochała tego faceta...

Kiedy kochankowie stanęli przed wejściem do sali konferencyjnej, Cheryl wyrwała się nagle z objęć mężczyzny i odskoczyła w bok.

— Nawet jeśli go kochała, okazywała to raczej w dość dziwny sposób — zauważyłem.

— Widocznie coś wyczuła.

— Co?

— Skąd mam wiedzieć? Może usłyszała tamtego mężczyznę? Nie wiem.

Cheryl zaczęła szarpać się ze swoim partnerem, który obejmował ją w pasie i wciągał do środka. Najwyraźniej chciała wyjść z sali, ale facet ciągnął ją dalej.

— Przyjrzyjmy się temu ujęciu — powiedziała Theresa.

Obraz zastygł na ekranie.

Wszystkie ściany sali konferencyjnej były ze szkła. Przez ogromne okna wpadały do środka światła miasta. Ale w przepierzeniu, za którym znajdowało się atrium, szkło było na tyle ciemne, że odbijało wnętrze sali jak przydymione lustro. Szamocząca się para stała dość blisko tej wewnętrznej ściany i obie sylwetki wyraźnie odbijały się w szybie.

Theresa znów zaczęła przeglądać taśmę klatka po klatce, szukając jakiegoś podejrzanego cienia. Od czasu do czasu powiększała jakiś fragment, ale zaraz wracała do pełnego ujęcia. Trudno było cokolwiek wyłapać. Kochankowie poruszali się szybko, ich sylwetki często się rozmazywały. A kiedy były wyraźne, światła sąsiednich drapaczy chmur mąciły obraz.

Mieliśmy trudne zadanie.

Stop. Powiększenie. Przepatrywanie różnych fragmentów ujęcia w poszukiwaniu jakiegoś szczegółu. Nic z tego. Znowu dalej, klatka po klatce. Znów zatrzymanie.

W końcu Theresa westchnęła i odwróciła się od monitora.

— Fatalnie. Odbicia w tym szkle są prawie niewidoczne.

— W takim razie jedźmy dalej.

Patrzyłem, jak Cheryl kurczowo czepia się framugi drzwi, broniąc się przed wciągnięciem w głąb sali konferencyjnej. Na jej twarzy malowało się przerażenie. W pewnym momencie wyrzuciła nagle ręce nad głowę, chcąc uderzyć mężczyznę, i jej torebka poszybowała w powietrze. Po chwili oboje byli w środku, ale nadal się szamotali.

Kiedy dotarli do stołu, mężczyzna pchnął ją na blat i twarz Cheryl pojawiła się na ujęciu z kamery obejmującej spod sufitu całą salę. Krótkie blond włosy dziewczyny kontrastowały z ciemną powierzchnią drewna. Cheryl przestała się opierać, jakby nagle zmieniła zdanie. Sprawiała teraz wrażenie podnieconej. Oblizała wargi. Patrzyła na pochylającego się nad nią mężczyznę, który zaczął zadzierać jej spódnicę.

Uśmiechnęła się, wydęła wargi i szepnęła mu coś do ucha. Mężczyzna szybkim ruchem ściągnął jej majtki.

Uśmiech dziewczyny stał się nieco wymuszony. Oprócz podniecenia na jej twarzy malował się strach.

Kochanek zaczął pieścić dłońmi jej szyję.

Nad naszymi głowami wciąż rozlegały się zgrzyty łyżew tnących powierzchnię lodu, a my po raz kolejny oglądaliśmy końcowy akt tragedii, odtwarzany jednocześnie na pięciu monitorach, w różnych ujęciach. Cheryl zarzuciła nogi na ramiona mężczyzny, a on pochylił się nad nią i zaczął rozpinać rozporek. Wyławiałem teraz szczegóły, na które wcześniej nie zwróciłem uwagi. Dziewczyna zsunęła się na krawędź stołu i zaczęła kołysać biodrami, a jej partner wygiął się i połączył z nią. Wyraz twarzy Cheryl uległ zmianie: jakby coś kalkulowała. Objęła mężczyznę rękami za szyję i wodziła dłońmi po jego plecach. Po chwili nastąpiła kolejna odmiana: błysk wściekłości w oczach dziewczyny, wymierzony niespodziewanie policzek. Wcześniej opierała się chyba tylko po to, żeby bardziej podniecić swojego partnera, ale teraz wyglądało to, jakby coś było nie w porządku. Miała rozszerzone oczy i sprawiała wrażenie zaniepokojonej. Odpychając ręce mężczyzny, podciągnęła rękawy jego marynarki, widziałem odbicia światła w metalowych spinkach do mankietów. Zaraz potem jej ręka opadła, palce zadrżały spazmatycznie i zamarły w bezruchu.

Mężczyzna najwyraźniej pojął, że coś się stało. Przez chwilę stał nieruchomo, ale po chwili ujął w dłonie głowę dziewczyny i potrząsnął nią. W końcu odsunął się od stołu i odwrócił. Choć widziałem tylko jego plecy, niemal czułem jego przerażenie. Poruszał się powoli, jak w transie. Zaczął chodzić po sali drobnymi kroczkami, to w jedną, to w drugą stronę — najwyraźniej nie mógł się zdecydować, co powinien zrobić.

Kiedy oglądałem tę scenę, za każdym razem odczuwałem coś innego: na początku było to tylko napięcie i jakaś dziwna, niezdrowa ekscytacja podglądacza, ale później mogłem zdobyć się na bezstronność, spojrzeć na wszystko chłodnym okiem analityka. Obraz na ekranie jakby rozdzielił się w moich oczach, postacie bohaterów już nie przypominały ludzi, stały się ruchomymi elementami dekoracji umieszczonej w mrocznym wnętrzu sali.

— Chyba ta dziewczyna źle się poczuła — stwierdziła Theresa.

— Na to wygląda.

— I prawdopodobnie nie została zamordowana... w każdym razie nie przez tego mężczyznę.

— To całkiem możliwe.

Wciąż wpatrywaliśmy się w ekran, choć wydawało mi się to bezcelowe.

— Spróbujmy jeszcze raz — zaproponowałem w końcu.

×　×　×

Magnetowidy były tak zaprogramowane, że po skończeniu odtwarzania przewijały taśmy i zaczynały od początku, oglądaliśmy więc te same sceny po raz któryś z rzędu. Po chwili spostrzegłem, że mężczyzna przystanął nagle i obejrzał się w bok, jakby kogoś dostrzegł albo usłyszał.

— Zauważył tego drugiego? — zapytałem.

— Być może — odparła Theresa i wskazała ręką monitory. — Tu zaczyna się fragment zapisu, gdzie nie pasuje mi rozkład cieni. Teraz już wiemy dlaczego.

Cofnęła nieco taśmy. Na monitorze ukazującym widok z boku dostrzegłem, że mężczyzna spogląda w stronę wyjścia. Wszystko wskazywało na to, że coś obudziło jego czujność. Nie był jednak przestraszony.

Theresa zaczęła powiększać obraz i postać mężczyzny się rozmyła.

— Widzi pani coś ciekawego?

— Nie, tylko jego profil.

— I nic więcej?

— Zarys jego szczęki... Zaraz. Widzi pan? On porusza ustami. Coś mówi.

— Do tego drugiego?

— Albo do siebie. Wyraźnie jednak spogląda w tamtą stronę. Proszę, nagle zaczął się szybciej poruszać.

Mężczyzna energicznym krokiem przemierzał salę konferencyjną, jakby szedł w jakimś określonym celu. Przypomniałem sobie, że zastanowiło mnie to już wczoraj wieczorem, kiedy oglądałem ten zapis na komendzie. Mając przed sobą ujęcia z pięciu kamer, mogłem teraz bez trudu dostrzec, co robi. W pewnym momencie schylił się szybko i podniósł z podłogi majtki.

Zaraz potem wrócił do stołu, pochylił się nad martwą dziewczyną i ściągnął jej zegarek z ręki.

— Zabiera jej zegarek — mruknąłem.

Przyszło mi do głowy, że powód mógł być tylko jeden: prawdopodobnie zegarek miał wygrawerowany jakiś napis. Kiedy mężczyzna wcisnął go razem z majtkami do kieszeni, obraz zamarł. Theresa zatrzymała urządzenia.

— Co się stało?

Wskazała jeden z monitorów.

— Tam — powiedziała.

Na ekranie był widok z góry, z kamery umieszczonej pod sufitem. Widzieliśmy teraz salę konferencyjną przez szklane przepierzenie oddzielające ją od atrium. Dostrzegałem sylwetkę dziewczyny leżącej na stole oraz postać mężczyzny stojącego blisko wyjścia z sali.

— Nic nie widzę.

Wskazała róg ekranu.

— Zapomnieli to wykasować.

Zauważyłem ciemny zarys. Światło padało pod takim kątem, że widzieliśmy wyraźne odbicie człowieka w szklanej ścianie. To był ten trzeci.

Musiał podejść bliżej i stał teraz pośrodku atrium, spoglądając na salę konferencyjną i zabójcę. Nadal jednak nie rozróżniałem szczegółów — było to tylko odbicie w szybie.

— Może pani to powiększyć i wyostrzyć? — zapytałem.

— Spróbuję.

Obraz się przybliżył i zaczął rozpadać na ziarna. Po chwili postać rozsypała się w mozaikę plam. Theresa zaprogramowała zwiększenie kontrastu i wyostrzenie. Cień był coraz większy i wyraźniejszy. Nie mogłem oderwać od niego oczu. Wbijałem wzrok w ekran, chcąc jak najszybciej rozpoznać rysy mężczyzny.

Wciąż jednak było to tylko niewyraźne odbicie w szkle.

— Zastosuję wyrównywanie krawędzi — mruknęła Theresa.

Obraz na ekranie znowu zaczął się zmieniać. Stopniowo zanikała ziarnistość, ginęły smugi szarości.

Po chwili ujrzałem znajome rysy.

— Jasna cholera! — zakląłem.

— Wie pan, kto to jest?

— Tak — odparłem. — Eddie Sakamura.

Teraz praca poszła nam znacznie szybciej. Nie mieliśmy już żadnych wątpliwości, że zapis na taśmach został zmontowany, by uniemożliwić nam identyfikację mordercy. Obserwowaliśmy, jak kochanek Cheryl wychodzi z sali konferencyjnej i zmierza w kierunku schodów, raz tylko obejrzawszy się z żalem na zwłoki.

— Jak to możliwe, żeby zdołali zmienić na wszystkich taśmach twarz mordercy w ciągu zaledwie kilku godzin? — zapytałem.

— Dysponują najnowszymi programami komputerowymi do obróbki obrazu — wyjaśniła Theresa. — Są w tej dziedzinie bardzo zaawansowani.

— To znaczy, że dysponują programami lepszymi od naszych?

— Owszem, lecz nawet mając takie programy, narażali się na ogromne ryzyko. A ponieważ Japończycy nie lubią ryzyka, musiało to być dla nich stosunkowo proste zadanie. Morderca przez większość czasu stoi albo tyłem do kamery, albo w głębokim cieniu, więc trudno dojrzeć jego twarz. Przypuszczam, iż wpadli na ten pomysł dość późno, dopiero po obejrzeniu zapisów, kiedy się przekonali, że trzeba zmienić tylko ten fragment... właśnie tu, gdy mężczyzna przechodzi obok lustra.

Na ekranie ujrzałem wyraźne odbicie Eddiego Sakamury

w lustrze. Na jego dłoni, którą sunął po ścianie, dostrzegłem dużą bliznę.

— Sam pan widzi, że jeśli przegrać tylko tę część zapisu, reszta może pozostać bez zmian. Nawet przy rejestracji obrazu z pięciu kamer jedynie ten fragment pozwala zidentyfikować sprawcę, więc to wykorzystali.

Eddie Sakamura minął lustro i zniknął w cieniu korytarza. Theresa cofnęła taśmy.

— Przyjrzyjmy się temu dokładniej — powiedziała.

Zatrzymała obraz mężczyzny przechodzącego obok lustra i zaczęła powiększać jego odbicie, aż rozłożyło się na grube ziarna.

— Proszę zwrócić uwagę na rozkład pikseli. Widzi pan to? Ktoś tu ingerował w zapis cyfrowy. Proszę spojrzeć na kość policzkową, na cień pod okiem. Zwykle granica między dwoma obszarami różniącymi się odcieniem szarości jest nieregularna. A ta linia była retuszowana, zmieniono rysy twarzy. Spróbujmy...

Obraz przesunął się w bok.

— Proszę, tu także.

Miałem przed oczyma mozaikę plam, nie wiedziałem nawet, jaka to część obrazu.

— Co to jest?

— Blizna na prawej dłoni. Widzi pan? Została dodana. Świadczy o tym rozkład pikseli.

Nie potrafiłem tego dostrzec, ale wierzyłem jej na słowo.

— Więc kto jest mordercą?

Theresa pokręciła głową.

— To nie takie proste... Szukaliśmy wyraźnych odbić i nie znaleźliśmy ich. Pozostała nam ostatnia metoda, której do tej pory nie próbowałam: jest najprostsza i wykorzystuje części obrazu, które najłatwiej zmienić. Mówię o wydobywaniu szczegółów z ciemnych miejsc zapisu.

— Ciemnych miejsc?

— Tak. Możemy spróbować odtworzyć rysy twarzy z jakiegoś fragmentu, na którym zabójca znajdował się w cieniu.

Mówiła to jednak bez przekonania.

— Nie spodziewa się pani, że coś z tego wyjdzie?

Wzruszyła ramionami.

— Cóż, zawsze możemy spróbować. Tylko to nam pozostało.

— W porządku, wobec tego bierzmy się do roboty.

Zaczęła cofać taśmy.

Eddie Sakamura tyłem minął lustro, idąc w stronę sali konferencyjnej.

— Chwileczkę — powiedziałem. — A co się dzieje zaraz po tym, jak Sakamura mija lustro? Nie oglądaliśmy tamtej części zapisu.

— Robiłam to już wcześniej. Wchodzi w głąb korytarza i znika w wyjściu.

— Obejrzyjmy to jednak.

— W porządku.

Obraz ruszył do przodu, Eddie Sakamura znów szedł szybkim krokiem w stronę wyjścia. Minął lustro, w którym mignęło odbicie jego twarzy. Stwierdziłem, że im częściej oglądam tę scenę, tym wyraźniej wyławiam szczegóły zmian. Miałem wrażenie, że w ruchach idącego nastąpiła jakaś króciutka przerwa, ledwie zauważalne opóźnienie, jakby ktoś celowo na moment spowolnił zapis, aby umożliwić nam identyfikację mordercy.

Mężczyzna wszedł w zaciemniony wąski korytarz prowadzący ku schodom. Wyjście znajdowało się gdzieś za rogiem, poza polem widzenia kamery. Ale ściana zamykająca korytarz była jasno oświetlona i postać zabójcy ostro odcinała się na jej tle. Widać było jednak tylko ciemny zarys sylwetki, nie dało się rozpoznać żadnych szczegółów.

— Nic z tego — stwierdziła Theresa. — Pamiętam tę część zapisu. Nic tu nie znajdziemy, jest za ciemno. *Kuronbō*. Mnie też tak nazywano w Japonii: „Czarnuch".

— Przecież mówiła pani o wyławianiu szczegółów z ciemnych miejsc zapisu.

— Owszem, ale nie z tego. Poza tym jestem przekonana, że ta część również została zmieniona. Tamci dobrze wiedzieli, że będziemy bardzo dokładnie badać ten fragment, przed i po przejściu obok lustra. Zdawali sobie sprawę, że poddamy analizie klatkę po klatce, niemal pod mikroskopem badając rozkład pikseli. Dlatego tę część wyretuszowali szczególnie starannie, a wszystkie półcienie musieli jeszcze przyciemnić.

— No dobrze, ale mimo to...

— Chwileczkę! — zawołała nagle. — Co to było?

Obraz znieruchomiał.

Odwrócony plecami morderca znajdował się już blisko białej ściany, nad głową miał tablicę z napisem: EXIT.

— To tylko zarys postaci.

— Tak, ale coś mi się tu nie zgadza.

Bardzo powoli cofnęła taśmę.

— *Machigai no umi oshete kudasaii* — powiedziałem.

To zdanie pochodziło z jednej z pierwszych lekcji japońskiego.

W półmroku dostrzegłem uśmiech Theresy.

— Będę musiała zająć się pańskim japońskim, poruczniku. Chciał pan zapytać, czy wyłowiłam coś niezwykłego?

— Tak.

— Powinien pan użyć słowa *umu*, nie *umi*. *Umi* to ocean, a *umu* oznacza prośbę o konkretną odpowiedź, tak lub nie. Jestem przekonana, że znalazłam błąd w zapisie.

Taśma cofała się powoli, mężczyzna wracał w naszą stronę.

— Tak, tu popełnili błąd... Aż nie chce mi się wierzyć. Widział to pan?

Ponownie puściła taśmę do przodu. Uważnie wpatrywałem się w ciemny kontur postaci odwróconego do nas tyłem mordercy.

— Tutaj, widział pan?

— Przykro mi, ale nie.

— Proszę się skupić — powiedziała. — Niech pan zwróci uwagę na zarys ramion mężczyzny. Unoszą się i opadają rytmicznie przy każdym kroku, a w pewnym momencie... Tutaj! Widział pan?

Wreszcie to zauważyłem.

— Jego sylwetka jakby nagle urosła, stała się większa, prawda?

— Tak, właśnie. Stała się większa. — Pokręciła jedną z gałek. — Wyraźnie większa, poruczniku. Próbowali to zamaskować, wprowadzając zmianę podczas uniesienia ramion przy kolejnym kroku, żeby tak bardzo nie rzucało się w oczy. Ale błąd jest zauważalny.

— I co to oznacza?

— Że nas lekceważą — syknęła z wściekłością.

Zaskoczył mnie ton jej głosu, więc poprosiłem o wyjaśnienie.

— Mają nas gdzieś — odparła, szybko przebierając palcami po klawiaturze i programując kolejne powiększenia. — Zakładali, że przyjmiemy ten obraz bez zastrzeżeń, nie będziemy go analizować. Krótko mówiąc, byli pewni, że nie podejdziemy do tego tak, jak oni by to zrobili.

Obraz przesuwał się powoli, na ekranach mieliśmy teraz jedynie zarys głowy mężczyzny.

— Słyszał pan o Takeshicie Noboru? — zapytała po chwili Theresa.

— O tym przemysłowcu?

— Nie, Takeshita był premierem. Kilka lat temu zażartował publicznie na temat amerykańskich marynarzy z floty wojennej. Powiedział, że Ameryka jest już taka biedna, iż chłopcy z marynarki nie chcą schodzić na ląd w Japonii, bo wszystko jest tam dla nich za drogie. Stwierdził, że wolą pozostać na pokładzie statku i zarażać się nawzajem AIDS. To była próbka japońskiego poczucia humoru.

— Naprawdę tak powiedział?

Kiwnęła głową.

— Na miejscu Amerykanów natychmiast wycofałabym okręty i oświadczyła, że od tej chwili mogą sami ponosić koszty obrony swojego kraju. To była dość głośna sprawa, nie słyszał pan o tym?

— Nie.

Popatrzyła na mnie ze zdumieniem.

— No tak, amerykański serwis informacyjny...

Zaczęła gorączkowo uderzać w klawisze komputera. Obraz przybliżył się jeszcze bardziej i po chwili na ekranie została tylko nierozróżnialna kasza.

— Do dupy...

— Uspokój się, Theresa.

— Niech mi pan nie pieprzy o spokoju. Zaraz będziemy ich mieli.

Ponownie wyodrębniła zarys głowy mężczyzny i powolutku zaczęła przesuwać taśmę. Teraz bez trudu dostrzegłem miejsce, w którym następowała wyraźna zmiana wielkości sylwetki zabójcy.

— Tu jest ten ich błąd — wyjaśniła Theresa. — Od tego momentu zaprogramowany komputerowo obraz z powrotem ustępuje miejsca pierwotnemu zapisowi. Teraz patrzymy na oryginalny obraz, mamy przed sobą sylwetkę rzeczywistego zabójcy.

Mężczyzna powoli zbliżał się do końca korytarza. Theresa nadal klatka po klatce przesuwała taśmę, aż w końcu ciemny zarys głowy zaczął się zmieniać.

— Właśnie to miejsce chciałam znaleźć.

— Które?

— On się odwraca i po raz ostatni spogląda w stronę sali konferencyjnej. Widzi pan? Na konturze głowy pojawia się zarys nosa, który zniknie, kiedy mężczyzna popatrzy za siebie. Teraz spogląda prosto w kamerę.

Nadal widziałem tylko czarny kontur głowy.

— Chyba niewiele nam z tego przyjdzie — mruknąłem.

— Zobaczymy.

Ponownie uderzyła w klawisze.

— Zaraz będą widoczne szczegóły — powiedziała. — To tak, jak z odtwarzaniem detali na prześwietlonym filmie. Zostały utrwalone na taśmie, choć nie od razu możemy je zobaczyć... Dobra, jeszcze trochę powiększymy... A teraz spróbujemy rozjaśnić... Proszę!

Obraz zaczął się robić wyraźniejszy. Biała ściana w tle zapłonęła, tworząc aureolę wokół głowy mężczyzny. Ciemny owal twarzy pojaśniał i już po chwili mogliśmy wyraźnie dostrzec rysy twarzy mordercy.

— Och, to nie jest Japończyk! — zawołała Theresa.

— Wielkie nieba... — wymamrotałem ze zdumieniem.

— Wie pan, kto to jest?

— Tak — odparłem.

Na twarzy zabójcy malowało się napięcie, a jego wargi wykrzywiała wściekłość, ale bez trudu mogłem rozpoznać tego człowieka.

Patrzyłem na senatora Johna Mortona.

Usiadłem, nie odrywając wzroku od nieruchomego obrazu. Słyszałem przytłumiony szum jakichś urządzeń i kapanie wody gdzieś w głębi ciemnej pracowni. Theresa oddychała szybko, jak biegacz tuż za metą.

Wszystko zaczynało pasować, jakby elementy układanki same odnalazły swoje miejsca i utworzyły logiczną całość.

Julia Young: „Ona ma teraz przyjaciela, który dużo podróżuje, więc ją też nosi po świecie. Jeździ do Nowego Jorku, Waszyngtonu, Seattle... na spotkania z nim. Jest nieprzytomnie zakochana w tym facecie".

Jenny Gonzales ze studia telewizyjnego: „Ale taki idealny to on chyba nie jest, bo słyszałam, że ma młodą przyjaciółkę".

Eddie Sakamura: „Ona lubi robić na złość. Lubi namieszać".

Jenny Gonzales: „Od jakichś dziewięciu miesięcy widuję tę dziewczynę na przyjęciach w towarzystwie różnych typków z Waszyngtonu".

Eddie Sakamura: „Ona była chora. Rajcował ją ból".

Jenny Gonzales: „Morton zasiada w senackiej komisji finansów, która prowadzi przesłuchania w sprawie sprzedaży Mic-roConu".

Cole, strażnik ze służby ochrony, podczas rozmowy w barze: „Oni mają w kieszeni różnych ważniaków. Możemy im naskoczyć".

Connor: „Komuś bardzo zależy na szybkim zakończeniu tego śledztwa. Chcą, żebyśmy zrezygnowali".

Morton: „Czy wasze dochodzenie zostało już formalnie zamknięte?"

— Cholera — zakląłem.

— Kto to jest? — zapytała Theresa.

— Jeden z senatorów.

Theresa gwizdnęła i spojrzała na ekran.

— Z jakiego powodu go chronią?

— Chyba tylko od niego zależy, czy Japończycy uzyskają zgodę na zakup pewnej firmy. Niewykluczone, że są także inne powody.

Pokiwała głową.

— Czy możemy to wydrukować? — zapytałem.

— Nie mamy odpowiedniego sprzętu. Nie stać nas na to.

— Więc co możemy zrobić? Muszę mieć jakiś dowód.

— Zrobię kilka zdjęć polaroidem. Powinny być wystarczająco czytelne.

Odeszła w głąb ciemnego pomieszczenia i po chwili wróciła z aparatem. Stanęła blisko monitora i zrobiła parę fotografii.

Wystawiliśmy je na działanie błękitnawego światła ekranów i czekaliśmy, aż ukaże się obraz.

— Bardzo dziękuję za pomoc — powiedziałem.

— Nic wielkiego. Trochę mi tylko żal...

— Czego? — zapytałem.

— Wiem, że spodziewali się panowie, iż zabójcą jest Japończyk.

Domyśliłem się, że mówi za siebie, więc nic na to nie odpowiedziałem.

Zdjęcia powoli ciemniały. Były bardzo wyraźne, czytelne. Kiedy chowałem je do kieszeni, wyczułem w niej coś twardego. Wyciągnąłem to.

— Ma pan japoński paszport? — zdziwiła się Theresa.

— To nie mój, ale Eddiego — wyjaśniłem i wsunąłem go

z powrotem do kieszeni. — Pójdę już. Muszę poszukać kapitana Connora.

— Oczywiście — odparła i odwróciła się z powrotem w stronę komputera.

— Co pani ma zamiar teraz robić? — zapytałem.

— Popracuję jeszcze nad tym.

Zostawiłem ją samą i wyszedłem tylnymi drzwiami na korytarz biegnący przez podziemia.

× × ×

Oślepiło mnie światło słoneczne. Zadzwoniłem z budki telefonicznej do Connora. Był w samochodzie.

— Gdzie jesteś? — zapytałem.

— Przed hotelem.

— Jakim hotelem?

— Cztery Pory Roku — odparł. — Mieszka tu senator Morton.

— Czy wiesz, że...

— *Kōhai* — przerwał mi. — Nie zapominaj, że to linia publiczna. Sprowadź sobie taksówkę, spotkamy się na Westwood Boulevard, pod numerem tysiąc czterysta trzydzieści. Będę tam za dwadzieścia minut.

— Ale jak...

— Żadnych pytań.

Odłożył słuchawkę.

× × ×

Obrzuciłem wzrokiem budynek przy Westwood Boulevard 1430. Był to niewielki, pomalowany na brązowo dom, na drzwiach widniał duży numer. Obok znajdował się punkt naprawy zegarków, a po drugiej stronie francuska księgarnia.

Podszedłem do drzwi i zapukałem. Zauważyłem, że na tabliczce pod numerem jest japoński napis.

Nikt nie odpowiedział, więc nacisnąłem klamkę i wszedłem do maleńkiego, lecz bardzo eleganckiego baru sushi. Przed

369

kontuarem stały zaledwie cztery stołki. Connor był jedynym klientem, siedział w końcu lokalu. Pomachał mi ręką.

— Przywitaj się z Imae, nikt tak jak on nie przyrządza sushi w Los Angeles. Imae-san, to Sumisu-san.

Szef powitał mnie ukłonem i z uśmiechem postawił przede mną talerzyk.

— *Kore o dōzo, Sumisu-san.*

Usiadłem.

— *Dōmo, Imae-san.*

— *Hai.*

Spojrzałem na talerzyk. Leżała na nim porcja różowawej ikry, na której umieszczono surowe żółtko jaja. Poczułem nagły skurcz żołądka.

Odwróciłem się do Connora.

— *Kore o tabetakoto arukai?* — zapytał.

Pokręciłem głową.

— Przykro mi, ale nie rozumiem.

— Będziemy musieli popracować nad twoim japońskim, żebyś mógł się dogadać ze swoją nową dziewczyną.

— Jaką nową dziewczyną?

— Myślę, iż powinieneś mi podziękować, że zostawiłem wam tak dużo czasu.

— Chodzi ci o Theresę?

Uśmiechnął się.

— Jesteś okropnie niedomyślny, *kōhai*. Pewnie dlatego w przeszłości ci się nie układało. W każdym razie pytałem, czy wiesz, co to jest.

— Nie mam pojęcia.

— Ikra łososia z jajkiem przepiórki — odparł. — Mnóstwo protein, żywa energia. Będziesz tego potrzebował.

— Na pewno?

— Trzeba mieć dużo siły dla dziewczyny — wtrącił Imae i zachichotał, a potem powiedział coś szybko po japońsku do Connora.

Obaj wybuchnęli śmiechem.

— Z czego się śmiejecie? — zapytałem.

Spróbowałem sushi. Żółtko rozmazywało się po języku, ale wszystko smakowało wyśmienicie.

— Dobre? — spytał Imae.

— Bardzo dobre — odparłem.

Zjadłem jeszcze trochę sushi i zwróciłem się do Connora:

— Czy wiesz, co odkryliśmy na kasetach? To niewiarygodne...

Powstrzymał mnie uniesioną dłonią.

— Wszystko w swoim czasie. *Oaisō onegai shimasu.*

— *Hai, Connor-san.*

Właściciel baru wypisał rachunek, Connor odliczył pieniądze i ukłonił się. Nastąpiła jeszcze krótka wymiana zdań po japońsku.

— Wychodzimy stąd?

— Tak. Ja już jadłem, a ty, przyjacielu, nie możesz się przecież spóźnić na spotkanie.

— Jakie znów spotkanie?

— Ze swoją byłą żoną, zapomniałeś? Jedźmy, może ona już na ciebie czeka.

× × ×

Jechałem w stronę swojego mieszkania, a Connor wyglądał przez okno.

— Skąd wiedziałeś, że to był Morton? — zapytałem.

— Nie wiedziałem — odparł. — Nabrałem podejrzeń dopiero dziś rano. Ale już wczoraj wieczorem byłem przekonany, że zapis na kasetach został zmieniony.

Pomyślałem, że niepotrzebnie zmarnowaliśmy z Theresą tyle czasu na przeszukiwanie kaset, programowanie zbliżeń i analizowanie obrazu.

— Chcesz powiedzieć, że wystarczyło ci zaledwie rzucić okiem na ekran i już wiedziałeś o wprowadzonych zmianach?

— Właśnie.

— Jak to możliwe?

371

— Uderzyła mnie jedna rzecz... Pamiętasz, jak rozmawialiśmy z Eddiem na przyjęciu? Miał wielką bliznę na dłoni.

— Tak. Wyglądała jak ślad po rozległym oparzeniu.

— Na której dłoni miał tę bliznę?

Zmarszczyłem brwi.

— Chwileczkę...

Wróciłem pamięcią do wczorajszego spotkania. Eddie stał w ogródku kaktusowym, palił papierosy i pstrykał niedopałkami; gestykulował i poruszał się nerwowo. Przypomniałem sobie, jak wyciągał te papierosy. Miał bliznę...

— Na lewej — odparłem.

— No właśnie.

— Mężczyzna na taśmie wideo także ma bliznę. Widać to wyraźnie, kiedy przechodzi obok lustra. Przez chwilę wodzi dłonią po ścianie... — urwałem.

Na filmie zabójca sunął po ścianie prawą dłonią.

— Jezu... — wymamrotałem.

— Sam widzisz, popełnili błąd. Może ktoś się pomylił i potraktował ten obraz jak lustrzane odbicie albo działali w pośpiechu i nie pamiętali, na której ręce Eddie miał bliznę.

— Więc już wczoraj, kiedy zauważyłeś, że ten mężczyzna ma bliznę na prawej dłoni...

— ...domyśliłem się, że zapis na taśmach został zmieniony — dokończył Connor. — Ale mimo to chciałem, żebyś dziś rano dokładnie przeanalizował zdjęcia. Dlatego wysłałem cię do WNB po adresy laboratoriów, w których byłoby można dokonać takiej analizy. A sam poszedłem spać.

— Dlaczego w takim razie nie sprzeciwiałeś się aresztowaniu Eddiego? Wiedziałeś przecież, że to nie on jest mordercą.

— Czasem warto pozostawić pewne rzeczy ich naturalnemu biegowi. Miałem już pewność, że komuś bardzo zależy na tym, żebyśmy uznali Eddiego za mordercę. Dlatego się nie wtrącałem.

— I w ten sposób przyczyniłeś się do śmierci niewinnego człowieka.

— Nie nazwałbym go niewinnym — odparł Connor. — Siedział w tym bagnie po uszy.

— A senator Morton? Skąd wiedziałeś, że to on?

— Nie wiedziałem, dopóki dziś rano nie poprosił nas o spotkanie. W ten sposób się zdradził.

— Czym?

— Był za bardzo ugrzeczniony. Przypomnij sobie dokładnie, co mówił. Aż trzy razy nas pytał, czy zakończyliśmy już śledztwo. Poza tym bardzo chciał wiedzieć, czy według nas to zabójstwo łączy się ze sprzedażą MicroConu. Gdybyś się nad tym dobrze zastanowił, sam doszedłbyś do wniosku, że to bardzo dziwne pytanie.

— Dlaczego? Przecież senator rozmawiał z Hanadą i z innymi ludźmi. Sam to przyznał.

Connor pokręcił głową.

— Nie. Na podstawie jego wypowiedzi można prześledzić tok myślowy: najpierw zapytał, czy zamknęliśmy dochodzenie, a potem, czy znaleźliśmy powiązania ze sprzedażą MicroConu. Wynikało stąd jednoznacznie, że w najbliższym czasie ma zamiar zmienić stanowisko w sprawie tej transakcji.

— Dobra, ale...

— Nie wyjaśnił jednak zasadniczej rzeczy: dlaczego ma zamiar zmienić stanowisko w kwestii MicroConu.

— Nieprawda — zaoponowałem. — Powiedział przecież, że czuje się osamotniony, że nikt go nie popiera.

Connor podsunął mi pod nos odbitkę kserograficzną. Zobaczyłem, że to kopia jakiegoś artykułu z gazety.

— Teraz prowadzę — odparłem. — Powiedz mi, o co chodzi.

— To wywiad senatora Mortona dla „Washington Post". Wyjaśnia tu swoje stanowisko w sprawie MicroConu. Twierdzi, że transakcja godzi w interesy obronności kraju i obraża dumę narodową. Klasyczny bełkot. Wyprzedaż naszych technologii i uzależnienie przyszłości Stanów Zjednoczonych od Japończyków... ble, ble. Tak było jeszcze w czwartek rano. Natomiast w czwartek wieczorem senator bierze udział w przyjęciu inauguracyjnym Nakamoto i już w piątek rano zmienia stanowisko w sprawie MicroConu. Teraz już nic mu nie przeszkadza.

— Jezu... — mruknąłem. — I co teraz zrobimy?

— Wszystko w swoim czasie — odparł Connor. — Tutaj mieszkasz?

x x x

Przy krawężniku stały telewizyjne wozy transmisyjne. W kilku autach dostrzegłem za przednią szybą tabliczki z napisem: PRASA. Przed drzwiami kamienicy, w której mieszkałem, kłębił się tłum reporterów. Dostrzegłem wśród nich Wilhelma „Łasicę", stał oparty o maskę samochodu. Nie widziałem jednak nigdzie mojej byłej żony.

— Jedź dalej, *kōhai* — powiedział Connor. — Przy najbliższym skrzyżowaniu skręć w prawo.

— Po co?

— Zadzwoniłem wcześniej do biura prokuratora okręgowego i przeniosłem miejsce twojego spotkania z żoną do pobliskiego parku.

— Czemu to zrobiłeś?

— Sądziłem, że tak będzie dla wszystkich lepiej.

Skręciłem w przecznicę. Hampton Park otacza szkołę podstawową, o tej porze dzieciaki grały na boisku w baseball. Zwolniłem, szukając miejsca do zaparkowania. W pewnej chwili minąłem samochód, w którym siedziało dwoje ludzi. Mężczyzna palił papierosa, a kobieta za kierownicą nerwowo bębniła palcami o deskę rozdzielczą. Była to Lauren.

Zatrzymałem wóz.

— Zaczekam tutaj — powiedział Connor. — Powodzenia.

Lauren zawsze preferowała stonowane kolory. Tym razem miała na sobie beżowy żakiet, a pod nim kremową jedwabną bluzkę. Jasne włosy zaczesała do tyłu, nie nosiła żadnej biżuterii. Wyglądała bardzo kobieco i zarazem kompetentnie.

Ruszyliśmy chodnikiem wzdłuż parku, patrząc na chłopców grających w baseball. Żadne z nas się nie odzywało. Mężczyzna, który towarzyszył Lauren, został w samochodzie.

Ze skrzyżowania widać było reporterów czekających przed moim domem.

W końcu Lauren popatrzyła na mnie i powiedziała:

— Sama nie mogę w to uwierzyć, Peter. Ale to bardzo poważna sprawa i może zagrozić mojej karierze.

— Kto ich zawiadomił? — spytałem.

— Na pewno nie ja.

— Ktoś jednak przekazał dziennikarzom, że mamy się tu spotkać o czwartej.

— Uwierz mi, że to nie ja.

— Aha. I tylko przypadkiem tak się wystroiłaś?

— Byłam rano w sądzie.

— Naprawdę?

— Odpieprz się, Peter.

Odwróciła się i ruszyła wzdłuż parku.

— Spróbujmy się zachowywać jak cywilizowani ludzie — powiedziała po chwili.

— W porządku.

— Nie mam pojęcia, jak wdepnąłeś w to bagno, Peter. Przykro mi, ale muszę wnieść sprawę o pozbawienie cię prawa do opieki. Nie mogę pozwolić, żeby moją córkę wychowywał jakiś podejrzany osobnik. Poza tym muszę myśleć o swojej karierze, o reputacji w biurze.

Zawsze zwracała uwagę na to, co o niej mówią.

— A czemuż to miałbym być podejrzanym osobnikiem?

— Czemu? Molestowanie nieletnich to bardzo poważne oskarżenie, Peter.

— Nikt mnie jeszcze nie oskarżył.

— Podejrzewano cię o to w przeszłości, więc nie mogę nie brać tego pod uwagę.

— Wiesz wszystko na temat tego wydarzenia — odparłem. — Byliśmy już małżeństwem, niczego przed tobą nie ukrywałem.

Wydęła wargi.

— Michelle musi przejść badania.

— Wynik i tak będzie negatywny.

— Mówiąc szczerze, nie obchodzi mnie, jaki będzie wynik. To nas przerosło, Peter. Muszę ci odebrać prawo do opieki. Dla spokoju sumienia.

— Dla spokoju sumienia?

— Właśnie.

— A co ty wiesz o wychowywaniu dzieci? Poza tym musiałabyś poświęcić Michelle wiele czasu, zaniedbałabyś swoją karierę.

— Nie mam wyboru, Peter — odparła zbolałym głosem.

Odgrywanie roli pokrzywdzonej zawsze świetnie jej wychodziło.

— Lauren, dobrze wiesz, że tamto oskarżenie było lipne. Odgrzebałaś to tylko dlatego, że skontaktował się z tobą Wilhelm.

— On nie ze mną się skontaktował, ale z zastępcą prokuratora, moim szefem.

— Lauren...

— Przykro mi, Peter. Sam to sobie ściągnąłeś na głowę.

— Lauren...

— Mówię poważnie.

— Lauren, to bardzo niebezpieczna gra.

Zaśmiała się.

— Co ty powiesz? Wydaje ci się, że o tym nie wiem? Cała moja kariera wisi na włosku!

— O czym ty mówisz?

— A jak ci się wydaje, ty sukinsynu?! — rzuciła z furią. — O Las Vegas!

Milczałem, bo zupełnie nie rozumiałem, do czego zmierza.

— Ile razy byłeś w Las Vegas?

— Tylko raz.

— I już przy pierwszym podejściu trafiła ci się taka wielka wygrana?

— Lauren, przecież dobrze wiesz, jak to było...

— Owszem, aż za dobrze. A ile czasu minęło od tej historii do twojej podróży do Las Vegas? Tydzień? Dwa?

Zrozumiałem wreszcie. Bała się, że ktoś połączy ze sobą te dwie rzeczy i jakimś sposobem dowie się prawdy. A ona miała w tym swój udział.

— Powinieneś był pojechać tam jeszcze raz, w ubiegłym roku.

— Miałem mnóstwo pracy.

— Mówiłam ci, że powinieneś jeździć do Vegas co rok, wtedy nikt nie mógłby się niczego domyślić.

— Byłem zajęty. Nie zapominaj, że wychowuję małe dziecko.

Pokręciła głową.

— No to masz rezultat.

— O co ci chodzi? Nikt się nigdy nie dowie...

— Nikt się nie dowie? — wybuchnęła. — Oni się już

dowiedzieli! Oni wszystko wiedzą, Peter! Jestem pewna, że ktoś już odnalazł Martinezów, Hernandezów czy jak tam się oni nazywali...

— Ależ to niemożliwe...

— Na miłość boską! Jak sądzisz, dlaczego dostałeś pracę łącznika? Jak ci się udało zdobyć to stanowisko?

Zmarszczyłem brwi, próbując sobie przypomnieć zdarzenia sprzed roku.

— Przeczytałem ogłoszenie w naszym wydziale. Sporządzono listę kandydatów...

— A co potem?

Zawahałem się. Prawdę mówiąc, nie miałem pojęcia, jak to wyglądało od strony formalnej. Ktoś tam uznał, że się nadaję do tej roboty, więc zostałem wciągnięty na listę. Byłem wtedy bardzo zajęty, bo praca w dziale rzecznika prasowego to straszna harówa.

— Nie pamiętasz? Więc ja ci przypomnę, jak to było — powiedziała Lauren. — Szef Wydziału Służb Specjalnych zaakceptował kandydatów, ale ostateczny wybór został dokonany w porozumieniu z przedstawicielami społeczności azjatyckiej.

— No cóż, może i tak było. Nie rozumiem jednak...

— A wiesz, jak długo ci przedstawiciele społeczności azjatyckiej sprawdzali listę kandydatów? Trzy miesiące. Mieli dość czasu, żeby się dowiedzieć o każdym z was wszystkiego. Absolutnie wszystkiego. Począwszy od numeru kołnierzyka, a skończywszy na wysokości konta bankowego. Możesz mi wierzyć, że sprawdzili także te zarzuty o molestowanie dzieci. Dowiedzieli się również o twojej podróży do Las Vegas i skojarzyli oba te fakty. To wcale nie takie trudne.

Chciałem zaprotestować, ale nagle przypomniałem sobie, co Ron powiedział dziś rano: „Teraz będą sprawdzać każdy dzień twego życia".

— Czyżbyś nadal chciał twierdzić, że nie wiesz, co się dzieje? Na Boga, Peter, ocknij się! Oboje wiemy, z jakiego powodu zmieniłeś pracę: potrzebowałeś pieniędzy. Liczyłeś na wyższe zarobki, tak jak wszyscy, którzy wchodzą w układy z Japończykami. Wiesz dobrze, jak oni załatwiają takie sprawy. Każdemu coś kapnie. Ty zyskałeś, ale zyskał również twój wydział. Szef także coś dostał. O każdego trzeba odpowiednio zadbać, jeśli chce się mieć za łącznika swojego kandydata. Japończycy już wtedy musieli mieć na ciebie haka. Teraz mają również haka na mnie. Wszystko dlatego, że w ubiegłym roku nie pojechałeś ponownie do Las Vegas.

— I tylko z tego powodu chcesz mi odebrać prawo do opieki nad Michelle?

Westchnęła.

— W tej chwili musimy po prostu grać wyznaczone nam role.

Zerknęła na zegarek i obejrzała się na reporterów. Domyśliłem się, że chce jak najprędzej skończyć rozmowę, stanąć przed kamerami i wygłosić przemówienie, które przygotowała. Lauren uwielbiała takie dramatyczne wystąpienia.

— W ciągu kilku godzin wokół tej sprawy zrobi się wielki szum — powiedziałem. — Naprawdę chcesz być w to zamieszana?

— Już jestem zamieszana.

— Jeszcze nie.

Wyjąłem z kieszeni zdjęcie i pokazałem jej.

— Co to jest?

— Fragment obrazu zarejestrowanego wczoraj wieczorem na taśmie wideo przez służby ochrony Nakamoto. W tym samym czasie, gdy zamordowano Cheryl Austin.

Jej oczy się rozszerzyły.

— Żartujesz...

— Ani trochę.

— I chcesz to ujawnić?

— Będę musiał.

— Masz zamiar aresztować senatora Mortona? Chyba ci się całkiem poprzewracało w tym twoim zakutym łbie.

— Możliwe.

— Nie zobaczysz już światła dziennego, Peter.

— Możliwe.

— Zakopią cię tak szybko, że nawet się nie zorientujesz.

— Możliwe.

— Nie wolno ci tego robić i świetnie wiesz dlaczego.

Ostatecznie najbardziej by na tym ucierpiała Michelle.

Nie odpowiedziałem. Chyba z każdą chwilą brzydziłem się nią coraz bardziej. Przez jakiś czas szliśmy w milczeniu.

— Jeśli się upierasz, że trzeba doprowadzić tę zwariowaną sprawę do końca, nic na to nie mogę poradzić — powiedziała po chwili. — Radziłabym ci jednak zrezygnować, bo jeśli to zrobisz, nie zdołam ci w żaden sposób pomóc.

Wciąż się nie odzywałem. W ostrym słońcu dostrzegłem na jej twarzy pierwsze zmarszczki, a na zębach ślady szminki. Lauren zdjęła ciemne okulary i spojrzała na mnie, a potem znów się odwróciła i popatrzyła w stronę reporterów. Nerwowo postukała okularami o wierzch dłoni.

— Jeśli tak sprawy wyglądają, chyba lepiej będzie, jeśli się wstrzymam na dzień lub dwa i zobaczę, co z tego wyjdzie.

— Zrobisz, jak zechcesz.

— Doszłam jednak do wniosku, że nie należy łączyć kwestii opieki nad Michelle z tamtym oskarżeniem — dodała i z powrotem włożyła okulary. — Żal mi cię, Peter. Mówię szczerze. Miałeś niezłe perspektywy... dowiedziałam się ostatnio, że rozpatrywano twoją kandydaturę na stanowisko zastępcy szefa wydziału. Ale ta sprawa ci nie pomoże.

Skwitowałem to uśmiechem.

— I co z tego?

— Czy masz jakikolwiek dowód poza tą fotografią?

— Nie wiem, czy powinienem zdradzać ci szczegóły dochodzenia.

— Jeśli dysponujesz tylko tą fotografią, nic nie wskórasz. Zdjęcia nie mogą być wykorzystane jako dowód, zbyt łatwo je podrobić.

— Zobaczymy.

— Stawiasz wszystko na jedną kartę: swoją pracę, karierę zawodową, przyszłość dziecka... Absolutnie wszystko. Ocknij się. Co ci z tego przyjdzie?

Ruszyła z powrotem w stronę samochodu, a ja za nią. Myślałem, że przynajmniej zapyta, jak się czuje Michelle, ale nie zrobiła tego. Nie zdziwiłem się zbytnio. Zawsze miała jakieś ważniejsze sprawy.

Obeszła maskę i otworzyła drzwi od strony kierowcy.

— Lauren...

Spojrzała na mnie ponad dachem samochodu.

— Zatrzymaj tę informację tylko dla siebie przynajmniej przez dobę, dobrze? — poprosiłem. — Żadnych poufnych telefonów.

— Nie martw się — odparła. — O niczym nie wiem. Szczerze mówiąc, zaczynam żałować, że cię w ogóle spotkałam.

Wsiadła i odjechała. Poczułem się nagle rozluźniony, całe napięcie minęło. Ulżyło mi nie tylko dlatego, że zdołałem namówić Lauren do wycofania oskarżenia. Było jeszcze coś, co sprawiło, że poczułem się, jakby ktoś zdjął mi wielki ciężar z barków.

Weszliśmy tylnymi drzwiami do mojego domu, unikając spotkania z reporterami. Kiedy zrelacjonowałem kapitanowi moją rozmowę z Lauren, wzruszył ramionami.

— To cię zaskoczyło? — zapytał. — Mówię o sposobie wyboru oficera łącznikowego.

— Trochę. Nigdy się tym nie interesowałem.

Pokiwał głową.

— Właśnie tak to się odbywa. Japończycy są mistrzami w stosowaniu różnego rodzaju zachęt. Na początku w wydziale było sporo obiekcji w kwestii dopuszczenia obcych do głosu przy wyborze łącznika. Ale Japończycy argumentowali, że ich rekomendacje w żaden sposób nie będą wiążące, choć nie ukrywali, iż wybór odpowiedniej osoby na to stanowisko ma dla nich wielkie znaczenie.

— Rozumiem.

— Chcąc wykazać, że mają dobre intencje, zaproponowali spory wkład do naszego funduszu emerytalnego.

— Jaka to była suma?

— Chyba pół miliona. Później zaproszono szefa do Tokio na konsultację w sprawie nowego systemu ewidencji kryminalistów. Trzytygodniowa wycieczka, z czego tydzień na Hawajach. Najlepsze hotele, pełen luksus. Wiesz, jak stary to lubi.

Minęliśmy podest pierwszego piętra.

— A kiedy wrócił, okazało się, że wydział nie ma prawa ignorować rekomendacji społeczności azjatyckiej.

— Czuję się jak podrzutek — mruknąłem.

— Zawsze możesz zrezygnować — stwierdził Connor. — Czy udało ci się nakłonić żonę do wycofania oskarżeń?

— Byłą żonę. Lauren doskonale potrafi wyczuć sytuację, jest znakomicie wyszkolonym pieskiem polityków. Ale musiałem jej powiedzieć, kto jest mordercą.

Wzruszył ramionami.

— Nie będzie mogła wykorzystać tej informacji, przynajmniej w najbliższym czasie.

— A co ze zdjęciami? Powiedziała, że nie możemy ich przedstawić w sądzie. Sanders mówił to samo. Czy mamy inne dowody?

— Pracuję nad tym — odparł kapitan. — Myślę, że coś zdobędziemy.

— Jak?

Ponownie wzruszył ramionami.

Stanęliśmy przed drzwiami mojego mieszkania. Otworzyłem je i weszliśmy do kuchni. Nie było tu nikogo. Minąłem przedpokój i zacząłem nasłuchiwać przed wyjściem na klatkę, ale na zewnątrz panowała cisza. Drzwi salonu były zamknięte. Poczułem delikatny zapach dymu z papierosów.

Elaine, moja gosposia, stała w pokoju przy oknie i wyglądała na gromadę reporterów czekających na chodniku. Odwróciła się szybko na dźwięk moich kroków. Sprawiała wrażenie przestraszonej.

— Z Michelle wszystko w porządku? — zapytałem.

— Tak.

— Gdzie ona jest?

— Bawi się w salonie.

Odwróciłem się.

— Poruczniku! — zawołała za mną Elaine. — Chcę panu coś powiedzieć...

— Już wszystko wiemy — odparł Connor.

Elaine i kapitan ruszyli za mną.

Otworzyłem drzwi salonu i przeżyłem największy szok w moim życiu.

John Morton siedział na krześle przed lustrem w studiu telewizyjnym, z zawiązaną pod brodą serwetką, a charakteryzatorka pudrowała mu czoło. Podszedł do niego Woodson i powiedział:

— To propozycja, jak najlepiej można byłoby załatwić tę sprawę.

Wręczył mu faks.

— Podstawą pańskiej argumentacji powinno być twierdzenie, że inwestycje zagraniczne ożywiają gospodarkę amerykańską, dopływ obcego kapitału pozwala nam zachować dotychczasową pozycję w świecie, a także to, że możemy się od Japończyków wiele nauczyć.

— A jednak nauki idą w las... — mruknął posępnie Morton.

— To zdanie też można wykorzystać — podchwycił Woodson. — Podejrzewam, że wywiąże się dyskusja, ale Marjorie tak zredagowała odpowiedzi, żeby nie wyglądało to na zmianę stanowiska, tylko pewną korektę twojej dotychczasowej linii, John. Jeśli będziesz się tego trzymał, może nie będzie większych kłopotów.

— Czy to pytanie ma zostać zadane wprost?

— Chyba tak. Mówiłem dziennikarzom, że jesteś gotów rozmawiać o korekcie swojego stanowiska w sprawie sprzedaży MicroConu.

— Kto ma je zadać?

— Prawdopodobnie Frank Pierce z „Timesa".

Morton kiwnął głową.

— On jest w porządku.

— Owszem. I doskonale się orientuje w zagadnieniach gospodarki. Możesz śmiało mówić o wolnym rynku i uczciwej konkurencji, ale nie poruszaj kwestii bezpieczeństwa narodowego. To wszystko.

Charakteryzatorka skończyła i Morton podniósł się z krzesła.

— Proszę wybaczyć, że panu przeszkadzam, senatorze, ale czy mogłabym pana prosić o autograf? — zapytała kobieta. — To dla mojego syna.

— Jasne.

— John, mamy już gotową pierwszą wersję twojego nagrania dla telewizji ogólnokrajowej — wtrącił Woodson. — Powinieneś to obejrzeć, może znajdziesz tam jakieś wskazówki co do ostatecznej formy twojego dzisiejszego wystąpienia.

— Ile mam czasu?

— Dziewięć minut.

— Dobrze — odparł Morton.

Ruszył w stronę drzwi i wtedy nas dostrzegł.

— Dzień dobry, panowie. Czym mogę służyć?

— Chcieliśmy prosić o krótką rozmowę, senatorze — powiedział Connor.

— Muszę najpierw przejrzeć tę taśmę, później chyba znajdę trochę czasu, ale za kilka minut zaczynamy konferencję.

— To wystarczy — oświadczył kapitan.

Weszliśmy do reżyserki, skąd roztaczał się widok na całe studio, gdzie pod wielkim napisem PRASA siedziało na składanych brązowych krzesłach trzech dziennikarzy. Ekipa techniczna rozstawiała mikrofony. Morton zajął miejsce przed monitorem, a Woodson wsunął do odtwarzacza kasetę.

Był to ten sam program, który kręcono przed południem. Na dole ekranu pojawił się odczyt zegara i po chwili ujrzeliśmy senatora spacerującego z zasępioną miną po polu golfowym.

Morton mówił:

„Najwyższa pora, żebyśmy wszyscy się pogodzili. Politycy waszyngtońscy muszą znaleźć wspólny język z przedstawicielami świata biznesu i robotnikami, nauczyciele z dziećmi, mężowie z żonami. Musimy płacić swoje należności i pomagać rządowi zmniejszać deficyt, musimy gromadzić fundusze, żeby mieć lepsze drogi i usprawnić szkolnictwo, musimy włączyć się do wszystkich działań mających na celu oszczędność energii, bo to unowocześni nasz przemysł, zapewni zdrowy rozwój naszym dzieciom i pozwoli odzyskać utraconą pozycję ekonomiczną".

Kamera wykonała najazd, na monitorze ukazało się zbliżenie twarzy Mortona.

„Niektórzy twierdzą, iż wkraczamy w epokę gospodarki ogólnoświatowej i nie ma już znaczenia, gdzie mieszczą się zarządy firm i produkuje się dane towary. Mówią, że pojęcie gospodarki krajowej nie ma już odniesienia do rzeczywistości i powinno trafić do lamusa. Ale Japończycy wcale nie myślą w ten sposób. Niemcy także. W wysoko rozwiniętych krajach świata kładzie się wielki nacisk na oszczędność energii, na ścisłą kontrolę importu oraz promowanie eksportu, wspomaga się rodzimy przemysł i chroni go przed nieuczciwymi konkurentami z zagranicy. Finansiści i politycy ściśle ze sobą współpracują, mając na uwadze dobro całego społeczeństwa. W takich krajach żyje się lepiej niż w Ameryce, ponieważ ich ekonomiści twardo stąpają po ziemi. Nie żyjemy jednak w odosobnieniu, dlatego nasze władze powinny uwzględniać realia otaczającego nas świata. Musimy zbudować nasz własny model nacjonalizmu ekonomicznego. Musimy zatroszczyć się o przyszłość Amerykanów, bo nikt tego za nas nie zrobi.

Chciałbym postawić sprawę jasno: to nie takie przemysłowe potęgi jak Niemcy czy Japonia są przyczyną naszych problemów. Te kraje jedynie rzucają nam wyzwanie. Nie mamy wyboru, musimy zmierzyć się z nowymi realiami i przyjąć to wyzwanie. Tylko w ten sposób możemy zapewnić naszemu krajowi rozwój gospodarczy. Jeśli będziemy nadal hołdowali przestarzałym wartościom, czeka nas klęska. Wybór zależy wyłącznie od nas. Przyłączcie się do mnie i wspólnie zbudujmy ekonomiczną przyszłość narodu amerykańskiego".

Ekran pociemniał.

Morton odchylił się na oparcie krzesła.

— Kiedy to ma pójść?

— Za dziewięć tygodni. Na początku tylko w Chicago, w Minneapolis i Saint Paul. Zbierzemy specjalistów, wprowadzimy ewentualne poprawki, a w lipcu wyemitujemy to w sieci ogólnokrajowej.

— Czyli długo po tym, jak MicroCon...

— Oczywiście.

— To dobrze.

Woodson wziął kasetę i wyszedł z reżyserki, a senator odwrócił się w naszą stronę.

— Słucham. Czym mogę panom służyć?

Connor zaczekał, aż Woodson zamknie za sobą drzwi.

— Senatorze, co pan nam może powiedzieć o Cheryl Austin? — zapytał.

× × ×

Morton z kamienną twarzą spoglądał to na mnie, to na kapitana.

— O Cheryl Austin?

— Tak, panie senatorze.

— Nie przypominam sobie tego nazwiska...

Connor pokazał mu złoty damski rolex.

— Zna je pan doskonale — oświadczył.

× × ×

— Skąd pan to ma? — zapytał Morton lodowatym głosem.

Do reżyserki zajrzała jakaś kobieta.

— Sześć minut, senatorze — powiedziała i zamknęła drzwi.

— Skąd pan to ma? — powtórzył Morton.

388

— Nie wie pan? Nawet nie spojrzał pan na kopertę, na widniejącą tam dedykację.

— Skąd pan to ma?

— Chcielibyśmy z panem porozmawiać o tej kobiecie, senatorze — powiedział Connor.

Wyjął z kieszeni foliową torebkę i położył ją na pulpicie przed Mortonem. W środku znajdowała się para czarnych damskich majtek.

— Nie mam panom nic do powiedzenia — oznajmił senator. — Absolutnie nic.

Connor z drugiej kieszeni wyciągnął kasetę wideo i również położył ją na pulpicie.

— Na tej taśmie został utrwalony widok z jednej z pięciu kamer, które zarejestrowały przebieg wydarzeń na czterdziestym szóstym piętrze. Zapis zmieniono, ale mimo to można rozpoznać, kto przebywał w sali konferencyjnej razem z Cheryl Austin.

— Nie mam nic do powiedzenia — powtórzył Morton. — Zapis na taśmach wideo można zmieniać do woli, więc to żaden dowód. Wszystko, co pan mówi, jest kłamstwem.

— Niestety, nie. Przykro mi, senatorze — odparł kapitan.

Morton wstał z krzesła i zaczął chodzić tam i z powrotem.

— Ta kaseta należy do japońskiej firmy, która dąży do uzyskania jak największego wpływu na moje stanowisko. Można to bez trudu udowodnić. Dlatego właśnie, bez względu na to, co zawiera, nie może zostać wykorzystana jako dowód. Opinia publiczna nie da się zwieść: zrozumie, że to próba oczernienia jednego z niewielu polityków amerykańskich, którzy mają odwagę głośno mówić o zagrożeniu ze strony Japończyków. Jesteście obaj marionetkami w rękach wrogich nam środowisk. Chyba nie zdajecie sobie sprawy z konsekwencji swojego postępowania, wysuwając tak poważne zarzuty bez niepodważalnych dowodów...

— Zanim pan powie coś, czego mógłby pan później żałować, niech pan lepiej popatrzy na ludzi zebranych w studiu — przerwał mu Connor. — Jest tam ktoś, kto bardzo by chciał pana zobaczyć.

— Jak mam to rozumieć?

— Niech pan tylko rzuci okiem, senatorze.

Kipiąc wściekłością, Morton podszedł do okna i popatrzył na rozciągające się pod nami studio. Ja również wyjrzałem. Dziennikarze wiercili się na krzesłach i opowiadali sobie dowcipy, czekając na rozpoczęcie konferencji. Prowadzący poprawiał krawat i przypinał do niego mikrofon. Jakiś technik pucował ścierką błyszczący napis PRASA. A w rogu, dokładnie tam, gdzie poleciliśmy mu zająć miejsce, stał mężczyzna z rękoma w kieszeniach i gapił się na okno reżyserki.

Był to Eddie Sakamura.

Oczywiście wszystko to zaaranżował Connor. Kiedy otworzyłem drzwi do salonu w moim mieszkaniu i ujrzałem Michelle, która na dywanie układała klocki razem z Eddiem Sakamurą, kapitan powiedział tylko:

— Cześć, Eddie. Ciekaw byłem, czy zdążyłeś już przyjechać.

— Siedzę tu prawie od rana — mruknął Japończyk. — A wy nie przychodzicie. Czekam i czekam. Zjadłem śniadanie razem z Shelly, przygotowałem jej kanapki z masłem orzechowym i dżemem. Ma pan bardzo miłą córkę, poruczniku.

— Eddie jest śmieszny — oświadczyła Michelle. — Ale on pali, tatusiu.

— Zauważyłem — odparłem.

Czułem się okropnie głupio. Wciąż nie mogłem zrozumieć, jak to możliwe.

Shelly podbiegła do mnie i wyciągnęła rączki.

— Podnieś mnie, tatusiu.

Wziąłem ją na ręce.

— Bardzo miła dziewczynka — powtórzył Eddie. — Widzicie? Zbudowaliśmy wiatrak. — Zakręcił skrzydłami wiatraka poskładanego z plastikowych klocków. — Wygląda jak prawdziwy.

— Myślałem, że nie żyjesz... — wymamrotałem.

Zaśmiał się głośno.

— Ja? Nic mi nie jest. To Tanaka nie żyje. Dokumentnie rozwalił mój samochód. — Wzruszył ramionami. — Nigdy nie miałem szczęścia do ferrari.

— Podobnie jak Tanaka — wtrącił Connor.

— Więc to był on?

— Tatusiu, czy mogę obejrzeć *Kopciuszka*? — zapytała Michelle.

— Nie teraz — odparłem. — Co Tanaka robił w twoim samochodzie?

— To bardzo nerwowy facet. I do tego tchórz. Może czuł się winny? A może tylko się przestraszył? Nie wiem.

— Pomagałeś Tanace podmienić kasetę? — zapytał Connor.

— No pewnie. Zaraz po tym wszystkim Ishiguro kazał mu zabrać taśmy. Kiedy Tanaka poleciał po kasety, poszedłem za nim. Zabrał je do jakiegoś laboratorium.

Connor kiwnął głową.

— A kto poszedł do Imperial Arms? — zapytał.

— Wiem, że Ishiguro wysłał tam kogoś, żeby zatarł ślady, ale nie mam pojęcia, kto to był.

— Ty w tym czasie poszedłeś do restauracji?

— Tak, jasne. A później na przyjęcie Roda.

— No dobrze, a co się stało z taśmami?

— Już mówiłem. Tanaka je zabrał, ale nie wiem dokąd. Ten facet pracował dla Ishigury, dla Nakamoto.

— Nie zabrał jednak ze sobą wszystkich taśm, prawda?

Eddie uśmiechnął się chytrze.

— Zatrzymałeś kilka — dodał kapitan.

— Tylko jedną. Przez pomyłkę, rozumiecie. Po prostu zaplątała się w mojej kieszeni — odparł Eddie i uśmiechnął się jeszcze szerzej.

— Tatusiu, mogę sobie włączyć Disneya? — odezwała się Michelle.

— Naturalnie. — Postawiłem ją na podłodze. — Elaine ci pomoże.

Mała wyszła z pokoju. Connor dalej rozmawiał z Eddiem,

a ja powoli zaczynałem rozumieć, co się wydarzyło. Tanaka odjechał z taśmami, ale widocznie w pewnym momencie zauważył, że jednej brakuje. Pojechał po nią do Eddiego, wpadł w sam środek przyjęcia z nagimi dziewczynami i zaczął domagać się zwrotu kasety.

— Po rozmowie z tobą doszedłem do wniosku, że mnie wystawili, więc musiałem zachować sobie jakiś argument przetargowy — wyjaśnił Eddie.

— A potem przyjechała policja z Grahamem?

Eddie pokiwał głową.

— Tanaka-san narobił w gacie. To był zwykły śmierdziel.

— Zmusiłeś go wtedy, żeby ci wszystko powiedział...

— Oczywiście, kapitanie. Co prawda w skrócie, ale...

— A ty w zamian zdradziłeś mu, gdzie jest ukryta brakująca taśma?

— Była w samochodzie. Dałem mu kluczyki, żeby sam ją sobie wziął.

Tanaka wymknął się, żeby zabrać kasetę z garażu, ale zatrzymał go policjant stojący przed wejściem. Wtedy Japończyk rzucił się do wozu i odjechał.

— Widziałem to, John — dodał Eddie. — Jechał jak wariat.

Więc to Tanaka prowadził samochód, który rozbił się na nabrzeżu. To Tanaka spalił się żywcem. A Eddie ukrył się w krzakach za basenem kąpielowym i poczekał, aż jego dom opustoszeje.

— Zmarzłem tam jak cholera — powiedział.

— Wiedziałeś o tym? — zapytałem Connora.

— Tylko podejrzewałem. W raporcie z miejsca wypadku przeczytałem, że kierowca spłonął doszczętnie, stopiły się nawet jego okulary.

— A ja przecież nie noszę okularów — wtrącił Eddie.

— No właśnie — mruknął Connor. — Mimo wszystko prosiłem Grahama, żeby to dzisiaj sprawdził. Nie znalazł jednak w domu Eddiego żadnych okularów. Dziś przed południem, kiedy ponownie tam byliśmy, prosiłem policjantów z drogówki, żeby sprawdzili nazwiska właścicieli wszystkich samochodów zaparkowanych przy ulicy. Wtedy dopiero się upewniłem... W pewnej odległości od domu stała żółta toyota, zarejestrowana na nazwisko Akiry Tanaki.

— Dobra robota — stwierdził Eddie.

— A gdzie się ukrywałeś do tej pory? — zapytałem.

— U Jasmine. Ma bardzo przytulne mieszkanko.

— Kto to jest Jasmine?

— Ta rudowłosa szprycha. Śliczna dziewczyna. Ma w domu wielką wannę wpuszczoną w podłogę.

— Po co więc tu przyszedłeś?

— Musiał — odparł za niego Connor. — Przecież zabrałeś mu paszport.

— Właśnie — potwierdził Eddie. — Miałem pańską wizytówkę, sam mi pan ją dał. Był na niej adres i telefon. Potrzebny mi paszport, poruczniku. Muszę zwiewać. Dlatego tu przyszedłem i czekałem na pana. A potem zwalili się dziennikarze, pełno kamer, mikrofonów. Postanowiłem więc zostać i pobawić się z Shelly. — Nerwowym ruchem wyjął papierosa i zapalił. — I co pan powie, poruczniku? Mogę odzyskać swój paszport? *Netsutuku*. Nie zrobiłem nic złego. Poza tym jestem trupem, prawda?

— Jeszcze nie — odparł Connor.

— Daj spokój, John.

— Eddie, musisz nam jeszcze oddać pewną przysługę.

— O czym ty mówisz? Powinienem jak najszybciej zwiewać, kapitanie.

— Tylko jedną drobną przysługę, Eddie.

× × ×

Morton wstrzymał oddech i powoli odwrócił się od okna. Podziwiałem jego opanowanie, sprawiał wrażenie zupełnie spokojnego.

— Wygląda na to, że muszę wam wszystko powiedzieć — stwierdził.

— Tak, senatorze — odparł Connor.

Morton westchnął.

— Wiecie chyba, że to był wypadek. Naprawdę.

Kapitan współczująco pokiwał głową.

— Nie mam pojęcia, co jej było. Taka piękna kobieta, ale... Mniejsza z tym. Poznaliśmy się nie tak dawno, jakieś cztery, pięć miesięcy temu. Była cudowną, przemiłą dziewczyną z Teksasu i... tak jakoś wyszło. Nie sądziłem, że można do tego stopnia stracić głowę. Dzwoniła do mnie, kiedy tylko gdzieś wyjeżdżałem. Jakimś sposobem zawsze wiedziała, że wybieram się w podróż. Nie umiałem jej odmówić. Po prostu nie potrafiłem. Miała sporo pieniędzy, sama kupowała sobie bilety lotnicze. Była niesamowita, czasami doprowadzała mnie do szaleństwa. Czułem się tak, jakbym... Sam już nie wiem. Jakby mnie coś opętało. Wszystko widziałem inaczej, kiedy była przy mnie. Czyste szaleństwo. Nie potrafiłem z tym walczyć. Zacząłem jednak podejrzewać, że pracuje dla kogoś, że ktoś ją opłaca. Sterowano każdym jej krokiem, a pośrednio także mną. Musiałem z tym skończyć. Bob cały czas mi powtarzał, że... Do cholery, wszyscy mi to mówili. Ale brakowało mi sił. W końcu zdobyłem się na to. Zerwaliśmy. Jednak kiedy spotkałem ją na przyjęciu... Cholera! — Pokręcił smutno głową. — Sam nie wiem, jak to się stało. Przykro mi.

Do reżyserki zajrzała dziewczyna.

— Dwie minuty, senatorze. Wszyscy proszą, żeby zszedł pan na dół, jeśli jest pan gotów.

— Pozwólcie, że załatwię jeszcze tę sprawę — powiedział Morton.

— Ależ oczywiście — odparł Connor.

x x x

Opanowanie senatora Mortona wzbudziło mój szczery podziw. Przez pół godziny z całkowitym spokojem odpowiadał na pytania trzech dziennikarzy; uśmiechał się, przekomarzał i rzucał dowcipami.

W pewnym momencie powiedział:

— Tak, to prawda, że Anglicy i Holendrzy znacznie więcej zainwestowali w naszym kraju od Japończyków. Ale nie wolno nam zapominać o bezwzględności i agresywności Japończyków. Ich rząd wspólnie z inwestorami planuje kolejne ataki na wybrane cele naszej gospodarki. Stąd właśnie bierze się mój niepokój.

Po chwili milczenia dodał:

— Poza tym, jeśli my chcemy wykupić jakieś przedsiębiorstwo w Anglii czy Holandii, nikt nam w tym nie przeszkadza. Nie możemy jednak kupić żadnej firmy japońskiej.

Konferencja prasowa przebiegała w podobnym nastroju, ale nikt nie zapytał o MicroCon. W końcu Morton sam skierował rozmowę na te tory.

— Dlaczego jeśli Amerykanie ośmielają się skrytykować Japończyków, nazywa się ich rasistami lub oszczercami? Sprzeczności interesów to normalna rzecz w stosunkach międzynarodowych. O tym, co dzieli nas i Japonię, powinniśmy mówić bez obaw, że ktoś zaraz sięgnie po tego typu epitety. Mój sprzeciw w kwestii sprzedaży MicroConu natychmiast wyjaśniono rasizmem, chociaż rasizm nie miał tu nic do rzeczy.

Dopiero teraz jeden z dziennikarzy zdobył się na odwagę i zapytał o tę transakcję. Morton wahał się przez chwilę, po czym powiedział:

— Jak wiesz, George, od samego początku byłem przeciwny tej sprzedaży. Nie zmieniłem zdania. Najwyższa pora, żebyśmy podjęli pewne kroki w celu ochrony naszych skarbów narodowych... skarbów rozumianych zarówno dosłownie, jak i w przenośni: naszych zdobyczy ekonomicznych i intelektualnych. Sprzedaż MicroConu to nieprzemyślany krok. Dlatego z przyjemnością mogę wam zakomunikować, że otrzymałem właśnie wiadomość, iż Akai Ceramics wycofało swoją ofertę kupna MicroCon Corporation. Sądzę, że powinno to wszystkich ucieszyć. Mnie również bardzo cieszy, że ta transakcja nie dojdzie do skutku. Muszę przekazać wyrazy uznania dla zarządu Akai za wyczucie sytuacji.

— Co takiego? Oferta została wycofana? — zapytałem ze zdziwieniem.

— Szczerze w to wątpię — mruknął Connor.

× × ×

Pod koniec konferencji Morton zupełnie się rozluźnił.

— Od dawna mówi się o mnie, że tylko krytykuję Japończyków, pozwólcie więc, że teraz powiem o nich kilka ciepłych słów. Mają oni jedną niezwykłą cechę: zawsze zachowują pogodę ducha, bez względu na okoliczności. Prawdopodobnie wiecie, że mnisi zen muszą tuż przed śmiercią napisać wiersz pożegnalny. To bardzo stara tradycja; nawet po upływie stuleci cytuje się utwory powstałe w takich właśnie momentach. Wyobrażacie sobie zapewne, pod jaką presją żyje każdy *roshi* zen, kiedy zbliża się moment jego śmierci, a wszyscy oczekują, że stworzy jeszcze jakiś porywający wiersz. Nie wolno mu wtedy myśleć o niczym innym. Mój ulubiony wiersz pożegnalny został napisany przez mnicha, którego śmiertelnie znudziły te wszystkie przepychanki. Pozwólcie więc, że go wam zacytuję:

Na świat przyszedł,
Legł w mogiłę;
Wierszyk mu nie pomógł,
Po co krzyku tyle?

Dziennikarze wybuchnęli śmiechem.

— Może więc nie powinniśmy brać wszystkich spraw związanych z Japończykami aż tak bardzo serio? — zapytał Morton. — To jeszcze jedna rzecz, której moglibyśmy się od nich nauczyć.

× × ×

Po zakończeniu konferencji Morton pożegnał się z dziennikarzami.

397

Zauważyłem, że w studiu jest Ishiguro. Miał czerwoną twarz i wciągał powietrze przez zaciśnięte zęby.

Morton uśmiechnął się do niego.

— Widzę, że już zna pan nowiny, Ishiguro-san — powiedział i klepnął go po plecach.

Japończyk wytrzeszczył oczy.

— Jestem głęboko rozczarowany, senatorze — oświadczył. — Sprawy przybiorą teraz bardzo zły obrót.

Widać było, że jest wściekły.

— Wiesz co? Pocałuj mnie w dupę — prychnął Morton.

— Przecież się umówiliśmy — wycedził Ishiguro.

— Owszem, ale nie dotrzymaliście warunków umowy — odparł senator, po czym podszedł do nas i powiedział: — Przypuszczam, że chcieliby panowie usłyszeć moje zeznanie. Pozwólcie mi tylko zmyć tę charakteryzację.

— Oczywiście — zgodził się Connor.

Morton ruszył do wyjścia ze studia.

Ishiguro gwałtownie odwrócił się w stronę kapitana.

— *Totemo taihenna koto ni narimashita ne.*

— Zgadzam się, to będzie trudne — przyznał Connor.

Ishiguro syknął przez zęby:

— Ktoś zapłaci za to głową.

— Pan jest chyba pierwszy na liście — odparł kapitan. — *Sō omowa nakai.*

Kiedy senator był już przy schodach prowadzących na piętro, podbiegł do niego Woodson, wziął go pod rękę i szepnął coś do ucha. Morton objął go ramieniem. Przez chwilę stali razem, a potem senator ruszył na górę.

— *Konna hazuja nakatta no ni* — oznajmił Ishiguro bezbarwnym głosem.

Connor wzruszył ramionami.

— Przykro mi, ale nie potrafię panu współczuć. To pan pogwałcił prawo obowiązujące w tym kraju i naraził się na kłopoty. *Eraikoto ni naruyo, Ishiguro-san.*

— Jeszcze zobaczymy, kapitanie — warknął Japończyk.

Odwrócił się i posłał lodowate spojrzenie Eddiemu Sakamurze.

Eddie zaśmiał się głośno.

— Ze mną wszystko w porządku! — powiedział. — Wiesz, co myślę, koleś? Teraz ty masz się czym martwić.

Podszedł do nas kierownik studia, mocno zbudowany facet ze słuchawkami na uszach.

— Czy któryś z panów to porucznik Smith?

— Ja — odparłem.

— Dzwoni panna Asakuma. Może pan odebrać tutaj, z tego aparatu.

Wskazał róg pomieszczenia, w którym pod ścianą ozdobioną plakatem z wieczorną panoramą miasta znajdował się komplet wypoczynkowy, kanapa i dwa fotele. Na stoliku stał telefon, mrugała czerwona lampka.

Podszedłem, usiadłem w fotelu i podniosłem słuchawkę.

— Porucznik Smith.

— Cześć, mówi Theresa. — Ucieszyło mnie, że przedstawiła się po imieniu. — Proszę posłuchać. Jeszcze raz przejrzałam uważnie końcowe fragmenty tych taśm, ostatnie minuty zapisu. Sądzę, że możemy mieć pewne kłopoty.

— Tak? Jakie?

Nie chciałem jej mówić, że Morton już się przyznał. Senator zniknął na górze, ale Woodson, jego doradca, wciąż chodził nerwowo u podnóża schodów. Był blady, miał ponurą minę i chodził tam i z powrotem w rozpiętej marynarce, z kciukami wetkniętymi za pasek spodni.

Nagle usłyszałem krzyk Connora:

— Jasna cholera!

Kapitan ruszył biegiem w stronę schodów. Poderwałem się na nogi, rzuciłem słuchawkę i pognałem za nim. Mijając Woodsona, Connor wrzasnął:

— Ty skurwysynu!

Kiedy dobiegłem do sekretarza, usłyszałem, jak wymamrotał:

— Musiałem...

Byłem już prawie na piętrze, gdy znowu doleciał mnie krzyk Connora:

— Senatorze!

Zaraz po tym usłyszałem stłumiony huk, jakby tuż obok mnie ktoś przewrócił krzesło.

Wiedziałem jednak, że to odgłos wystrzału z pistoletu.

WIECZÓR DRUGI

Słońce zachodziło nad *sekitei*. Patrzyłem na stosy kamieni rzucające głębokie cienie na regularne półkola starannie zagrabionego piasku. Connor siedział w środku i oglądał telewizję. Nie dziwiło mnie, że w świątyni zen stoi telewizor, coraz bardziej przyzwyczajałem się do takich kontrastów.

Dość się naoglądałem telewizji przez ostatnią godzinę, żeby wiedzieć, co będzie dalej. Tłumaczono to tym, że senator Morton w ostatnim czasie przeżywał bardzo poważne stresy. Miał kłopoty rodzinne, jego syna aresztowano za prowadzenie samochodu po pijanemu i spowodowanie wypadku, w którym inny nastolatek został ciężko ranny; krążyły też plotki, że córka senatora niedawno usuwała ciążę. Pani Morton nie zgodziła się udzielić żadnych wyjaśnień i nie wychodziła ze swojego domu w Arlington, wokół którego czyhali reporterzy.

Wszyscy współpracownicy senatora twierdzili zgodnie, że Morton znajdował się w nieustannym napięciu, próbując jakoś pogodzić obowiązki rodzinne z kampanią wyborczą. Nie był już sobą, często popadał w przygnębienie i według słów jednego z pracowników biura sprawiał wrażenie, „jakby dręczyły go poważne kłopoty natury osobistej".

Nikt nie krytykował ostatnich wystąpień Mortona, choć jeden z jego kolegów, senator Dowling, powiedział, że „niezwykła zaciekłość jego niedawnych wypowiedzi skierowanych przeciwko Japończykom może świadczyć o tym, że działał pod straszliwą presją. Stwierdzał nawet, że nie widzi możliwości dostosowania się do ich wymagań, a przecież wszyscy wiemy, że musimy z nimi żyć w zgodzie, ponieważ oba nasze narody są ze sobą ściśle powiązane. Niestety, nikt nie mógł przewidzieć, że owa presja tak silnie podziała na Johna Mortona".

Spoglądałem na oświetlane przez zachodzące słońce kamienie w ogrodzie, przybierające najpierw żółtą, a potem czerwoną barwę. Jeden z amerykańskich mnichów zen, który przedstawił się nam jako Bill Harris, wyszedł ze świątyni, by zaproponować mi herbatę lub coca-colę, podziękowałem mu jednak. Przez otwarte drzwi widziałem błękitnawą poświatę telewizora, ale kapitana nie mogłem dostrzec.

Ponownie zapatrzyłem się na kolorowe kamienie w ogrodzie.

John Morton nie zginął od razu. Kiedy Connor wywalił kopniakiem drzwi łazienki i wpadliśmy do środka, z szyi senatora tryskała fontanna krwi, ale jeszcze trzymał się na nogach. Na nasz widok wetknął sobie lufę pistoletu do ust.

— Nie! — wrzasnął Connor.

Drugi strzał był śmiertelny. Pistolet wypadł z dłoni Mortona i wirując, przeleciał po kafelkach podłogi. Zatrzymał się tuż przy moim bucie. Wszystkie ściany były zbryzgane krwią.

Na korytarzu rozległ się czyjś krzyk. Odwróciłem się i zobaczyłem w drzwiach charakteryzatorkę, która zasłaniała rękami twarz i wrzeszczała wniebogłosy. Ucichła dopiero wtedy, gdy pielęgniarka zaaplikowała jej jakiś środek uspokajający.

Connor i ja zostaliśmy na miejscu, dopóki z wydziału nie przyjechali Bob Kaplan i Tony Marsh. To ich wyznaczono do prowadzenia tej sprawy, my byliśmy wolni. Powiedziałem Bobowi, że w każdej chwili możemy złożyć zeznania, po czym wyszliśmy. Zwróciłem uwagę, że w studiu nie było już ani Ishigury, ani Eddiego Sakamury.

Connor się zasępił.

— Przeklęty Eddie... — mruknął. — Dokąd on poszedł?

— Jakie to ma znaczenie?

— Może nam przysporzyć problemów.

— Niby jakich?

— Nie zauważyłeś, jak on się zachowywał w obecności Ishigury? Był bardzo pewny siebie, aż za bardzo. A wydawać by się mogło, że powinien odczuwać strach.

Wzruszyłem ramionami.

— Eddie to wariat, sam go tak nazwałeś. Można się po nim spodziewać wszystkiego.

Miałem już dość tej sprawy. Miałem też dość Connora i jego japońskiej etykiety. Powiedziałem, że Eddie prawdopodobnie wróci do Japonii, a może pojedzie do Meksyku, bo kiedyś wspomniał, że chciałby się tam udać.

— Mam nadzieję, że to prawda — odparł Connor.

Poprowadził mnie do tylnego wyjścia z budynku, chciał stąd zniknąć, zanim zlecą się dziennikarze. Wsiedliśmy do samochodu i pojechaliśmy do świątyni zen. Byłem tu już kiedyś. Po drodze zatelefonowałem do Lauren, ale nie zastałem jej w biurze, potem do Theresy, lecz jej numer był zajęty. W końcu zadzwoniłem do domu. Elaine przekazała mi, że Michelle się grzecznie bawi, a dziennikarze już sobie poszli. Zapytała, czy ma zostać dłużej i przygotować małej obiad. Poprosiłem ją o to, bo nie bardzo wiedziałem, o której uda mi się wrócić do domu.

A potem przez godzinę oglądaliśmy telewizję. Wreszcie stwierdziłem, że nie mogę już na to patrzeć.

x x x

Zapadał zmrok. Piasek przybrał czarnopurpurową barwę. Zrobiło się zimno, cały zesztywniałem. Zapiszczał mój sygnalizator: prawdopodobnie próbował się ze mną skontaktować ktoś z wydziału, a może Theresa. Wszedłem do wnętrza świątyni.

W telewizji senator Stephen Rowe składał wyrazy współczucia pogrążonej w żałobie rodzinie i mówił, z jak silnym stresem wiązała się działalność senatora Mortona. Nie omieszkał też zaznaczyć, że oferta Akai wcale nie została wycofana i transakcja prawdopodobnie dojdzie do skutku.

— Oho! — mruknął Connor.

— Nie zrezygnowali z zakupu? — spytałem.

— Chyba nigdy nie mieli takiego zamiaru — odparł posępnym tonem.

— Masz coś przeciwko tej transakcji?

— Nie, ale martwi mnie Eddie. Zachowywał się za bardzo butnie. Ciekaw jestem, co teraz zrobi Ishiguro.

— Nie obchodzi mnie to.

Miałem już dość. Najpierw zginęła Cheryl Austin, potem Morton, a transakcja i tak miała dojść do skutku.

Connor pokręcił głową.

— Nie zapominaj, że gra toczy się o bardzo wysoką stawkę. Ishigury nie obchodzi jakieś tam pospolite morderstwo, nie zależy mu też specjalnie na sfinalizowaniu kupna MicroConu. Teraz zajmuje go wyłącznie kwestia reputacji spółki Nakamoto, która ma powiązania z wieloma firmami, a prawdopodobnie chciałaby mieć na terenie Stanów jeszcze większe wpływy. Eddie może zniszczyć tę reputację.

— W jaki sposób?

Kapitan wzruszył ramionami.

— Mówiąc szczerze, nie wiem.

Znowu odezwał się mój sygnalizator. Poszedłem do telefonu i skontaktowałem się z wydziałem. Wzywał mnie Frank Ellis pełniący służbę oficera dyżurnego w okręgowej centrali łączności.

— Cześć, Pete. Potrzebna nam pomoc łącznika służb specjalnych. Sierżant Matlovsky, który zajmuje się sprawą tego wczorajszego wypadku drogowego, prosi o tłumacza.

— O co chodzi?

— Mówi, że ma na karku pięciu Japończyków. Domagają się szczegółowych oględzin rozbitego auta.

Zmarszczyłem brwi.

— Jaki to był wóz?

— Ferrari, jeden z najszybszych modeli. Zdaje się, że niewiele z niego zostało, w dodatku wybuchł pożar. Dziś rano chłopcom z ekipy technicznej udało się wydobyć zwłoki kierowcy. A teraz Japończycy nalegają na dokładne zbadanie wnętrza wraka. Matlovsky boi się sam podjąć decyzję. Nie mamy pewności, czy wchodzi to w zakres prowadzonego śledztwa czy nie, a on nie może się dogadać z tymi Japończykami. Jeden z nich twierdzi, że kierowca był jego krewnym. Możesz tam pojechać i załatwić tę sprawę?

Westchnąłem ciężko.

— Dziś moja kolej? Miałem służbę wczoraj.

— Figurujesz na liście. Wygląda na to, że zamieniłeś się z Allenem.

Przypomniałem sobie, że faktycznie zgodziłem się zamienić dyżur z Jimem, który obiecał synowi, że zabierze go na wszystkie mecze Kingsów w finale rozgrywek hokejowych. Rozmawialiśmy tydzień temu, ale miałem wrażenie, jakby to było przed wiekami.

— W porządku, zajmę się tym.

Powiedziałem Connorowi, że muszę jechać. Zapytał, o co chodzi, a gdy wysłuchał mojej relacji, zerwał się z miejsca.

— Oczywiście! Jak mogłem o tym nie pomyśleć? Niech to szlag! — Uderzył pięścią w otwartą dłoń. — Ruszamy, *kōhai*.

— Na miejsce wypadku?

— Wypadku? Skądże znowu.

— Więc co masz zamiar robić?

— Jasna cholera! Ale ze mnie idiota... — jęknął i biegiem rzucił się w stronę samochodu.

Popędziłem za nim.

× × ×

Zanim zdążyłem wyhamować przed domem Sakamury, Connor wyskoczył z auta i popędził w stronę wejścia. Zostawiłem wóz przy krawężniku i pobiegłem za nim. Niebo miało odcień głębokiego granatu i było prawie całkiem ciemno.

Kapitan przeskoczył schodki jednym susem.

— Powinienem był to przewidzieć, domyślić się wszystkiego — wysapał.

— Jakiego wszystkiego? — spytałem, zatrzymując się obok niego.

Connor pchnął drzwi i weszliśmy do środka. Salon wyglądał dokładnie tak samo jak podczas mojej poprzedniej wizyty, kiedy rozmawiałem tu z Grahamem.

Kapitan zaczął zaglądać do innych pomieszczeń. Na łóżku w sypialni leżała otwarta walizka, a obok kilka ekskluzywnych garniturów ze sklepów Armaniego i Byblosa.

— Ten Eddie to skończony idiota — mruknął Connor. — Nie powinien się tu w ogóle pokazywać.

Teren za domem był jasno oświetlony, na suficie sypialni kładła się zielonkawa poświata ogrodowych lamp.

Kapitan wyszedł na zewnątrz.

x x x

Pośrodku basenu na wodzie unosiły się nagie zwłoki. Dziwnie wyglądały w tym prostokącie jaskrawej zieleni. Connor znalazł tyczkę i przyciągnął je do brzegu. Wywlekliśmy Eddiego na betonowy murek.

Sine ciało zaczynało już sztywnieć.

— Na pewno zatroszczyli się o wszystko — powiedział kapitan.

— To znaczy o co? — zapytałem.

— Żeby nie zostawić żadnych śladów. Jestem jednak pewien, że coś znajdziemy...

Wyjął z kieszeni latarkę i zajrzał w usta Eddiego. Potem obejrzał jego sutki i genitalia.

— Zobacz, *kōhai*... Widzisz ten rządek czerwonych śladów w pachwinie? Drugi taki sam widać na pośladku...

— Co to było? Zacisk krokodylowy?

— Właśnie, załatwili go wstrząsem elektrycznym. Niech to szlag! Dlaczego mi nic nie powiedział? Miał okazję, kiedy jechaliśmy od ciebie do studia telewizyjnego, żeby spotkać się z Mortonem. Powinien był mi powiedzieć wtedy całą prawdę.

— O czym?

Connor milczał, zastanawiał się nad czymś. W końcu westchnął i powiedział:.

— No cóż, w końcu jestem dla niego tylko *gaijin*, obcy. Choć wiedział, co mu grozi, nie umiał mi się zwierzyć. Poza tym...

Znowu zamilkł, wpatrując się w zwłoki. Wreszcie zepchnął je z powrotem do wody.

— Niech kto inny zajmie się papierkową robotą — mruknął, podnosząc się na nogi. — Nie musimy figurować w raportach jako ci, którzy znaleźli ciało. To już nie ma znaczenia.

Zwłoki Eddiego powoli dryfowały w kierunku środka basenu. Głowa zanurzyła się w wodzie i na powierzchni widać było jedynie białe pośladki.

— Lubiłem go — powiedział Connor. — Wyświadczył mi kilka przysług. Podczas pobytu w Japonii poznałem nawet jego rodzinę... z wyjątkiem ojca. — W zamyśleniu patrzył na obracające się powoli ciało. — Eddie był porządnym facetem. Muszę koniecznie dowiedzieć się prawdy.

Straciłem wątek, nie miałem pojęcia, o czym on mówi. Przeczuwałem jednak, że nie powinienem się w takiej chwili odzywać.

— Chodź — rzucił w końcu. — Musimy się pośpieszyć. Trzeba sprawdzić parę rzeczy. Sprawy znowu wymknęły nam się z rąk. Ale nawet gdyby miał to być ostatni krok w moim życiu, muszę dopaść tego skurwysyna.

— O kim mówisz?

— O Ishigurze.

Pojechaliśmy z powrotem do mojego mieszkania.

— Masz dzisiaj dyżur? — zapytał Connor.

— Tak, ale pojadę z tobą — odparłem.

— Nie, załatwię to sam, *kōhai*. Lepiej, żebyś o niczym nie wiedział.

— O czym?

— Tanaka pojechał wczoraj wieczorem do Eddiego po taśmę. Prawdopodobnie chodziło o oryginał...

— Zgadza się.

— Chciał ją odzyskać, wywiązała się kłótnia. A kiedy przyjechałeś ty z Grahamem i rozpętało się piekło, Eddie powiedział tamtemu, że ukrył kasetę w ferrari. Zakładałem więc, że taśma spłonęła w rozbitym samochodzie.

— Rozumiem.

— Ale to nieprawda. Eddie nie zachowywałby się tak butnie w obecności Ishigury, gdyby już nie miał tej kasety. Traktował ją jak asa ukrytego w rękawie. Nie przypuszczał jednak, że Ishiguro posunie się aż tak daleko.

— Sądzisz, że go torturowali?

— Na pewno. Ale Eddie nic im nie powiedział.

— Skąd wiesz?

— Bo gdyby było inaczej, na miejsce wypadku nie przyleciałoby aż pięciu Japończyków, żeby w środku nocy domagać się szczegółowego przeszukania wraka.

— Uważasz, że nadal szukają tej taśmy?

— Owszem. Albo jej resztek. Niewykluczone, że nawet nie wiedzą, ilu taśm brakuje.

Popatrzyłem na niego.

— I co masz zamiar zrobić? — zapytałem.

— Odnaleźć tę kasetę — odparł Connor. — To musi być coś bardzo ważnego, skoro z jej powodu zginęło tylu ludzi. Gdybyśmy odnaleźli oryginał... — Pokręcił głową. — Wtedy Ishiguro by wpadł w bagno, co zresztą i tak mu się należy.

Zatrzymałem się przed domem. Tak jak mówiła Elaine, reporterzy już się rozeszli. Na tonącej w półmroku ulicy panował spokój.

— Nadal mam ochotę pojechać z tobą — stwierdziłem.

Connor potrząsnął głową.

— Ja jestem na bezterminowym urlopie, a ty nie. Musisz myśleć o swojej przyszłości. Poza tym na pewno nie chciałbyś wiedzieć, co zamierzam robić tej nocy.

— Wystarczy, że się tego domyślam. Chcesz pójść tropem Eddiego. Wiesz, że wymknął się z domu i spędził noc u tej rudej, ale nie wiadomo, gdzie jeszcze był...

— Posłuchaj, *kōhai*. Szkoda czasu. Mam swoje kontakty, znam paru ludzi, na których można polegać. Trzymaj się od tego z daleka. Jeśli będziesz mnie potrzebował, dzwoń pod numer telefonu w samochodzie, jednak tylko wtedy, kiedy naprawdę będziesz musiał.

— Ale...

— Żadnych „ale", *kōhai*. Wysiadaj. Resztę wieczoru spędzisz z dzieckiem. Dobrze się spisałeś, jednak to koniec twojego zadania.

Z ociąganiem wysiadłem z auta.

— *Sayonara* — rzucił Connor, pomachał mi ręką i szybko odjechał.

× × ×

Michelle podbiegła do mnie, wyciągając rączki.

— Tata! Tata! — zawołała. — Podnieś mnie, tato.

Wziąłem ją na ręce.

— Cześć, Shelly.

— Tato, czy mogę obejrzeć *Śpiącą Królewnę*?

— Nie wiem. Zjadłaś już obiad?

— Zjadła dwa hot dogi i miseczkę lodów — odparła Elaine.

Zmywała naczynia w kuchni.

— Jezu... — mruknąłem. — Przecież umówiliśmy się, że zaczynamy jeść to samo co wszyscy dorośli.

— Nie było mowy, żeby zjadła cokolwiek innego — wyjaśniła Elaine.

Przez cały długi dzień musiała opiekować się niesfornym dwulatkiem i była nieco poirytowana.

— Tato, czy mogę obejrzeć *Śpiącą Królewnę*? — marudziła Michelle.

— Poczekaj chwilę, Shelly. Rozmawiam teraz z Elaine.

— Próbowałam jej wcisnąć zupę, ale nawet nie tknęła. Koniecznie chciała hot doga.

— Tato, czy mogę sobie włączyć program Disneya?

— Michelle — powiedziałem surowym tonem.

— Dlatego jej dałam tego hot doga. Stwierdziłam, że lepsze to niż nic. Była wyraźnie wytrącona z równowagi tym najściem reporterów, i w ogóle.

Mała wierciła mi się na rękach i klepała mnie po policzku, chcąc zwrócić na siebie uwagę.

— Tato? Czy mogę? *Śpiącą Królewnę*?

— Możesz, Shel.

— Teraz, tatusiu?

— Teraz.

Postawiłem ją na podłodze. Natychmiast pobiegła do salonu, włączyła telewizor i sięgnęła po pilota.

— Chyba za dużo czasu spędza przed telewizorem.

Elaine wzruszyła ramionami.

— Jak wszystkie dzieci — mruknęła.

— Tato!

Poszedłem do salonu i włączyłem magnetowid. Przewinąłem reklamówki na początku kasety i puściłem jej film.

— Jeszcze dalej — poprosiła.

Przewinąłem więc czołówkę z odwracającymi się stronami książki aż do początku akcji.

— Tak, tutaj, tutaj! — zawołała Michelle, klepiąc mnie po ręku.

Odłożyłem pilota. Mała usadowiła się w fotelu i zaczęła ssać palec. Po chwili wyjęła kciuk z buzi, uderzyła piąstką w poręcz fotela i zawołała:

— Siadaj, tatusiu!

Chciała, żebym obejrzał film razem z nią.

Westchnąłem i obrzuciłem spojrzeniem bałagan w salonie: kredki i książki do kolorowania były rozrzucone po całym dywanie, a na środku stał wiatrak z klocków.

— Muszę tu zrobić trochę porządku — stwierdziłem. — Usiądę przy tobie, kiedy skończę.

Z powrotem wetknęła palec do buzi i zapatrzyła się w ekran. W jednej chwili przestałem dla niej istnieć.

Pozbierałem kredki i ułożyłem je w kartonowym pudełku. Książki z obrazkami wcisnąłem z powrotem na półkę. W końcu poczułem się okropnie zmęczony i na chwilę przysiadłem na podłodze obok Michelle. Na ekranie trzy wróżki, czerwona, zielona i niebieska, szybowały majestatycznie w stronę tronu w sali balowej zamku.

Michelle wskazała mi palcem jedną z nich.

— To Niezabudka — powiedziała. — Ta niebieska.

Elaine zawołała z kuchni:

— Czy mam panu przygotować kanapki, poruczniku?!

— Będę bardzo wdzięczny — odparłem.

Tak dobrze mi się siedziało na dywanie obok mojej córki. Chciałem o wszystkim zapomnieć, przynajmniej na jakiś czas. Byłem wdzięczny Connorowi, że pojechał dalej sam. Tępym wzrokiem wpatrywałem się w ekran.

Dopiero gdy Elaine przyniosła kanapki z salami, sałatą i musztardą, poczułem, jak bardzo jestem głodny. Gospodyni spojrzała na telewizor, pokręciła głową i wróciła do kuchni. Michelle także zjadła kilka kęsów kanapki, bo lubiła salami. Przyszło mi do głowy, że w kiełbasie również są jakieś niezdrowe dodatki, uznałem jednak, że jest ich tam na pewno mniej niż w parówkach hot dogów.

Kiedy zjadłem, poczułem się nieco lepiej i postanowiłem skończyć porządki. Sięgnąłem po wiatrak, zacząłem go rozkładać i wrzucać z powrotem klocki do grubej kartonowej tuby.

— Nie! Nie! — zawołała Michelle.

Myślałem, że nie chce, abym rozbierał wiatrak, ale ona zakrywała rączkami oczy. Bała się Diaboliny, złej czarownicy. Przewinąłem więc taśmę kawałek do przodu i mała się uspokoiła.

Rozebrałem do końca wiatrak, powrzucałem klocki do cylindra, nałożyłem metalową pokrywę i wepchnąłem tubę na swoje miejsce, na najniższej półce regału z książkami. Zawsze wszystkie zabawki układałem bardzo nisko, żeby Michelle mogła je sobie sama wziąć.

Jednak tym razem tuba z klockami spadła i potoczyła się po dywanie. Ponownie ułożyłem ją na półce, ale coś tam leżało i nie pozwalało wsunąć tuby głębiej. Schyliłem się i ujrzałem małe szare pudełko. Natychmiast je rozpoznałem.

Była to ośmiomilimetrowa kaseta wideo. Na nalepce widniał japoński napis.

— Czy jestem jeszcze panu potrzebna, poruczniku? — zapytała Elaine.

Była już w płaszczu, gotowa do wyjścia.

— Jedną minutkę — powiedziałem.

Poszedłem do telefonu i wykręciłem numer centrali. Poprosiłem dyżurnego o połączenie z samochodem Connora. Czekałem niecierpliwie. Elaine patrzyła na mnie z ukosa.

— Jeszcze chwileczkę, dobrze?

Z głośnika telewizora dobiegała piosenka, którą książę śpiewał razem ze Śpiącą Królewną przy wtórze ćwierkania ptaków. Michelle siedziała z palcem w buzi, zapatrzona w ekran.

— Przykro mi, ale telefon nie odpowiada — odezwał się w końcu dyżurny.

— Trudno. Czy macie może numer domowy kapitana Connora?

Przez chwilę panowała cisza.

— On nie figuruje na liście pełniących dziś służbę oficerów.

— Wiem o tym, ale czy nie zostawił wam swojego domowego numeru?

— Nic tu nie mam, poruczniku.

— Bardzo mi zależy na tym, żeby go znaleźć.

— Proszę zaczekać.

Dyżurny odłożył słuchawkę. Zakląłem pod nosem.

Elaine wciąż stała w korytarzu i zaczynała się coraz bardziej niecierpliwić.

— Poruczniku? — odezwał się w końcu głos w słuchawce. — Kapitan Ellis twierdzi, że kapitan Connor wyjechał.

— Wyjechał?

— Był tu jeszcze niedawno, ale dokądś pojechał.

— Mówi pan, że był w śródmieściu?

— Tak, ale już wyszedł, przykro mi.

Odłożyłem słuchawkę. Co Connor mógł robić w śródmieściu, do jasnej cholery?

Elaine spoglądała na mnie spod przymrużonych powiek.

— Poruczniku?

— Jeszcze chwileczkę, Elaine.

— Poruczniku, ja muszę...

— Powiedziałem: chwileczkę.

Zacząłem chodzić tam i z powrotem, nie miałem pojęcia, co robić. Obleciał mnie strach. Z powodu tej taśmy zginął Eddie, tamci z pewnością nie zawahają się przed zabiciem jeszcze kilku osób. Spojrzałem na moją córeczkę, która z kciukiem w buzi siedziała przed telewizorem.

— Gdzie pani zostawiła samochód? — zapytałem Elaine.

— W garażu.

— To dobrze. Proszę posłuchać: niech pani zabierze Michelle i...

Zadzwonił telefon. Skoczyłem do niego, mając nadzieję, że to Connor.

— Słucham.

— *Moshi moshi. Connor-san desu ka?*

— Nie ma go tu — odparłem odruchowo.

Zakląłem w duchu, ale było już za późno. Zdradziłem się.

— Bardzo mnie to cieszy, poruczniku — odparł mój rozmówca z silnym japońskim akcentem. — Bo to właśnie u pana jest to, czego szukamy, prawda?

— Nie wiem, o czym pan mówi.

— Chyba jednak tak, poruczniku.

Usłyszałem w słuchawce szum ruchu ulicznego. Korzystano z telefonu w samochodzie. Prześladowcy mogli być w dowolnej części miasta.

Nawet pod moim domem.

Niech to szlag!

— Kto mówi? — zapytałem.

Odpowiedział mi tylko monotonny sygnał.

— Co się dzieje, poruczniku? — spytała Elaine.

Podbiegłem do okna i zauważyłem trzy jednakowe auta zaparkowane obok siebie. Wysiadało z nich pięciu mężczyzn.

Starałem się zachować spokój.

— Elanie, zabierz Michelle i schowajcie się w mojej sypialni — powiedziałem. — Wejdźcie pod łóżko. Nie wychodźcie pod żadnym pozorem i siedźcie cicho bez względu na to, co się będzie działo. Rozumiesz?

— Nie, tatusiu!

— Już, Elaine!

— Nie, tatusiu! Chcę obejrzeć do końca *Śpiącą Królewnę*.

— Obejrzysz ją później.

Wyciągnąłem pistolet i sprawdziłem, czy mam pełny magazynek. Elaine patrzyła na to rozszerzonymi ze strachu oczyma. W końcu wzięła małą na ręce.

— Chodź, kochanie.

Michelle usiłowała jej się wyrwać.

— Nie, tatusiu!

— Michelle!

Umilkła, przerażona brzmieniem mojego głosu. Elaine zaniosła ją do sypialni. Pośpiesznie załadowałem drugi magazynek i wsunąłem go do kieszeni marynarki.

Wyłączyłem światła w sypialni i dziecięcym pokoiku, zatrzymując na chwilę wzrok na łóżeczku małej, przykrytym wzorzystą kapą. Na końcu zgasiłem światło w kuchni.

Wróciłem do salonu. Telewizor wciąż grał, zła czarownica

instruowała swojego kruka, jak ma odnaleźć Śpiącą Królewnę.
„Jesteś moją ostatnią nadzieją, kochany. Nie możesz mnie
zawieść" — powiedziała do niego i ptak odleciał.

Przykucnąłem i zacząłem cofać się powoli w stronę drzwi.
Znowu zadzwonił telefon. Podkradłem się do niego na czworakach.

— Słucham — powiedziałem.

— *Kōhai* — odezwał się Connor.

Dzwonił z samochodu, tak jak poprzednio słyszałem charakterystyczny szum.

— Gdzie jesteś? — zapytałem.

— Masz kasetę.

Nie było to pytanie, lecz stwierdzenie faktu.

— Tak, mam. Gdzie jesteś?

— Na lotnisku.

— Przyjeżdżaj tu szybko. Natychmiast! Jezu Chryste! I ściągnij jakieś posiłki!

Zza drzwi wejściowych dobiegł odgłos cichych kroków na korytarzu.

Rozłączyłem się. Cały byłem zlany potem.

Jezu...

Jeśli Connor był na lotnisku, mógł się tu zjawić najwcześniej
za dwadzieścia minut. Może nawet później.

Na pewno później.

Musiałem sobie radzić sam.

Patrzyłem na drzwi i wytężałem słuch. Ale na klatce panowała niezmącona cisza.

Z sypialni doleciał mnie stłumiony głos Michelle:

— Ja chcę obejrzeć *Śpiącą Królewnę*! Chcę do tatusia!

Elaine szepnęła coś do niej, mała chlipnęła i znów zapadła
cisza.

Zadzwonił telefon.

— Poruczniku, nie potrzebuje pan żadnych posiłków —
oznajmił ten sam głos co przedtem.

Chryste, mieli na podsłuchu nawet telefon w samochodzie!

— Nie chcemy uczynić panu krzywdy, zamierzamy tylko odzyskać to, co do nas należy. Czy byłby pan tak miły i oddał nam kasetę?

— Owszem, mam ją — odparłem.

— Wiemy o tym.

— Możecie ją dostać z powrotem.

— To dobrze, tak będzie najlepiej.

Byłem zdany wyłącznie na siebie. Myślałem gorączkowo, jak odciągnąć ich od mojej córki.

— Ale nie tutaj — dodałem.

Rozległo się pukanie do drzwi frontowych. Gwałtowne, natarczywe.

Cholera!

Wiedziałem, że jestem w pułapce. Wszystko działo się zbyt szybko. Zdjąłem ze stolika aparat telefoniczny i położyłem się na podłodze w przedpokoju. Nie chciałem, żeby mnie było widać z okna.

Pukanie się powtórzyło.

— Możecie dostać tę kasetę — rzuciłem do słuchawki — ale najpierw odwołajcie stąd swoich ludzi.

— Nie rozumiem, proszę powtórzyć.

Kurwa! Brakowało mi tylko problemów językowych.

— Odwołajcie swoich ludzi, zabierzcie ich stąd. Nie chcę ich tu widzieć!

— Poruczniku, musimy dostać tę kasetę.

— Wiem. Oddam ją wam.

Przez cały czas nie spuszczałem wzroku z drzwi wejściowych. Ktoś delikatnie nacisnął klamkę, próbując po cichu dostać się do środka. W końcu puścił klamkę i w szparę pod drzwiami wsunął biały kartonik.

Wizytówka.

— Niech pan będzie rozsądny, poruczniku.

Podczołgałem się, chwyciłem wizytówkę i przeczytałem: *Jonathan Connor, kapitan, Departament Policji miasta Los Angeles.*

Usłyszałem dochodzący z drugiej strony szept:

— *Kōhai*...

Byłem pewien, że to podstęp. Przecież Connor sam mi powiedział, że jest na lotnisku...

— Może mógłbym w czymś pomóc, *kōhai*.

Zdumiały mnie te słowa. Przypomniałem sobie, że kapitan już wcześniej użył tego zwrotu, zaraz na początku naszego dochodzenia.

— Otwórz te pieprzone drzwi, *kōhai*!

To musiał być Connor. Sięgnąłem w górę i odsunąłem rygiel. Kapitan wślizgnął się do przedpokoju i przykucnął. Ciągnął za sobą coś granatowego — była to kamizelka kuloodporna.

— Sądziłem, że jesteś...

Pokręcił głową i szepnął:

— Domyślałem się, że tu przyjdą. Czekałem w samochodzie, w głębi ulicy. Ilu ich jest przed domem?

— Chyba pięciu, może więcej.

Głos w słuchawce zawołał:

— Poruczniku! Jest pan tam? Poruczniku!

Odsunąłem ją nieco od ucha, żeby Connor mógł wszystko słyszeć.

— Tak, jestem — odparłem.

Z telewizora popłynął głośny śmiech czarownicy.

— Kto tam jest z panem, poruczniku?

— To tylko *Śpiąca Królewna*.

— Kto? Szpica krewna? — zapytał tamten. — O kim pan mówi?

— To telewizor — wyjaśniłem. — Film w telewizji.

W słuchawce rozległy się jakieś szepty, ale zagłuszył je szum przejeżdżającego auta. Domyśliłem się, że tamci zajęli stanowiska przed wejściem do domu. Przy mojej ulicy stoją ciasno stłoczone kamienice, w których jest mnóstwo okien. Zwykle ktoś z nich wygląda, ludzie spacerują po chodnikach. Tamci musieli działać w wielkim pośpiechu.

Na pewno już się dobrze ukryli.

Connor pociągnął mnie za rękaw i na migi kazał mi się rozebrać. Zsunąłem marynarkę, nie wypuszczając słuchawki z rąk.

— Co mam zrobić? — zapytałem mojego rozmówcę.

— Przynieś nam kasetę.

Spojrzałem na kapitana, który kiwnął potakująco głową.

— Dobrze, ale proszę najpierw zabrać stąd swoich ludzi.

— Słucham?

Connor pokazał mi zaciśniętą pięść i wykrzywił się. Chciał, żebym udawał rozwścieczonego. Zakrył dłonią mikrofon i szepnął mi do ucha jakieś japońskie przekleństwo.

— Słuchaj uważnie! — warknąłem do słuchawki. — *Yoku kike!*

Usłyszałem głośny pomruk zdumienia po drugiej stronie.

— *Wakatta.* Nasi ludzie odejdą. A pan niech wyjdzie, poruczniku.

— Dobra, już schodzę.

Odłożyłem słuchawkę.

× × ×

— Pół minuty — szepnął Connor i zniknął za drzwiami wejściowymi.

Pośpiesznie zapinałem guziki koszuli. Kamizelka kuloodporna jest ciężka i niewygodna, więc po chwili cały byłem zlany potem.

Odczekałem trzydzieści sekund, spoglądając na powolutku pełznącą wskazówkę zegarka. W końcu wyszedłem z mieszkania.

× × ×

Ktoś zgasił światło na klatce. Potknąłem się na czyimś nieruchomym ciele. Wstałem szybko i popatrzyłem na zastygłą twarz o japońskich rysach. To był młody chłopak, jeszcze dziecko. Ale oddychał, został tylko zamroczony.

Ruszyłem na dół.

Na podeście drugiego piętra nie było nikogo. Poszedłem

dalej. Zza których drzwi na pierwszym piętrze doleciał stłumiony chóralny śmiech z włączonego telewizora. Spiker zawołał: „Więc proszę nam powiedzieć, dokąd się państwo udali na swą pierwszą randkę!".

Powoli schodziłem dalej. Kiedy stanąłem przed oszklonymi drzwiami wejściowymi, ostrożnie wyjrzałem na zewnątrz. Dostrzegłem tylko żywopłot, zaparkowane na ulicy auta i kawałek trawnika przed budynkiem. Samochody napastników, które zauważyłem z góry, stały gdzieś dalej, na lewo od wejścia. Wziąłem kilka głębszych oddechów. Serce waliło mi jak młotem. Bardzo się bałem, ale w głowie wciąż kołatała mi myśl, żeby utrzymać ich jak najdalej od mojej córki, odciągnąć gdzieś...

Wyszedłem przed dom.

Nocne powietrze chłodziło moją spoconą twarz.

Postąpiłem dwa kroki do przodu.

I wtedy ich dostrzegłem. Stali jakieś dziesięć metrów od wejścia, obok swoich samochodów. Było ich czterech. Jeden z nich pomachał ręką, przywołując mnie do siebie. Zawahałem się.

Gdzie są pozostali? — przemknęło mi przez myśl.

W pobliżu, poza tymi facetami, nikogo nie było. Ponownie przywołali mnie ruchem ręki. Kiedy ruszyłem w ich stronę, nagle coś walnęło mnie od tyłu i upadłem twarzą w wilgotną trawę.

W pierwszej chwili nie wiedziałem, co się stało.

Trafili mnie w plecy!

Dokoła rozpętało się piekło. Zaterkotały automaty. Strzelające z luf płomienie rozświetlały ciemną uliczkę niczym błyskawice. Grzechot karabinów odbijał się głośnym echem od ścian kamienic. Posypało się tłuczone szkło. Ze wszystkich stron dobiegały krzyki, zagłuszane przez huk wystrzałów. Po chwili usłyszałem warkot zapuszczanego silnika i jakiś samochód przemknął obok mnie ulicą. Zaraz potem rozległo się wycie syren policyjnych, zapiszczały opony, rozbłysły światła wozów patrolowych. Nie miałem odwagi się poruszyć, więc leżałem, wciskając twarz w mokrą trawę. Zdawało mi się, że leżę tak już od godziny. Dopiero po jakimś czasie dotarło do mnie, że słyszę tylko angielskie słowa.

Wreszcie ktoś podszedł i pochylił się nade mną.

— Proszę leżeć spokojnie, poruczniku. — Rozpoznałem głos Connora, który ostrożnie wodził dłonią po moich plecach. — Czy możesz się poruszyć?

Przekręciłem się twarzą do góry.

Ujrzałem twarz kapitana, ostro rysującą się w snopie jaskrawego światła z reflektorów.

— Masz tylko lekkie draśnięcia — rzekł — ale jutro tak cię będą bolały plecy, że chyba nie zwleczesz się z łóżka.

Pomógł mi stanąć na nogach.

Obejrzałem się, chcąc zobaczyć człowieka, który do mnie strzelał. Ale nikogo nie zobaczyłem. Na trawniku, tuż obok drzwi frontowych budynku, leżało tylko kilka jaskrawożółtych łusek, które wyraźnie odcinały się na tle zieleni.

DZIEŃ TRZECI

DZIEŃ TRZECI

Tytuł artykułu brzmiał: GANG WIETNAMCZYKÓW OD-POWIEDZIALNY ZA STRZELANINĘ W WESTSIDE. Pisano w nim, że banda z Orange County, zwana Zabójcami Dziwek, zorganizowała zamach na Petera Smitha, oficera służb specjalnych policji Los Angeles. Porucznik odniósł dwie poważne rany, zanim na miejscu strzelaniny pojawił się patrol policyjny, zmuszając młodocianych przestępców do ucieczki. Żadnego z napastników nie udało się schwytać, ale dwóch zginęło podczas strzelaniny.

Czytałem gazetę pod prysznicem, kierując strumień wody na obolałe plecy. Na karku, po obu stronach szyi, miałem dwie brzydkie rany, które odzywały się bólem przy każdym oddechu.

Wysłałem Michelle na weekend do mojej matki w San Diego. Elaine odwiozła ją tam jeszcze wczoraj późnym wieczorem.

Czytałem dalej.

Według autora artykułu Zabójcy Dziwek byli odpowiedzialni za popełnione tydzień temu brutalne morderstwo. Młodociani gangsterzy spokojnie podeszli wtedy do dwuletniego Murzyna, Rodneya Howarda, który jeździł na trójkołowym rowerku przed swoim domem w Inglewood, i zabili go strzałem w głowę. Miał to być podobno akt inicjacji nowego członka przyjmowanego do gangu. Zamordowanie chłopczyka wywołało wielką falę oburzenia i rozpaliło dyskusję na temat tego, czy policja Los

Angeles w ogóle potrafi poradzić sobie ze zorganizowaną przestępczością.

Znów dobijało się do mnie mnóstwo dziennikarzy, jednak nie chciałem z nikim rozmawiać. Telefon bez przerwy dzwonił, ale włączyłem automatyczną sekretarkę i nie zwracałem na niego uwagi. Siedziałem pod prysznicem, próbując zebrać myśli.

Dopiero po jakimś czasie zadzwoniłem do redakcji „Timesa" i poprosiłem o połączenie mnie z Kenem Shubikiem.

— Ciekaw byłem, kiedy się w końcu odezwiesz — powiedział. — Chyba się cieszysz?

— Z czego?

— Że uszedłeś z życiem. Ci gówniarze to bezwzględni mordercy.

— Mówisz o tym napadzie Wietnamczyków wczoraj wieczorem? — zapytałem. — Wobec tego może mi powiesz, czemu oni mówili po japońsku...

— Naprawdę?

— Właśnie, Ken.

— Czy to znaczy, że nasz reporter coś spieprzył?

— Niezupełnie.

— Wyjaśnij mi to.

— Co mam ci wyjaśnić?

— Skąd „Łasica" wytrzasnął tę bajeczkę? Robi się wokół niego coraz większy smród, słyszałem nawet plotki, że mają go wywalić. Nikt nic nie wie, ale u nas dosłownie się gotuje. Ktoś z kierownictwa działu reportaży podobno zaczął pluć na Japończyków. Słyszałem też, że mamy szykować wielki cykl artykułów o działalności firm japońskich w Stanach.

— Ciekawe...

— Na razie to jeszcze nic pewnego. Przejrzałeś dział ekonomiczny?

— Nie.

— Darley-Higgins ogłosiło oficjalnie nabycie MicroConu przez Akai. Jest tam cała szpalta, na czwartej stronie.

— I właśnie tym się macie zająć?

— Nie, to już przegrana sprawa, po prostu kolejne przedsiębiorstwo, które sprzedano Japończykom. Sprawdzałem, od tysiąc dziewięćset osiemdziesiątego siódmego roku kupili ponad sto osiemdziesiąt naszych najnowocześniejszych firm z branży elektronicznej. Nic nowego.

— Ale macie przygotować cykl artykułów na ten temat?

— Tak słyszałem. Nie będzie to łatwe, ponieważ nastroje ludzi są coraz gorsze. Coraz bardziej zwiększa się ujemny bilans handlowy z Japończykami. Tylko z pozoru sytuacja się unormowała, bo znacznie ograniczono import japońskich samochodów. Teraz Japończycy produkują je tutaj, na miejscu. Większość części sprowadzają ze swoich filii w innych krajach Azji, obciążając bilans handlowy tamtych państw. W dodatku zamówili duże dostawy pomarańczy i drewna... chyba też tylko po to, żeby poprawić swoje notowania. Generalnie rzecz biorąc, traktują nas jak kraj Trzeciego Świata. Kupują tylko surowce, żadnych gotowych wyrobów. Twierdzą, że nie produkujemy niczego, co byłoby im potrzebne.

— Może to prawda, Ken.

Westchnął głośno.

— Wmawiaj to komu innemu — odparł. — Nie wiem tylko, czy opinię publiczną jeszcze cokolwiek obchodzi. Podobnie było z podatkami.

Czułem się jeszcze nieco otępiały.

— Jakimi podatkami?

— Jeszcze kończymy ten cykl o podatkach. Wyobraź sobie, że ktoś w Waszyngtonie w końcu zwrócił uwagę, iż Japończycy, choć ostro działają na naszym rynku, płacą zaniżone podatki lub nie płacą ich wcale. Ustawiają swoje zyski, odpowiednio regulując ceny sprowadzanych z Japonii części i półproduktów. Nigdy do tej pory politycy nie reagowali tak błyskawicznie na ich machlojki. Zresztą nie bez powodu Japończycy pchają co roku do Waszyngtonu pół miliarda dolarów.

— I dlatego ciągniecie ten cykl artykułów o podatkach?

— Owszem. Dobieramy się też do Nakamoto. Według dobrze poinformowanych źródeł Nakamoto chce się dostać do grona dyktatorów cen. Dla japońskich firm oznacza to wejście do elity. Mam tu listę przedsiębiorców, którzy już dyktują warunki. Nintendo w dziewięćdziesiątym pierwszym roku opanowało rynek gier. Mitsubishi w ubiegłym cały przemysł telewizyjny. Panasonic w osiemdziesiątym dziewiątym, Minolta w osiemdziesiątym siódmym. A to zaledwie czubek góry lodowej.

— Tym lepiej, że wzięliście to na warsztat.

Odchrząknął.

— Czy chcesz, żebyśmy zamieścili sprostowanie o tych Wietnamczykach, którzy mówili po japońsku?

— Nie.

— Więc jedziemy na tym samym wózku — mruknął.

— Nie wiem tylko, czy w dobrą stronę — odparłem.

× × ×

Pojechałem z Connorem na lunch do baru sushi w Culver City. Kiedy zatrzymaliśmy się przed wejściem, właściciel umieszczał na drzwiach wywieszkę ZAMKNIĘTE, ale na nasz widok odwrócił ją napisem OTWARTE do góry.

— Znają mnie tutaj — powiedział kapitan.

— I lubią?

— To trudno powiedzieć.

— W każdym razie chcą zarobić.

— Nie sądzę, pewnie Hiroshi wolałby zamknąć lokal. Nie opłaca mu się skracać pracownikom przerwy z powodu dwóch klientów. Ale często tu zaglądam, a on ceni sobie stałych gości, choć jestem dla niego *gaijin*, obcy. Nie ma to nic wspólnego ani z zarobkiem, ani z sentymentem.

Wysiedliśmy z samochodu.

— Amerykanie nie potrafią tego zrozumieć. Japoński system wartości jest całkowicie różny od naszego.

— Wydaje mi się jednak, że powoli zaczynamy to rozumieć — mruknąłem.

Streściłem mu swoją rozmowę z Kenem Shubikiem o dyktowaniu cen.

Connor westchnął.

— Chcą w ten sposób udowodnić, że Japończycy postępują nieuczciwie, a to nieprawda. Oni tylko stosują inne reguły gry i właśnie tego Amerykanie nie rozumieją.

— Może i tak. Nie oznacza to jednak, że dyktowanie cen jest legalne.

— Tylko w Stanach, w Japonii to normalny proceder. Pamiętaj, *kōhai*, oni są zupełnie inni. Umowy dotyczące cen są dla nich czymś normalnym. To, co dla Amerykanów jest nielegalną zmową, Japończycy uważają za jeden ze sposobów prowadzenia interesów. Nic więcej.

Weszliśmy do baru. Po długiej ceremonii ukłonów i pozdrowień po japońsku zajęliśmy miejsca, a właściciel zniknął w kuchni.

— Nie trzeba złożyć zamówienia? — zapytałem.

— Chyba nie chcesz go obrazić? Hiroshi sam zdecyduje, co powinniśmy dzisiaj zjeść.

Wkrótce pojawiły się przed nami talerzyki i właściciel baru zaczął na naszych oczach porcjować rybę.

Zadzwonił telefon i jakiś mężczyzna zawołał z odległego końca lokalu:

— *Connor-san, onna no hito ga matteru to ittemashita yo!*

— *Dōmo* — odparł kapitan, kiwając głową. Odwrócił się do mnie i zsunął ze stołka. — Niestety, nie zdążymy zjeść. Pora na następne spotkanie. Masz ze sobą tę kasetę?

— Tak.

— To dobrze.

— Dokąd jedziemy?

— Do twojej przyjaciółki, panny Asakumy.

Wracaliśmy do miasta autostradą od strony Santa Monica. Samochód podskakiwał na nierównościach drogi. Popołudniowe niebo zszarzało, jakby zanosiło się na deszcz. Nadal bolały mnie plecy. Connor wyglądał przez okno i nucił coś pod nosem. W całym tym zamieszaniu zapomniałem, że Theresa dzwoniła do mnie wczoraj wieczorem. Powiedziała wtedy, że uważnie oglądała ostatnie minuty zapisu na kasetach i że możemy mieć jakieś problemy.

— Rozmawiałeś z nią? — zapytałem Connora.

— Z Theresą? Krótko. Udzieliłem jej pewnej rady.

— Wczoraj wieczorem przekazała mi, że mogą być jakieś problemy.

— Tak? Mnie nic takiego nie mówiła.

Miałem przeczucie, że to nieprawda, ale dokuczały mi rany i potłuczenia i nie chciałem się z nim kłócić. Czasami odnosiłem wrażenie, że Connor pod wieloma względami upodobnił się do Japończyków.

— Nigdy mi nie powiedziałeś, dlaczego wyjechałeś z Japonii.

Westchnął.

— No cóż... Miałem dobrą robotę, pracowałem dla pewnej korporacji jako doradca służb ochrony. Ale nic z tego nie wyszło.

— Dlaczego?

— To była świetna robota, naprawdę.

— Więc co się stało?

Pokręcił głową.

— Amerykanie przebywający przez dłuższy czas w Japonii często mają sprzeczne odczucia wobec jej mieszkańców. Japończycy są dobrze wychowani, pracowici, inteligentni, dowcipni i naprawdę tworzą jedną wielką rodzinę. Ale są też największymi rasistami na świecie i może dlatego tak często zarzucają innym rasizm. Mają wiele uprzedzeń i zakładają, że inni również muszą je mieć. Jeśli się mieszka w Japonii... Po prostu w końcu mnie to zmęczyło. Miałem już dość tego, że wieczorami na mój widok kobiety przechodzą na drugą stronę ulicy, że obok mnie miejsca w metrze niemal zawsze pozostają wolne, że stewardesa w samolocie uprzejmie pyta Japończyków, czy nie mają nic przeciwko temu, że obok nich usiądzie *gaijin*, przekonana, rzecz jasna, że nie rozumiem ani słowa po japońsku. Zmęczyło mnie to ciągłe wyobcowanie, pobłażliwy stosunek kolegów z pracy, tłumione śmiechy za moimi plecami. Traktowali mnie jak czarnucha. Po prostu znudziło mnie to i zrezygnowałem.

— Czy mam rozumieć, że właśnie dlatego ich nie lubisz?

— Skądże, ja ich bardzo lubię. Ale nie jestem Japończykiem, i oni nigdy nie pozwolą mi o tym zapomnieć. — Ponownie westchnął. — Mam wielu japońskich przyjaciół, którzy pracują w Stanach. Im także jest ciężko tu żyć. Zbyt wielkie dzielą nas różnice. Oni również czują się wyobcowani, tu też w metrze ludzie nie siadają obok nich. Moi przyjaciele zawsze mnie proszą, żebym patrzył na nich jak na takich samych ludzi jak ja sam, a dopiero później brał pod uwagę ich narodowość. Niestety, wiem z doświadczenia, że takie podejście nie zawsze jest możliwe.

— To znaczy, że niektórzy przede wszystkim są Japończykami?

Connor wzruszył ramionami.

— Rodzina to zawsze rodzina.

Przez resztę drogi jechaliśmy w milczeniu.

Siedzieliśmy w niewielkim pokoiku na drugim piętrze akademika dla studentów zagranicznych. Theresa Asakuma wyjaśniła, że to nie jej pokój, lecz przyjaciółki, która właśnie wyjechała na praktykę do Włoch. Przygotowała na stoliku przenośny magnetowid oraz mały monitor.

— Pomyślałam, że lepiej będzie nie spotykać się w pracowni — powiedziała, przewijając kasetę. — Chciałam jednak, żeby panowie to zobaczyli. Chodzi o ostatnie fragmenty zapisu na jednej z kaset, które od was dostałam. Zaczyna się zaraz po tym, jak senator wychodzi z sali.

Uruchomiła odtwarzanie. Ujrzałem rozległą perspektywę czterdziestego szóstego piętra Nakamoto. Nie było tu nikogo, tylko na stole konferencyjnym leżały zwłoki Cheryl Austin.

Taśma przesuwała się powoli.

Nic się nie działo, obraz na ekranie był statyczny.

— Na co mamy patrzeć? — zapytałem.

— Jeszcze chwilę.

Nadal nic się nie działo.

Nagle spostrzegłem wyraźnie, że dziewczyna poruszyła nogą.

— Co to było? — zapytałem. — Skurcz?

— Nie jestem pewien — mruknął Connor.

Po chwili Cheryl poruszyła ręką, wyraźnie odcinającą się na tle ciemnego stołu. Nie miałem co do tego wątpliwości. Zacisnęła palce, a potem znów rozwarła dłoń.

— Ona jeszcze żyła!

Theresa pokiwała głową.

— Wszystko na to wskazuje. Proszę zwrócić uwagę na zegar. Wskazówki na tarczy ściennego zegara pokazywały 8:36. Wbijałem wzrok w monitor. Znowu nic się nie działo. Minęły kolejne dwie minuty.

Connor głośno wciągnął powietrze.

— Zegar się zatrzymał.

— Nie — odparła Theresa. — Oglądałam to z bliska, na powiększeniu. Można zauważyć lekkie migotanie pikseli.

— Co to oznacza?

— Nazywamy to rock and rollem. W ten sposób maskuje się zatrzymanie obrazu. Jeśli zwyczajnie zastopuje pan taśmę, jest to natychmiast widoczne, bo wszystkie punkty na ekranie zamierają w bezruchu. Natomiast na statycznym obrazie przy normalnym odtwarzaniu zawsze występuje drobne migotanie pikseli. Żeby zamaskować nagrywanie zatrzymanego obrazu, stosuje się tak zwany rock and roll. Wystarczy wybrać choćby sekundę zapisu i odtwarzać ją w kółko. Wystąpi wtedy migotanie pikseli, które zamaskuje montaż.

— Wynika stąd, że zapis na kasetach został zatrzymany o dwudziestej trzydzieści sześć.

— Tak, a o tej porze dziewczyna z pewnością jeszcze żyła. No, może nie jest to całkiem pewne, ale wszystko na to wskazuje.

Connor pokiwał głową.

— A więc dlatego oryginały są dla nich takie ważne...

— Jakie oryginały? — zapytała Theresa.

Wyjąłem z kieszeni kasetę, którą wczoraj wieczorem znalazłem w swoim mieszkaniu.

— Proszę to puścić — powiedział Connor do Theresy.

× × ×

Ponownie ujrzeliśmy na ekranie widok czterdziestego szóstego piętra. Ten zapis pochodził z kamery umieszczonej z boku, więc mieliśmy przed sobą panoramę całej sali konferencyjnej. Kiedy doszliśmy do sceny zabójstwa, przekonaliśmy się, że rzeczywiście jest to oryginalna taśma. Bez trudu rozpoznaliśmy Mortona oddalającego się od leżącej nieruchomo na stole dziewczyny.

Spoglądałem na ekran, wpatrując się w ciało Cheryl Austin.

— A gdzie jest zegar?

— Nie widać go na tym ujęciu.

— Jak pani sądzi, ile czasu minęło?

Theresa pokręciła głową.

— Trudno powiedzieć. Kilka minut.

Ponownie zobaczyłem, jak leżąca na stole dziewczyna zaciska pięść i porusza głową. Z pewnością żyła jeszcze, nie ulegało to wątpliwości.

Na szklanej tafli ściany sali konferencyjnej pojawiło się nagle czyjeś odbicie. Mężczyzna szedł szybko i po chwili znalazł się w polu widzenia kamery. Zbliżył się do stołu i rozejrzał na boki, jakby chciał sprawdzić, czy nikt go nie obserwuje. To był Ishiguro. Ostrożnie podszedł do dziewczyny, zacisnął palce na jej szyi i zaczął ją dusić.

— Jezu... — jęknąłem.

Trwało to dość długo. Cheryl Austin walczyła do końca, lecz Japończyk przyciskał ją do stołu nawet wtedy, kiedy już znieruchomiała.

— Biedaczka nie miała żadnych szans.

W końcu Ishiguro odsunął się od zwłok, rozprostował rękawy i wygładził klapy marynarki.

— No dobra — powiedział kapitan. — Może pani zatrzymać taśmę. Dość już widzieliśmy.

ж ж ж

Wyszliśmy na zewnątrz. Promienie słońca z trudem przebijały się przez szary smog. Na ulicy panował wzmożony ruch, koła aut bębniły na dziurawej nawierzchni. Fasady wszystkich okolicznych budynków wydały mi się nagle jakieś ponure i obskurne.

436

Wsiedliśmy do samochodu.

— Dokąd teraz? — zapytałem Connora.

Wyciągnął w moją stronę mikrofon.

— Połącz się z centralą i powiedz, że znaleźliśmy taśmę, na której utrwalono przebieg morderstwa popełnionego przez Ishigurę. Przekaż, że jedziemy do Nakamoto, aby go aresztować.

— Myślałem, że nie lubisz korzystać z krótkofalówki.

— Zrób to. Tak czy inaczej, zamykamy tę sprawę.

Połączyłem się z centralą. Przekazałem dyżurnemu, dokąd jedziemy i co mamy zamiar zrobić. Zapytał, czy potrzebujemy pomocy. Connor pokręcił głową, odpowiedziałem więc, że załatwimy to sami.

Przerwałem połączenie.

— I co teraz?

— Jedziemy do Nakamoto.

Tyle razy oglądałem na ekranie perspektywę czterdziestego szóstego piętra biurowca, że kiedy ponownie tam weszliśmy, poczułem się nieco dziwnie. Chociaż była sobota, biuro tętniło życiem, personel pomocniczy miotał się jak w ukropie. Przez panoramiczne okna wpadało światło słoneczne, a sąsiednie wieżowce, choć tonęły w smogu, wydawały się na nas napierać. Popatrzyłem na sufit i zauważyłem, że kamery służb ochrony zostały usunięte. W sali konferencyjnej, po prawej, gdzie zamordowano Cheryl Austin, kończono właśnie zmieniać wystrój. Zniknęły ciemne meble, robotnicy składali wielki jasny stół, pod ścianami stały już krzesła z beżowymi obiciami. Wszystko wyglądało teraz inaczej.

W drugiej sali, po przeciwnej stronie atrium, odbywało się jakieś posiedzenie. Przy długim stole okrytym zielonym suknem siedziało w przybliżeniu czterdzieści osób: Japończycy po jednej stronie, Amerykanie po drugiej. Przed każdym leżał stosik dokumentów. Wśród Amerykanów zauważyłem Boba Richmonda. Stojący obok mnie Connor westchnął głośno.

— O co chodzi?

— No i mamy sobotnie spotkanie, *kōhai*.

— Chcesz powiedzieć, że Eddie wspomniał właśnie o tej sobotniej konferencji?

Kapitan kiwnął głową.

— Tak. O spotkaniu dotyczącym sprzedaży MicroConu.

Przy wyjściu z windy stało biurko, za którym siedziała recepcjonistka. Do tej pory przyglądała nam się w milczeniu, teraz jednak zapytała:

— Czy mogę w czymś pomóc, panowie?

— Nie, dziękujemy. Czekamy tu na kogoś.

Zmarszczyłem brwi, kiedy zauważyłem Ishigurę. Siedział po stronie Japończyków, mniej więcej w połowie długości stołu, i palił papierosa. W pewnym momencie jego sąsiad z prawej pochylił się i szepnął mu coś na ucho. Ishiguro uśmiechnął się i pokiwał głową.

Zerknąłem na Connora.

— Na razie czekamy — mruknął.

Upłynęło kilka minut. Przez atrium przebiegł jakiś młody Japończyk i wszedł do sali. Powoli, na palcach ruszył wzdłuż rzędu krzeseł i zatrzymał się za plecami dystyngowanego siwowłosego mężczyzny siedzącego przy odległym krańcu stołu. Pochylił się nad nim i przekazał mu coś szeptem.

— To Iwabuchi — powiedział kapitan.

— Kim on jest?

— Prezesem Nakamoto America. Przyleciał z Nowego Jorku.

Iwabuchi pokiwał głową i podniósł się z miejsca. Młody Japończyk odsunął jego krzesło od stołu. Prezes Nakamoto powoli ruszył wzdłuż szeregu japońskich negocjatorów. Po drodze lekko dotknął ramienia jednego z mężczyzn, po czym doszedł do końca sali, otworzył przeszklone drzwi i wyszedł na taras.

Po paru sekundach tamten również wstał i wyszedł.

— Moriyama — wyjaśnił Connor. — Prezes oddziału w Los Angeles.

Obaj stanęli na tarasie, w słońcu, i zapalili papierosy. Młody Japończyk wyjaśniał im coś szybko, kiwając głową. Tamci słuchali go z uwagą, a potem odwrócili się do niego plecami. Urzędnik odsunął się, ale pozostał na posterunku.

Po chwili Moriyama obejrzał się i coś do niego powiedział. Młody Japończyk skłonił się i szybko wrócił do sali. Podszedł do mężczyzny z bujnymi wąsami i szepnął coś do niego.

— Shirai — powiedział Connor. — Szef finansów spółki.

Wąsaty mężczyzna także się podniósł i ruszył wzdłuż stołu, ale nie skręcił na taras. Minął atrium i wszedł do jednego z gabinetów w przeciwległym końcu przestronnego pomieszczenia.

Młody pomocnik przekazał wiadomość czwartemu mężczyźnie, w którym rozpoznałem Yoshidę, szefa Akai Ceramics. Ten także wymknął się po cichu z sali i wszedł do atrium.

— Co tu się dzieje? — zapytałem.

— Odcinają się od tego — odparł Connor. — Nie chcą być obecni przy tym, co ma się wydarzyć.

Spojrzałem na taras. Dwaj starsi Japończycy, nadal pogrążeni w rozmowie, powoli zmierzali w stronę drugich drzwi prowadzących do atrium.

— Na co czekamy?

— Cierpliwości, *kōhai*.

Młody pomocnik także wyszedł z sali, w której wciąż toczyły się negocjacje. W atrium Yoshida chwycił go za ramię i szepnął coś do niego.

Tamten wrócił do sali.

— Oho... — mruknął Connor.

Tym razem Japończyk skierował się na drugą stronę stołu, przy której siedzieli Amerykanie. Podszedł do Boba Richmonda i przekazał mu wiadomość. Nie widziałem twarzy prawnika, bo siedział do mnie tyłem, ale zauważyłem, że odchylił się nagle w bok. Zamienił kilka słów z młodym Japończykiem, który kiwnął głową i wyszedł.

Richmond pozostał na miejscu. Z wyraźnym niedowierzaniem pokręcił głową, wyrwał kartkę z notatnika, napisał coś na niej i przekazał Ishigurze.

— To znak dla nas — powiedział Connor.

Odwrócił się do recepcjonistki, pokazał jej swoją odznakę, po czym poprowadził mnie szybkim krokiem w stronę sali.

x   x   x

Kiedy wchodziliśmy, młody Amerykanin w prążkowanym garniturze stał przy swoim miejscu i wyjaśniał:

— Jeśli więc zechcą państwo zwrócić uwagę na zestawienie C, które zawiera nasze główne...

Connor szedł pierwszy, ja postępowałem tuż za nim.

Ishiguro uniósł głowę.

— Dzień dobry, panowie — przywitał nas z kamienną twarzą.

— Panowie, jeśli ta sprawa może zaczekać... — wtrącił pośpiesznie Richmond. — Omawiamy właśnie dość ważny problem...

Connor zignorował go.

— Panie Ishiguro, jest pan aresztowany pod zarzutem zamordowania Cheryl Lynn Austin — oświadczył, po czym wyrecytował mu jego prawa.

W sali zapadła cisza. Przy długim stole nikt się nawet nie poruszył. Jakby czas nagle stanął w miejscu.

Japończyk patrzył na niego twardo.

— Ależ to absurd — powiedział spokojnie.

— Panie Ishiguro, czy mógłby pan wstać?

— Mam nadzieję, chłopcy, że zdajecie sobie sprawę, w co się pakujecie — wtrącił Richmond.

— Znam swoje prawa, panowie — oznajmił Ishiguro.

— Czy mógłby pan wstać? — powtórzył Connor.

Ishiguro siedział na miejscu, papieros dopalał mu się w palcach.

Przez dłuższą chwilę panowało milczenie.

W końcu Connor odwrócił się do mnie.

— Zademonstruj panom taśmę — powiedział.

Pod ścianą sali konferencyjnej znajdował się stojak ze sprzętem elektronicznym. Zobaczyłem tam taki sam magnetowid jak ten, który mi wypożyczono. Podszedłem i wsunąłem do niego kasetę, ale na wielkim monitorze nie pojawił się żaden obraz. W zdenerwowaniu zacząłem wciskać różne klawisze, jednak nic to nie dało.

Zza biurka w rogu sali wybiegła sekretarka, która zapisywała przebieg posiedzenia, skłoniła się przede mną, wcisnęła odpowiednie przyciski, skłoniła się ponownie i wróciła na swoje miejsce.

— Dziękuję — powiedziałem.

Na ekranie pojawił się obraz piętra, na którym się znajdowaliśmy. Mimo jaskrawego słońca wszystko było doskonale widać. Już wcześniej ustawiliśmy kasetę na początek sceny, którą oglądaliśmy w pokoju Theresy: do leżącej na stole dziewczyny podchodzi Ishiguro i zaczyna ją brutalnie dusić.

— Co to jest? — zapytał zdumiony Richmond.

— Fotomontaż — odparł Ishiguro. — Sfabrykowany materiał.

— To obraz czterdziestego szóstego piętra tego budynku, zarejestrowany w czwartek wieczorem przez jedną z kamer służb ochrony spółki Nakamoto.

— Nieprawda, to sfabrykowany materiał — powtórzył Ishiguro.

Nikt go jednak nie słuchał, wszyscy wpatrywali się w ekran. Richmond gapił się na monitor z otwartymi ustami.

— Jezu... — jęknął.

Wydawało mi się, że cała nagrana scena trwa teraz znacznie dłużej.

Ishiguro wbijał wzrok w Connora.

— To nic innego, jak tani chwyt propagandowy — oświadczył. — Fotomontaż, który nie ma żadnego znaczenia dowodowego.

— Jezu Chryste... — powtórzył Richmond.

— Ten materiał nie ma żadnej wartości w świetle prawa — stwierdził ponownie Ishiguro. — Muszę to uznać za próbę zerwania...

Urwał nagle i powiódł spojrzeniem po sali. Chyba dopiero teraz zauważył puste miejsce Iwabuchiego.

Szybko przesunął wzrok wzdłuż stołu konferencyjnego. Zobaczył puste miejsca Moriyamy i Shiraiego.

A także Yoshidy.

Jego oczy się rozszerzyły. Znowu popatrzył na Connora, kiwnął głową, mruknął coś i podniósł się z krzesła. Wszyscy pozostali gapili się na monitor.

Ishiguro podszedł do Connora.

— Nie chcę tego oglądać, kapitanie. Zaczekam na tarasie, aż skończy pan demonstrować tę taśmę. — Zapalił kolejnego papierosa i jeszcze raz spojrzał na Connora. — Wtedy będziemy mogli porozmawiać. *Kicchiirito na.*

Ruszył przed siebie i wyszedł na zewnątrz. Zostawił otwarte drzwi na taras.

Chciałem pójść za nim, ale Connor posłał mi znaczące spojrzenie i lekko pokręcił głową. Zostałem na miejscu.

Patrzyłem na Ishigurę, który stanął przy balustradzie tarasu. Palił papierosa, wystawiając twarz do słońca. W pewnym momencie obejrzał się na nas i pokręcił głową, a potem wychylił się do przodu i przerzucił nogę przez balustradę.

Zebrani w sali konferencyjnej wciąż wpatrywali się w monitor. Młoda Amerykanka, chyba doradca prawny, podniosła się nagle z krzesła, z trzaskiem zamknęła swój neseser i wyszła do atrium. Pozostali siedzieli bez ruchu.

Wreszcie taśma przestała się przewijać.

Wyłączyłem magnetowid.

W sali panowała napięta cisza. Przeciąg poruszał rozłożonymi na stole dokumentami.

Spojrzałem na taras.

Nie było na nim nikogo.

Zanim podeszliśmy do balustrady, na ulicy w dole rozbrzmiewały już syreny.

× × ×

443

Powietrze było tu gęste od pyłu, wzbijanego przez młoty pneumatyczne. Nakamoto dobudowywało tu jakieś skrzydło, trwały intensywne roboty ziemne. Przed placem budowy czekał długi sznur betoniarek. Przepchnąłem się przez grupę Japończyków w niebieskich kombinezonach i zajrzałem w głębokie fundamenty. Ishiguro leżał pośrodku betonowanego właśnie odcinka. Spoczywał na boku, z szarej mazi wystawały jedynie głowa i jedna ręka. W betonie wokół niego ciemniały smugi krwi. Jeden z robotników w niebieskim kasku próbował wyciągnąć ciało bambusową tyczką zakończoną sznurową pętlą, ale nic z tego nie wychodziło. Po chwili pojawił się drugi robotnik w długich gumowcach, podszedł do zwłok i usiłował je wydobyć z tężejących fundamentów, jednak również nie dał rady. Zawołał innych do pomocy.

Na miejscu byli już nasi ludzie, Bob Wolfe i Fred Perry. Kiedy Wolfe dostrzegł mnie w tłumie, podbiegł, wyciągając notatnik.

— Czy wiesz coś na temat tego wypadku, Pete?! — wrzasnął, przekrzykując łoskot młotów pneumatycznych.

— Tak.

— Wiesz, jak ten facet się nazywał?

— Masao Ishiguro.

— Przeliteruj.

Zacząłem mu dyktować, przekrzykując hałas. W końcu zrezygnowałem, sięgnąłem do kieszeni i podałem mu wizytówkę.

— To jego?

— Tak.

— Skąd ją masz?

— To długa historia — odparłem. — Był podejrzany o dokonanie morderstwa.

Wolfe kiwnął głową.

— Najpierw zabierzemy ciało, a potem pogadamy.

— Dobra.

444

Trzeba było użyć dźwigu, żeby wyciągnąć ciało Ishigury z betonu. Ociekające szarą mazią zwłoki powoli wywindowano w górę i przeniesiono nad moją głową na rozjeżdżony placyk.

Kilka grudek betonu spadło na mnie i leżącą u moich stóp tablicę z napisem „Spółka budowlana Nakamoto". Pod spodem wielkimi literami wymalowano hasło: BUDUJEMY NOWE JUTRO, a na samym dole był dopisek: „Przepraszamy za chwilowe utrudnienia".

Całą godzinę zajęły nam różne formalności. Potem szef zażądał, żebyśmy jeszcze dziś dostarczyli mu pełny raport. Usiedliśmy więc razem z Connorem, żeby odwalić papierkową robotę. O czwartej poszliśmy do kawiarni, mieszczącej się obok sklepu Antonia ze sprzętem wędkarskim. Mieliśmy dość siedzenia w biurze.

— Jak myślisz, dlaczego Ishiguro zamordował tę dziewczynę? — zapytałem.

Connor westchnął.

— Nie wiem. Eddie przez cały czas pracował dla *kaisha*, swojego ojca. Do jego zadań należało dostarczanie dziewczyn przyjeżdżającym do miasta dygnitarzom. Zajmował się tym od lat. A że był towarzyski, dobrze mu się wiodło. Znał wiele dziewczyn i za ich pośrednictwem utrzymywał kontakty z członkami Kongresu. Cheryl podsunęła mu znakomitą okazję, nawiązując romans z senatorem Mortonem, przewodniczącym komisji finansów. Morton był ostrożny i chciał zerwać ten związek, ale Eddie wciąż wysyłał Cheryl w ślad za nim i wtedy dochodziło do „nieoczekiwanych" spotkań. On także ją lubił, inaczej nie kochałby się z nią tamtego popołudnia. Prawdopodobnie to Eddie załatwił jej zaproszenie na przyjęcie w Nakamoto, wiedząc, że będzie tam również Morton. Zamierzał chyba nakłonić senatora do zablokowania transakcji MicroConu... właśnie dlatego był taki przejęty sobotnim spotkaniem. Pamiętasz, jak przeglądaliśmy taśmę w studiu telewizyjnym? Mówił wtedy Cheryl o *nichibei*, wzajemnych stosunkach japońsko-amerykańskich. Sądzę, że to on zorganizował spotkanie Cheryl z Mortonem, nie wiedział jednak, co szykowano na czterdziestym szóstym piętrze, i nie spodziewał się, że para kochanków właśnie tam poszuka miejsca do miłosnych igraszek. Widocznie podpowiedział im to któryś z pracowników Nakamoto już w trakcie przyjęcia. A powód specjalnych przygotowań na tym piętrze był bardzo prosty: gdzieś w końcu sali znajduje się ustronny gabinet z tapczanem, którego używają różni dygnitarze.

— Skąd o tym wiesz?

Connor się uśmiechnął.

— Hanada-san wspomniał, że kiedyś z niego korzystał. Podobno jest luksusowo wyposażony.

— Naprawdę masz rozległe kontakty...

— Owszem. Przypuszczam, że z tego pokoju korzystają również pracownicy centrali Nakamoto. Możliwe, że rozmieszczono tam kamery, by zdobyć materiał do ewentualnego późniejszego szantażu, choć mówiono mi, że w gabinecie nie ma żadnych takich instalacji. Ale fakt, że aż tyle kamer nakierowano na salę konferencyjną, potwierdza słowa Phillipsa: ktoś chciał zastosować *kaizen* wobec pracowników spółki. Chyba nikt się nie spodziewał, że para kochanków wybierze właśnie to miejsce. W każdym razie kiedy Eddie zauważył, że Cheryl oddala się razem z Mortonem, bardzo się przestraszył. Poszedł za nimi i w ten sposób, według mnie tylko przez przypadek, stał się świadkiem morderstwa. Chciał pomóc swojemu przyjacielowi Mortonowi, dlatego odciągnął go od Cheryl, wyprowadził z sali i wrócił razem z nim na przyjęcie.

— A co z taśmami?

— Pamiętasz, jak rozmawialiśmy o łapówkarstwie? Jednym z ludzi opłacanych przez Eddiego musiał być Tanaka, pracownik służb ochrony Nakamoto. Możliwe, że Eddie dostarczał mu narkotyki. W każdym razie znali się od lat. Kiedy więc Ishiguro rozkazał Tanace wykraść kasety, ten powiedział o tym Eddiemu.

— I Eddie zszedł do dyżurki, żeby się tym zająć.

— Sądzę, że poszli tam obaj.

— Przecież Phillips twierdził, że Eddie był sam.

— Kłamał, bo chciał osłaniać Tanakę. Dlatego też nie powiedział nam wszystkiego. Opowiedział o taśmach, ale nawet słowem nie wspomniał o swoim szefie.

— Co było potem?

— Ishiguro musiał wysłać kogoś do zrobienia porządków w mieszkaniu Cheryl. Tanaka zabrał taśmy do jakiejś pracowni, gdzie je zmontował i zrobił kopie, a Eddie pojechał do znajomego na przyjęcie.

— Zabierając jedną kasetę.

— Zgadza się.

Pokręciłem głową.

— Ale kiedy rozmawialiśmy z nim podczas przyjęcia, mówił nam coś zupełnie innego.

Connor kiwnął głową.

— Kłamał.

— Nawet tobie, przyjacielowi?

Kapitan wzruszył ramionami.

— Widocznie postanowił trzymać się z daleka od tej sprawy.

— A Ishiguro? Dlaczego udusił dziewczynę?

— Żeby mieć Mortona w garści. Osiągnął swój cel, bo senator szybko zmienił stanowisko w kwestii sprzedaży MicroConu. Przynajmniej przez jakiś czas miał zamiar nie wtrącać się do tej transakcji.

— Myślisz, że Ishiguro zabił ją tylko z tego powodu? Dla utrzymania pozycji firmy?

— Nie. Przypuszczam, że działał pod wpływem impulsu. Był bardzo spięty, znajdował się pod silną presją. Sądził, że w ten sposób zyska w oczach przełożonych. Miał wiele do stracenia i dlatego zachowywał się inaczej niż przeciętny Japończyk w podobnych okolicznościach. Zamordował dziewczynę, powodowany desperacją. Przypomnij sobie, jak nazwał ją kobietą nic nieznaczącą.

— Jezu...

— Myślę, że to jeszcze nie wszystko. Morton miał ambiwalentne odczucia w stosunku do Japończyków. Pamiętasz te żarty na temat zrzucenia bomby i inne podobne stwierdzenia? Uprawiając seks na ich stole konferencyjnym, jakby chciał ich poniżyć, nie sądzisz? Możliwe, że to również rozwścieczyło Ishigurę.

— A kto zadzwonił na komisariat?

— Eddie.

— Dlaczego?

— Żeby zrobić smród wokół Nakamoto. Najpierw odprowadził Mortona na przyjęcie, a potem zadzwonił, może nawet z któregoś telefonu w wieżowcu. Chyba jeszcze wtedy nie wiedział, że wszystko zostało zarejestrowane na taśmie. Kiedy Tanaka powiedział mu o kamerach służby ochrony, prawdopodobnie się przestraszył, że Ishiguro będzie próbował go wrobić w to morderstwo. Dlatego zadzwonił po raz drugi.

— I poprosił o przydzielenie do śledztwa swojego przyjaciela Johna Connora.

— Zgadza się.

— Więc to Eddie przedstawił się jako Koichi Nishi?

Kapitan kiwnął głową.

— Koichi Nishi to postać z japońskiego filmu o korupcji w wielkich przedsiębiorstwach.

Dopił kawę i odsunął od siebie pustą filiżankę.

— A Ishiguro? Dlaczego Japończycy odwrócili się od niego?

— Ten człowiek podjął wielkie ryzyko i przegrał. W czwartek wieczorem zadziałał zbyt gwałtownie, a oni tego nie lubią. Z pewnością zarząd firmy i tak by go wkrótce zwolnił i odesłał do Japonii. Spędziłby wtedy resztę życia jako *madogiwa-zoku*, „urzędnik okienny": ktoś, kogo kierownictwo w ogóle nie zauważa, więc siedzi za biurkiem i wygląda przez okno. Dla Japończyka równa się to wyrokowi dożywocia.

Na chwilę zapadła cisza.

— Kiedy kazałeś mi skorzystać z krótkofalówki, żeby połączyć się z centralą i przekazać, co zamierzamy... wiedziałeś, że nas podsłuchują?

— Domyślałem się tego — przyznał Connor. — Ale lubiłem Eddiego i byłem mu to winien. Nie chciałem przyglądać się bezradnie, jak odsyłają Ishigurę do Japonii.

x x x

Po powrocie do biura zastałem czekającą tam na mnie starszą kobietę w żałobie. Przedstawiła się jako babka Cheryl Austin i powiedziała, że przyjechała z Teksasu. Rodzice dziewczyny zginęli w wypadku samochodowym, gdy miała zaledwie cztery lata, więc zajęła się wnuczką. Chciała mi podziękować za to, że śledztwo doprowadziło do wykrycia mordercy. Zaczęła opowiadać o dzieciństwie Cheryl.

— Była piękną dziewczyną — mówiła. — Zawsze miała powodzenie u chłopców. Bez przerwy kilku się koło niej kręciło, nie sposób było ich odpędzić. — Zamilkła na chwilę. — Uważałam, że jest trochę postrzelona. Ale imponowało jej, że chłopcy się za nią uganiają. Bardzo lubiła, kiedy się o nią bili. Pamiętam, że gdy miała siedem czy osiem lat, dopingowała dwóch tarzających się po ziemi rywali, pokrzykując radośnie i klaszcząc w ręce. Jako kilkunastoletnia dziewczyna specjalnie prowokowała bójki... doskonale wiedziała, jak się do tego zabrać. Miała trochę nie po kolei w głowie. Była taka piosenka, którą puszczała bez końca, dzień i noc... Coś o utracie zmysłów.

— Pewnie chodzi o piosenkę Jerry'ego Lee Lewisa.

— Tak, już pamiętam. To była także ulubiona piosenka jej ojca. Często zabierał małą do miasta: sadzał ją na przednim siedzeniu swojego kabrioletu, obejmował ramieniem i nastawiał radio na cały regulator. Może przez te jazdy w pełnym słońcu miała taką piękną cerę. Była naprawdę śliczynym maleństwem, jak dwie krople wody podobnym do matki.

Zaczęła szlochać. Podałem jej papierową chusteczkę.

Później zapytała, jak to się dokładnie stało, jak Cheryl zginęła. Nie miałem pojęcia, co jej powiedzieć.

x x x

Kiedy szedłem przez plac z fontannami w stronę wejścia do Centrum Parkera, zatrzymał mnie Japończyk w eleganckim garniturze. Miał jakieś czterdzieści lat i bujne wąsy. Przywitał się grzecznie i wręczył mi wizytówkę. Dopiero po chwili dotarło do mnie, że to pan Shirai, szef działu finansowego spółki Nakamoto.

— Chciałem się z panem zobaczyć osobiście, Sumisu-san, żeby przekazać, jak bardzo zarząd mojej firmy żałuje tego, co uczynił pan Ishiguro. Zachował się niegodnie, ale zapewniam pana, że zrobił to bez wiedzy swoich przełożonych. Nakamoto jest uczciwą firmą, która nie łamie prawa. Działał na własną rękę, zapominając o zasadach prowadzenia interesów. Sądzę, że zbyt długo przebywał w Ameryce i dlatego nabrał złych obyczajów.

No i proszę, odbierałem przeprosiny połączone z wyraźną zniewagą. Nie wiedziałem, jak mam na to zareagować.

— Panie Shirai — powiedziałem w końcu. — Złożono mi niedawno propozycję sprzedaży małego domku na niezwykle korzystnych warunkach...

— Naprawdę?

— Właśnie. Zapewne słyszał pan o niej.

— Mówiąc szczerze, rzeczywiście coś słyszałem.

— Ciekaw jestem, co teraz ma pan zamiar zrobić z tą ofertą?

Przez chwilę Shirai milczał, jakby nie mógł się zdecydować, jak rozegrać tę sprawę. Słyszałem jedynie chlupot wody w pobliskiej fontannie.

— Sumisu-san, ta oferta jest wysoce niestosowna — powiedział po paru sekundach. — Oczywiście zostanie wycofana.

— Dziękuję panu, panie Shirai.

x x x

Razem z Connorem wracaliśmy do mojego mieszkania. Nie chciało nam się już rozmawiać, więc w milczeniu jechałem autostradą prowadzącą do Santa Monica. Wszystkie kierunkowe tablice informacyjne były zachlapane farbą przez jakąś bandę łobuzów. Nawierzchnia drogi była pełna nierówności i dziur. Po prawej stronie drapacze chmur w Westwood tonęły w gęstym smogu. Wszystko wokół wydawało się brudne i zapleśniałe.

— Myślisz, że prawdziwym podłożem tego morderstwa była rywalizacja Nakamoto i jakiejś innej japońskiej firmy? Rywalizacja o zdobycie MicroConu? — zapytałem w końcu.

Connor wzruszył ramionami.

— W grę mogło wchodzić wiele rzeczy. Trudno jest zrozumieć Japończyków, ale jedno jest pewne: my, Amerykanie, nie mamy dla nich zbyt wielkiego znaczenia.

× × ×

Podjechaliśmy pod mój dom. Kiedyś bardzo lubiłem tę wąską, wysadzaną drzewami uliczkę, wzdłuż której ciągnęły się nowoczesne kamienice. Przy skrzyżowaniu był duży plac zabaw, na który chodziłem z Michelle. Teraz jednak uświadomiłem sobie, że powietrze wokół mnie jest ciężkie od spalin, a wszystkie domy wydają się brudne i odpychające.

Zaparkowałem samochód. Connor wysiadł i wyciągnął do mnie dłoń na pożegnanie.

— Tylko nie bądź rozczarowany, *kōhai* — powiedział.

— Nic na to nie poradzę, ale jestem.

— Daj spokój. Wiem, że to poważna sprawa, jednak wszystko można zmienić. Raz już odmieniłeś swoje życie, więc możesz to uczynić ponownie.

— I chyba tak zrobię.

— Co zamierzasz? — spytał.

— Nie wiem — odparłem. — Pewnie przeniosę się gdzie indziej, choć jeszcze nie wiem dokąd.

Kiwnął głową.

— Chcesz rzucić robotę w policji?

— Może. Na pewno zrezygnuję ze służb specjalnych. To zbyt... brudne zajęcie.

Ponownie kiwnął głową.

— Uważaj na siebie, *kōhai*. Dzięki za pomoc.

— To ja ci dziękuję, *sempai*.

Czułem się bardzo zmęczony. Powoli wszedłem po schodach i otworzyłem drzwi. Michelle wyjechała, więc przywitała mnie cisza. Wyciągnąłem z lodówki puszkę coca-coli i poszedłem do salonu. Usiadłem w fotelu, ale za bardzo bolały mnie plecy. Wstałem i włączyłem telewizor, nie mogłem się jednak skupić. Myślałem o tym, co mi powiedział Connor: wszyscy w Stanach zwracają uwagę na mało istotne rzeczy, a naprawdę ważne umykają ich uwagi. Dotyczyło to przede wszystkim Japończyków — jeśli sprzedamy im cały kraj, wszystko będzie należało do nich, czy to komuś pasuje, czy nie. Ale ludzie mogą robić ze swoją własnością, co im się podoba. Tak to już jest.

Poszedłem do sypialni i przebrałem się. Popatrzyłem na rozsypane na nocnym stoliku fotografie z przyjęcia urodzinowego Michelle, które przeglądałem, kiedy to wszystko się zaczęło. Pomyślałem wtedy, że już nie oddają one rzeczywistości, bo Michelle wygląda zupełnie inaczej. Z sąsiedniego pokoju doleciał chóralny śmiech płynący z telewizora. Do tej pory wydawało mi się, że przynajmniej rzeczy najważniejsze układają się po mojej myśli. Teraz wiedziałem już, że to nieprawda.

Przeszedłem do dziecięcej sypialni. Spojrzałem na wygniecione łóżeczko, na wzorzystą kapę pokrytą deseniem składającym się z różnokolorowych słoników. Zobaczyłem w wyobraźni śpiącą córkę, leżącą na plecach z rączkami zarzuconymi nad głowę. Pomyślałem o tym, z jakim bezgranicznym zaufaniem przyjmuje wszystko, co staram się dla niej zrobić. Ale pomyślałem też o świecie, w którym przyjdzie jej dorastać, i zrobiło mi się smutno. Zacząłem wygładzać pościel na łóżeczku.

Zapis z 15 marca (99)

PRZESŁUCHUJĄCY: W porządku, Pete. Myślę, że to nam
   wystarczy. Chyba że chciałbyś jeszcze coś dodać.
ZEZNAJĄCY: Nie, to wszystko.
PRZESŁUCHUJĄCY: Rozumiem więc, że rezygnujesz z pracy
   w służbach specjalnych?
ZEZNAJĄCY: Zgadza się.
PRZESŁUCHUJĄCY: Wystosowałeś też memorandum do szefa
   służb, Jima Olsona, w którym sugerujesz
   wprowadzenie zmian do zakresu obowiązków łącznika
   ze społecznością azjatycką oraz proponujesz
   ograniczenie wpływu Towarzystwa Przyjaźni
   Japońsko-Amerykańskiej na wybór oficera
   łącznikowego.
ZEZNAJĄCY: Tak.
PRZESŁUCHUJĄCY: Czemu ma to służyć?
ZEZNAJĄCY: Jeśli departament potrzebuje specjalnie
   wyszkolonych oficerów, powinien opłacić ich
   szkolenie z własnych funduszy. To znacznie poprawi
   atmosferę.
PRZESŁUCHUJĄCY: Poprawi atmosferę?
ZEZNAJĄCY: Tak. Uważam, że już najwyższy czas, abyśmy
   znów zaczęli rządzić w naszym własnym kraju.
   Najwyższy czas uregulować wszystkie nasze długi.
PRZESŁUCHUJĄCY: Czy otrzymałeś już odpowiedź od szefa
   wydziału?
ZEZNAJĄCY: Jeszcze nie, wciąż czekam.

Jeśli nie chcesz, by Japończycy coś kupowali, nie sprzedawaj tego.

AKIO MORITA

Posłowie

„Ludzie nie godzą się z rzeczywistością, próbują walczyć z uczuciami wywołanymi przez realne okoliczności. Tworzą wyimaginowane światy na podstawie swoich wyobrażeń, tego, co powinno być i co mogłoby być. Autentyczne zmiany można wprowadzić dopiero wtedy, kiedy się uzmysłowi sobie i zaakceptuje rzeczywistość. Dopiero wtedy możliwe jest jakiekolwiek realne działanie".

To słowa Davida Reynoldsa, amerykańskiego zwolennika japońskiej szkoły psychoterapii Mority. Dotyczą one zachowań ludzi, ale można je także odnieść do ekonomicznych uwarunkowań całych nacji.

Wcześniej czy później Stany Zjednoczone muszą zająć jakieś stanowisko wobec faktu, że Japonia stała się najbardziej uprzemysłowionym krajem świata, a Japończycy najbardziej długowiecznym narodem. Mają najmniejszą liczbę bezrobotnych i najmniej analfabetów, a przepaść między bogatymi i biednymi jest tam znacznie mniejsza niż gdzie indziej. Produkują towary najwyższej jakości, spożywają najzdrowszą żywność i choć jest to kraj w przybliżeniu równy wielkością stanowi Montana, o liczbie ludności równej połowie liczby mieszkańców USA, potencjałem gospodarczym dorównuje całym Stanom Zjednoczonym *.

---

* Japonia jest państwem niewiele większym od Polski, o zaludnieniu trzykrotnie przekraczającym liczbę mieszkańców naszego kraju.

456

Przyczyną sukcesu Japończyków wcale nie jest przejęcie naszych metod; ich kraj w niczym nie przypomina żadnego uprzemysłowionego państwa kultury zachodniej. Rozwinęli nowe metody handlu — są agresywni, traktują biznes jak wojnę i nie cofają się przed niczym, chcąc wyprzeć konkurencję. Amerykanie przez wiele lat nie potrafili tego zrozumieć i zmuszali Japończyków, by podporządkowali się ich zasadom. Coraz częściej jednak słyszy się pytanie: „Dlaczego to my mielibyśmy się zmienić? Przecież nam wszystko wychodzi lepiej". Niestety to prawda.

Jak więc powinniśmy zareagować? Absurdem jest obwiniać Japończyków o to, że im się powiodło, czy też proponować im zmniejszenie tempa rozwoju. Według nich Amerykanie reagują dziecinnie. I to również jest prawdą. Chyba najwyższa pora, żebyśmy się ocknęli i wyciągnęli odpowiednie wnioski.

Z pewnością doprowadzi to do wielkich zmian w Stanach Zjednoczonych, bo trudno sobie wyobrazić, by słabszy partner mógł żądać od silniejszego dostosowania swoich wymogów do jego możliwości. A nikt chyba nie wątpi, że pod względem ekonomicznym USA już teraz jest słabszym partnerem w jakichkolwiek pertraktacjach z Japonią.

Sto lat temu, kiedy amerykańska flota admirała Perry'ego przecierała szlaki prowadzące do Japonii, mieszkańcy wysp tworzyli prymitywne feudalne społeczeństwo. Dość szybko jednak zrozumieli, że muszą zmienić styl życia, i wkrótce tego dokonali. Począwszy od roku 1860, zaczęli sprowadzać z Zachodu specjalistów, którzy radzili im, jak rządzić krajem i rozwijać przemysł. Cały japoński naród przeżył wtedy wielką rewolucję. Następnym wstrząsem, równie silnym, była druga wojna światowa.

W obu tych przypadkach Japończycy z uniesionym czołem przyjęli wyzwanie. Nikt nie machnął ręką i nie powiedział: „Niech Amerykanie kupują naszą ziemię i nasze przedsiębiorstwa, może nauczymy się od nich lepiej gospodarować". Nic podobnego. Japończycy ponownie zaprosili zagranicznych ekspertów, a potem odesłali ich do domów. My także moglibyśmy wiele zyskać, postępując w ten sam sposób. Japończycy nie są naszymi wybawcami, lecz rywalami. Nie wolno nam o tym zapominać.

Podziękowania

Za pomoc i radę w moich poszukiwaniach pragnę wyrazić wdzięczność Ninie Easton, Jamesowi Flaniganowi, Kenowi Reichowi i Davidowi Shaw z redakcji „Los Angeles Times"; Steve'owi Clemonsowi z południowokalifornijskiego oddziału Towarzystwa Przyjaźni Japońsko-Amerykańskiej; senatorowi Alowi Gore'owi; Jimowi Wilsonowi z Laboratorium Napędu Odrzutowego; Kevinowi O'Connorowi z firmy Hewlett-Packard; porucznikowi Fredowi Nixonowi z Departamentu Policji Los Angeles; Ronowi Insanie z CNBC/FNN oraz Keithowi Manasco. Za różnego rodzaju sugestie i korektę manuskryptu na wszystkich etapach jego powstawania pragnę podziękować Mike'owi Backesowi, Douglasowi Crichtonowi, Jamesowi Fallowsowi, Karel van Wolferen i Sonny Mehta. Valery Wright przeprowadzał niekończące się redakcje tekstu, Shinoi Osuka i Sumi Adachi Sovak służyli mi pomocą w formułowaniu japońskich wyrażeń, natomiast Roger McPeek przybliżył mi niektóre zagadnienia dotyczące techniki wideo oraz nowoczesnych systemów ochrony.

Stosunki japońsko-amerykańskie są tematem niezwykle drażliwym, dlatego chciałbym z całą mocą podkreślić, że poglądy prezentowane w tej powieści są wyłącznie poglądami autora i nie mogą być przypisywane którejkolwiek z wymienionych wyżej osób.

Bibliografia

Prezentowana powieść kwestionuje przyjęty powszechnie pogląd, że zagraniczne inwestycje w nowoczesnym przemyśle amerykańskim są z założenia korzystne i nie powinno się w tej dziedzinie wprowadzać jakichkolwiek ograniczeń. Próbuję udowodnić, że sprawa nie jest aż tak prosta.

Mimo że w książce przedstawiono fikcyjne wydarzenia, ukazane tu metody stosowane przez Japończyków na polu gospodarki oraz reakcje Amerykanów oparłem na dobrze udokumentowanych opiniach fachowców, z których większość wymieniłem w poniższej bibliografii. Przygotowując się do napisania tej powieści, musiałem zgromadzić mnóstwo materiałów źródłowych.

Mam nadzieję, że zainteresowani czytelnicy będą chcieli sięgnąć po którąś z publikacji o wiele bardziej utytułowanych autorów. Przedstawiam więc najważniejsze pozycje, poczynając od tych, których tematyka najściślej wiąże się z zagadnieniami poruszonymi w powieści.

GŁÓWNE ŹRÓDŁA

Clyde V. Prestowitz Jr. *Trading Places: How We Are Giving Our Future to Japan and How to Reclaim It* (Nowy Jork: Basic Books, 1989).

James Fallows *More Like Us: Putting America's Native Strengths and*

Traditional Values to Work to Overcome the Asian Challenge (Boston: Houghton Mifflin, 1989).

„Containing Japan" *The Atlantic*, maj 1989, str. 40–54.

„Getting Along with Japan" *The Atlantic*, grudzień 1989, str. 53–64.

Peter F. Drucker *The New Realities* (Nowy Jork: Harper & Row, 1989).

Ezra F. Vogel *Japan as Number One: Lessons for America* (Cambridge, Massachusetts: Harvard University Press, 1979).

Karel van Wolferen *The Enigma of Japanese Power* (Nowy Jork: Alfred A. Knopf, 1989).

Chalmers Johnson *MITTI and the Japanese Miracle* (Stanford: Stanford University Press, 1982).

Michael T. Jacobs *Short-Term America: The Causes and Cures of Our Business Myopia* (Boston: Harvard Business School Press, 1991).

Robert Kuttner *The End of Laissez-Faire: National Purpose and the Global Economy after the Cold War* (Nowy Jork: Alfred A. Knopf, 1991).

Michael L. Dertouzos, Richard K. Lester, Robert M. Solow *Made in America: Regaining the Productive Edge*, The Report of the M.I.T. Commission on Industrial Productivity (Cambridge, Massachusetts: M.I.T. Press, 1989).

Pat Choate *Agents of Influence* (Nowy Jork: Alfred A. Knopf, 1990).

Dorinne K. Kondo *Crafting Selves: Power, Gender and Discourses of Identity in a Japanese Workplace* (Chicago: University of Chicago Press, 1990).

Kenichi Ohmae *Fact and Friction: Kenichi Ohmae on U.S.-Japan Relations* (Tokio: The Japan Times, Ltd., 1990).

Donald M. Spero „Patent Protection or Piracy — A CEO Views Japan", *Harvard Business Review*, wrzesień—październik 1990, str. 58–67.

INNE ŹRÓDŁA

Daniel E. Bob oraz SRI International *Japanese Companies in American Communities: Cooperation, Conflict and the Role of Corporate Citizenship* (Nowy Jork: Japan Society, 1990).

Bryan Burrough, John Helyar *Barbarians at the Gate: The Fall of RJR Nabisco* (Nowy Jork: Harper & Row, 1990).

Alfred D. Chandler Jr. *Scale and Scope: The Dynamics of Industrial Capitalism* (Cambridge, Massachusetts: Belknap Press of Harvard University Press, 1990).

Ronald Dore *Taking Japan Seriously: A Confucian Perspective on Leading Economic Issues* (Stanford: Stanford University Press, 1987).

David Halberstam *The Next Century* (Nowy Jork: William Morrow and Co., 1991).

Kichiro Hayashi, ed. *The U.S.-Japanese Economic Relationship: Can It Be Improved?* (Nowy Jork: New York University Press, 1989).

Kanji Ishizumi *Acquiring Japanese Companies* (Tokio: The Japan Times, Ltd., 1988).

Gary Katzenstein *Funny Business: An Outsider's Year in Japan* (Nowy Jork: Prentice Hall Press, 1989).

Maryann Keller *Rude Awakening: The Rise, Fall and Struggle for Recovery of General Motors* (Nowy Jork: William Morrow and Co., 1989).

Paul Kennedy *The Rise and Fall of the Great Powers* (Nowy Jork: Random House, 1987).

W. Carl Kester *Japanese Takeovers: The Global Contest for Corporate Control* (Cambridge, Massachusetts: Harvard Business School Press, 1991).

Philip Kotler, Liam Fahey, S. Jatusripitak *The New Competition: What Theory-Didn't Tell You About Marketing* (New Jersey: Prentice Hall, 1985).

Paul Krugman *The Age of Diminished Expectations: U.S. Economic Policy in the 1990s* (Cambridge, Massachusetts: M.I.T. Press, 1990).

Takie Sugiyama Lebra *Japanese Patterns of Behavior* (Honolulu: University of Hawaii Press, 1976).

Michael Lewis *Liar's Poker* (Nowy Jork: Penguin Books, 1989).

Charles A. Moore *The Japanese Mind: Essentials of Japanese Philosophy and Culture* (Honolulu: University of Hawaii Press, 1967).

Kenichi Ohmae *The Borderless World: Power and Strategy in the Interlinked Economy* (Nowy Jork: Harper Business, 1990).

Daniel I. Okimoto *Between MITI and the Market: Japanese Industrial Policy for High Technology* (Stanford: Stanford University Press, 1989).

L. Craig Parker Jr. *The Japanese Police System Today: An American Perspective* (Nowy Jork: Kodansha, 1987).

Michael E. Porter *The Competitive Advantage of Nations* (Nowy Jork: Free Press, 1990).

Jim Powell *The Gnomes of Tokyo: The Positive Impact of Foreign Investment in North America* (Nowy Jork: American Management Association, 1989).

Clyde V. Prestowitz Jr., Alan Tonelson, Robert W. Jerome „The Last Gasp of GATTism", *Harvard Business Review*, marzec—kwiecień 1991, str. 130–138.

Michael Random *Japan: Strategy of the Unseen* (Wellingborough, Wielka Brytania: Thorsons Publishing Group, 1987).

Donald Richie *The Films of Akira Kurosawa* (Berkeley: University of California Press, 1970).

Robert M. Stern *Trade and Investment Relations Among the United States, Canada and Japan* (Chicago: University of Chicago Press, 1989).

Sheridan M. Tatsuno *Created in Japan: From Imitators to World-Class Innovators* (Nowy Jork: Harper & Row, 1990).

Peter Trasker *The Japanese: Portrait of a Nation* (Nowy Jork: New American Library, 1987).

Thomas R. Zengage, C. Tait Ratcliffe *The Japanese Century: Challenge and Response* (Hongkong: Longman Group [Far East] Ltd., 1988).

Spis treści

Polecamy powieści Michaela Crichtona

MICRO

Honolulu, Hawaje. W zamkniętym od wewnątrz pokoju policja znajduje zwłoki trzech mężczyzn. Ich ciała pokrywają dziesiątki miniaturowych nacięć. Brak narzędzia zbrodni, śladów walki, jakiegokolwiek motywu. Cambridge, Massachusetts – wyspa Oahu, Hawaje. Siedmioro doktorantów MIT, specjalistów z dziedziny mikrobiologi, entomologii i biochemii, otrzymuje propozycję uczestnictwa w projekcie naukowym prowadzonym przez amerykańską firmę Naningen MicroTech. Naningen zajmuje się produkcją wyspecjalizowanych robotów w skalach mikro i nano, cieńszych od ludzkiego włosa. Znajdują one zastosowanie do ekstrakcji żywych mikroorganizmów bezpośrednio z gleby lasu deszczowego. Dysponująca setkami milionów dolarów firma oferuje warunki badawcze na najwyższym światowym poziomie. Decydując się na wyjazd na Hawaje, grupa młodych naukowców nie zdaje sobie sprawy, że padnie ofiarą technologii, o jakiej świat jeszcze nie słyszał. Wymarzona praca okaże się w rzeczywistości śmiertelną pułapką...

PREDATOR

Znakomity informatyk Jack Forman specjalizuje się w programowaniu rozproszonym, głównie systemów naśladujących grupowe zachowania dzikich stworzeń, jak np. polujących hien czy rojów pszczół. Po utracie pracy wiedzie spokojne, domowe życie. Do czasu gdy od byłego pracodawcy przyjmuje nową, atrakcyjną propozycję zatrudnienia – ma zostać zewnętrznym konsultantem naukowym w Xymos Technology, firmie zajmującej się zastosowaniami nanotechnologii w medycynie. Dziwnym zbiegiem okoliczności jej wiceprezesem jest jego własna żona Julia, w ostatnim czasie dziwnie zestresowana. Po przybyciu na miejsce, do zakładu produkcyjnego Xymosu położonego na pustyni w Nevadzie, Jack poznaje prawdziwy charakter wykonywanych tu badań. Okazuje się, że Xymos pracuje dla wojska: na jego potrzeby konstruuje latającą kamerę, stworzoną z chmury nanorobotów – genetycznie zmodyfikowanych bakterii E.coli. Niestety, prace nad stworzeniem rozproszonej inteligencji utknęły w martwym punkcie, a wręcz wymknęły się spod kontroli. Jeden z rojów wydostał się z laboratorium i rozpoczął samoreplikację, atakując i zabijając napotkane na pustyni zwierzęta. W krótkim czasie, niczym w wielokrotnie przyśpieszonym procesie ewolucji, stał się inteligentnym, samouczącym się organizmem, którego nie sposób kontrolować. I co gorsza – zaprogramowanym jako predator. A jego nowym celem stali się ludzie, naukowcy uwięzieni w zakładzie X̶͟͞ ͏ . Aby przeżyć, Jack musi zniszczyć rój. Dla siebie i dla ludzkości, kt   największe zagrożenie ͏